# A SERPENTE DE ESSEX

# A SERPENTE DE ESSEX

SARAH PERRY

Tradução de Regina Lyra

Copyright © Sarah Perry 2016
Publicado originalmente na Grã-Bretanha em 2016 por Serpent's Tail, um selo de Profile Books Ltd

TÍTULO ORIGINAL
*The Essex Serpent*

PREPARAÇÃO
Natalia Klussmann

REVISÃO
Eduardo Carneiro
Rayana Faria

DIAGRAMAÇÃO
Ilustrarte Design e Produção Editorial

IMAGEM DA CAPA
NSA Digital Archive

ADAPTAÇÃO DE CAPA
Julio Moreira

CIP-BRASIL. CATALOGAÇÃO NA PUBLICAÇÃO
SINDICATO NACIONAL DOS EDITORES DE LIVROS, RJ

P547s

    Perry, Sarah, 1979-
      A serpente de Essex / Sarah Perry ; tradução Regina Lyra. - 1. ed. - Rio de Janeiro : Intrínseca, 2022.
      416 p. ; 23 cm.

    Tradução de: The Essex serpent
    ISBN 978-65-5560-463-4

    1. Ficção inglesa. I. Lyra, Regina. II. Título.

22-76337
                                        CDD: 823
                                       CDU: 82-3(810)

Gabriela Faray Ferreira Lopes - Bibliotecária - CRB-7/6643

[2022]
*Todos os direitos desta edição reservados à*
Editora Intrínseca Ltda.
Rua Marquês de São Vicente, 99, 6º andar
22451-041 – Gávea
Rio de Janeiro – RJ
Tel./Fax: (21) 3206-7400
www.intrinseca.com.br

*Para Stephen Crowe*

Se me forçarem a dizer por que o amei, hei de responder tão somente que foi porque ele era ele e eu era eu.

                        Michel de Montaigne, *Sobre a amizade*

# VÉSPERA DE ANO-NOVO

Um jovem caminha às margens do rio Blackwater sob a fria lua cheia. Faz pouco estava bebendo o ano velho até a última gota, até os olhos arderem e o estômago revirar, mas se cansou das luzes brilhantes e do alvoroço. "Vou dar uma volta na beira do rio", falou, beijando a bochecha mais próxima: "Volto antes das badaladas." Agora ele olha para a maré mutante, para o estuário lento e escuro e para as gaivotas brancas cintilando sobre as ondas.

Ele deveria sentir o frio que está fazendo, mas se encheu de cerveja e está com o casaco grosso para grandes ocasiões. A gola pinica a base do pescoço: se sente estonteado e agoniado, e a boca está seca. *Vou dar um mergulho*, pensa, *isso vai me relaxar*. Descendo, então, da trilha em que estava, fica de pé sozinho na praia, onde, nas profundezas da lama escura, todos os riachos esperam a maré.

"*I'll take a cup o' kindness yet*", canta em sua voz doce de tenor de coral de igreja, depois ri, e alguém ri de volta. Abre o casaco, mas não basta: quer sentir o vento afiar as arestas sobre a pele. Aproxima-se da água e com a língua prova o ar salgado. *Sim, vou dar um mergulho*, pensa, jogando o casaco no solo pantanoso. Já fez isso antes, afinal, quando era garoto e tinha uma boa companhia: a bravata corajosa de um mergulho à meia-noite enquanto o ano velho morre nos braços do ano novo. A maré está baixa — o vento amainou — e o Blackwater não teme nada: se lhe derem um copo, ele o seca num gole, sal e conchas, ostras e todo o resto.

Mas alguma coisa se altera numa virada da maré ou numa mudança do ar: a superfície do estuário muda — parece (ele dá um passo à frente) pulsar e latejar, para depois ficar escorregadia e inerte; não demora, porém, para convulsionar, como se estremecesse sob um toque. Ele se aproxima mais, ainda sem medo; as gaivotas alçam voo, uma a uma, e a última emite um grito de consternação.

O inverno o atinge como um soco na nuca: ele sente o clima penetrar na camisa e nos ossos. A euforia do álcool se foi e ele não está confortável ali no escuro — procura o casaco, mas as nuvens escondem a lua e o deixam cego. Sua respiração é lenta, o ar está repleto de espinhos; o pântano a seus pés de repente fica úmido, como se algo tivesse deslocado a água. *Nada, não é nada*, pensa, tateando ao redor em busca de coragem, mas lá está de novo: um estranho momento estático, como se ele olhasse para uma fotografia, seguido por um movimento irregular e frenético que não pode ser apenas a influência da lua nas marés. Ele pensa ver — tem *certeza* de que vê — o movimento vagaroso de uma criatura enorme, encurvada, sinistramente coberta de escamas ásperas e sobrepostas; então, ela some.

Na escuridão, o medo começa a invadi-lo. Tem alguma coisa ali, ele sente, alguma coisa que não tem pressa — implacável, monstruosa, nascida na água, sempre a vigiá-lo. Ela dormia nas profundezas e enfim emergiu: ele a imagina enfrentando a onda, avidamente farejando o ar. É tomado de assalto pelo pânico — o coração parece estancar no peito. No espaço de um segundo, foi denunciado, condenado e levado a julgamento: oh, como foi pecador — que semente das trevas carrega em seu âmago! Sente-se pilhado, esvaziado de toda a bondade: nada tem a alegar em defesa própria. Olha de novo para o soturno Blackwater e torna a ver — alguma coisa cortando a superfície e voltando a sumir... Sim, o tempo todo a coisa esteve ali, aguardando, e enfim o encontrou. Uma calma curiosa o preenche: a justiça precisa ser feita, afinal, e ele há de se declarar culpado, voluntariamente. É tudo remorso e não há redenção, e ele não merece menos que isso.

Mas então o vento retorna e arranca a nuvem que tapava a tímida lua, que mostra a face. Uma claridade escassa, sem dúvida, mas já é um consolo — e, ora, lá está seu casaco, a menos de um metro, sujo de lama na barra; as gaivotas voltam à água e ele se sente totalmente tolo. Do caminho acima vem o som de gargalhadas: uma garota e o namorado em trajes de festa — ele acena e grita: "Estou aqui! Estou aqui!" *E eu estou aqui*, pensa: naquele pântano que conhece mais do que a própria casa, com a maré virando devagar e sem nada a temer. *Monstruoso!*, reflete, rindo sozinho, zonzo de alívio: como se houvesse algo ali além de arenques e cavalas!

Nada a temer no Blackwater, nada do que se arrepender: apenas um momento de confusão no escuro e álcool muito além da conta. A água vem encontrá-lo e volta a ser sua velha companheira; como prova, ele se aproxima, molha os sapatos, estende os braços: "Aqui estou!", grita, e as gaivotas respondem. *Só um mergulho rápido, em nome dos velhos tempos*, pensa e, rindo, se livra da camisa.

O pêndulo oscila de um ano para o seguinte e a escuridão cobre o abismo.

# I
# NOTÍCIAS ESTRANHAS DE ESSEX

# JANEIRO

# I

Era uma da tarde de um dia sem graça e a esfera do tempo se deslocou no Observatório de Greenwich. Havia gelo no meridiano primário e também no cordame das barcaças avantajadas no movimentado Tâmisa. Barqueiros marcavam o tempo e a maré e enfunavam suas velas avermelhadas contra o vento nordeste; uma carga de ferro seguia para a fundição de Whitechapel, onde os sinos dobravam cinquenta vezes sobre as bigornas, como se o tempo estivesse acabando. O tempo era passado atrás dos muros da prisão Newgate e jogado fora pelos filósofos nos cafés da Strand; perdido por aqueles que desejavam que o passado fosse presente e abominado por quem desejava que o presente já tivesse passado. Os sinos de St. Clement's badalavam rimas infantis e o sino da divisão estava mudo no Parlamento.

Tempo era dinheiro no Royal Exchange, onde os homens passavam a tarde reduzindo a esperança de atravessar camelos pelo buraco de uma agulha, e nos escritórios do Holborn Bars a engrenagem de um relógio mestre causou uma descarga elétrica que disparou os badalos de seus doze relógios escravos. Todos os funcionários ergueram os olhos de seus livros contábeis, deram um suspiro e voltaram a baixar a cabeça. Na Charing Cross Road, o tempo substituiu a carruagem por ônibus e cabriolés em frotas apressadas, e nas enfermarias do Barts e do Royal Borough a dor transformava minutos em horas. Na capela de Wesley, cantava-se *As areias do tempo estão afundando* e o desejo ali era que afundassem com mais rapidez. A metros de distância, o gelo derretia nas tumbas em Bunhill Fields.

Em Lincoln's Inn e Middle Temple, advogados olhavam suas agendas e viam esgotarem-se prazos de prescrição; em quartos em Camden e Woolwich, o tempo era cruel com os amantes que se perguntavam como ficara tarde tão cedo e, no devido momento, se mostrava generoso com suas feridas banais. Por toda a cidade, em casas de dois andares enfileiradas e em cortiços, na alta sociedade, entre os marginais e entre as classes mais baixas, o tempo era usado e esbanjado, poupado e perdido; e o tempo todo caía uma chuva gélida.

Em Euston Square e Paddington, as estações de metrô recebiam os passageiros, que ali se derramavam de um jeito similar a matérias-primas prestes a serem moídas, processadas e enformadas. Num vagão da Linha Circular, indo na direção oeste, luzes espasmódicas revelavam que o *Times* nada tinha de alegre para noticiar, e no corredor entre os bancos uma sacola tombou e dela rolaram frutas amassadas. Havia cheiro de chuva nas capas impermeáveis, e em meio aos passageiros, com o pescoço enterrado debaixo da gola levantada, o dr. Luke Garrett recitava as partes do coração humano:

— Ventrículo esquerdo, ventrículo direito, veia cava superior — listou, usando os dedos para ajudar na enumeração, torcendo para que a litania acalmasse as batidas ansiosas do próprio coração.

O homem sentado ao lado do doutor ergueu o olhar, divertido, e depois se acomodou, dando de ombros.

— Átrio esquerdo, átrio direito — retomou Garrett, em voz baixa.

Estava habituado ao escrutínio de estranhos, mas não via motivo para provocá-lo sem razão. O Diabrete — como costumavam chamá-lo, pois dificilmente chegava a passar do ombro de outros homens — tinha o hábito de andar a meio-trote, levando as pessoas a imaginar que poderia pular sobre um parapeito de janela a qualquer momento. Era possível ver, mesmo por baixo do sobretudo, uma espécie de firmeza constante nas pernas, e a testa se projetava numa protuberância arredondada acima dos olhos, como se mal conseguisse conter a amplitude e a ferocidade do seu intelecto. Usava uma longa franja negra que imitava a extremidade da asa de um corvo; por baixo dela, os olhos eram escuros. Contava trinta e dois anos; era cirurgião e dono de uma mente faminta e desobediente.

As luzes se apagaram e voltaram a se acender, e o destino de Garrett ficou mais próximo. Ele era esperado na hora seguinte no enterro de um paciente, e homem algum jamais usou uma roupa de luto com tamanha alegria. Michael Seaborne morrera de câncer na garganta seis dias antes, tendo lidado com a doença desgastante e as atenções do médico com igual indiferença. Não era, contudo, para o defunto que os pensamentos de Garrett estavam voltados nesse momento, mas para a viúva, que (pensou ele, sorrindo) talvez estivesse escovando o cabelo desalinhado ou descobrindo que o vestido preto formal perdera um botão.

O luto de Cora Seaborne fora o mais estranho de todos que ele já vira — por sua vez, o médico soube logo ao chegar à casa da Foulis Street que havia algo de errado. O clima naqueles aposentos de pé-direito alto era de um evidente mal-estar que pouco parecia ter a ver com a doença. O paciente, à época, ainda se mostrava relativamente bem, embora fosse dado a usar um *foulard* fazendo as vezes de atadura. O *foulard* era sempre de seda, sempre de cor clara e com frequência levemente manchado: em um homem tão meticuloso era impossível imaginar que isso se desse de forma inconsciente, e Luke desconfiou que o objetivo fosse constranger as visitas. Seaborne conseguia passar a impressão de ser alto graças a uma magreza extrema, e falava tão baixo que obrigava o interlocutor a se aproximar para ouvi-lo. A voz era sibilante. Ele era cortês e suas unhas tinham uma tonalidade arroxeada. Encarara a primeira consulta com tranquilidade e recusara a oferta de cirurgia.

— Pretendo partir do mundo como nele cheguei — disse, acariciando a seda que lhe cobria a garganta. — Sem cicatrizes.

— Não há necessidade de sofrimento — reagiu Luke, oferecendo um consolo não solicitado.

— Sofrimento! — A ideia evidentemente o divertiu. — Uma experiência instrutiva, garanto. — Acrescentou, então, como se uma ideia necessariamente sucedesse outra: — Me diga: já conhece a minha esposa?

Garrett se recordava com frequência da primeira vez que viu Cora Seaborne, embora na verdade sua lembrança da ocasião não fosse muito confiável, tendo sido forjada pela imagem de tudo que veio a seguir. Ela chegara naquele momento, como se tivesse sido chamada, fazendo uma pausa à porta da sala para avaliar a visita. Depois, havia atravessado o aposento acarpetado, parado para beijar a testa do marido e, postando-se atrás da sua cadeira, estendido a mão.

— Charles Ambrose me disse que nenhum outro médico serviria. Ele me deu o seu artigo sobre a vida de Ignaz Semmelweis: se o senhor corta tão bem quanto escreve, viveremos todos para sempre.

O elogio discreto foi irresistível, e a Garrett só restou rir e se inclinar sobre a mão estendida. A voz dela era grave, embora não tranquila, e a princípio ele pensou ouvir o sotaque nômade daqueles que jamais viveram muito tempo em um único país, mas na verdade tratava-se apenas de um pequeno problema de dicção, superado pela demora na pronúncia de determinadas consoantes. Estava vestida de cinza, e de maneira singela, mas o tecido da saia cintilava como o pescoço de um pombo. Era alta sem ser magra e os olhos, assim como a roupa, também eram cinzentos.

Nos meses que se seguiram, Garrett veio a entender um pouco o clima de mal-estar da Foulis Street, ao qual também se misturavam o aroma de sândalo e o de iodo. Michael Seaborne, mesmo no auge das dores, exercia uma influência maligna que pouco tinha a ver com o poder habitual dos inválidos. A esposa estava tão a postos com panos úmidos e um bom vinho, tão disposta a aprender como enfiar uma agulha na veia, que bem podia ter decorado um manual sobre os deveres femininos até a última sílaba. Mas Garrett jamais viu nenhum vislumbre de afeição entre Cora e o marido. Às vezes, tinha a impressão de que, na verdade, ela desejava que a vela efêmera se apagasse — às vezes, temia que ela o abordasse durante o preparo de uma seringa e dissesse: "Dê uma dose maior, um pouco maior." Quando se inclinava para beijar aquele rosto de mártir famélico no travesseiro, era com cuidado que o fazia, como se achasse que ele ia se erguer da cama e lhe torcer o nariz para puni-la. Enfermeiras foram contratadas para os curativos, os banhos e a lavagem dos lençóis, mas raramente duravam mais de uma semana — a última (uma garota belga, religiosa) passara por Luke no corredor e sussurrara *"Il est comme un diable!"* e lhe mostrara o pulso, embora nada houvesse nele. Apenas o cão sem nome — fiel, sarnento, jamais distante da cama — não temia o dono, ou talvez ao menos tivesse se habituado a ele.

No devido tempo, Luke Garrett se achegara a Francis, o filho calado e de cabelo negro dos Seaborne, e a Martha, a babá do menino, que era dada a ficar de pé com o braço rodeando a cintura de Cora Seaborne num gesto possessivo que desagradava a Garrett. Avaliações protocolares do paciente eram realizadas sem demora (afinal, o que havia a fazer?), e Luke era levado para analisar o fóssil de um dente recebido por Cora pelo correio ou para ser interrogado minuciosamente a respeito de suas ambições de aperfeiçoar a cirurgia cardíaca. Ele praticava hipnose nela, explicando como no passado a estratégia havia sido usada na guerra para tornar suportável a amputação de membros nos soldados; os dois jogavam partidas de xadrez, o que acabava deixando Cora magoada por descobrir que o oponente dirigira suas forças contra ela. Luke diagnosticou a si mesmo como apaixonado e não buscou cura para a moléstia.

Sempre esteve ciente de haver nela uma espécie de energia, armazenada e à espera de liberação; imaginava que, quando chegasse o fim para Michael Seaborne, os pés da viúva talvez deixassem marcas de raios nas calçadas. O fim chegou, afinal, e Luke esteve presente para o último suspiro, que foi difícil, ruidoso, como se no momento derradeiro o paciente pusesse de lado o *ars moriendi*, preocupado tão somente em viver mais um segundo. E, no fim das contas, Cora permaneceu igual, nem enlutada, nem aliviada: a voz falhou, uma vez, ao relatar que o cão fora encontrado morto, mas não ficou claro se ela estava prestes a rir ou a chorar. Assinado o atestado de óbito e com tudo que restou de Michael Seaborne descansando noutro lugar, não havia mais motivo concreto para Garrett se dirigir à Foulis Street; no entanto, ele acordava toda manhã com uma finalidade em mente e, chegando aos portões de ferro, descobria que era aguardado.

O trem chegou à estação Embankment e ele foi levado pela multidão na plataforma. Uma espécie de luto o tomou de assalto então, embora não por Michael Seaborne ou sua esposa: o que o preocupava mais que tudo era que esse podia ser o último de seus encontros com Cora — que seu derradeiro vislumbre dela viesse a ser por sobre o ombro, ao som do dobrar dos sinos.

— Mesmo assim — disse — preciso estar lá, ainda que apenas para ver lacrarem o caixão.

Para além dos guichês de passagens, o gelo derretia nas calçadas e o sol pálido se punha.

Vestida como a ocasião exigia, Cora Seaborne sentou-se diante do espelho. Pérolas em formato de gotas pendiam de fios de ouro colocados em cada orelha; os lóbulos estavam feridos, já que fora necessário furá-los novamente.

— No quesito lágrimas — disse ela —, estas vão ter que bastar.

O rosto fora empalidecido pelo pó de arroz. O chapéu preto não a favorecia, mas tinha um véu preto e um apanhado de plumas pretas, transmitindo o grau adequado de luto. Os botões forrados nos punhos pretos não foram abotoadas e permitiam entrever entre a barra da manga e a luva uma faixa de pele alva. O decote do vestido era um pouco mais generoso do que ela gostaria, revelando, na clavícula, uma cicatriz elaborada tão comprida quanto o polegar dela e quase da mesma largura. Tratava-se da réplica perfeita das folhas de prata nos castiçais de prata que flanqueavam o espelho de prata, um dos quais o marido pressionara em sua pele como se estivesse mergulhando o anel de sinete num punhado de cera. Cora ponderara esconder a cicatriz com maquiagem, mas acabara se afeiçoando a ela e sabia que em alguns círculos havia a crença invejosa de que fosse fruto de uma antiga tatuagem.

Deu as costas ao espelho e examinou o quarto. Qualquer visitante se deteria à porta, confuso, vendo de um lado a cama alta e macia e as cortinas adamascadas de uma mulher abastada e do outro a moradia de uma erudita. O canto mais extremo estava coberto por ilustrações botânicas, mapas arrancados de atlas e papéis em que se liam citações em grandes letras maiúsculas (JAMAIS SONHE QUANDO ESTIVER AO LEME! NÃO VIRE AS COSTAS PARA A BÚSSOLA!). Sobre a lareira, uma dezena de amonites estava organizada de acordo com o tamanho; acima, numa moldura dourada, Mary Anning e seu cão observavam um fragmento caído de uma rocha de Lyme Regis. Seria tudo isso seu agora — o tapete, as cadeiras, a taça de cristal que ainda exalava o aroma de vinho? Ela supunha que sim, e ante essa ideia uma espécie de leveza se lhe apossou das pernas, como se fosse possível não mais ser dominada pelas leis de Newton e acabasse indo grudar-se ao teto. A sensação foi suprimida com decoro, mas ainda assim ela foi capaz de lhe dar nome; não era felicidade, propriamente, nem mesmo satisfação, mas alívio. Havia luto, também, decerto, e ela se sentiu grata por isso, já que, por mais insuportável que o marido tivesse sido no fim, ele a formara, ao menos em parte — e que proveito lhe traria sentir repulsa de si mesma?

— Ora, ele me fez, sim — disse, e as lembranças lhe acorreram como a fumaça de uma vela que se apagou.

Dezessete anos, morando com o pai numa casa nos arredores da cidade, a mãe havia muito falecida (embora não sem antes se certificar de que a filha não fosse condenada a bordar e falar francês). O pai, inseguro quanto ao que fazer com sua modesta fortuna e pessoa à qual todos os inquilinos dedicavam uma afeição desdenhosa, viajara a negócios e voltara na companhia de Michael Seaborne, a quem apresentara orgulhosamente a filha — Cora, descalça, com o latim na ponta da língua. O visitante tomara-lhe a mão e a admirara, reprovando-a por uma unha quebrada. Ele retornara, mais de uma vez, até passar a ser aguardado; trazia-lhe livros finos e pequenos objetos duros e inúteis. Zombara dela, pondo o polegar na palma de sua mão e esfregando, até que a pele começou-lhe a doer, fazendo toda a sua concentração se fixar naquele ponto. Na presença dele, os lagos em que nadava em Hampstead, os estorninhos ao anoitecer, as pegadas fendidas das ovelhas na lama macia, tudo parecia sem graça, sem importância. Ela passou a se envergonhar de tudo — das roupas largas e mal-ajambradas, do cabelo desalinhado.

Um dia ele disse:

— No Japão, eles consertam um vaso quebrado com gotas de ouro derretido. Que coisa incrível seria eu quebrar você e remendar suas feridas com ouro.

Ela tinha dezessete anos, porém, e a juventude era sua armadura, jamais deixando que sentisse a lâmina penetrar: riu, então, assim como ele. No décimo nono aniversário, trocou o canto dos pássaros por leques de plumas, grilos na grama alta por um casaco salpicado de pedrarias furta-cor como as asas de besouros; foi apertada por barbatanas, furada por marfim, teve o cabelo preso por cascos de tartaruga. A dicção se tornou lânguida para esconder seus tropeços; não ia a pé a lugar algum. Ele lhe deu um anel de ouro demasiado apertado — um ano depois, outro, mais apertado ainda.

A viúva despertou dos devaneios ao ouvir passos no andar de cima, passos lentos e na cadência precisa do tique-taque de um relógio.

— Francis — disse ela. E, sentada em silêncio, aguardou.

Um ano antes da morte do pai, e talvez uns seis meses depois de o primeiro sinal da doença surgir à mesa do café da manhã (um inchaço na garganta que impediu a passagem de uma torrada), Francis Seaborne fora transferido para um aposento no fim do corredor no quarto andar da casa.

O pai da criança não teria o menor interesse por arranjos domésticos mesmo se não estivesse, à época, dando assistência ao Parlamento na aprovação de uma lei relativa a habitação. A decisão havia sido tomada exclusivamente pela mãe e por Martha, contratada como babá quando o menino era bebê e que, como ela mesma afirmava, jamais se decidira a ir embora. Concluiu-se que seria melhor manter Francis distante, já que o menino ficava irrequieto à noite e fazia constantes aparições à porta e até, uma ou duas vezes, chegava à janela. Ele jamais pedia água ou colo, como qualquer outra criança faria; apenas ficava parado à porta segurando um de seus muitos talismãs, até que o desconforto de ser observado levasse alguém a levantar a cabeça do travesseiro.

Logo após sua transferência para o que Cora chamava de Quarto Superior, o menino perdeu o interesse pelas excursões noturnas, satisfazendo-se em acumular (ninguém jamais usou o verbo "roubar") o que quer que lhe aprouvesse. E organizava tais objetos segundo uma série de padrões complexos e desconcertantes que mudavam cada vez que Cora lhe fazia uma visita maternal; tinham uma beleza e uma extravagância que ela admiraria caso fossem obra do filho de outra pessoa.

Como era sexta-feira e o dia do enterro do pai, Francis se vestiu sozinho. Aos onze anos, ele sabia distinguir as extremidades da camisa e a utilidade do item de vestuário na hora da soletração ("É NECESSÁRIO que a camisa tenha um Colarinho, mas duas Mangas"). O fato de o pai ter morrido lhe soava como uma calamidade, mas em nada pior do que a perda de um de seus tesouros no dia anterior (uma pena de pombo, bastante comum, mas que podia ser enrolada num círculo perfeito sem se partir). Quando ouviu a notícia — observando que a mãe não chorava, mas se encontrava rígida e também meio afogueada, como se estivesse próxima da descarga de um raio —, seu primeiro pensamento foi: *Não entendo por que essas coisas acontecem comigo*. Mas a pena sumira; o pai morrera; e aparentemente esperavam que ele comparecesse à igreja. A ideia o agradou. Ele disse, consciente de estar sendo bastante afável, dadas as circunstâncias:

— Uma mudança é tão boa quanto um descanso.

Nos dias que se seguiram à descoberta do corpo de Michael Seaborne, foi o cão quem mais sofreu. Ganiu à porta do doente e não conseguiram consolá-lo; um carinho talvez tivesse resolvido, mas, como ninguém afundaria a mão em seu pelo untuoso, o velório ("Ponha uma moeda nos olhos dele para o barqueiro", disse Martha. "Não acho que São Pedro vá se dar ao trabalho...") foi acompanhado pelo mesmo ganido agudo. O cão estava morto agora, claro, pensou Francis, acariciando com satisfação um pequeno tufo de pelos retirado da manga do pai, de modo que o único pranteador se tornou também um pranteado.

O menino não sabia direito quais os rituais envolvidos no descarte dos mortos, mas achou melhor ir preparado. O paletó tinha vários bolsos, cada qual contendo um objeto não propriamente sagrado, mas adequado, em sua opinião, ao acontecimento. Um par de óculos rachado, que oferecia uma visão prejudicada das coisas; o tufo de pelos (que, esperava, contivesse uma pulga ou um carrapato que, se desse sorte, teria uma gota de sangue dentro); a pena de um corvo, seu bem mais valioso, já que era azulada na ponta; um pedaço de tecido que ele arrancara da bainha de Martha, tendo ali observado uma mancha persistente no formato da ilha de Wight; e uma pedra com uma perfuração perfeita no centro. Com os bolsos recheados e os conteúdos conferidos, Francis desceu para encontrar a mãe e, ao longo de cada um dos trinta e seis degraus que levavam ao quarto dela, foi cantarolando:

— Aqui, *hoje,* foi-se o ama*nhã*; aqui, *ho*je, *foi-se*.

— Frankie...

Como ele é pequeno, pensou ela. O rosto do filho, que curiosamente pouca semelhança tinha com qualquer dos genitores, exceto pelos olhos escuros e inexpressivos do pai, estava impassível. Ele penteara o cabelo, que, grudado à cabeça, exibia pequenos sulcos; o fato de ter se dado ao trabalho de mostrar tamanho asseio emocionou Cora, que estendeu a mão, mas deixou-a cair vazia no colo. Francis ficou ali em pé, apalpando os bolsos, e indagou:

— Onde ele está agora?

— Esperando por nós na igreja. — Será que deveria tomá-lo nos braços? Não que o menino parecesse, é preciso que se diga, muito necessitado de consolo. — Frankie, se você quiser chorar, não precisa ter vergonha.

— Se eu quisesse, chorava. Se eu quisesse fazer qualquer coisa, fazia.

Ela não o repreendeu pela resposta, já que, na verdade, o que ouvira era pouco mais do que uma declaração fática. Outra vez, ele apalpou os bolsos e Cora disse com delicadeza:

— Você vai levar seus tesouros.

— Vou levar meus tesouros. Tenho um tesouro para você — (apalpando o bolso) —, um tesouro para Martha — (apalpando o bolso) —, um tesouro para o papai — (apalpando o bolso) —, um tesouro para mim — (apalpando duas vezes o bolso).

— Obrigada, Frankie... — agradeceu Cora, desorientada.

Mas, afinal, lá estava Martha, iluminando o cômodo, como sempre, e dissipando com nada mais que a sua presença a leve tensão que pairara no ar. Martha tocou a cabeça de Francis, como se ele fosse uma criança feito outra qualquer, e seu braço forte cingiu a cintura de Cora. Ela cheirava a limão.

— Vamos, então — disse. — Ele nunca gostou de atrasos.

Os sinos de St. Martin dobraram pelo morto às duas horas, ecoando pela Trafalgar Square. Francis, cuja audição era impiedosamente aguçada, pressionou as mãos enluvadas contra os ouvidos e se recusou a entrar na igreja até que o último estrépito tivesse se dissipado, fazendo a congregação se virar para observar a chegada atrasada da viúva e do filho e soltar um suspiro aliviado: como estavam pálidos! Que comportamento mais adequado! E o que dizer daquele chapéu?!

Cora observou o evento vespertino com um distanciamento interessado. Ali, na nave, obscurecendo a visão do altar — num caixão pousado sobre o que lembrava uma mesa de açougueiro —, estava o corpo do marido, que ela não se recordava de um dia ter visto por inteiro, apenas em pequenos e por vezes amedrontados vislumbres de uma camada fina de carne muito branca cobrindo belos ossos.

Ocorreu-lhe que, com efeito, ela nada sabia da vida pública de Michael, passada (supunha) em recintos idênticos na Casa dos Comuns e em seu entorno, bem como no clube, onde ela não era admitida em razão da pouca sorte de haver nascido mulher. Talvez ele fosse generoso em outros lugares — sim, talvez fosse —, talvez Cora funcionasse como uma câmara de compensação para crueldades merecidas alhures. Havia uma espécie de nobreza aí, a bem da verdade: baixou os olhos para as mãos, como se esperasse que o pensamento lhe tivesse causado estigmas.

Acima dela, na galeria escura de pé-direito alto que aparentava flutuar no espaço mal iluminado a metros de altura sobre as colunas que a sustentavam, estava Luke Garrett. *Diabrete*, pensou. *Lá está ele!* E seu coração quase saltou na direção do amigo, palpitando de encontro às grades de suas costelas. O sobretudo não era mais apropriado à ocasião do que teria sido seu avental cirúrgico, e não havia dúvida de que ele andara bebendo muito antes de chegar ali e de que a moça a seu lado era uma conhecida recente cujo afeto estava além dos recursos de que ele dispunha; no entanto, a despeito da escuridão e da distância, com um olhar sombrio, ele lhe despertou vontade de rir. Martha sentiu o mesmo e lhe sapecou um beliscão na coxa, de tal modo que, mais tarde, quando taças de vinho eram servidas em Hampstead, Paddington e Westminster, comentava-se: "A viúva de Seaborne soluçou de dor justo quando o padre declarou que, *mesmo morto, ele continuará vivo*; de certa forma, foi realmente bonito de ver."

Ao lado da mãe, Francis continuou a sussurrar, a boca colada no polegar, os olhos bem fechados; parecia de novo um bebê, e ela pousou a mão sobre a dele, que se encaixou na dela, perfeitamente imóvel e muito quente. Passado um tempo, Cora ergueu a própria mão e a pousou no colo.

Mais tarde, enquanto as batinas negras esvoaçavam tal qual gralhas por entre os bancos, Cora ficou de pé nos degraus e cumprimentou a congregação que partia, todos a imagem da gentileza e da solicitude — insistindo em relembrá-la de que tinha amigos na cidade; que seria bem-vinda, com o filho bonito, em qualquer jantar de que desejasse participar; que todos pediriam por ela em suas orações. Cora entregou a Martha tantos cartões de visita e tantos buquezinhos, além de livrinhos de orações e lencinhos debruados de preto, que um desavisado poderia confundir a ocasião com um casamento, embora não muito festivo.

Ainda não era noite, mas o gelo se adensara nos degraus, com um brilho duro sob o poste de luz, e a bruma estendia sobre a cidade sua tenda pálida. Cora estremeceu e Martha se aproximou um pouco mais, de modo que ela pudesse sentir o calor emanando daquele corpo compacto envolto no casacão que era o seu segundo melhor. Francis, postado a uma pequena distância, remexia com a mão esquerda no bolso do paletó, enquanto com a direita alisava o cabelo em um gesto espasmódico. Não parecia aflito, propriamente, caso em que uma das duas mulheres o teria acolhido entre elas, murmurando palavras de consolo ditas com imensa facilidade se necessárias. Em vez disso, o menino parecia educadamente conformado com a perturbação de uma rotina que lhe era cara.

— Que Deus tenha piedade de nós! — exclamou o dr. Garrett quando o último dos enlutados se foi, de chapéu preto, aliviado com o término da cerimônia e concentrado no lazer noturno e nas atividades matutinas. Então, com a rápida transição para a seriedade que lhe era tão irresistível, segurou a mão enluvada de Cora. — Muito bem, Cora. Você se saiu muito bem. Posso levá-la em casa? Me permita. Estou faminto. E você? Eu comeria um cavalo e mais um potro.

— Você não tem dinheiro para comprar um cavalo — interveio Martha, que só falava com o médico com aborrecimento evidente.

Fora *ela* quem o apelidara de *Diabrete*, embora ninguém se lembrasse mais disso. A presença do médico na casa da Foulis Street — a princípio por dever profissional e depois por devoção — constituía um aborrecimento para Martha, que sentia que a própria devoção era mais que suficiente. Garrett dispensara sua acompanhante e pusera no bolso superior do paletó o lenço debruado de preto.

— Mais que tudo, eu gostaria de uma longa caminhada — disse Cora.

Francis, aparentemente percebendo o súbito cansaço da mãe e vendo nisso uma oportunidade para obter alguma vantagem, aproximou-se sem demora e pediu que voltassem para casa de metrô. Como sempre, o pedido não se revestiu da forma habitual a uma criança, que ficaria feliz de vê-lo atendido, mas, sim, num tom ostensivamente exigente. Garrett, que ainda não aprendera a contornar a vontade implacável do menino, respondeu:

— Já tive a minha cota do Hades por hoje. — E gesticulou para chamar um cabriolé que passava.

Martha pegou a mão do garoto, que, por conta da surpresa total ante tamanha audácia, permitiu que ela ali ficasse, aninhada na luva.

— Eu levo você, Frank; vamos sair deste frio, não consigo sentir os dedos dos pés. Cora, decerto você não pretende fazer a pé todo o trajeto! São cinco quilômetros, no mínimo!

— Cinco e meio — emendou o médico, como se ele próprio tivesse pavimentado as ruas. — Cora, me permita caminhar com você. — O condutor do cabriolé fez um gesto impaciente e recebeu uma resposta obscena. — Você não deve, não pode ir sozinha.

— Não devo? Não posso? — Cora despiu as luvas, que não proviam mais escudo contra o frio que uma teia de aranha, e atirou-as em Garrett. — Me dê as suas. Não sei por que fazem estas nem por que as mulheres as compram. Posso andar e vou andar. Estou vestida para isso, sabe? — Erguendo a barra do vestido, revelou botas que seriam mais adequadas a um rapazola.

Francis virara as costas para a mãe, não mais interessado no rumo que a noite poderia tomar; tinha muito a fazer, de volta ao seu Quarto

Superior, e alguns objetos novos que exigiam sua atenção. Puxou a mão que Martha segurava e partiu em direção à cidade. Martha, lançando um olhar de desconfiança para Garrett e outro, sentido, para a amiga, despediu-se e mergulhou na bruma.

— Me deixe ir sozinha — pediu Cora, calçando as luvas emprestadas, tão puídas que aqueciam pouco mais que as suas. — Meus pensamentos estão de tal forma embaralhados que vou levar uns dois quilômetros para pô-los em ordem. — Tocou, então, no lenço debruado de preto no bolso de Garrett e acrescentou: — Apareça amanhã, se quiser, no cemitério. Eu disse que iria sozinha, mas talvez seja essa a ideia; talvez estejamos sempre sozinhos, a despeito de quem tenhamos como companhia.

— Você deveria ser seguida por um escriba para registrar sua sabedoria — elogiou o Diabrete em tom sarcástico, soltando a mão de Cora. Fez uma reverência extravagante e entrou no cabriolé, batendo a porta enquanto ela ria.

Maravilhada com a capacidade do homem de reverter por completo o ânimo dela, Cora não tomou de início a direção de casa, mas, sim, a da Strand. Gostava de encontrar aquele lugar em que o rio Fleet havia sido desviado para debaixo da terra, a leste de Holborn; havia um bueiro específico onde, num dia tranquilo, dava para ouvir o curso de água doce fluindo para o mar.

Chegando à Fleet Street, ela supôs que, caso apurasse o ouvido sob o ar cinzento, seria capaz de ouvir o rio correndo através de sua longa tumba, porém nada mais havia além dos ruídos de uma cidade que nem gelo nem bruma conseguiam dissuadir do trabalho ou do prazer. Ademais, tinham lhe dito certa vez que o rio já não passava de um esgoto, engordado não pela água da chuva que descia de Hampstead Heath, mas pela humanidade que se aglomerava em suas margens. Ficou ali um pouco mais, até as mãos doerem, geladas, e os lóbulos recém-furados das orelhas começarem a latejar. Deu um suspiro e tomou o rumo de casa, descobrindo que o mal-estar que no passado acompanhava a imagem da residência alta e branca na Foulis Street fora deixado para trás, largado em algum lugar sob os bancos escuros da igreja.

Martha, que aguardara com ansiedade a volta de Cora (pouco mais de uma hora depois, com as sardas visíveis sob o pó de arroz branco e o chapéu preto meio torto), acreditava piamente que apetite era sinal de uma mente saudável e observou com prazer a amiga comer ovos fritos e torrada.

— Vou ficar feliz quando tudo estiver encerrado — comentou. — Todos esses cartões, esses apertos de mão. Como me entedia a etiqueta da morte!

Na ausência da mãe, o filho, serenado pelo metrô, subira calado para o quarto e pegara no sono com o miolo de uma maçã na mão. Martha ficara à porta e, ao ver como seus cílios eram negros em contraste com a bochecha alva, sentira o coração amolecer. Um tufo de pelos do maldito cachorro encontrara o caminho até o travesseiro do menino; Martha imaginou piolhos e pulgas se esbaldando ali e se inclinou sobre a cama para removê-lo, de modo que Francis dormisse em segurança. Seu pulso, porém, deve ter tocado a fronha; o garoto despertou num abrir e fechar de olhos e, vendo os pelos na mão de Martha, soltou uma espécie de grito mudo de raiva, fazendo-a largar o tufo engordurado e sair correndo do quarto. Descendo a escada, Martha pensou: *Como posso ter medo dele, que não passa de um órfão de pai?* E por pouco não voltou para insistir que o menino lhe entregasse aquela asquerosa relíquia, e, talvez, ele até mesmo concordasse em receber um beijo. Então, uma chave foi enfiada de maneira ruidosa na porta e lá estava Cora, pedindo que a lareira fosse acesa, atirando longe as luvas, abrindo os braços para um abraço.

Mais tarde naquela noite, sendo a última pessoa a se recolher, Martha se deteve à porta do quarto de Cora; tornara-se um hábito nesses últimos anos contentar-se com a certeza de que tudo estava bem com a amiga. A porta de Cora estava entreaberta; uma tora de lenha na lareira soltava fagulhas. Parada à porta, Martha indagou:

— Você está dormindo? Posso entrar?

Como não obteve resposta, entrou e pisou no grosso tapete rosa-pálido. Sobre a lareira se achavam os cartões de visita e de pêsames, debruados de preto, com caligrafia elegante; um ramo de violetas amarrado com uma fita preta caíra perto do fogo. Martha se abaixou para pegá-lo e as flores pareceram quase recuar, assustadas, para se esconder atrás das folhas em formato de coração. Mergulhou o ramalhete num copinho com água, que pôs onde a amiga o veria assim que acordasse, e se inclinou para beijá-la. Cora murmurou e se mexeu, mas não acordou, e Martha se lembrou de quando chegara à Foulis Street para assumir seu posto, imaginando que encontraria uma matrona arrogante com a cabeça oca por só pensar em mexericos e roupas da moda e de como a desconcertara o ser instável que a recebera à porta. Furiosa e fascinada, Martha descobriu que, nem bem se habituava a uma Cora, outra emergia: num instante uma menina que parecia uma estudante deslumbrada com a própria inteligência, no outro, uma amiga íntima de muitos anos; uma mulher que oferecia jantares extravagantemente elegantes, que praguejava quando o último convidado se retirava, soltava o cabelo e se estirava gargalhando junto à lareira.

Até mesmo sua voz era objeto de uma admiração confusa — o estranho semidefeito que surgia na fala quando estava cansada e certas consoantes a atrapalhavam. O fato de por trás do encanto inteligente (que, Martha sagazmente observou, podia ser aberto e fechado como a torneira do banheiro) haver feridas visíveis só a tornava mais querida. Michael Seaborne tratava Martha com o tipo de indiferença que devotava ao porta-chapéus no vestíbulo: ela era totalmente irrelevante — o patrão nem sequer a encarava quando se cruzavam na escada. Mas Martha, vigilante que era, não deixava passar coisa alguma — ouvia cada insulto polido, observava cada hematoma escondido —, e apenas com enorme esforço se impedia de planejar um homicídio pelo qual seria alegremente enforcada. Pouco menos de um ano depois que chegou à Foulis Street — numa madrugada, durante a qual ninguém dormira —, Cora fora a seu quarto. O que quer que lhe tivessem feito ou dito a levara a tremer de maneira descontrolada, embora a noite estivesse quente; o cabelo grosso e desarrumado estava úmido. Sem nada dizer, Martha erguera os lençóis que a cobriam e tomara Cora nos braços; erguera os joelhos para abrigá-la por inteiro e a abraçara bem forte, fazendo com que o tremor daquela mulher penetrasse em seu corpo. Liberto das convencionais barbatanas de baleia e da roupa, o corpo de Cora era grande, forte. Martha sentiu as costelas se moverem em suas costas estreitas, o ventre macio que repousava em seu braço, os músculos potentes das coxas: havia sido como se agarrar a um animal que jamais aceitaria ficar imóvel. As duas acordaram frouxamente abraçadas, à vontade, e se separaram com uma carícia.

Animou-a saber que Cora não se entregara à cama no luto, mas, sim, ao velho hábito de se entreter com o que chamava de "seus Estudos", como se fosse um rapaz se preparando para a universidade. Na cama, a seu lado, estava a velha pasta de couro que pertencera à mãe, cujo monograma perdera o lustro dourado e cheirava (assim insistia Martha) ao animal do qual viera. E havia também seus cadernos, escritos numa caligrafia pequena e bem desenhada, as margens cobertas, as páginas intercaladas por ervas e lâminas de gramíneas secas, e um mapa de um trecho do litoral marcado com tinta vermelha. Várias folhas de papel a cercavam e ela adormecera agarrada à sua amonite de Dorset. Dormindo, porém, apertara-a com demasiada força, despedaçando-a e ficando com a mão suja de terra.

# FEVEREIRO

# I

— Quer dizer: tomemos o jasmim, por exemplo — prosseguiu o dr. Luke Garrett, varrendo com a mão os papéis que cobriam a mesa, como se debaixo deles pudesse encontrar botões brancos prestes a desabrochar, e, encontrando, em vez disso, uma bolsa de tabaco, pôs-se a enrolar um cigarro. — O aroma é tão doce que chega a ser, ao mesmo tempo, agradável e repulsivo; as pessoas recuam e se aproximam, recuam e se aproximam, sem saber dizer se ele as enoja ou as seduz. Se pudéssemos assumir que dor e prazer não são polos opostos, mas partes de um todo, talvez conseguíssemos, afinal, entender... — Perdeu, então, o fio da meada e se pôs a procurá-lo.

Habituado a tais sermões, o homem junto à janela bebericava sua cerveja e disse com brandura:

— Na semana passada mesmo, você concluiu que todos os estados de dor são ruins e todos os estados de prazer são bons. Eu me lembro das suas palavras exatas, porque você as repetiu várias vezes, na verdade até as anotou para mim, caso eu me esquecesse delas. Devo ter o papel comigo... — acrescentou, apalpando, em um gesto irônico, cada bolso, corando depois, jamais tendo sido versado em zombaria afetuosa. George Spencer era tudo que Garrett não era: alto, abastado, louro, tímido, com sentimentos mais profundos do que a rapidez de seus pensamentos. Os que conheciam ambos desde os tempos de estudantes brincavam que Spencer era a boa consciência do Diabrete, amputada do dono sabe-se lá como, sempre correndo para acompanhar seu passo.

Garrett afundou-se mais na poltrona:

— Claro que, por um lado, *parece* totalmente contraditório e injustificável, mas, por outro, as melhores mentes podem conter pensamentos opostos ao mesmo tempo. — Franziu a testa, expressão que fazia seus olhos quase sumirem debaixo das sobrancelhas negras e da franja mais negra ainda, e sorveu todo o líquido que restara no copo. — Deixe-me explicar...

— Eu gostaria, mas preciso encontrar alguns amigos para jantar.

— Você *não tem* amigos, Spencer. Nem eu mesmo gosto de você. Veja: é inútil negar que provocar ou vivenciar a dor é a mais repulsiva das experiências humanas. Antes de deixar os pacientes inconscientes, os cirurgiões vomitavam horrorizados ante o que estavam prestes a fazer; homens e mulheres sãos preferiam abreviar suas vidas a enfrentar a faca, inclusive você preferiria, e eu também! Ainda assim, é impossível dizer o que efetivamente é a dor ou como de fato é senti-la, ou se o que dói numa pessoa dói em outra; é mais uma questão da imaginação do que do corpo. Dito isso, você entende como a hipnose deveria ser valorizada? — Semicerrando os olhos ao encarar Spencer, Garrett prosseguiu: — Se você me disser que se queimou e está sofrendo, como vou saber se a sensação que me relata tem alguma semelhança com a que eu teria se sofresse o mesmo ferimento? Tudo que eu poderia dizer é que ambos vivenciamos alguma reação física a um estímulo idêntico. Sim, provavelmente nós dois gritaríamos e recorreríamos à água fria durante uns instantes, mas como saber que você não está na verdade tendo uma sensação que, caso assaltasse a mim, me faria gritar de um jeito totalmente distinto? — Como um lobo, arreganhou os dentes e foi em frente: — Faz diferença? Mudaria o tratamento que um médico lhe prescreveria? Se você começa a questionar a veracidade, ou, suponho, o valor da dor, como evitar negar ou prestar cuidados segundo algum padrão que você mesmo admite ser inteiramente arbitrário?

Perdendo o interesse, Garrett se inclinou para pegar os papéis caídos no chão e se pôs a separá-los em pilhas organizadas.

— Não faz a mínima diferença para todos os efeitos práticos. A ideia apenas me ocorreu, só isso. As coisas me ocorrem e gosto de falar sobre elas, e não tenho outra pessoa com quem falar. Eu devia arrumar um cachorro.

Spencer, ao perceber o ânimo do amigo se tornar sombrio, pegou um cigarro e, ignorando o tique-taque do relógio no pulso, sentou-se numa cadeira dura e examinou o aposento. Estava obsessivamente limpo, e o parcimonioso sol de inverno não tinha como iluminar um cisco de pó, por mais que tentasse. A mobília consistia em duas cadeiras e uma mesa, cujo pé era formado por dois caixotes emborcados. Um pedaço de pano pregado à janela tinha a aparência desgastada e desbotada devido a múltiplas lavagens, e a lareira de pedra branca reluzia. Havia um aroma forte de limão e antisséptico, e sobre a lareira sobressaíam as fotografias emolduradas em preto de Ignaz Semmelweis e John Snow. Acima da pequena escrivaninha via-se um desenho (assinado LUKE GARRETT, TREZE ANOS) de uma serpente enroscada num cajado farejando o ar com a língua bífida: o símbolo de Asclépio, arrancado do ventre da mãe quando ela já estava na pira funerária e que, mais tarde, se tornou o deus da cura. As únicas comidas e bebidas que Spencer já vira no topo dos três lances de escada caiada haviam sido cerveja barata e bolachas Jacob's. Ele baixou os olhos para o amigo, consciente do embate familiar entre frustração e afeto que sempre sentia na sua presença.

Spencer podia se lembrar com perfeita clareza do primeiro encontro dos dois no auditório do Royal Borough, o hospital-escola onde Garrett comprovou ser superior aos mestres, quer em teoria, quer em compreensão, suportando seus ensinamentos com má vontade, exceto quando estudava anatomia cardíaca e o sistema circulatório, ocasiões em que se tornava tão infantil e eufórico que dava a impressão de ser um zombeteiro, o que, com frequência, resultava em sua expulsão da sala de aula. Spencer, sabendo que a única maneira de disfarçar e superar os limites da própria inteligência era estudar, e estudar muito, evitava Garrett. Desconfiava que nada de bom resultaria de ser visto com ele e, ademais, tinha um certo medo do brilho sombrio por trás dos olhos do rapaz. Ao encontrá-lo, certa tarde, muito depois de o laboratório ficar vazio, quando suas portas supostamente se encontrariam trancadas, pensou a princípio que o outro estivesse perturbado ao extremo. Garrett, sentado com a cabeça baixada na direção de uma das bancadas riscadas e chamuscadas pela ação do bico de Bunsen, observava com muita atenção algo entre as mãos estendidas.

— Garrett? É você? — indagou Spencer. — Está tudo bem? O que está fazendo aqui tão tarde?

Garrett não respondera, mas virara a cabeça, e o sorriso sarcástico que em geral lhe mascarava o rosto não estava presente. No lugar, um sorriso franco de imensa doçura fez Spencer achar que Garrett o confundira com um amigo. Garrett, porém, fez um gesto e disse:

— Olhe! Venha ver o que eu fiz!

A primeira impressão de Spencer foi que Garrett tivesse adotado o passatempo de bordar, o que não seria totalmente estranho: todo ano havia um concurso envolvendo os cirurgiões estudantes para ver quem era capaz de dar os pontos mais perfeitos num quadrado branco de seda, e alguns afirmavam praticar com teias de aranha. O que prendia a atenção de Garrett era um belo objeto que parecia um leque japonês em miniatura com uma borla trançada de um jeito bastante intrincado no cabo. A largura não era maior do que a de seu polegar, e os desenhos nas cores azul e escarlate sobre o fundo creme amarelado eram tão delicados que mal se podiam identificar os pontos em que as linhas atravessavam a seda. Inclinando-se para olhar mais de perto, sua visão se aguçou e Spencer se deu conta do que tinha diante dos olhos: uma porção seccionada de maneira perfeita do revestimento de um estômago humano, cortada fina como papel, injetada com tinta a fim de mostrar o traçado das veias e imprensada entre duas lâminas de vidro. Artista algum seria capaz de replicar as laçadas e ondulações delicadas de veias e artérias, que não formavam desenho algum, mas onde Spencer achou ter visto a imagem de árvores desnudas na primavera.

— *Oh!* — Ele encontrara o olhar de Garrett e ambos partilharam uma expressão de deleite que criou um laço jamais rompido por nenhum dos dois. — Você fez isso?

— Fiz! Uma vez, quando eu era jovem, vi uma imagem de algo assim, da autoria de Edward Jenner, acho. Falei para o meu pai que eu faria uma igual, mas duvido que ele tenha acreditado em mim. E aqui estamos nós, e aqui está isto. Invadi o necrotério. Você não vai contar, vai?

— Não, jamais! — prometeu Spencer, maravilhado.

— Acredito que para a maioria de nós, para mim com certeza, mais vale contemplar o que existe por baixo da pele do que o que está por cima. Me vire do avesso e vai descobrir um sujeito muito bonito! — Garrett pôs o quadrinho numa caixa de papelão, amarrou com barbante e guardou no bolso superior do paletó, com a reverência de um padre. — Vou levar a um moldureiro e emoldurar em ébano. Ébano é caro? Pinho ou carvalho... Vivo na esperança de um dia conhecer alguém que veja nele a beleza que eu vejo. Que tal tomarmos um trago?

Spencer olhou para os livros de estudo que carregava e depois para o rosto de Garrett. Ocorreu-lhe pela primeira vez que Garrett sem dúvida era tímido e provavelmente solitário.

— Por que não? — respondeu. — Já que vou ser reprovado, nem vou me preocupar com isso.

O outro abriu um sorriso largo.

— Espero que você tenha algum dinheiro, então, porque eu não como desde ontem.

Em seguida, saiu a toda pelo corredor, rindo sozinho — ou talvez fosse para Spencer, ou de alguma velha piada que acabara de recordar.

Era evidente que Garrett ainda não achara um recipiente adequado para seu trabalho manual, pois ali — anos mais tarde — estava o quadrinho em sua caixa, colocado de maneira reverente sobre a lareira, o papelão branco amarelecido nos cantos. Spencer girou o cigarro entre os dedos e perguntou:

— Ela se foi?

Erguendo o olhar, Garrett cogitou fingir que não tinha entendido, mas viu que não adiantaria.

— Cora? Na semana passada. As cortinas estão baixadas na Foulis Street e a mobília, coberta por lençóis. Sei disso porque espiei — explicou, fechando a cara. — Acho que viajou pouco antes de eu passar por lá. A bruxa velha da Martha estava em casa e não quis me passar o endereço de onde ela está; disse que Cora precisava de paz e sossego e mandaria notícias no devido tempo.

— Martha tem um ano a mais que você — observou Spencer com indiferença. — E admita, Garrett: paz e sossego são duas coisas que não costumam ser associadas a você.

— Eu sou *amigo* dela!

— Sim, mas não lhe dá nem paz nem sossego. Para onde ela foi?

— Colchester. Colchester! O que será que existe em Colchester? Ruínas, um rio, camponeses palmípedes e *lama*.

— Estão descobrindo fósseis no litoral, foi o que li. Mulheres elegantes andam usando colares de dentes de tubarão e prata. Cora vai se sentir feliz como uma criança lá, com lama até os joelhos. Você logo vai vê-la.

— Que graça tem *logo*? Que graça tem *Colchester*? Que graça têm fósseis? Não faz nem um mês. Ela ainda devia estar de luto. — (Nessa altura, os dois evitaram se encarar.) — Devia estar na companhia de quem gosta dela.

— Ela está com Martha, e ninguém no mundo gosta mais dela do que Martha. — Spencer não mencionou Francis, que várias vezes o derrotara no xadrez: por algum motivo, não lhe pareceu viável sugerir que o menino amasse a mãe.

O relógio tiquetaqueou mais alto e ele viu em Garrett o lento efervescer de um ataque de fúria. Pensando no jantar que o aguardava, no vinho e na casa de carpete macio, disse, como se a ideia tivesse acabado de lhe ocorrer:

— Eu ia perguntar: como vai indo a sua dissertação?

Acenar com a expectativa de aprovação acadêmica diante de Garrett costumava produzir o mesmo efeito que mostrar um osso a um cão, e ultimamente quase nada conseguia substituir Cora Seaborne na mente do amigo.

— Dissertação? — A palavra saiu da boca do homem como se tivesse um gosto ruim. Prosseguiu, então, levemente mais calmo: — Sobre a possibilidade de substituir a válvula aórtica? Vai indo bem. — Quase sem olhar, com destreza extraiu uma meia dúzia de páginas cobertas por uma caligrafia densa e escura do meio de uma pilha de cadernos. — O prazo vence domingo. Acho melhor meter a cara no trabalho. Vá embora, está bem?

Virando-se, Garrett se dobrou sobre a escrivaninha e começou a apontar um lápis com uma lâmina de barbear. Desdobrou uma folha grande de papel que mostrava uma secção transversa do coração humano, bastante ampliada, com anotações enigmáticas em tinta preta, bem como trechos riscados e reintegrados com uma série de pontos de exclamação. Alguma coisa nas margens chamou sua atenção, gerando entusiasmo ou irritação: praguejou, então, e começou a escrever.

Spencer tirou uma nota de dinheiro do bolso, pousou-a silenciosamente no chão, onde o amigo pudesse confundi-la com alguma que ele mesmo tivesse deixado cair sem querer, e saiu, fechando a porta.

## 2

Depois de vasculhar o rio em busca de martins-pescadores e explorar o castelo em busca de corvos, Cora Seaborne caminhou por Colchester de braço dado com Martha enquanto segurava um guarda-chuva para proteger as duas. Não encontrara nenhum martim-pescador ("Provavelmente estão numa viagem pelo Nilo — será que vamos atrás deles, Martha?"), mas a fortaleza do castelo fervilhava de gralhas com expressão sombria que vagavam para lá e para cá com suas pernas que lembravam calças puídas.

— Belas ruínas — comentou Cora —, mas eu gostaria de ter visto uma forca ou um criminoso com os olhos arrancados.

Martha — que carecia de paciência com o passado e mantinha os olhos sempre fixos em algum ponto mais brilhante a anos de distância — retrucou:

— O sofrimento existe se você realmente se dispuser a encontrá-lo.

Apontou, então, para um homem cujas pernas terminavam acima do joelho e que se postara em frente a um café, apostando na melhor estratégia para incutir culpa em turistas com a barriga empanturrada. Martha não disfarçara seu desconforto por ser arrancada do lar na cidade: por mais que sua trança loura e seus braços fortes lhe conferissem a aparência de uma ordenhadora de vacas com grande apreço por creme de leite, ela jamais fora muito além de Bishopsgate e achava os bosques de Essex sinistros e as casas do lugar, pintadas de cor-de-rosa, moradias de pessoas estúpidas. Seu espanto diante do fato de que alguém pudesse tomar café num lugar tão primitivo só era comparável à repulsa que sentia pelo líquido adstringente que lhe serviam, e a todos que encontrava se dirigia com a cortesia extravagante reservada a uma criança idiota. Não obstante, nos quinze dias desde a partida de Londres — Francis fora tirado da escola para evidente, ainda que não verbalizado, alívio dos professores —, Martha quase chegara a se apaixonar pela cidadezinha por conta do efeito causado na amiga, que, apartada da atmosfera londrina, abandonara o luto protocolar e voltara dez anos no tempo, para quando era mais feliz. Cedo ou tarde, pensou Martha, perguntaria com delicadeza quanto tempo Cora pretendia morar nos dois cômodos na High Street, sem fazer coisa alguma senão caminhar até cansar e se debruçar sobre livros. Por ora, contudo, satisfazia-se em testemunhar a felicidade da amiga.

Ajeitando o guarda-chuva, que nada fizera além de canalizar de forma mais eficaz a chuva fina para dentro das golas dos respectivos casacos, Cora seguiu o dedo indicador de Martha. O aleijado estava se saindo bem melhor que elas na tarefa de se proteger das intempéries e, a julgar pela satisfação com que examinava o conteúdo do chapéu em que recebia as esmolas, tivera um dia lucrativo. Sentava-se no que a princípio pareceu a Cora um banco de pedra, mas que, visto mais de perto, se revelou um fragmento de alvenaria. A peça media, no mínimo, noventa centímetros de largura e sessenta de profundidade, e resquícios de uma frase em latim podiam ser lidos debaixo do coto de perna do mendigo. Ao perceber as duas mulheres com seus casacos de qualidade a observá-lo do outro lado da rua, o homem imediatamente adotou uma expressão de pobreza extrema, mas logo a abandonou, por ser demasiado óbvia, substituindo-a por outra — de sofrimento nobre —, qual sugeria que, a despeito de considerar sua ocupação odiosa, jamais poderia ser acusado de indolente. Cora, que adorou o teatro, desvencilhou-se de Martha e, passando por trás de um ônibus em movimento, postou-se solenemente aos pés do pedinte, meio protegida da chuva por uma marquise estreita.

— Boa tarde — saudou, abrindo a bolsa. O homem olhou para o céu, que, nesse momento, livre das nuvens, ostentava um incrível tom de azul.

— Não, não é uma boa tarde, mas pode vir a ser: é o que eu acho — respondeu.

A breve claridade brilhante iluminou o prédio às costas do mendigo, que, como Cora observou, se encontrava destruído, como se tivesse sofrido uma explosão. Uma ala à esquerda continuava, mais ou menos, como seu arquiteto pretendera — um edifício de vários andares que talvez tivesse sido uma mansão ou a Câmara Municipal —, mas a ala à direita havia se partido e afundado vários centímetros no solo. Uma estrutura de traves e pranchas impedia seu desmoronamento sobre a calçada, mas o risco era evidente, e Cora pensou ouvir, acima do ruído do tráfego lento, o atrito de ferro contra pedra. Martha surgiu a seu lado, e Cora, em um gesto instintivo, tomou-lhe a mão, sem saber se recuava ou erguia a barra da saia para explorar o local mais de perto. O mesmo apetite que a fizera quebrar pedras em busca de amonites até o ar cheirar a cordite impeliu-a a ir em frente; pôde ver um cômodo com a lareira intacta e um pedaço de tapete escarlate esticado, como uma língua, sobre a beirada de um assoalho fendido. Mais adiante, uma muda de carvalho dominara a lateral da escada e um fungo pálido que lembrava várias mãos sem dedos colonizara o teto de gesso.

— Cuidado para não cair, senhorita! — advertiu o mendigo, e, estendendo o braço sobre o assento de pedra, agarrou a barra do casaco de Cora. — Para que está fazendo isso? Não, chegue mais para trás... Mais... Agora, sim, acho. E não faça isso de novo.

Tudo foi dito com a autoridade de um guardião, o que fez Cora se sentir envergonhada e dizer:

— Ah, sinto muito. Não foi minha intenção assustá-lo. É que achei ter visto algo se mexer.

— Devem ser as andorinhas, e a senhora não precisa se preocupar nem um pouco com elas. — Esquecido por um instante das circunstâncias da própria profissão, ele ajeitou o cachecol com um puxão e falou: — Thomas Taylor, a seu dispor. A senhora nunca esteve aqui, suponho.

— Chegamos faz alguns dias. Minha amiga e eu — respondeu Cora, fazendo um gesto na direção de Martha, parada a uma pequena distância à sombra do guarda-chuva, com expressão de ostensiva desaprovação. — Ficaremos um tempo, por isso achei que devia cumprimentá-lo. — Tanto Cora quanto o aleijado ponderaram a lógica de tal declaração e, não a encontrando, optaram por ignorá-la.

— A senhora provavelmente veio aqui por causa do terremoto — disse Taylor, apontando as ruínas às suas costas. Dava a impressão de um conferencista passando uma última revista em suas anotações, e Cora, sempre ávida por instrução, deu a entender que sim.

— O senhor poderia nos contar mais? — pediu. — Se estiver com tempo, claro.

O terremoto acontecera oito anos antes (disse ele), segundo se lembrava, precisamente às nove e dezoito. Era uma linda manhã de abril, fato que mais tarde foi considerado uma bênção, já que a maioria das pessoas não se encontrava em casa. A terra de Essex tremera como se a intenção fosse derrubar todas as suas cidades e aldeias; durara vinte segundos, não mais que isso, numa série de convulsões que se interrompeu uma única vez, como se para tomar fôlego, e depois recomeçou. Nos estuários do Colne e do Blackwater, o mar se ergueu em ondas espumosas que açoitaram as margens e deixaram em frangalhos todas as embarcações na água. A igreja Langenhoe, conhecida por ser assombrada, foi reduzida a escombros e as aldeias de Wivenhoe e Abberton praticamente viraram pó. O terremoto foi sentido na Bélgica, onde xícaras caíram das mesas; ali, em Essex, um menino que dormia num catre debaixo da mesa foi esmagado por argamassa caída do teto e um homem que limpava o mostrador do relógio da prefeitura foi derrubado da escada e teve o braço decepado. Em Maldon, as pessoas pensaram que alguém havia usado dinamite para aterrorizar a cidade e todos saíram correndo para as ruas. A igreja de Virley ficou em um estado irreparável e já não recebia paroquianos, apenas raposas, e em lugar de bancos havia agora apenas urtigas. Nos pomares, as macieiras perderam seus brotos e não deram frutas naquele ano.

A bem da verdade, Cora se lembrou de ter lido as manchetes, que lhe pareceram meio curiosas (pensar que o modesto condado de Essex, uma ínfima prega na paisagem, houvesse tremido e desmoronado!).

— Que extraordinário! — exclamou, encantada. — Debaixo dos nossos pés só existem rochas paleozoicas nesta parte do mundo. Imagine só: elas, incrustadas aqui quinhentos milhões de anos antes, entraram em atrito umas com as outras e derrubaram os campanários das igrejas!

— Disso aí eu não sei — retrucou Taylor, trocando com Martha um olhar que traduzia um certo grau de compreensão. — De todo jeito, Colchester ficou mal, embora não tenha havido mortes. — Ele voltou a apontar com o polegar as ruínas e disse: — Se a senhorita quiser entrar, tome cuidado e preste atenção nas minhas pernas, já que estão a menos de quinze metros de distância — pediu, puxando o tecido da calça e ajeitando a parte vazia do pano por debaixo da perna.

Cora, cujo sentimento de pena estava prestes a aflorar, se inclinou e, com a mão no ombro do homem, disse:

— Sinto muito por ter feito o senhor reviver essa lembrança, embora jamais vá esquecê-la, decerto. Lamento por isso também. — Abriu a bolsa, perguntando-se como explicar que não lhe daria uma esmola, mas o pagamento pela informação.

— Veja bem — disse Taylor, pegando a moeda com a expressão de quem prestou um favor. — Tem mais! — Abandonando o tom de conferencista, assumiu o de um *showman*. — Imagino que a senhorita tenha ouvido falar da Serpente de Essex, que já foi o terror de Henham e Wormingford e foi vista de novo, não? — Encantada, Cora respondeu que não. — Ah — prosseguiu Taylor, num tom sombrio —, me pergunto se deveria evitar perturbá-las com isso, já que são senhoras e, portanto, têm estrutura frágil.

Examinou a turista e evidentemente concluiu que uma mulher que possuísse um casaco daqueles não haveria de sentir medo de meros monstros.

— Então, vamos lá: em 1669, com o filho de um rei traidor no trono, um homem mal conseguia andar um quilômetro sem encontrar um aviso pregado num carvalho ou num portão. NOTÍCIA ESTRANHA, lia-se no aviso, uma serpente monstruosa com olhos iguais aos de uma ovelha, que sai das águas de Essex e invade os bosques de bétulas e os largos da aldeia! — começou ele, lustrando a moeda na manga. — Aqueles foram os anos da Serpente de Essex, quer fosse de escamas e músculos, ou de madeira e lona, ou não passasse dos devaneios de loucos; as crianças eram mantidas longe das margens dos rios e os pescadores rezavam para conseguir um ofício melhor! Então, tudo se foi tão rápido quanto chegou, e durante duzentos anos não se ouviu uma palavra sobre ela até acontecer o terremoto e algo ser deslocado debaixo da água. Alguma coisa tinha sido libertada! Uma criatura enorme e sorrateira, como dizem, mais dragão que serpente, tão à vontade na terra quanto na água, cujas asas se banham de sol nos dias bonitos. O primeiro homem que viu a serpente lá em Point Clear perdeu a razão e nunca mais a encontrou. Morreu num asilo não faz nem seis meses, deixando para trás uma dúzia de desenhos que fez com pedaços de carvão tirados da lareira...

— Notícia estranha! — repetiu Cora. — Existem coisas mais estranhas no céu e na terra... Me diga: já tiraram alguma fotografia dela, alguém já pensou em fazer um relatório?

— Não que eu saiba — respondeu Taylor, dando de ombros. — Não posso dizer que ponho muita fé nisso. O pessoal de Essex é fanático por essas histórias, como no caso das bruxas de Chelmsford e da ideia de que o Cão Negro vem para estas bandas quando se cansa da carne de Suffolk. — Observou as mulheres por um tempinho e de repente pareceu entediado com a companhia de ambas. Guardou a moeda no bolso, apalpando-o duas vezes. — Muito bem, já ganhei o dia de hoje, mais que isso até, e logo estarei em casa diante de um bom prato de comida. Aliás — disse, olhando com ironia para Martha, cuja impaciência se fazia notar pelo estremecimento das varetas do guarda-chuva —, acho que ficarão mais seguras aonde quer que estejam indo, mas tomem cuidado com as fendas na calçada, como lhes diria minha filha, já que nunca se sabe o que existe embaixo.

Acenou, então, para ambas com um gesto pomposo que cairia bem num estadista dispensando um secretário. Ao ouvir, porém, os risos de um jovem casal no ar úmido, virou as costas e voltou a assumir a expressão de pedinte.

— Em algum lugar lá dentro — disse Cora, voltando a emparelhar com Martha —, no meio daqueles escombros, estão os sapatos e provavelmente os ossos das pernas que ele perdeu...

— Não acredito numa palavra que ele disse. Olhe, as luzes estão se acendendo, já passa das cinco. Devíamos voltar para ver como Frankie está.

Era verdade. Haviam deixado Francis na cama, enrolado em cobertores e duro como uma múmia, cuidado por um senhorio que criara três filhos sozinho e achava o de Cora um docinho, cujo resfriado podia ser curado com uma sopa. Desconcertado por encontrar um homem que o encarava não só sem desconfiança, mas com um mínimo de interesse,

Francis consentira em receber uma afeição brusca que jamais receberia da mãe. Tinha sido visto dando ao senhorio um de seus tesouros (um pedaço de pirita de ferro que, assim esperava, talvez pudesse ser confundido com ouro) e passou a se interessar pela leitura dos contos de Sherlock Holmes. Cora se perguntou como era possível sentir ansiedade em relação ao filho (quando ficava doente, seu rosto se iluminava e se infantilizava, cortando o coração da mãe) e, ao mesmo tempo, alívio pela separação forçada. Morar naqueles dois quartinhos trouxera todos os pequenos rituais do filho até a sua porta, e a indiferença dele ante a fúria ou o carinho de Cora não podia ser ignorada; seu dia de liberdade junto ao castelo e os salgueiros desnudos nas margens do rio Colne tinha sido puro deleite e ela detestava ter de encerrá-lo. Martha, que tinha o dom de verbalizar os pensamentos de Cora antes mesmo que a amiga os elaborasse, disse:

— Olhe só, seu casaco andou arrastando nas poças e seu cabelo está todo molhado. Vamos encontrar um café onde esperar a chuva passar.

Fez um gesto com a cabeça indicando um toldo de onde pingava água e sob o qual um par de vitrines exibia vários bolos.

Cora acrescentou, com certa hesitação:

— Além disso, ele já deve estar dormindo, não acha? E fica tão mal-humorado quando o acordam...

Como cúmplices, as duas seguiram em frente pelas calçadas molhadas que brilhavam agora sob o sol que se punha, e já se encontravam sob a proteção do toldo quando Cora ouviu uma voz familiar.

— A sra. Seaborne, veja só!

Cora examinou a rua mal iluminada e disse:

— Será que alguém nos viu?

Martha, ressentida ante o surgimento de mais intrusos, puxou a alça da bolsa.

— Quem conhece você aqui? Chegamos há menos de uma semana! Será que você não consegue passar despercebida?

A voz se fez ouvir novamente:

— Cora Seaborne, que surpresa!

E com uma exclamação de deleite, a mulher alcançou a calçada e ergueu o braço.

— Charles! Venha cá! Venha me ver!

Aproximando-se de Cora, sob um par de guarda-chuvas tão grandes que dominava a rua, Charles e Katherine Ambrose formavam uma imagem improvável. Outrora colega de Michael Seaborne — numa das muitas funções desempenhadas em Whitehall que Cora jamais foi capaz de entender direito e que, aparentemente, englobava o dobro do poder de um político e nenhuma responsabilidade —, Charles era figura fácil no cotidiano da Foulis Street. O brilho de seus coletes e o apetite insaciável por tudo escondiam uma sagacidade imperceptível para a maioria; o fato de Cora tê-la detectado logo no primeiro encontro transformou-o mais ou menos em seu escravo. Talvez fosse surpreendente a devoção que tinha pela esposa, de silhueta diminuta, enquanto a dele era avantajada, e que o considerava muitíssimo divertido. O casal era generoso, benevolente e interessado na vida dos outros; quando insistiram que nenhum médico senão Garrett serviria para o enfermo Seaborne, tinha parecido ser praticamente impossível recusar.

Cora apertou a cintura da amiga de um jeito apaziguador:

— Você sabe que eu preferiria mil vezes se fôssemos só eu, você e os nossos livros, mas se trata de Charles e Katherine Ambrose! Já os apresentei a você e você gostou deles... Sério, gostou, sim! *Charles!*

Fazendo uma reverência zombeteira, que talvez parecesse elegante não fosse pelo fato de o pé que ficou visível estar escondido numa bota masculina suja de lama, Cora disse:

— Você conhece Martha, claro. — A seu lado, Martha se aprumou, esticando bem as costas, e fez um gesto de cabeça pouco convidativo. — E Katherine também. Eu não fazia ideia de que vocês soubessem que a Inglaterra se estende além de Palmer's Green. Estão perdidos por aqui? Posso lhes emprestar o meu mapa.

Charles Ambrose olhou com repulsa para a bota enlameada e o sobretudo de *tweed* folgado demais nos ombros, bem como para as mãos fortes com unhas roídas.

— Eu diria que é um prazer encontrar você, embora nunca na minha vida tenha visto alguém tão parecido com uma rainha dos bárbaros pronta para a pilhagem. Será que é preciso imitar os icenos só por estar no território deles? — Cora, que se recusara a usar qualquer coisa que lhe apertasse a cintura, que erguera com as mãos o cabelo para acomodá-lo sob um chapéu, que não usava joia alguma desde que tirara as pérolas das orelhas um mês antes, não se ofendeu.

— A rainha Boudica ficaria envergonhada de ser vista assim, garanto. Podemos entrar e tomar um café enquanto esperamos as nuvens irem embora? Você está bem-vestido o suficiente por nós dois.

Cora enganchou a mão na dobra do cotovelo de Katherine Ambrose, e ambas trocaram uma piscadela enquanto observavam as costas amplas e cobertas pelo paletó de veludo de Charles fazerem uma entrada triunfal no café.

— Cora, como você está *de verdade*? — indagou Katherine, fazendo uma pausa na entrada, tomando o rosto da mulher mais jovem entre as mãos e virando-o na direção da luz. Examinou as maçãs do rosto proeminentes e os olhos que pareciam ardósia.

Cora não respondeu, porque teve medo de deixar transparecer sua vergonhosa felicidade. Katherine, que desconfiara mais do comportamento de Michael Seaborne com a esposa do que Cora jamais suspeitara, descobriu a resposta e ficou na ponta dos pés para plantar um beijo na têmpora da mulher. Atrás das duas, Martha fingiu tossir; Cora se virou, inclinou-se para pegar sua sacola de lona e, sussurrando "Só meia horinha, *prometo*", apressou a amiga a entrar.

— Bem, o que *vocês* estão fazendo aqui? Associo vocês dois de tal maneira a Whitehall e Kensington que acho que sempre imaginei que evaporariam se cruzassem os limites da cidade!

Cora contemplou a mesa com satisfação. Charles mandara uma moça estupefata vestida com um avental branco trazer pelo menos uma dúzia dos bolos preferidos da garçonete, além de um galão de chá. Era evidente que ela gostava de coco: havia *macaroons* e bolinhos com raspas de coco, além de losangos de bolo besuntados de geleia de amora e cobertos de flocos de coco. Cora, que caminhara vários quilômetros naquela manhã, placidamente foi comendo o que estava pela frente até chegar às *madeleines* no centro da mesa.

— Sim — disse Martha, com um indisfarçado brilho de aço nos olhos: — O que *vocês* estão fazendo aqui?

— Visitando amigos — respondeu Katherine Ambrose. Com um movimento dos ombros, livrou-se do casaquinho e observou o interior pouco iluminado e fragrante do café com uma expressão de surpresa. Alguma coisa na toalha verde arrematada com borlas que lhes chegava ao colo evidentemente a divertiu. Alisando o pano, ela refreou um sorriso e disse: — Por que outro motivo alguém viria parar aqui? Não há lojas onde fazer compras, nem um mercado sequer. Onde será que os moradores compram vinhos e queijos?

— No vinhedo e no curral, imagino — observou Charles, entregando à esposa um prato no qual pusera um bolinho coberto com glacê. Jamais alguém a vira comendo bolo, mas ele gostava de tentá-la vez por outra. — Estamos tentando convencer o coronel Howard a concorrer ao Parlamento na próxima eleição. Ele deve se aposentar e...

— ... e é *Realmente uma Boa Notícia* — concluiu Cora, servindo a Charles uma de suas expressões características. A seu lado, Martha parecia meio tensa, provavelmente se preparando para uma de suas diatribes sobre saúde pública ou a necessidade de reforma das leis de moradia (embrulhado numa sacola de papel azul, enfiado na sacola de lona, estava um romance norte-americano que descrevia em termos ultra-abonadores uma utopia futura de moradia urbana comunitária; Martha aguardara semanas pela edição inglesa e estava impaciente para chegar em casa e estudá-lo). Cora, embora admiradora da consciência sensível da amiga, estava demasiado cansada para assistir ao início de um embate regado a xícaras de chá. Acrescentou uma *madeleine* ao prato de Katherine, que foi empurrado e substituído pelo mapa que Martha pusera sobre a toalha da mesa.

— Posso? — Katherine abriu o mapa até que Colchester se mostrasse em preto e branco, com locais de interesse em destaque e ilustrado com fotografias. Cora fizera um círculo em torno do Museu do Castelo, e a mancha de um pingo de chá obliterava a torre de St. Nicholas. — Sim — prosseguiu —, pensamos em chegar ao coronel antes que *outros* o façam. Ele não esconde suas ambições, mas jamais nos permite saber em que direção elas vão. Acho que Charles o convenceu de que haverá uma mudança de governo na próxima eleição e que devemos todos contribuir financeiramente. O velhote tem a força de um homem com metade da idade dele e é um bocado teimoso. Talvez venhamos a ter o primeiro-ministro mais velho de todos.

Não lhe foi necessário mencionar Gladstone, que era para a família Ambrose um misto de santo excêntrico e parente adorado. Cora o encontrara uma vez — ela de pé, rígida, ao lado do marido enquanto os dedos de pontas afiadas dele lhe perfuravam a pele do braço, Gladstone levemente encurvado cumprimentando uma procissão de convidados — e ficara impressionada com a inteligência selvagem que cintilava sob as sobrancelhas que clamavam por uma tesoura. Tornara-se evidente, diante do gelo que tingiu a voz do anfitrião quando cumprimentou Michael Seaborne, que o estadista nutria por seu marido com um ódio implacável, e, embora o cumprimento que Gladstone dirigiu a ela houvesse sido igualmente gélido, Cora sempre vira nele, nos anos seguintes, uma espécie de aliado.

Martha, fazendo o possível para ser antipática, comentou, então:

— Ele continua andando com prostitutas?

Charles, porém, passara do ponto de ficar chocado e rira por sobre a borda da xícara.

Rapidamente, Katherine mudou o rumo da conversa:

— Já falamos de nós, mas o que você está fazendo em Colchester, Cora? Se quisesse ficar perto do mar, podia usar a nossa casa em Kent. Aqui tem pouca coisa além de lama e quilômetros de pântanos, e tudo isso deprimiria até um palhaço. A menos que você pretenda procurar um novo marido na fortaleza, não consigo ver o que a atraiu aqui.

— Vou lhe mostrar — respondeu Cora, empurrando o mapa na direção de Katherine e, com um dedo, que a amiga reparou não estar muito limpo, traçou uma linha que ligava Colchester à foz do rio Blackwater.

— Mês passado, dois homens que caminhavam no sopé dos penhascos de Mersea quase foram soterrados por um deslizamento. Tiveram a presença de espírito de dar uma olhada nos escombros e encontraram resquícios de fósseis, alguns dentes aqui e acolá, os coprólitos habituais, claro, mas também um pequeno mamífero de algum tipo, que foi levado ao Museu Britânico para ser classificado: quem sabe que espécies novas talvez tenham descoberto!

Charles olhou, cauteloso, para o mapa. A despeito de todo o seu liberalismo e das tentativas determinadas de se manter atualizado, no fundo era profundamente conservador e não guardava em sua sala de estudos as obras de Darwin ou Lyell por medo de que contagiassem os livros mais saudáveis. Não era um homem particularmente devoto, mas sentia que uma fé comum supervisionada por um Deus benevolente era o que impedia que o tecido da sociedade se rasgasse como um lençol gasto. A ideia de que, afinal, não houvesse nobreza essencial na humanidade e de que sua própria espécie não fosse o povo escolhido pela mão divina o perturbava nos momentos que antecediam a aurora. E, como acontecia com a maioria das questões perturbadoras, sua opção era ignorar o assunto até que sumisse. Mais que isso, Charles se culpava pela adoração de Cora pela geóloga Mary Anning: Cora jamais demonstrara o menor interesse por cavoucar entre rochas e lama até se descobrir num jantar dos Ambrose sentada ao lado de um homem mais velho que falara uma vez com Anning, e desde então tornara-se um apaixonado pela sua lembrança. Quando Cora ouviu as histórias do idoso sobre a filha do carpinteiro que ficara mais forte após ser atingida por um raio e sobre a descoberta de seu primeiro fóssil aos doze anos, sobre sua pobreza e o martírio oriundo de um câncer, também se apaixonou, e durante meses depois disso não falou de mais nada além de lias azuis e bezoares. Quem esperava que a paixão da moça fosse arrefecer, pensou Charles, desanimado, decerto não conhecia Cora.

De olho no último *macaroon*, ele disse:

— Com certeza é melhor deixar esse assunto para os especialistas, hoje em dia; não estamos na Idade das Trevas, dependendo de birutas de anáguas rastejando na terra e empunhando um martelo e um pincel. Afinal, existem universidades, associações, bolsas de estudos, essas coisas.

— E? O que você espera que eu faça? Que fique sentada em casa planejando o jantar e esperando a chegada de um novo par de sapatos? — A irritação de Cora, que demorava a se revelar, fazia-se primeiro notar pelo escurecimento dos olhos cinzentos.

— Claro que não! — Achando ter detectado uma aresta no olhar da amiga, Charles atalhou: — Ninguém que conheça você esperaria isso. Mas existem coisas relevantes *agora* que poderiam ocupar seu tempo e sua cabeça, não resíduos de animais que nada significavam vivos e menos ainda mortos! — Como evidência do próprio desespero, Charles fez um gesto em direção a Martha. — Você poderia se filiar à sociedade de Martha, sabe-se lá que nome tem, e promover o saneamento em Whitechapel, ou cuidar dos órfãos em Peckham, ou seja lá qual for a causa que ela esteja advogando ultimamente.

— Sim, Cora. Você poderia fazer isso. — Rindo para Charles, e sabendo que ele desaprovava tanto a sua consciência política quanto as botas enlameadas de Cora, Martha transformou os olhos azuis em lagos de súplica.

— *Nada* significavam? — Cora respirou fundo para dar início a um discurso ensaiado sobre a relevância de seus adorados resquícios de animais, mas Katherine pousou a mão alva e fria sobre a dela e disse, como se ignorasse os minutos anteriores:

— E você pretende ir até lá e encontrar sozinha um animal?

— Sim! E encontrarei, você vai ver! Michael jamais... — A voz lhe falseou ao dizer o nome do marido e, inconscientemente, isso a fez tocar a cicatriz no pescoço. — Ele achava uma perda de tempo e que seria melhor se eu lesse *The Lady*, para saber que tipo de saia usar para ir ao Savoy. — Empurrando o prato para longe, desgostosa, prosseguiu: — Bom, posso fazer o que quiser agora, não?

Olhou alternadamente para cada um dos presentes, e Katherine disse:

— Minha linda, claro que pode, e temos muito orgulho de você, não é mesmo, Charles? — Ao que o marido respondeu assentindo de maneira submissa. — E tem mais: podemos ajudar. Conhecemos a família perfeita para você!

— Conhecemos? — indagou Charles, com expressão incerta. Seu único amigo em Colchester era o colérico coronel Howard, e com certeza a visão de Cora seria capaz de desferir o derradeiro golpe na saúde já abalada do homem.

— Charles! Os Ransome! Aquelas crianças lindas e aquela casa horrorosa e Stella com suas dálias!

Os Ransome! Charles se animou com a lembrança. William Ransome era o decepcionante irmão de um membro liberal do Parlamento de quem os Ambrose gostavam. Decepcionante porque, logo cedo na vida, decidira devotar seu intelecto considerável não ao direito ou ao Parlamento, nem mesmo quis pô-lo a serviço da medicina, mas da igreja. Pior que isso, a ambição natural que costuma acompanhar uma mente produtiva estava tão ausente nele que William consentira passar os últimos quinze anos guiando seu pequeno rebanho numa aldeia desolada junto ao estuário do Blackwater, casando-se com uma ninfa loura e idolatrando os filhos. Charles e Katherine haviam se hospedado lá uma vez após uma viagem a Harwich que desandara e deixaram a casa encantados com a ninhada Ransome, Katherine sobraçando um saco de papel com sementes de dálias que supostamente produziriam brotos negros.

— Eu garanto — disse Katherine, virando-se para Cora — que você jamais viu família tão perfeita. O bom reverendo Ransome e a pequena Stella, uma autêntica fadinha, só que com o dobro da beleza. Eles moram em Aldwinter, que nada tem de bonito, mas numa noite clara dá para ver até Point Clear e de manhã contemplar as barcaças no Tâmisa partindo com sua carga de ostras e trigo. Se existe alguém que pode guiar você pelo litoral, são eles. Não me olhe assim, querida, você sabe muito bem que não pode sair por aí só com um mapa.

— Lembre-se de que esta é uma costa desconhecida. Talvez você precise de um manual de conversação. Existem cancelas e soldados, e hectares de terra sempre cobertos pelas marés. — Charles lambeu o açúcar no indicador e contemplou outro doce. — Uma vez, Will me levou para conhecer o cemitério de Aldwinter e me mostrou os túmulos que eles chamam de afundados: os moradores supõem que se alguém morreu de tuberculose a terra afunda dentro do caixão.

Cora tentou refrear o desprezo. Um cura calvinista de aldeia, dono da verdade, e sua esposa parcimoniosa! Não foi capaz, de imediato, de pensar em nada pior e inferiu, pela postura rígida de Martha a seu lado, que alguém mais partilhava sua opinião. Ainda assim, seria útil ter algum conhecimento local da geografia de Essex. Mais que isso, não era necessariamente obrigatório que um clérigo fosse ignorante quanto à ciência moderna; entre seus livros preferidos havia a tese de um reitor anônimo de Essex sobre a antiguidade da Terra, que deixava de lado de maneira ostensiva as noções de calcular a data da criação a partir das genealogias do Velho Testamento.

Comentou, então, timidamente:

— Talvez seja bom para Francis. Falei com Luke Garrett sobre ele. Não que eu ache que tenha algo de errado com meu filho! — apressou-se a acrescentar, corando, porque nada a envergonhava tanto quanto o menino. Intensamente ciente de que seu desconforto na presença de Francis era compartilhado pela maioria dos que o conheciam, era impossível evitar se sentir responsável.

A postura distante e as obsessões recorrentes provavelmente se deviam a ela, pois de quem mais seria a culpa? Garrett se mostrara reservado, o que não era comum, e opinara: "Você não pode considerar tais comportamentos patológicos, não pode tentar fazer um diagnóstico. Não existe exame de sangue para detectar excentricidade, não existe medida objetiva para o seu amor ou para o dele!" Talvez, admitira Garrett, ele pudesse extrair algum benefício da terapia, embora dificilmente fosse recomendável para crianças, cuja consciência ainda mal está formada. Pouco havia para Cora fazer além de continuar a cuidar do filho da melhor maneira possível; amá-lo tanto quanto ele permitisse.

Os Ambrose trocaram um olhar e Katherine se apressou em dizer:

— Ar fresco seria o melhor para ele, imagino. Você não quer que Charles escreva para o reverendo apresentando vocês? Aldwinter fica a menos de vinte quilômetros daqui. Sei que você já andou mais que isso! E você pode ao menos passar uma tarde lá e deixar que Stella lhe sirva um chá.

— Vou escrever para William e dar a ele o seu endereço. Você está hospedada no George, imagino. Vocês vão se tornar amigos rapidamente, garanto, e encontrar montes de fósseis abomináveis.

— Estamos no Red Lion — respondeu Martha. — Cora achou que era autêntico e ficou desapontada por não encontrar palha no chão e um bode amarrado ao bar. — *Reverendo Ransome*, pensou, com desdém. Como se algum pároco imbecil e seus filhos de bochechas gorduchas pudessem ser de interesse para a sua Cora! Mas qualquer gentileza dirigida à amiga sempre gerava sua lealdade, razão pela qual depositou o último bolinho no prato de Charles e comentou com toda a sinceridade: — Gostei muito de rever vocês. Pretendem voltar a Essex em breve, antes de partirmos?

— É provável — disse ele, com uma expressão de sofrimento nobre. — E esperamos que até lá já tenha sido descoberta e anatomizada toda uma nova espécie, pronta para ser exibida na Ala Seaborne do Museu do Castelo. — Com um discreto gesto para a esposa, indicando que era hora de partir, Charles pegou o paletó e, depois, com uma das mangas a meio caminho do braço, disse: — Já íamos esquecendo! Vocês ouviram falar dessa besta estranha que vem metendo um medo infernal no populacho local?

Rindo, Katherine emendou:

— Charles, não implique. Não passa de uma rede de mexericos que foi um pouco longe demais.

Lutando com o paletó, Ambrose ignorou a esposa:

— Ora, aí está um mistério da ciência para você. Tire esse chapéu pavoroso e ouça! Há trezentos anos, mais ou menos, um dragão fixou residência em Henham, a uns trinta quilômetros daqui, na direção noroeste. Peça na biblioteca que lhe mostrem os panfletos que pregavam por toda a cidade: testemunhos de fazendeiros e uma ilustração de uma espécie de Leviatã com asas de couro e uma boca cheia de dentes. Costumava pegar sol por aí e exercitar o bico (o *bico*, imaginem!) e ninguém dava muita bola até que um garoto quebrou a perna. A criatura sumiu logo depois, mas os boatos, jamais. Toda vez que a colheita era ruim ou que acontecia um eclipse do sol ou uma praga de sapos, alguém em algum lugar via a besta na margem do rio ou à espreita no bosque da aldeia. E atenção: *ela voltou!* — A expressão de Charles era triunfante, como se, pessoalmente, tivesse criado o monstro para entreter Cora.

Ela lamentou reduzir seu deleite ao dizer:

— Oh, Charles, eu sei, eu soube! Acabamos de ouvir uma conferência sobre o terremoto de Essex, não é mesmo, Martha? Sobre a hipótese de ele ter liberado alguma criatura presa no estuário. Mal posso me segurar e evitar partir para lá agorinha com um caderno e uma câmera para vê-la com meus próprios olhos!

Katherine consolou o marido com um beijo e comentou de um jeito plácido:

— Stella Ransome nos escreveu contando tudo. Na véspera de ano-novo, um morador foi arrastado até o sapal de Aldwinter com o pescoço partido. Bêbado, suponho, e pego pela maré, mas a aldeia toda ficou em polvorosa. Já foram relatadas várias aparições próximo ao litoral, e alguém jura que viu a criatura subir o rio Blackwater à meia-noite com um olhar assassino. Você acertou na mosca, Charles: por acaso já viu alguém tão animado assim?

Cora se remexia na cadeira como uma criança, enroscando no dedo um cacho de cabelo.

— Igualzinho ao dragão-marinho de Mary Anning, tantos anos atrás! A cada seis meses, publica-se um artigo falando de lugares onde animais extintos ainda podem existir. Imaginem, só por um instante, se estivermos para encontrar um deles num local tão tedioso quanto Essex! E imaginem o que isso significaria: indícios mais fortes de que vivemos num mundo antigo, que a nossa dívida é com a progressão natural, não com alguma divindade...

— Ora, disso eu não sei — cortou Charles —, mas vai deixar você interessada, sem dúvida. E, se visitar Aldwinter, não deixe de pedir aos Ransome que lhe mostrem a Serpente de Essex que eles têm: um dos bancos na igreja paroquial tem uma cobra alada subindo pelo braço, embora depois das últimas aparições o nosso querido reverendo ande ameaçando livrar-se dela com um cinzel.

— Está resolvido — disse Cora. — Escrevam as cartas, tantas quantas quiserem. Vamos nos sujeitar à atenção de uma centena de paroquianos em prol de um dragão-marinho, certo, Martha?

Deixando a cargo de Charles o pagamento da conta e a distribuição de vultosas gorjetas que serviam para aplacar sua consciência, as mulheres saíram do café para a High Street. A chuva parara, e o sol, que se punha, lançava sobre o caminho delas a sombra de St. Nicholas. Katherine fez um gesto indicando a ampla fachada branca do hotel em que estava hospedada.

— Vou subir agora mesmo e pegar umas folhas timbradas para avisá-los de que você há de causar problemas por lá com suas ideias londrinas e esse casaco pavoroso. — Pegando na manga de Cora, prosseguiu: — Martha, você não pode dar um jeito nisto?

Como metade do prazer de adotar aquela aparência mal-ajambrada residia em desagradar à amiga, Cora ergueu a gola contra o vento, entortou o chapéu como o de um rapaz e enfiou os polegares no cinto.

— A melhor coisa de ser viúva é que, de fato, não preciso mais ser muito feminina... Mas aí vem Charles e posso garantir pela sua expressão que ele está carente do seu drinque de fim de tarde. Obrigada, meus *queridos*.

Beijou os dois e apertou a mão de Katherine com intensidade exagerada. Gostaria de ter dito mais e explicado que seus anos de casamento haviam de tal forma reduzido sua expectativa de felicidade que se sentar com uma xícara de chá sem pensar no que a aguardava por trás das cortinas da Foulis Street parecia praticamente um milagre. Com um sorriso de despedida, atravessou a rua a passos largos em direção ao Red Lion, perguntando-se se acaso seria de Francis o rosto que viu à janela e se ele ficaria contente em vê-la.

*Charles Ambrose*
THE GARRICK CLUB
WC

*20 de fevereiro*

Meu caro Will,

 Espero que estejam todos gozando de boa saúde e que não demoremos muito para nos encontrar novamente. Katherine pede que diga a Stella que suas dálias se saíram muito bem, mas vieram azuis e não negras — culpa da terra, talvez?

 Escrevo com a finalidade de lhe apresentar uma grande amiga nossa, que, acredito, tenha muito a ganhar ao conhecer vocês dois. Trata-se da viúva de Michael Seaborne, que faleceu no início deste ano (você talvez se lembre de ter gentilmente rezado para que ele recuperasse a saúde, mas a vontade do Todo-Poderoso decerto era outra).

 Conhecemos a sra. Seaborne há muitos anos. Ela é uma mulher incomum. Considero sua inteligência excepcional — eu diria, até, masculina! Ela é naturalista, o que, segundo me diz Katherine, é a última moda entre as mulheres de sociedade. Parece-me algo inofensivo e, aparentemente, lhe traz prazer após um período de grande tristeza.

 Ela veio há pouco para Essex com o filho e a acompanhante a fim de estudar o litoral (algo referente a resíduos de fósseis de pássaros em Walton-on-the-Naze, acho) e está hospedada em Colchester. Naturalmente, contei a ela a lenda da Serpente de Essex e os boatos sobre o retorno da criatura, tendo mencionado ainda o entalhe curioso na igreja de Todos os Santos, o que a deixou muitíssimo intrigada e desejosa de visitá-la.

 Caso ela vá até Aldwinter (e, conhecendo Cora, suponho que já esteja planejando a viagem!), talvez você e Stella possam lhe dar as boas-vindas. Ela me deu permissão para fornecer seu endereço atual, que incluo aqui, juntamente com nossos melhores votos, como sempre.

 Do amigo

CHARLES HENRY AMBROSE

## 3

O reverendo William Ransome, da paróquia de Aldwinter, devolveu a carta ao envelope e, ponderando, colocou-a no parapeito. Jamais conseguia pensar em Charles Ambrose sem sorrir — o homem tinha um apetite ilimitado por fazer amizades, com frequência (embora decerto nem sempre) baseadas em afeição genuína, e não causava surpresa em absoluto que tivesse se afeiçoado tanto a uma viúva —, no entanto, a despeito do sorriso, a carta o desconcertou. Não propriamente por serem os recém-chegados importunos, mas uma ou duas expressões (*mulheres de sociedade... inteligência masculina...*) lhe pareceram destinadas a perturbar qualquer diligente ministro de igreja. Era capaz de imaginá-la tão precisamente quanto seria possível se sua fotografia constasse também do envelope: entrando nos derradeiros estágios solitários da vida em meio a metros de tafetá e um entusiasmo morno pelas novas ciências. O filho, sem dúvida, estudava em Oxford ou Cambridge e provavelmente nutria algum vício secreto que causaria rebuliço em Colchester ou o tornaria inadequado por completo ao convívio civilizado. Era bem provável que a viúva vivesse à base de batatas cozidas e vinagre, na esperança de que a dieta de Byron melhorasse sua silhueta, e era igualmente provável que tivesse tendências anglocatólicas e deplorasse a ausência de uma cruz ornamentada no altar da igreja de Todos os Santos. No espaço de cinco minutos, William atribuiu-lhe um detestável cãozinho de estimação, uma acompanhante esquálida e bajuladora e um olhar arrogante.

Seu único consolo residia no fato de que Aldwinter era um destino tão definitivamente desprovido de encanto que lhe pareceu inimaginável que uma mulher de sociedade — mesmo uma viúva entediada e intrometida — se desse ao trabalho de visitá-lo. Toda primavera um punhado de naturalistas entusiasmados chegava para documentar alguns pássaros marinhos que surgiam nos manguezais, mas até eles eram do tipo mais sem graça possível, com suas penas tão indistintas da paisagem que quase sempre passavam despercebidos. Aldwinter tinha apenas uma estalagem e duas lojas, e, embora sua área verde fosse vez por outra considerada a mais extensa, se não a maior, de Essex, pouco havia que recomendasse a aldeia até mesmo a seus moradores. Afora as curiosidades da igreja — que, na verdade, causavam um leve constrangimento a cada pároco que a assumia —, o único objeto de interesse num raio de sete quilômetros era o casco enegrecido de uma embarcação a vela que ficava visível quando a maré baixava no estuário do Blackwater e que a criançada decorava a cada colheita, numa espécie de ritual pagão devidamente desaprovado por William. A linha do trem terminava a uns dez quilômetros a oeste, de modo que os fazendeiros ainda dependiam de barcaças para transportar aveia e cevada até os moinhos em St. Osyth e depois até Londres, para serem vendidas. Talvez o melhor a dizer a respeito de Aldwinter fosse que, não sendo abastada nem bonita, ao menos não era particularmente pobre. Não fazia parte da natureza de Essex sucumbir à mudança e à decadência, e, quando a produção de bebida alcoólica foi prejudicada pelas importações baratas, um ou dois fazendeiros arrendatários experimentaram plantar cominho e coentro e partilharam o custo do aluguel de uma máquina debulhadora que não só aumentou a produção de maneira impressionante, como também emprestou à aldeia um ar festivo quando as crianças se reuniam para maravilhar-se com seu tamanho, seu som de trovão e suas lufadas de vapor.

Will sentiu o mau humor se instalar e, resistindo ao impulso de jogar o envelope no fogo, escondeu-o sob uma folha de papel que John, o mais novo dos meninos, lhe dera de manhã, com um desenho que talvez fosse de um crocodilo que ganhara um par de asas, mas no qual também podia ser vista uma lagarta imensamente ampliada comendo uma mariposa. A mãe se convencera de que se tratava da mais recente demonstração da genialidade do filho, mas Will não partilhava essa opinião: lembrava-se da própria infância, passada a encher cadernos com máquinas e artefatos tão complexos que o levavam a esquecer da finalidade a que se propunham logo ao virar a página seguinte. E de que lhe servira isso?

E não era apenas a ameaça de uma viúva provavelmente inofensiva que azedara seu humor, mas o problema que ultimamente se instalara na paróquia. Examinou o desenho de John e, dessa vez, interpretou-o como um dragão-marinho alado rondando a aldeia. Desde a descoberta de um afogado na manhã do ano-novo nos manguezais do Blackwater — nu, a cabeça num ângulo de quase cento e oitenta graus e uma expressão de pânico nos olhos esbugalhados —, a Serpente de Essex deixara de ser meramente um artifício para manter as crianças comportadas e começara a assombrar as ruas. Nas noites de sexta-feira no bar White Hare, os frequentadores afirmavam tê-la visto, as crianças que brincavam nos manguezais voltavam para casa sem que seus pais precisassem chamá-las antes do escurecer e nenhum argumento usado por Will era capaz de convencê-los de que o afogado havia sido vitimado por nada mais que uma bebedeira e as marés.

Will resolveu melhorar o estado de espírito com uma caminhada pela aldeia — conversando com alguns moradores no caminho e neutralizando boatos de um dragão-marinho sempre que os ouvisse. Pegou o chapéu e o casaco e ouviu sussurros à porta da sala de estudos (onde as crianças eram proibidas de entrar, mas mesmo assim testavam a maçaneta da porta); ameaçou, furioso, fazê-las passar a pão e água durante uma quinzena e deu sua escapadela habitual pela janela.

Nesse dia, Aldwinter encarnava a ideia contida em seu nome: a terra batida estava coberta de gelo e carvalhos-pretos lançavam suas garras em direção ao céu pálido. Will enfiou as mãos nos bolsos e começou a caminhar. A casa de tijolos vermelhos que deixou para trás era nova no dia em que ele entrara lá pela primeira vez, com Stella seguindo-o devagar até a porta com o barrigão de grávida protegido entre as mãos e Joanna fechando o cortejo puxando um animal de estimação invisível (cuja espécie jamais foi determinada) por um pedaço de barbante. As janelas compridas que se projetavam em ambos os andares davam a impressão de que havia torres curtas de cada lado da porta de entrada, acima da qual uma claraboia de vidro colorido deixava passar uma hora de sol toda tarde. A maior casa da única rua que atravessava a aldeia e seguia rumo ao sul, terminando no pequeno ancoradouro onde havia uma única barcaça, tinha uma aparência concreta e brilhante, que destoava por completo do restante da aldeia. Will sempre achou que não havia nada mais que a recomendasse, salvo a boa exposição ao sol e um jardim grande o bastante para deixar as crianças livres ao longo de uma hora inteira, mas sabia ser um privilegiado: ao menos um de seus colegas clérigos habitava uma casa que parecia estar afundando na terra e na qual fungos do tamanho de mãos humanas cresciam nos cantos superiores da sala de jantar.

Alcançando a rua que era chamada de High Lane devido a uma leve elevação acima do nível do mar, Will pegou à esquerda no lugar onde ela atravessava o largo. Um punhado de ovelhas pastava apaticamente sob o carvalho Aldwinter, que diziam ter no passado abrigado soldados leais ao traidor Carlos, e que era tão negro que dava a impressão de ter virado carvão. Os galhos mais baixos haviam afundado sob o próprio peso, se encurvado para se enfiarem na terra e, mais adiante, tornarem a sair dela; com isso, na primavera a árvore parecia estar cercada por árvores novas. Os galhos curvados para baixo formavam assentos em que os namorados se acomodavam durante o verão, e, quando passou, Will viu uma mulher abrir sua saia vermelha e jogar migalhas para os passarinhos. Para além do carvalho, afastada da estrada e atrás de um muro musgoso, a igreja de Todos os Santos, com sua torre modesta, dirigiu-lhe seu chamado: com efeito, deveria sentar-se ali num banco singelo e frio e esperar que o mau humor esfriasse, mas alguém poderia estar aguardando nas sombras por uma bênção ou uma censura. No ano anterior, com a chegada da Serpente de Essex (que ele passara a chamar de "o Problema", relutando em batizar um boato), seu tempo se tornou cada vez mais reivindicado. Havia uma sensação — em geral não verbalizada, ao menos na sua presença — de estarem todos sob julgamento, sem dúvida bem merecido, do qual apenas o reverendo poderia livrá-los; mas que conforto seria capaz de oferecer que não confirmasse também todo aquele medo repentino? Não podia fazer isso, assim como também não podia dizer a John, que com frequência acordava à noite: "Você e eu vamos juntos à meia-noite matar a criatura que mora debaixo da sua cama." O que se constrói com mentira, mesmo com boa intenção, não resiste ao primeiro golpe. Haveria tempo suficiente para o púlpito e os paroquianos no dia seguinte, quando o sol nascesse no Dia do Senhor; por ora, o que lhe assaltava era um desejo tão urgente de contemplar os sapais e se banquetear com o ar vazio que por pouco não se pôs a correr.

    Passou pelo White Hare ("Meu querido Mansfield, é impossível para um homem da igreja, como acho que você sabe!") e pelas impecáveis casinhas com cíclames nos parapeitos ("Ela está muito bem, obrigada: a gripe passou, louvado seja Deus..."), até chegar ao local onde a High Lane descia para o cais, que não era bem isso, claro, mas apenas uma enseada revestida de pedra que só durava uma temporada e era refeita a cada primavera com o que estivesse à mão. Henry Banks, que subia e descia o estuário em sua barcaça barulhenta, levando Deus-sabe-quem até Deus-sabe-onde debaixo das sacas de milho e de cevada, estava sentado sobre as pernas cruzadas no convés remendando as velas, as mãos frias lívidas como o pano. Vendo Will, chamou-o com um gesto, dizendo "Ainda nem sinal dela, reverendo, nada ainda", tomando, desanimado, um gole do cantil. Meses antes, Banks perdera um barco a remo e lhe negaram a indenização do seguro sob o argumento de que ele deixara de atracá-lo com a firmeza necessária ao cais, provavelmente por estar bêbado. Banks se sentiu profundamente ofendido e dizia a quem quisesse ouvir que o barco havia sido roubado durante a noite por pescadores de ostras vindos da direção da ilha Mersea e que ele sempre fora um homem honesto, como confirmaria Grace, caso ainda estivesse viva, que Deus a guardasse.

    — Não? Sinto muito, Banks — disse Will com sinceridade. — Nada é mais duro de suportar do que a injustiça. Vou ficar de olho, pode deixar.

    O reverendo recusou um gole de rum, indicando com um gesto o colarinho clerical, e seguiu em frente — passou pelo ancoradouro, tendo sempre a água rasa à direita, onde à frente, numa ligeira inclinação, uma fileira de freixos desfolhados lembrava um aglomerado de penas cinzentas enfiadas na terra. Além deles, ficava a última casa de Aldwinter, que, desde que Will podia se lembrar, era chamada de Fim do Mundo. Suas paredes curvadas se mantinham em pé graças a musgo e líquen, e, ao longo dos anos, de tanto sofrer inclinações e adendos, dobrara de tamanho, parecendo, assim, uma coisa viva que se alimentava da terra dura. O trecho de terra ao seu redor era cercado em três lados; o quarto dava diretamente no manguezal, e de lá se chegava até a pálida faixa de lama crivada de córregos que brilhavam sob o sol débil.

Quando Will se aproximou do Fim do Mundo, seu único morador se achava tão camuflado contra as paredes da casa que surgiu quase como num passe de mágica. O sr. Cracknell dava a impressão de ser feito do mesmo material que a casa: o paletó verde como musgo e igualmente úmido e a barba ruiva como as telhas de barro que pendiam do telhado. Segurava na mão direita o pequeno corpo cinzento de uma toupeira e na esquerda, uma faca dobrável.

— Chegue um pouco para trás, reverendo, para o bem do seu casaco — disse, e Will obedeceu, vendo que penduradas ao longo de toda a cerca havia uma dúzia ou mais de toupeiras, só que esfoladas e com a pele pendendo dos quartos traseiros como se fossem suas sombras. As patas pálidas, tão parecidas com mãos infantis, se estendiam inertes em direção ao solo. Will examinou o corpo mais próximo.

— Que bela quantidade! Um centavo cada?

A despeito do domínio do homem sobre os animais, ele jamais fora capaz de se livrar de um apreço pelos cavalheirinhos de casacas de veludo e gostaria que aquela guerra de exaustão proclamada pelos fazendeiros pudesse chegar ao fim por meios menos cruéis.

— Um centavo cada, isso mesmo, e o trabalho ainda serve para me esquentar. — Deitou a criatura e, com destreza, abriu um orifício no pulso e no calcanhar do animal.

— Moro em Aldwinter há vinte anos e os costumes de vocês ainda me surpreendem. Será que não existe uma forma melhor de manter as toupeiras longe das plantações que não seja assustando-as com o massacre de seus irmãos?

Cracknell franziu a testa:

— Ah, eu tenho um propósito em mente, pároco; saiba que eu tenho um propósito em mente! — Eufórico, o homem meteu o indicador entre a carne e a pele do animal e testou a facilidade para separá-las. — Sei que em *alguns círculos* acham que não tenho todos os parafusos no lugar, e é verdade que parafusos custam dinheiro, coisa que não tenho visto muito ultimamente. — Fez uma pausa e fixou o olhar nos bolsos de Will e depois voltou novamente a atenção para a tarefa que executava. — No entanto, aí está o senhor, um homem de Deus, me perguntando se tenho um propósito!

— Eu sei disso — falou Will, com seriedade —, meio instintivamente. — O barulho de separar a pele da carne lembrava o som de papel sendo rasgado. Cracknell ergueu o trabalho e inspecionou-o, satisfeito com a própria habilidade; um filete de vapor escapou do corpo esfolado quente em contato com o ar frio.

— Assustá-las para que fiquem longe, *sim, senhor*. — Com o bom humor comprometido, ocupou-se com um pedaço de arame, com o qual trespassou o focinho róseo do animal, de uma à outra narina, pendurando-o depois na haste da cerca, dando três voltas no arame. — Assustá-las para que fiquem longe, disse ele! Mas o que eu posso estar assustando para que fique longe talvez ninguém saiba nem agora, nem mais tarde, quando se ouvir um choro ou um lamento pelos nossos filhos porque deixaram de ser nossos filhos e não seremos consolados...

A mão que segurava o arame tremeu de leve e Will ficou atônito ao ver que o lábio inferior do sujeito também tremia. O primeiro impulso que o assaltou, tanto devido ao treino quanto por força do instinto, foi oferecer uma palavra de conforto — mas logo sentiu uma pontada de irritação. Então o velho também sucumbira a qualquer que fosse a miragem que iludira a cidade inteira! Pensou na filha correndo para casa chorando de medo do que podia estar subindo o rio para persegui-los, pensou nos bilhetes enfiados nas caixas de coleta insistindo para que ele pregasse o arrependimento por quaisquer pecados que pudessem haver trazido o Juízo Final para a aldeia.

— Sr. Cracknell — disse Will com vivacidade e, talvez, uma pontinha de humor; que o homem visse que nada havia a temer, exceto um longo inverno e uma primavera tardia. — Sr. Cracknell, posso não ter um grande conhecimento episcopal, mas sei quando as Escrituras estão

sendo mal interpretadas. Nossas crianças não correm mais perigo agora do que sempre correram! Onde foi parar o seu juízo? O que fez com ele?
— Estendendo o braço, ostensivamente apalpou os bolsos do outro. E continuou: — O senhor não está me dizendo que escalpelou esses pobres animais para manter afastado algum... alguma serpente marinha que, segundo boatos, se esconde no Blackwater, está?

Cracknell foi forçado a sorrir:
— Muito cavalheiresco da sua parte aludir ao meu juízo, pároco, dada a descrença geral de que eu jamais tenha tido um pingo dele. — Deu uma palmadinha afetuosa no lombo esfolado da toupeira. — Por tudo isso, porém, eu digo, e sempre disse, que é melhor errar por ser demasiado precavido; e, se homem ou criatura se meter a fazer uma visita aqui ao Fim do Mundo, meus espantalhos despelados hão de fazer com que desista. — Apontou com veemência o polegar em direção aos fundos da moradia, onde um par de cabras amarradas aparava laboriosamente um círculo de grama. — Tenho Gog e Magog aqui como companhia, além de proverem o leite e o queijo que a sra. Ransome tem a gentileza de apreciar, e não vou me arriscar a perdê-las! Eu, não! Não vou ficar sozinho!

De novo o tremor, mas aqui Will se sentiu em terra mais firme: três vezes em três anos postara-se ao lado de Cracknell no cemitério: primeiro a esposa, depois a irmã e, enfim, o filho.

Ele segurou o velho pelo ombro.
— Nem deve. Tenho meu rebanho e você, o seu. E o mesmo Pastor cuida dos dois.
— Pode ser, e lhe agradeço por isso, mas mesmo assim não pisarei à porta da sua igreja. Eu tomei minha posição, pároco: o senhor se lembra que eu disse que, se levasse a sra. Cracknell, o Todo-Poderoso teria de se haver sem mim? Não voltarei atrás, haja o que houver.

Usava agora a expressão birrenta de uma criança teimosa, o que era altamente preferível à ameaça de lágrimas que exigiu um esforço de Will para não rir, mas, em vez disso, dizer, com a maior solenidade e consciente do custo de uma barganha com Deus:

— Você tomou sua posição e não tenho o direito de me interpor entre um homem e sua palavra.

Nos manguezais, a água se aproximava da casa e o sol poente era frio. Além do pântano, a aparência de Aldwinter não era a de uma aldeia qualquer na margem extrema do Blackwater, mas a de um horizonte amplo onde o estuário encontrava o mar do Norte. Will viu as luzes de um barco pesqueiro voltando para casa e pensou em Stella — cansada àquela altura, as mãos pequenas ocupadas com os filhos — afastando a cortina para olhar para além do Carvalho do Traidor e vê-lo se aproximar. A saudade dela e do barulho dos filhos à porta da sua sala de estudos o encheu de uma profunda repulsa pela casa musgosa afundando naquele pedaço de terra. Lembrou-se, então, de Cracknell atirando um punhado de terra sobre um pequeno caixão de pinho e permaneceu um pouco mais junto ao portão.

— Só um minutinho, reverendo — disse Cracknell —, tenho uma coisa para o senhor. — Ocupou-se de novo na lateral da casa, surgindo um momento depois com um par de coelhos de olhos brilhantes, recém-caçados, que jogou para Will. — Com os meus cumprimentos para a sra. Ransome, que precisa de força, por conta dos anos de gravidez, que, como dizia a sra. Cracknell, acabam afinando o sangue.

O prazer de presentear iluminou-o e Will aceitou os coelhos com gosto, sentindo um aperto na garganta. Que torta dariam, comentou, o que, por acaso, era a iguaria favorita de Johnny. Então, como se quisesse dar algo para retribuir, pendurou os coelhos no cinto, à moda dos fazendeiros, e disse:

— Sr. Cracknell, me diga o que o senhor viu, porque não sei em quem acreditar nem quando acreditar. Aquele pobre homem se afogou, mas, afinal, não são tão raros os afogamentos no inverno. Uma cabra foi estripada, mas as raposas também precisam providenciar o próprio sustento, e a criança que disseram ter se perdido durante a noite foi achada de manhã num armário de roupa de cama comendo os doces da mãe. Banks traz notícias estranhas em sua barcaça quando vem de St. Osyth e Maldon, mas o senhor e eu sabemos que ele é um mentiroso, certo? Por fim, ouço cochichos às portas das casas e do lado de fora da estalagem que dizem que um bebê foi arrancado de um barco em Point Clear, mas quem leva um bebê para o mar quando os dias são curtos e frios? Me diga que o senhor em pessoa viu algo amedrontador e talvez eu acredite.

Então encarou fixamente o homem, cujo olhar não pareceu capaz de sustentar o dele, resvalando sobre o ombro para o horizonte vazio ao longe.

Conhecendo o valor do silêncio, Will se recusou a falar e, passado um momento, Cracknell — suspirando, dando de ombros, ocupando-se com a faca — respondeu:

— A questão não é o que eu *vejo*, mas o que eu *sinto*; não sou capaz de ver o éter, mas sinto quando ele entra e quando sai, e dependo dele. *Sinto* que alguma coisa vem vindo; cedo ou tarde, escreva o que eu falo. Já esteve aqui antes, como todos sabem, e virá de novo, se não durante a minha vida, durante a sua ou a dos seus filhos, ou a dos filhos dos seus filhos. Por isso, vou me preparar, pároco, e, se me permite a ousadia, recomendo que o senhor faça o mesmo.

Will pensou na igreja com seu entalhe remetendo à velha lenda e desejou (não pela primeira vez) ter usado um martelo e um cinzel para removê-lo na manhã da sua chegada.

— Sempre confiei muito no senhor, sr. Cracknell, e continuarei a fazê-lo; talvez o senhor possa se considerar o vigia de Aldwinter, aqui no Fim do Mundo, e colocar um farol no seu jardim para servir de alerta. Que o Senhor faça Seu rosto brilhar sobre ti, quer queiras, quer não! — disse Will e, após essa breve bênção, virou-se e tomou o rumo de casa.

Imaginou-se caminhando um tantinho mais rápido que a noite, de modo a poder chegar em casa antes da escuridão. Os espantalhos de Cracknell e seu medo visível o haviam feito refletir, não porque achasse que alguma aberração estivesse à espreita no Blackwater aguardando para dar o bote, mas por considerar um fracasso pessoal o fato de seus paroquianos terem sucumbido a uma superstição tão pagã. Ninguém conseguia concordar a respeito do tamanho, da forma ou da origem, mas, ao que parecia, existia um consenso de que a criatura preferia o rio e a madrugada. Nenhum ataque contara com testemunhas, mas, nas semanas seguintes no fim do verão, a forma invisível fora responsabilizada por toda criança que se escondia e toda e qualquer fratura sofrida por alguém. Ele chegara a ouvir que a urina da criatura envenenara a bomba d'água em Fettlewell, causando a doença que deixara três mortos na véspera do ano-novo. Resistindo à delicada sugestão de Stella para que ele falasse sobre esse assunto diretamente do púlpito, Will optou por uma recusa contumaz em admitir o Problema, até mesmo quando descobriu que todo domingo de manhã a congregação — com indizível união — evitava se sentar no banco com entalhe de serpente, como se a proximidade daquela imagem emprestasse carne e osso ao pavor que sentiam.

    Com a noite em seu encalço, ele seguiu caminhando, virando-se uma vez para ver a lua se erguer no céu com sua face imperfeita. O vento ganhou mais força em meio aos juncos, que emitiam uma única nota lamentosa, e Will sentiu uma espécie de vibração logo atrás das costelas que muito se assemelhava a medo. Riu, então: como era fácil virar o rosto ao menor sinal de uma sombra. E talvez fosse pertinente usar o Problema, caso se mostrasse impossível de ignorar, já que poucas coisas impelem com mais certeza o coração para a eternidade do que o medo. As luzes de Aldwinter surgiram à frente e, em algum lugar entre elas, sua família o aguardava — seus corpos sólidos, quentes, cheirando a sabonete, cada qual com o cabelo louro e sedoso emoldurando-lhe o rosto, assim como o dele na infância; totalmente reais, inegáveis, jamais calados ou quietos por um segundo sequer, de modo que sombra alguma podia contê-los —, e Will sentiu tamanha felicidade que deixou escapar um grito breve (e quem sabe também de alerta ou desafio, caso, afinal, houvesse um cão raivoso à solta...), e ele percorreu correndo a pequena distância que o separava do lar. John o esperava, postado sobre um único pé no portão e vestindo seu pijama branco. Ao ver Will, trovejou "Sinto meus polegares formigando!" e enterrou o rosto no casaco do pai. Ao toque do pelo dos coelhos na pele, exclamou:

    — Você conseguiu! Trouxe um bichinho de estimação para mim!

Cora Seaborne
a/c The Red Lion Inn Colchester

14 de fevereiro

Meu querido Diabrete!
   Como você está? Tem andado bem agasalhado? Tem se alimentado direito? Como vai o corte? Já sarou? Eu gostaria de tê-lo visto. Foi muito profundo? Você precisa manter os bisturis afiados e o seu juízo mais ainda. Nossa, quanta saudade eu sinto de você!
   Estamos bem e Martha manda... — ora, você não vai acreditar mesmo, certo? Francis não manda lembranças nem abraços, mas acho que não se importaria de vê-lo outra vez, se você vier até aqui, e isso é tudo que qualquer um de nós pode esperar. Você VIRÁ até aqui? Faz frio, mas o ar marinho é bom e Essex não é tão ruim quanto dizem.
   Fomos a Walton-on-the-Naze e a St. Osyth e ainda não encontrei o meu dragão-marinho — nem mesmo um lírio-do-mar —, mas você sabe que não desisto facilmente. O dono da loja de ferragens acha que sou louca de pedra e me vendeu dois martelos novos e uma espécie de cinto de camurça no qual posso pendurá-los. Martha diz que jamais me viu tão velha ou tão feia, mas você sabe que sempre achei a beleza uma maldição e fico mais do que feliz em dispensá-la por completo. Às vezes me esqueço de que sou mulher ou, ao menos, me esqueço de PENSAR EM MIM COMO MULHER. Todas as obrigações e os confortos femininos parecem nada ter a ver comigo agora. Não sei ao certo como esperam que eu me comporte e não sei ao certo se me comportaria como esperam, caso soubesse.
   Por falar em pessoas distintas: ADIVINHE quem nos abordou na High Street justo quando procurávamos um lugar civilizado para esperar a chuva passar? Charles Ambrose, parecendo um papagaio em meio a um bando de pombos, se pavoneando em seu paletó de veludo! Foi irredutível na ideia de que preciso de um amigo em Essex para me proteger de fraturas na lama ou coisa pior (ele me contou que o rio Blackwater abriga uma besta aterradora, mas conto mais a respeito quando nos virmos de novo). Ameaçou me botar em contato com um vigário rural e, embora eu esteja

*um pouco tentada a cobrar a oferta, meramente pelo prazer de chocar o coitado que ele tem em mente, na verdade prefiro ser deixada em paz.* VOCÊ NÃO PODE VIR, MEU QUERIDO? *Sinto saudade. Não gosto de ficar sem você. E não vejo por que deveria.*

*Com amor,*
CORA

*Luke Garrett, médico*
*Pentonville Road*
*Londres, nº II — N. 1*

*15 de fevereiro*

CORA,

A mão melhorou, obrigado. A infecção foi útil — testei minhas novas placas de Petri e fiz algumas culturas de bactérias. Acho que você teria gostado delas. Eram azuis e verdes.

Estarei aí com Spencer, provavelmente na semana que vem. Nos vemos, então. Mantenha a chuva distante, se puder.

LUKE

P.S.: *Tecnicamente, aquela foi uma carta do dia de São Valentim. Não negue.*

# 4

A uns sete quilômetros de Colchester, Cora caminhava sob uma chuva fina. Saíra sem qualquer destino em mente e sem pensar em como voltaria para casa, desejando apenas fugir do cômodo frio no Red Lion onde Francis retalhara o travesseiro para recolher e contar as penas. Nem ela nem Martha haviam sido capazes de explicar por que ele não deveria ter feito aquilo ("Sim, mas vocês podem pagar por ele, que então será todo meu...") e, em vez de ouvir a contagem paciente do filho — *cento e setenta e três* —, abotoou o casaco e desceu correndo a escada. Martha escutou-a avisar "Volto antes de escurecer, estou levando dinheiro. Vou achar quem me traga para casa" e, com um suspiro, retornou ao quarto e ao menino.

Colchester ficou para trás cerca de meia hora depois, e Cora seguiu para leste, quase se convencendo de que alcançaria a foz do Blackwater antes que se cansasse. Contornou uma aldeia: não queria nem ser vista, nem que falassem com ela, então preferiu as trilhas silvestres que margeavam bosques de carvalhos. O tráfego era esparso e lento e ninguém prestou atenção na mulher andando a pé nos arredores. Quando a chuva caiu de vez, ela se embrenhou entre as árvores, voltando o rosto para o céu monótono, de um cinza uniforme, sem movimento de nuvens ou súbitas aberturas para entrever o azul ou algum sinal do sol: aquela era uma folha de papel em branco e, em contraste a ela, os galhos desnudos eram negros. Deveria parecer assustador, mas Cora viu apenas beleza — bétulas despregavam-se das cascas das árvores como metros de pano branco e sob seus pés as folhas úmidas eram escorregadias. Por todo lado, o musgo brilhante se instalara em densas almofadas verdes, acolchoando as árvores ao pé dos troncos e cobrindo os galhos partidos atravessados na trilha. Duas vezes ela tropeçou em espinheiros aos quais estavam agarrados pedaços de lã branca e pequenas penas de pontas cinzentas, e praguejou sem maldade.

Ocorreu-lhe que tudo debaixo daquele céu branco era feito da mesma substância — não precisamente animal, mas não meramente terra: nos lugares em que os galhos haviam sido separados dos troncos, feridas brilhantes pareciam abertas e ela não se surpreenderia se, ao passar, visse tocos de carvalho e de olmo pulsarem. Rindo, imaginou-se parte disso e, encostando-se num tronco a uma pequena distância de um tordo gorjeante, ergueu o braço e se perguntou se não estaria vendo liquens verdes escorrendo por entre seus dedos.

Será que aquilo tudo sempre estivera ali? A maravilhosa terra negra na qual afundara até os tornozelos, os fungos cor de coral formando babados nos galhos a seus pés? Será que os pássaros sempre haviam cantado? Será que a chuva sempre tivera o toque suave, como se a abrigasse? Supôs que sim, e que nada disso jamais estivera muito longe da sua porta. Supôs que houvera outros tempos em que rira sozinha junto ao tronco úmido de uma árvore ou gritara para ninguém por sobre uma samambaia-chorona, mas não conseguiu se lembrar deles.

As últimas semanas não tinham sido só de felicidade. Às vezes, relembrava o luto, e durante longos períodos nos quais fora necessário reaprender a inspirar sentira uma cavidade se abrir por trás das costelas. Era como se um órgão vital tivesse sido partilhado com o morto e estivesse se atrofiando por falta de uso. Nesses minutos gélidos, não era dos anos de desconforto que se lembrava, quando nem sequer uma vez julgara acertadamente o ânimo do marido ou contornara os métodos usados por ele para feri-la, mas, sim, dos primeiros meses juntos, que foram os derradeiros da sua juventude. Ah, Cora o amara — ninguém poderia ter amado mais: ela era demasiado jovem para resistir, uma criança embriagada por um gole de álcool. Ele ficara gravado em sua visão, como se ela tivesse fitado o sol e depois, ao fechar os olhos, descobrisse um persistente ponto de luz na escuridão. Michael era tão carrancudo, que quando uma tentativa de tornar o clima mais leve o fazia rir ela se sentia uma imperatriz no comando de um exército; era tão severo, tão distante, que a primeira vez que a abraçou foi como uma batalha vencida. Ela não sabia então que essas eram as trapaças ordinárias de um trapaceiro ordinário, ceder numa bobagem e depois destruí-la. Nos anos seguintes, o medo que sentia dele se tornara tão parecido com o amor — vivenciado com o mesmo ritmo acelerado do coração, as mesmas noites interrompidas, a mesma atenção aos seus passos no corredor — que também disso ela se embriagou. Nenhum outro homem jamais a tocara, razão pela qual não podia saber como era estranho estar sujeita à dor tanto quanto ao prazer. Nenhum outro homem a amara, razão pela qual não podia julgar se a súbita ausência de aprovação não seria tão natural e implacável quanto as marés. Quando lhe ocorreu que precisava se divorciar, já era tarde demais: àquela altura, Francis mal conseguia lidar com a alteração do horário do almoço e qualquer mudança teria posto em risco sua saúde. Além disso, a presença do menino — a despeito dos rituais problemáticos e dos humores imprevisíveis — havia proporcionado a Cora a única sensação na vida que não a deixava confusa: ele era seu filho e ela sabia qual era seu dever; amava-o e às vezes desconfiava que ele a amasse também.

O vento leve fez uma pausa, o bosque de carvalhos se calou; Cora se viu novamente com vinte anos e dando à luz o filho que chegou ao mundo aos berros e com os punhos cerrados. Quiseram tirá-lo dela e embrulhá-lo num pano branco; ela esbravejou e não permitiu. Ele rastejou cegamente do ventre para o seio e sugou com tamanha força que a parteira se mostrou maravilhada, elogiando o comportamento e a esperteza do bebê. Durante horas, com certeza, seus olhares se casaram, os olhos dele fixos nos dela, no nebuloso azul-escuro do fim do dia. *Tenho um aliado*, pensava Cora, *ele jamais me abandonará*. Com o passar dos dias, sentiu-se partir ao meio, uma ferida que jamais sarou e ela jamais lamentou: por causa dele, seu coração estaria para sempre exposto a chuvas e tempestades. Idolatrava-o com muitos pequenos atos de devoção, encantada com o pezinho maravilhoso, cuja pele era como a seda fina que forra uma almofada; passava horas a acariciá-lo com a ponta do dedo para ver como os dedinhos se esticavam de prazer — era incrível que ele sentisse prazer! Que ela pudesse provê-lo! A mão fechada era uma concha aquecida pelo sol — ela a prendia entre os lábios, atônita ante tantas coisas que aquelas mãozinhas e que aqueles pés abarcavam. Mas, em questão de semanas apenas, as cortinas baixaram, os olhos (ela às vezes pensava), com efeito, se enevoaram. Quando o amamentava, o ato parecia causar dor ao filho ou, no mínimo, uma raiva que ele não conseguia refrear; se o pegava no colo, ele lutava, se debatia, feria a pálpebra da mãe com a unha afiada do diminuto polegar. Os dias de adoração mútua pareciam distantes, impossíveis. Confusa ante a segunda rejeição ao seu amor, ela começou a escondê-lo por vergonha. Seu fracasso era uma fonte de diversão para Michael, que dizia que, afinal de contas, não deixava de ser vulgar se distrair com os próprios filhos e que melhor seria se ela o entregasse aos cuidados de babás e tutores. Passaram-se os anos: ela se habituou ao jeito dele e ele ao dela. Se o relacionamento deles pouco se parecia com o afeto despreocupado que Cora observava entre outras mães e seus filhos, ao menos dava para o gasto — afinal, era o que tinham.

Continuou caminhando e, embora a chuva fria e a terra negra devessem deprimi-la, não lhe foi possível evocar seu luto de viúva. Uma espécie de gargarejo lhe subiu à garganta e saiu pela boca em forma de uma desavergonhada risada, que assustou os pássaros silentes e os fez gorjear. Sentiu vergonha, claro, mas estava habituada a pensar em si mesma como inadequada, e sabia com certeza que escondia a crescente felicidade de todos, com exceção de Martha. Ao pensar na amiga (sentada de cara fechada num café, sem dúvida, a fim de fugir da última obsessão de Frankie ou passando o tempo a encantar o proprietário do Red Lion), o riso cessou e ela ergueu um pouco os braços, imaginando a mulher se aproximando sob as árvores encharcadas. À noite, dormiam costas com costas sob uma colcha fina, os joelhos dobrados para proteger do frio, às vezes se virando uma para a outra a fim de sussurrar um fragmento de algum mexerico relembrado ou para dizer *boa noite*, às vezes acordando com a cabeça aninhada na dobra de um braço. A simplicidade de tudo isso sustentara Cora quando o restante a virara do avesso, e Martha tivera medo de ser dispensável agora que Cora pisava em terreno mais firme, que tivesse se enganado.

Chegando ao seu décimo quilômetro e cada vez mais cansada, Cora se viu numa pequena elevação em que as árvores começavam a rarear. O chuvisco parou e o ar se desanuviou. Embora não houvesse raios de sol atravessando aquele dossel branco e baixo, o mundo se encheu de cor. Por todo lado, remanescentes avermelhados das samambaias do ano anterior cintilavam e, acima delas, moitas de tojo exibiam os primeiros brotos amarelos. Um pequeno rebanho de ovelhas sem rumo com as patas traseiras salpicadas de terra roxa parou de pastar por um instante, mas, concluindo que sua atenção era imerecida, logo a desviou. A trilha em que Cora se achava era do esplendoroso barro de Essex, e, um pouco abaixo na inclinação, uma árvore caída ostentava uma espessa e vívida cobertura de musgo. A mudança de cenário foi como uma mudança de altitude: tirou-lhe o fôlego e ela parou um momento para se recompor. No silêncio reinante, um ruído curioso a alcançou: lembrava um pouco um choro infantil, mas de uma criança crescida o suficiente para saber que não deveria chorar. Não dava para distinguir as palavras, apenas um barulho estranho de sufocação, de lamento, interrompido momentaneamente vez ou outra e depois retomado. Então outra voz se fez ouvir, e era uma voz masculina — consoladora, paciente, grave — desprovida de palavras também, embora (ela aguçou o ouvido) não totalmente: "agora... agora... agora..." Após uma pausa — durante a qual seu coração bateu mais forte, embora depois ela viesse a afirmar não ter sentido medo algum —, a voz masculina voltou a se fazer ouvir, dessa vez num tom mais alto, mais rude. Cora não chegou a identificar de todo as palavras, mas pensou escutar em meio à insistência frenética algo como "Ah, dane-se! Dane-se!", seguido do ruído de algo duro acertando algo macio e mais um pequeno uivo sufocado.

Com isso, Cora ergueu o casaco, que era comprido demais e se tornara pesado por causa da barra enlameada, e seguiu o som. A trilha de barro levava ao topo da elevação e tornava a descer, entre arbustos verde-claros nos quais vagens negras chacoalharam à sua passagem. Um pouco mais abaixo, ela viu um hectare de samambaias avermelhadas se estender à frente, com um punhado de ovelhas farejando a terra. À esquerda, sob a supervisão de um carvalho desnudo, havia um lago raso, cuja água estava cheia de lama e salpicada de pingos de chuva; em sua margem não cresciam juncos nem se viam pássaros ocupados. Nada havia ali, mas na margem mais próxima um homem de cócoras travava um embate com algo pálido que se debatia e que deixou escapar outro grito débil. Esse som a deixou enjoada, e ela percebeu algo familiar nos movimentos suplicantes do infeliz. Por isso, quando apressou o passo e começou a correr, o que esperava que fosse um imperativo "Pare com isso! Pare!" saiu como um guincho.

O homem deve tê-la ouvido, ou não: nem levantou a cabeça, nem parou o que quer que estivesse fazendo. Abaixou novamente a voz para aquele tom curioso e grave que ela ouvira da primeira vez, só que agora lhe parecia tenebroso o fato de demonstrar tanta ternura enquanto causava tamanho mal. Ao se aproximar, Cora viu os pés do homem firmemente plantados na água lamacenta e as costas do casaco escuro e pesado salpicadas de lama. Mesmo de longe dava para saber que ele era mal-ajambrado e rude: tudo nele era sujo, desde o tecido úmido e grosso da roupa até o cabelo molhado e ondulado que lhe caía por sobre a gola. Se as velhas histórias fossem verdade, pensou ela, e o primeiro homem tivesse brotado de um punhado de terra, ali estava Adão em pessoa: enlameado, disforme, sem o completo domínio da fala.

— O que está *fazendo*? Pare!

Ao ouvir isso, o homem se virou um pouco e Cora constatou que sua altura era mediana e seu corpo, avantajado. Resquícios de lama em seu rosto davam a impressão de uma barba, e, em meio à imundície, um par de olhos a fulminou. Ele podia ter sessenta anos ou podia ter vinte. Arregaçara as mangas até os cotovelos e nos braços os músculos se destacavam como cordas. Como se tivesse concluído que ela não ia ajudar nem atrapalhar, o homem deu de ombros e voltou a atenção para a sua tarefa. Nada enfurecia Cora mais do que ser ignorada: soltou um grito exasperado e correu os poucos metros remanescentes. Chegando à beira do lago, viu que a coisa pálida que se debatia abaixo do homem era uma ovelha esperneando inutilmente na água rasa. Sentiu, então, um imenso alívio: qualquer que fosse o horror que imaginara, não era isso.

A ovelha revirou os olhos idiotas na direção da recém-chegada e baliu. O traseiro estava enlameado e com os movimentos frenéticos das patas traseiras acabava por afundar um pouco mais. O homem tinha o braço direito enganchado sob a pata dianteira esquerda e em torno do lombo, enquanto com o esquerdo tentava cingir o flanco do animal, a melhor forma de resgatá-lo, mas seus pés deslizavam sobre a terra escorregadia. O movimento assustou a ovelha, que fechara os olhos por um instante, como se resignada ante o próprio fim; baliu e se debateu de novo e, erguendo a pata dianteira esquerda, atingiu o homem na bochecha. Ele gritou e Cora viu uma ferida aberta debaixo da máscara de lama.

A visão de sangue despertou-a do devaneio.

— Me deixe ajudar — disse ela, ao que ele assentiu com um rosnado, sem fôlego.

*O sujeito é quase um imbecil*, pensou Cora, já imaginando como ia contar a história de forma a melhor entreter os amigos. Mais uma vez, a ovelha ficou inerte, emitindo um longo suspiro que pairou no ar, e permitiu que o homem juntasse os dois braços por trás do seu traseiro. Nesse abraço, os dois afundaram juntos na lama e, olhando furioso por sobre o ombro, o homem falou:

— Ora, vamos!

Não exatamente um imbecil, então, embora falasse com as vogais arrastadas, uma característica do sotaque de Essex. Cora agarrou o próprio cinto, que era largo e nitidamente masculino. Os dedos estavam rígidos e vagarosos e ela teve problemas com a fivela, enquanto a ovelha suspirosa afundava mais e mais. Então, libertou-se do cinto e, adiantando-se, enlaçou-o no traseiro do animal, onde se engancharia debaixo das patas dianteiras, formando uma espécie de rédea. O homem soltou o animal e tirou o cinto da mão dela. A ovelha, sentindo-se desamparada, entrou em pânico e fez um movimento convulsivo, que jogou Cora na lama. O homem não pareceu se importar a mínima, e apenas rosnou:

— De pé! Fique de pé!

Gesticulando para indicar que ela pegasse o cinto, tornou a segurar o flanco da ovelha. Houve um longo momento em que a força conjunta de ambos lentamente prevaleceu sobre a lama que os sugava, e Cora sentiu os ossos dos ombros serem forçados em suas articulações sob a carne. De repente, por fim, as patas traseiras da ovelha surgiram acima da superfície da água e o animal deu um impulso adiante subindo na margem. Cora e o homem caíram de costas e ela se virou para esconder a falta de fôlego: não teria se incomodado com a lama nem com a dor nos pulsos, caso o homem não fosse um ogro e a ovelha, um animal tão palerma. A uma certa distância, as companheiras da ovelha ergueram os olhos cautelosos, sem demonstrar prazer algum, aguardando a volta da desgarrada. Era de esperar que Cora experimentasse uma sensação de triunfo, mas, em vez disso, o prazer do dia se fora, e até as moitas de samambaia tinham perdido o colorido.

Quando se virou de novo, o homem a observava por cima da manga, que pressionava de encontro à bochecha. Pusera uma touca de tricô, tão malfeita que bem poderia ter sido tecida por ele mesmo com trapos vermelhos, puxando-a até as sobrancelhas tão encharcadas de lama que quase lhe escondiam os olhos.

— Obrigado — disse, meio ríspido, novamente achatando as vogais, o que a fez rotulá-lo de camponês.

*Um fazendeiro, então*, pensou Cora e, sem aceitar a gratidão tão relutantemente demonstrada, respondeu, indicando com um gesto a ovelha exausta:

— Ela vai ficar bem?

O animal abriu e fechou a boca e tornou a revirar os olhos.

O homem deu de ombros:

— Acho que sim.

— É sua?

— Ah! Não. O rebanho não é meu.

A ideia evidentemente despertou algum resquício de humor no sujeito, que deu uma risadinha.

Um mendigo, então, coitado! Era da natureza de Cora pensar bem das pessoas até que estas lhe dessem motivo para mudar de ideia. Além disso, logo estaria em casa com Martha e seus lençóis limpos e, quem sabe, ele ia fazer a própria cama no mato com nada além da ovelha semiafogada por companhia. Sorrindo, decidiu conduzir a conversa com as boas maneiras londrinas:

— Muito bem, preciso voltar para casa. Foi um prazer conhecê-lo. — Fez um gesto na direção dos carvalhos encharcados e do lago, no qual ainda restavam pequenas marolas oriundas do embate recém-travado. Com a intenção de ser generosa, acrescentou: — Essex. Um belo lugar no mundo.

— É mesmo? — A voz dele saiu abafada por conta da manga ainda pressionada de encontro à bochecha, na qual dava para ver sangue misturado com água suja.

Ela quis perguntar se ele ficaria bem, se voltaria em segurança para casa, se havia como ajudá-lo, mas aquele território era dele, não dela. Ocorreu-lhe, ao ver as sombras se adensarem no cair da tarde, que, dos dois, ela é que estava em pior situação, perdida, a quilômetros de distância da própria cama e apenas com uma vaga noção de onde se encontrava. Na tentativa de manter o que considerava ser a sua vantagem, indagou:

— Me diga: estou muito longe de Colchester? Onde posso arrumar uma condução para me levar para casa?

Ao homem faltou o traquejo de se mostrar surpreso. Indicou com a cabeça a margem mais adiante, onde ela percebeu haver uma quebra no corredor de carvalhos e, atrás, um pedaço de campo aberto.

— Chegando à estrada, vire à esquerda e ande uns quinhentos metros. Lá tem um *pub*: vão chamar uma condução para você.

Então, com um movimento incrivelmente semelhante ao de um homem dispensando um subalterno, o sujeito lhe virou as costas e saiu patinhando na lama. Os ombros estavam tão encurvados contra o frio que o peso do casaco imundo o fazia parecer bastante com um corcunda. Sempre mais propensa a rir do que a se enfurecer, Cora não conseguiu evitar uma gargalhada, que talvez tenha chegado aos ouvidos do homem, pois ele fez uma pausa e meio que se virou para trás, antes de pensar melhor e seguir seu caminho.

Cora ajustou o casaco para deixá-lo mais junto ao corpo e ouviu à volta os pássaros se reunirem para a serenata noturna. A ovelha se arrastara um ou dois metros sobre a margem; erguera-se para uma posição de joelhos e fuçava a terra em busca de grama. A claridade sumia, e uma fina bruma branca se ergueu da terra fria, chegando à beirada das suas botas. Além do último carvalho, um tufo de grama se inclinava de leve para a estrada e, não muito distante, um *pub* parcialmente de madeira com janelas bastante iluminadas atraía os viajantes. A visão das vidraças reluzentes e a ideia de ainda estar tão longe de casa e não saber o caminho de volta a encheram de um cansaço tão repentino que foi como se tivesse levado um soco. Quando chegou à porta do *pub* e viu uma mulher inclinada sobre o bar com um sorriso de boas-vindas sob o cabelo sedoso erguido num coque, Cora parou para arrumar a roupa. Alisando o casaco, encontrou na fivela do cinto um pequeno tufo de lã branca e nele, cintilando sob a luz do lampião como se estivesse fresca, uma mancha de sangue.

# 5

Joanna Ransome, com quinze anos incompletos, alta como o pai e vestida com seu casaco mais novo, estendeu a mão sobre as chamas. Levou a mão espalmada o mais próximo possível do fogo e depois a recolheu com lentidão suficiente para preservar seu orgulho. O irmão John a observava solenemente e adoraria enfiar as próprias mãos nos bolsos, mas havia sido instruído a deixá-las ficar tão frias quanto pudesse aguentar.

— Estamos fazendo um sacrifício — disse ela, guiando-o até o trecho de terra logo além do Fim do Mundo, onde os pântanos cediam lugar ao estuário do Blackwater e, para além, ao mar. — E, para ser um sacrifício, precisamos sofrer.

Mais cedo no mesmo dia, Joanna explicara ao irmão, cochichando em cantos frios da casa, que havia algo de podre na aldeia de Aldwinter. Para começar, o homem afogado (nu, diziam, e com cinco arranhões profundos na coxa!), depois a doença em Fettlewell e a maneira como todos acordavam depois de sonhar com asas negras molhadas. Mais que isso: as noites deveriam estar mais claras agora — deveria haver campainhas-brancas no jardim —, a mãe não deveria continuar com uma tosse que a acordava toda noite. Deveria haver canto de pássaros pela manhã. Eles não deveriam tremer de frio na cama. Tudo isso era por causa de alguma coisa que haviam feito, da qual se esqueceram e de que jamais se arrependeram, ou porque o terremoto de Essex liberara algo no rio Blackwater, ou talvez porque o pai mentisse ("Ele diz que não tem medo e que não existe nada lá, mas por que parou de sair para o mar depois que anoitece? Por que não nos deixa brincar nos barcos? Por que parece cansado?"). Qualquer que fosse o motivo e de quem quer que fosse a culpa, eles tomariam uma providência. Há muito tempo em outras terras as pessoas arrancavam corações para fazer o sol nascer: com certeza não seria pedir muito que tentassem um pequeno feitiço em prol da aldeia, certo?

— Eu já tenho tudo planejado — disse ela. — Você confia em mim, não confia?

Estavam entre os escombros de uma embarcação que emborcara ali uma década antes e ficara encalhada no mesmo lugar. Nas agruras do clima, ela se deteriorara a ponto de não passar agora de uma dúzia de estacas encurvadas e negras que de tal forma lembravam a cavidade peitoral aberta de um monstro afogado que os turistas tinham passado a chamá-la de Leviatã. Ficava perto o bastante da aldeia para que as crianças frequentassem o local sem punição e longe o bastante da vista para que ninguém percebesse o que faziam lá. No verão, penduravam as roupas em seus ossos e no inverno acendiam pequenas fogueiras sob seu abrigo, sempre com medo de que o casco pegasse fogo e também decepcionadas por isso não acontecer. Mensagens de amor e palavrões eram gravados a canivete na madeira; escondiam-se moedas em suas vigas. A pequena fogueira de Joanna foi acesa a alguma distância dos destroços, em um círculo de pedras, e o fogo ardeu rapidamente. Ela a cercara com metros de algas, que exalavam um odor de limpeza, e ornara a areia grossa com sete das suas melhores conchas.

— Estou com *fome* — disse John, erguendo o olhar para a irmã e imediatamente se arrependendo da própria falta de determinação. Fizera sete anos antes do verão e sentia que já era hora de fazer jus à idade com uma coragem mais madura. — Mas não me importo — completou, saltitando duas vezes em volta do fogo.

— Precisamos sentir fome porque esta noite é a noite da Lua da Fome, não é mesmo, Jo? — indagou a ruiva Naomi Banks, agachada encostada no Leviatã, encarando com subserviência a amiga. Para ela, a filha do reverendo Ransome detinha a autoridade de uma rainha e a sabedoria de Deus, e com satisfação ela andaria descalça sobre as chamas se a outra lhe exigisse isso.

— Isso mesmo, a Lua da Fome e a última lua cheia antes da primavera. — Ciente da necessidade de ser ao mesmo tempo severa e benevolente, Joanna imaginou o pai no púlpito e emulou sua postura. Na ausência de um apoio para livro, ergueu ambos os braços e disse numa voz cadenciada que passara semanas treinando: — Estamos aqui reunidos no dia da Lua da Fome para implorar a Perséfone que quebre as correntes do Hades e traga a primavera à nossa terra amada. — Imaginando se teria acertado no tom e um pouco temerosa de estar fazendo mau uso da instrução que o pai insistira em lhe dar, lançou um rápido olhar para Naomi. O rosto da amiga estava corado e os olhos, brilhantes. Levou uma das mãos à garganta, e Joanna, estimulada, prosseguiu: — Por tempo demais aguentamos os ventos invernais! Durante muito tempo as noites escuras têm escondido os terrores do rio!

John, cuja vontade de ser corajoso não rivalizava com o medo do monstro que provavelmente espreitava a menos de cem metros na água, soltou um guincho. A irmã franziu a testa e elevou um tantinho a voz:

— Deusa Perséfone, ouça-nos! — exclamou, assentindo de maneira enérgica para os companheiros, que lhe fizeram coro: — Deusa Perséfone, ouça-nos!

Os três fizeram suas súplicas a vários deuses, com genuflexões solenes a cada nome; Naomi, cuja mãe fora adepta da antiga religião, se benzia com fervor.

— E agora — disse Joanna — temos de fazer um sacrifício.

John — que jamais se esquecera da história de Abraão levando o filho a um altar e sacando uma faca — guinchou de novo e deu mais duas voltas em torno do fogo.

— Volte aqui, garoto idiota — chamou Joanna. — Ninguém vai machucar você.

— A não ser a Serpente de Essex — interveio Naomi, aproximando-se do menino com as mãos em garra e recebendo um olhar de tamanha censura que enrubesceu e pegou a mão de John.

— Nós lhe oferecemos o sacrifício da nossa fome — prosseguiu Joanna, cujo estômago roncava vergonhosamente (ela escondera o café da manhã num guardanapo e o dera mais tarde ao cachorro, alegando dor de cabeça para evitar o almoço). — Nós lhe oferecemos o sacrifício do nosso frio. — Teatralmente, Naomi tiritou. — Nós lhe oferecemos o sacrifício das nossas queimaduras, o sacrifício dos nossos nomes. — Interrompeu-se um instante, esquecida do ritual que preparara, e então, levando a mão ao bolso, tirou três pedaços de papel. Mais cedo, ela molhara o canto de cada folha na pia de água benta da igreja do pai, atenta à possibilidade de ele a encontrar ali e com várias mentiras decoradas para se defender. Os cantos úmidos haviam secado enrugados e, quando ela os entregou a seus concelebrantes, ouviu-se o farfalhar dos papéis. — É necessário nos comprometermos com os feitiços — falou, com seriedade —, oferecer uma parte da nossa própria natureza. Precisamos escrever nossos nomes e, ao escrevê-los, prometer a quaisquer que sejam os deuses que nos escutem entregarmos o nosso ser, na esperança de que o inverno se vá da aldeia.

Examinando as palavras enquanto as dizia e se dando por satisfeita com a forma como as estruturou, teve uma nova ideia. Abaixando-se para pegar um graveto quebrado, ela o pôs no fogo e deixou-o queimar um tempo, em seguida apagou a chama e escreveu seu nome no papel com o carvão. Como não estava de todo extinto, o fogo chamuscou e rasgou o papel, e as deusas haveriam de precisar de visão celestial para identificar mais do que as suas iniciais a tamanha distância, mas o efeito foi gratificante. Entregou o graveto a Naomi, que escreveu um N maiúsculo no seu papel e ajudou John a registrar sua marca. O menino tinha orgulho da própria caligrafia e empurrou a menina com uma cotovelada, decidido a se virar sozinho.

— Agora — disse Joanna, recolhendo os pedaços de papel e rasgando-os — venham para perto do fogo comigo. Suas mãos estão frias? Estão cheias de inverno? — *Cheias de inverno*, pensou ela, *que expressão incrível!* Talvez seguisse a carreira clerical, como o pai, quando crescesse. John olhou para as pontas dos dedos e se perguntou se logo não veria as manchas pretas de queimadura de frio.

— Não consigo sentir nada — respondeu ele.

— Mas vai — replicou Naomi. Seu cabelo era vermelho como o casaco e John jamais gostara dela. — Vai sentir, sim. — Ela o obrigou a ficar em pé e os dois se juntaram a Joanna ao lado das chamas. Alguém pisou numa trança de algas, que estalou. A alguma distância, a maré estava virando.

— Agora — repetiu Joanna. — Você vai precisar de coragem, John, porque isso vai doer. — Atirou as tiras de papel no fogo e depois jogou sal do saleiro de prata da mãe. As chamas cintilaram azuis por um instante. Estendendo, então, as mãos para o fogo, com um aceno imperioso de cabeça indicando que os demais deveriam fazer o mesmo, fechou os olhos e manteve as mãos espalmadas sobre o fogo. Uma tora úmida lançou fagulhas e chamuscou a manga do casaco do pai; Joanna estremeceu e, temendo pela pele alva no pulso do irmão, ergueu as mãos dele alguns centímetros com um pequeno safanão. — Não precisamos nos machucar seriamente — disse depressa —, só precisamos aquecer as mãos com rapidez e elas queimarão como acontece quando entramos em casa depois de brincar na neve.

Naomi, chupando um cacho de cabelo, falou:

— Olhem, dá para ver as minhas veias.

E era verdade: ela tinha uma pequena membrana de pele entre cada um dos dedos e se orgulhava da imperfeição, tendo certa vez ouvido que Ana Bolena sofria de algo parecido e conquistara um rei, mesmo assim. À luz das chamas, um brilho rosado atravessava a carne fina, deixando em destaque uma ou duas veias azuladas. Joanna — impressionada, embora ciente da necessidade de manter a autoridade — disse:

— Viemos aqui mortificar nossa carne, Nomi, não nos orgulharmos dela.

Usou o apelido da infância para mostrar para a menina que não se tratava de uma censura e, em resposta, Naomi flexionou os dedos e disse, muito séria:

— Nossa, dói mesmo, garanto a você. Está pinicando que nem agulhas.

As duas olharam para John, cujas mãos vacilavam ao compasso da sua coragem. Algo sem dúvida estava acontecendo, pois seus dedos tinham um vermelho vivo, mostrando até mesmo, achou Joanna, um inchaço nas pontas. Ou a fumaça próxima da fogueira fazia lhe arderem os olhos ou o menino estava tentando não chorar. Dividida entre a certeza de que os deuses ficariam tocados com um sacrifício de um celebrante tão jovem e uma igual certeza de que a mãe ficaria justamente indignada, ela cutucou o menino e disse:

— Mais alto, bobinho, mais alto; você não vai querer que suas mãos virem carvão, vai?

Ouvindo isso, as lágrimas represadas transbordaram e, nesse exato momento (ou assim contou Joanna, debaixo de uma carteira na escola, com Naomi assentindo a seu lado e uma plateia hipnotizada a seus pés), a lua cheia saiu de uma nuvem baixa e azulada. À volta deles, a areia salpicada de seixos adquiriu um tom doentio e o mar — se aproximando, por cima do sapal às costas dos três — reluziu.

— Um sinal, viram? — exclamou Joanna, afastando as mãos do fogo e rapidamente voltando a aproximá-las diante da sobrancelha erguida de Naomi. — Um portento! É a deusa... — Procurou mentalmente pelo nome. — A deusa Febe, que veio escutar nossa súplica!

John e Naomi ergueram os olhos para a lua e fitaram durante um bom tempo sua face abatida. Cada um deles viu no disco pintalgado os olhos melancólicos e a boca curvada de uma mulher mergulhada na tristeza.

— Você acha que funcionou? — indagou Naomi, que não acreditava que a amiga pudesse ter se enganado a respeito de um assunto tão sério quanto a invocação da primavera, além do fato de ter sentido dor nas mãos e de não ter comido nada senão um sanduíche de queijo na noite anterior. Por acaso também não vira o próprio nome naquele pedaço de papel batizado queimar debaixo de uma chuva de chamas? Abotoou um botão a mais do casaco e contemplou o sapal e o mar, meio que esperando ver um nascer do sol prematuro e, com ele, um bando de andorinhas.

— Ah, Naomi, não sei. — Chutando a esmo a areia, Joanna se descobriu um tanto envergonhada do próprio espetáculo. Todo aquele movimento de braços, além da voz impostada! Com efeito, já estava crescida demais para tudo isso. — Não pergunte a *mim* — prosseguiu, evitando novas perguntas: — Nunca fiz isso antes, não é? — Com uma pontada de culpa, ajoelhou-se ao lado do irmão e disse em voz baixa: — Você foi muito corajoso. Se não funcionar não vai ser sua culpa.

— Quero ir para casa. Vamos chegar tarde e vão brigar com a gente. Não vamos jantar, e vai ser a minha comida preferida.

— Não vamos chegar tarde — atalhou Joanna. — Falamos que chegaríamos antes de escurecer e não está escuro, certo? Não está escuro ainda.

Mas já estava quase escuro e a escuridão parecia vir, pensou ela, do lado do mar, além do estuário, que tomara a aparência de uma substância negra e sólida sobre a qual ela poderia andar, caso se prestasse a isso. A menina passara toda a vida ali, à margem do mundo, e nem sequer uma vez pensara em não confiar naquele território em mutação; a penetração de água salgada nos manguezais, os desenhos dinâmicos das margens e regatos lamacentos e as marés do estuário que ela verificava quase diariamente no almanaque do pai, tudo era tão confiável quanto o padrão da sua vida familiar. Antes mesmo de reconhecê-los no papel, ela podia se sentar nos ombros do pai, apontar e, com orgulho, dizer os nomes Foulness e Point Clear, St. Osyth e Mersea e indicar o caminho até St. Peter's-on-the-Wall. Era uma brincadeira de família fazê-la girar uma dezena de vezes e dizer: "Ela sempre vai parar olhando para leste, para o mar."

Mas alguma coisa mudara no processo desse ritual: ela sentia um impulso curioso de olhar para trás, por cima do próprio ombro, como se pudesse flagrar a maré invertendo a direção ou ver as águas se abrirem como haviam feito para Moisés. Ouvira, claro, os boatos que davam conta de que algo vivia agora nas profundezas do estuário e era responsável por roubar um cordeiro e quebrar uma perna ou um braço de alguém, mas não deu muita importância: a infância era tão pródiga em terrores que não valia a pena acreditar mais numa coisa do que noutra. Desejando ver mais uma vez a pálida face triste da dama na lua, ergueu os olhos. Nada mais havia no céu além do adensamento das nuvens se reunindo acima do pântano. O vento cessara, como de hábito, ao cair da tarde, e a estrada de terra estaria endurecendo com o gelo. John, evidentemente percebendo o próprio desconforto, esqueceu-se da história de maturidade e entrelaçou a mão na dela. Até mesmo Naomi, que jamais fora vista com medo, chupou com mais força seu cacho de cabelo e chegou mais perto da amiga. Enquanto passavam em silêncio pelas brasas moribundas da fogueira e pelo Leviatã, que se acomodava para o sono, os três lançaram um olhar por cima do ombro para a água negra se aproximando por sobre a lama.

— Meninos e meninas, venham brincar — cantou Naomi, sem conseguir evitar por completo um leve tremor na voz —, a lua brilha tanto quanto o dia...

Bem depois — e apenas quando pressionados, já que tudo aparentemente fizera parte de um ritual do qual as crianças sentiam uma estranha vergonha —, cada um afirmaria ter visto um curioso espessamento e inchaço da água em um local específico, justo onde o sapal terminava e o leito do rio se inclinava de maneira acentuada. Não houvera som algum nem nada concretamente aterrador, como um tentáculo comprido ou um olho revirado, mas tão somente um movimento sem direção e rápido demais para ser a formação de uma onda. John disse ter percebido que a coisa tinha uma aparência esbranquiçada, enquanto Joanna supunha ter sido apenas a lua surgindo por trás de alguma nuvem e iluminando a superfície com seu olhar. Naomi, a primeira a ter a iniciativa de falar, floreou tão fantasticamente o fenômeno, mencionando asas e um focinho, que a crença geral foi de que ela nada vira e seu testemunho acabou descartado.

— Quanto tempo falta para chegarmos em casa, Jojo? — indagou John, dando um puxão na mão da irmã, tenso e aflito para correr para casa e para a mãe e o jantar que imaginava estar esfriando na mesa.

— Já estamos pertinho: olhe, está vendo a fumaça das chaminés e as velas dos barcos?

Haviam chegado à trilha — pouco à vontade e tiritantes com o frio súbito —, e, à frente dos três, os lampiões a óleo nas janelas do Fim do Mundo eram sedutores como uma árvore de Natal. Podiam ver Cracknell fazendo os preparativos noturnos, prendendo Gog e Magog no cercado e parando no portão para lhes dar boa noite.

— Meninos e meninas, venham brincar — cantou o homem, tendo ouvido as crianças se aproximarem, enquanto batia no portão para marcar o ritmo. — E, embora eu veja a cara de uma lua cheia, vocês não vão ter o brilho do dia, já que essa luz é só emprestada, a ser paga com juros, enquanto o dinheiro perde o valor mês a mês, o que explica a pouca claridade. Que tal? — Satisfeito com essa linha de pensamento, abriu um enorme sorriso, antes de fazer um gesto para os três chegarem mais perto, e mais perto ainda, de modo a sentir a umidade lamacenta que exalavam os bolsos do seu casaco e ver os corpinhos despelados das toupeiras penduradas pelos tornozelos.

— Ele está ansioso para chegar em casa, hein? — disse, acenando com a cabeça na direção de John, que era um velho amigo seu e que, em geral, não perdia a oportunidade de montar em Gog ou Magog e dar uma volta em torno da cabana, antes de comer mel direto do favo. John, que a essa altura imaginava seu jantar sendo dado ao cachorro, fechou a cara, sendo talvez esse o motivo que levou o velho a fechar a cara também e puxar a orelha do menino.

— Vejam bem, vocês três. Não são só meninos e meninas que vêm brincar aqui fora nos tempos de hoje, e eu me pergunto se não serão os últimos, e disso vocês não vão me ver reclamar, *venha logo, meu Senhor Jesus*, como eu diria se me deparasse com esse tipo de conversa... Vão se juntar aos amiguinhos na brincadeira, como diz a canção, mas foi um amiguinho estranho que vocês arrumaram lá para as bandas da água negra do Blackwater... Não pensem que eu não sei e não o vi, eu mesmo, duas ou três vezes quando a lua estava cheia...

Apertou com uma força um pouco excessiva a orelha de John e o menino gritou. Cracknell olhou para a própria mão, surpreso, como se ela tivesse agido sem sua permissão, e soltou John, que esfregou o rosto e começou a chorar.

— Ora, ora. Para que esse barulho todo? — perguntou Cracknell, apalpando seus vários bolsos, mas nada achando neles que pudesse aplacar uma criança ansiosa pelo colo da mãe e por uma refeição quente. — Só falo com boa intenção, apenas com boa intenção, como espero sempre fazer, e não gostaria que algo de ruim acontecesse com algum de vocês ou alguém de suas famílias.

John ainda não parara de chorar e Joanna temeu por um instante que o velho começasse a chorar também, de vergonha ou de algo que ela desconfiou ser medo. Erguendo a mão por sobre a cerca com as toupeiras penduradas, deu duas palmadinhas na manga engordurada do casaco dele e buscava algo tranquilizador para dizer quando Cracknell se retesou, esticou o braço e trovejou:

— Pare aí agora! *O que está aí?*

As crianças se retesaram: John enterrou o rosto na cintura da irmã; Naomi se virou e levou um susto. Uma criatura escura e deformada se aproximava dos quatro pela trilha, movendo-se devagar, emitindo um som grave vindo das profundezas da garganta. Não rastejava, mas apoiava-se, em vez disso, nas duas patas traseiras; tinha quase a forma de um homem — e esticou os braços —, poderia ter sido uma ameaça, no entanto o ruído que fazia era semelhante ao de riso. *Era* um homem, com certeza; na verdade, algo no seu andar era quase familiar — chegou mais perto da claridade projetada pelos lampiões de Cracknell e parou. Joanna viu, então, o casaco comprido cheio de flocos de lama e as botas pesadas. O rosto estava escondido por um gorro puxado até as sobrancelhas e por um cachecol grosso — tudo na criatura estava coberto de lama preta e úmida em alguns pontos e seca e esbranquiçada noutros; havia, porém, partes da sujeira que revelavam o vermelho original da lã.

— Vocês não me reconhecem? Estou tão assustador assim?

Mais uma vez, o homem estendeu os braços e depois arrancou a touca de tricô e um punhado de cachos teimosos do mesmo tom da longa trança da menina cintilou à luz do lampião.

— Papai! Onde você esteve? O que foi que você fez? Como cortou a bochecha?

— John, meu garoto: vocês não reconhecem o próprio pai? — Com um filho aninhado em cada braço, o reverendo William Ransome estendeu o braço para afagar com carinho o ombro de Naomi e assentiu para Cracknell, que disse:

— O senhor é um colírio para olhos cansados, pároco, como sempre. Se me permite sugerir, leve os pequenos para casa e mantenha-os por lá. Com isso, lhes desejo uma boa noite.

Fazendo uma reverência para todos — mais rebuscada para John —, o velho se recolheu ao Fim do Mundo e bateu a porta.

— E por que vocês estão na rua até tão tarde, posso saber? Vamos todos levar uma bronca da sua mãe por isso. Quanto à senhora, srta. Banks, o que vou dizer ao seu pai?

Dando um beliscão afetuoso em Naomi, empurrou-a na direção de uma cabana cinzenta de pedra próximo ao cais. A menina olhou uma vez por sobre o ombro para os amigos e depois entrou correndo, aferrolhando ruidosamente a porta.

— Verdade... Mas, pai, por onde você andou? O que aconteceu com o seu rosto? Vai precisar levar pontos — disse Joanna, animada, já que a menina nutria uma vontade secreta de usar um bisturi.

— Não é nada. Por que John está chorando, já que é velho como as montanhas? — Will apertou mais o filho, que engoliu um derradeiro soluço. — Quanto a mim, é o seguinte: andei resgatando ovelhas e assustando senhoras. — Os três haviam chegado à entrada do jardim e aos canteiros, onde campainhas-brancas cintilavam no escuro. — Devo dizer que há muito tempo não me divertia tanto. Stella! Chegamos e precisamos de você!

# MARÇO

*Stella Ransome*
*Reitoria de Todos os Santos*
*Aldwinter*
*11 de março*

Cara sra. Seaborne,

Escrevo na esperança de que um bilhete meu não pareça o bilhete de uma estranha, já que Charles Ambrose me garante que a senhora aguarda notícias da família Ransome, de Aldwinter, Essex. E veja: cá estamos!

Em primeiro lugar, porém, espero que aceite as mais sinceras condolências da minha parte e da do meu marido pela sua perda recente. Pouco ouvimos de Londres, mas, mesmo assim, o nome do sr. Seaborne nos chegou por intermédio de Charles e, vez por outra, até mesmo o vimos no Times! Sabemos que ele foi um homem bastante admirado e, tenho certeza, muitíssimo querido. A senhora tem estado presente em nossas preces, sobretudo nas minhas, pois acho que consigo imaginar melhor o luto de uma esposa pela morte do marido.

Abordemos agora o assunto em questão. Charles e Katherine Ambrose virão jantar aqui no próximo sábado e ficaríamos mais do que encantados se a senhora se juntasse a nós. Estou ciente de que está em Colchester com seu filho, bem como com uma acompanhante de quem Charles fala com grande afeto, e ficaríamos felizes de conhecê-los também. Não se trata de uma ocasião especial, mas tão somente da oportunidade de rever velhos amigos e fazer novos.

Nosso endereço está no topo da página e é fácil chegar aqui a partir de Colchester — infelizmente não há trem, mas é uma viagem agradável de cabriolé. Decerto queremos que se hospedem conosco: temos espaço e não desejamos que façam a viagem de volta tarde da noite. Aguardarei sua resposta e, nesse ínterim, vou pensar em quais pratos apetitosos posso apresentar a uma mulher com gostos londrinos!

Sinceramente,

STELLA RANSOME

P.S.: Como pode ver, não pude resistir a lhe mandar uma prímula, embora, devido à minha impaciência para secá-la, ela tenha manchado o papel. Jamais consegui aprender a aguardar!

# I

O dr. Luke Garrett examinou seu quarto no Hotel George, em Colchester, com um prazer relutante: era óbvio que Spencer não poupara gastos. A ponta do dedo, tendo sido passada em cada superfície, permanecia imaculada.

— Eu poderia fazer uma cirurgia de apêndice aqui — disse, com o que o amigo corretamente definiu como uma nota de mau agouro dirigida aos moradores locais.

Constatada a limpeza do quarto, Garrett abriu com um estalido os fechos de metal da maleta e dela tirou um par de camisas amarrotadas, vários livros com as páginas dobradas e um maço de papel. Os itens todos foram acomodados no toucador e reverentemente encimados pelo envelope branco no qual se lia seu nome numa caligrafia clara e decidida.

— Ela está nos esperando? — indagou Spencer com um gesto de cabeça indicando o envelope: conhecia bem a caligrafia de Cora, pois o amigo ultimamente adquirira o hábito de lhe mostrar cada uma de suas cartas, a fim de melhor entender o significado por trás de cada frase.

— Esperando? Esperando! Eu não teria vindo, se me coubesse a escolha. Tenho muito o que fazer. Para ser franco, Spencer, a mulher implorou. "Sinto saudade, meu querido", disse ela — explicou, com seu sorriso lupino, acima do qual olhos negros brilharam. — "Sinto saudade, meu querido!"

— Vamos vê-la hoje à noite? — perguntou Spencer, de maneira imprudente. Tinha seus motivos para tal demonstração de impaciência, mas depois de tê-los escondido com sucesso até mesmo do olhar clínico de Garrett, não pretendia revelá-los agora. Por demais absorto na releitura da carta de Cora (formando com os lábios a palavra *querido!* duas vezes), o amigo nada percebeu, respondendo apenas:

— Sim, eles estão no Red Lion. Vamos encontrá-los às oito. Às oito em ponto, se bem conheço Cora.

— Então vamos dar uma volta. Está um dia bonito demais para ser desperdiçado e quero ver o castelo. Dizem que ainda se podem ver as ruínas do terremoto de Essex. Você vem?

— Decerto que não. Odeio caminhar. Além disso, tenho que ler o relatório de um cirurgião escocês que se convenceu de poder aliviar a paralisia exercendo pressão na medula espinhal. Penso com frequência, sabe, que eu teria me dado melhor em Edimburgo do que em Londres: existe tamanha coragem por lá entre a classe médica, e aquele clima deprimente combina comigo...

Com Spencer e o castelo já esquecidos, Garrett sentou-se de pernas cruzadas na cama e espalhou em cima da coberta uma dezena de folhas muito bem impressas em preto, em que se achavam também desenhos de vértebras. Spencer, levemente aliviado por ter sido agraciado com uma tarde de solidão, abotoou até em cima o casaco e saiu.

O Hotel George era uma bela pousada branca com vista para a High Street. Os proprietários nitidamente alardeavam sua posição de melhor estabelecimento da cidade e exibiam tais credenciais por meio de um monte de cestas penduradas nas quais narcisos e prímulas competiam por espaço em uma disputa acirrada. O dia estava bonito, como se o céu lamentasse a lenta libertação das garras do inverno: as nuvens altas corriam para cumprir missões urgentes em alguma outra cidade. À frente, a torre de St. Nicholas cintilava e ouvia-se o cantar de pássaros. Spencer, capaz de distinguir um pardal de uma pega-rabuda apenas se pressionado, descobriu-se confuso e encantado com isso e o clima festivo da cidade, com seus toldos coloridos acima das calçadas e pétalas das flores das cerejeiras salpicando a manga do seu casaco. Quando encontrou uma casa em ruínas e, à sua entrada, um aleijado sentado como uma sentinela em horário de folga, também isso lhe pareceu uma visão agradável: a casa mostrava um interior repleto de hera e arvoretas de carvalho, e o aleijado despira o casaco para se deleitar como um gato sob os raios de sol.

O constrangimento com a própria abastança tornara Spencer muitíssimo generoso e, querendo partilhar um pouco a alegria do dia, ele esvaziou os bolsos no chapéu de esmolas do homem. O peso das moedas envergou o feltro gasto; o homem ergueu o chapéu até o nível dos olhos, examinando-o como se suspeitasse de alguma piada, depois do que, com evidente satisfação, desnudou uma fileira de dentes maravilhosos num sorriso.

— Ao que parece, posso encerrar o expediente, não?

Estendeu o braço e puxou de trás do seu poleiro de pedra um carrinho baixo de madeira sobre quatro rodinhas de ferro e, com um movimento bem treinado, acomodou-se nele. Pegando um par de luvas de couro para proteger as palmas das mãos, deu impulso e passou com destreza para a calçada. O carrinho, observou Spencer, era extremamente bem-feito, ornado com alguns entalhes: um guerreiro celta ferido em combate poderia se contentar com tal veículo, o que transformava em afronta qualquer piedade natural que pudesse sentir pela enfermidade do sujeito.

— Quer dar uma olhada? — Com o queixo o homem indicou as ruínas da casa às suas costas, passando a impressão de exercer autoridade sobre as paredes desabadas. — O pior do terremoto foi aqui, e é um perigo para a vida e as pernas, se quer saber, o que ninguém jamais quer, aliás; mas existe uma batalha nos tribunais sobre quem deve pagar a conta, enquanto isso, as corujas habitam a sala de jantar.

Desviando-se de um par de placas de mármore em que os resquícios de letras romanas se enchiam de musgo, o homem entrou com Spencer na casa. Boa parte da parede da frente havia sido destruída, deixando os cômodos e a escada expostos. Nada restara além do que não podia ser alcançado ou saqueado: os pisos inferiores estavam vazios, com exceção de imensos tapetes nos quais violetas haviam criado raízes e cresciam densas como colchões, escondendo tímidas flores azuis. Nos pisos superiores, restavam quadros e enfeites: alguma coisa prateada reluzia no parapeito da janela e, no alto da escada, as gotas de cristal de um lustre pareciam ter sido polidas naquela manhã para os eventos noturnos.

— Impressionante, não é mesmo? Desespereis, ó poderosos, ao contemplar a minha obra!

— Você deveria vender ingressos à porta — disse Spencer, torcendo para flagrar uma coruja. — Com certeza todos que passam têm vontade de dar uma olhada.

— Têm, sim, sr. Spencer, mas nem sempre são admitidos.

A voz que se fez ouvir não foi a de um homem, arrastada com as vogais de Essex e vinda de baixo, mas a de uma mulher, e londrina, na verdade. Spencer a reconheceria em qualquer lugar, e, quando virou as costas para as ruínas, percebeu que enrubescia, mas não foi capaz de evitar.

— Martha. Você está aqui.

— E você também, posso ver. E conheceu o meu amigo, não é? — Martha se abaixou, sorrindo, e pegou a mão do aleijado, que apertou a dela, sacudindo o chapéu repleto de moedas.

— Tem o bastante aqui para uma perna ou duas, suponho. — Então, com um gesto de despedida, o homem começou a deslizar sobre as rodinhas a caminho de casa.

— Não existe coruja. Ele só fala isso para agradar aos turistas.

— Bom, com certeza agradou a mim.

— Tudo lhe agrada, Spencer!

Ela vestia um paletó azul e levava, no ombro, uma sacola de couro da qual saíam várias penas de pavão. Na mão esquerda segurava uma revista branca, na qual Spencer viu impresso em letras pretas elaboradas *An Englishwoman's Review of Social and Industrial Questions*. Tentando ser galante, ele disse:

— Ora, ao menos encontrar você me agrada.

Martha, porém, de todas as mulheres era a última a aprovar uma investida desse tipo. Ergueu uma sobrancelha e, enrolando a revista, bateu com ela no braço dele.

— Chega disso tudo: vamos ver Cora. Ela há de ficar contente por você ter vindo. O Diabrete veio junto, suponho.

— Ele está lendo sobre paralisia e o que fazer a respeito, mas se juntará a nós mais tarde.

— Ótimo. Quero falar uma coisa com você — disse Martha, balançando a revista —, e é impossível ter uma conversa séria sobre qualquer coisa com aquele homem presente. Como foi a viagem?

— Uma criança chorou da Liverpool Street até Chelmsford e só parou quando Garrett lhe disse que ela perderia toda a água do corpo, encolheria e estaria morta ao chegar a Manningtree.

Martha fez um ruído de desaprovação e comentou:

— Como você e Cora aguentam a companhia dele é um mistério para mim. Esse é o hotel em que vocês estão? — Examinando a fachada do George e as cestas dependuradas, prosseguiu: — Estamos no Red Lion, um pouco mais adiante. Não achei que fôssemos ficar tanto tempo, mas Francis se encantou com o proprietário e a vida anda calma ultimamente. Penas são sua última mania. Parece até que ele está tentando fazer um par de asas para si mesmo, embora nada haja de angélico naquele garoto.

— E Cora? Ela vai bem?

— Nunca a vi mais feliz, embora às vezes se lembre de que não deveria estar feliz e bote o vestido preto e se sente à janela parecendo a imagem de luto criada por um pintor.

Os dois passaram por uma florista que encerrava o expediente, vendendo braçadas de narcisos por um centavo. Tirando do bolso as duas últimas moedas, Spencer livrou a mulher de seu estoque e, segurando dezenas de botões amarelos, disse:

— Vamos levar a primavera até Cora. Encheremos o aposento e ela se esquecerá de que um dia alguma coisa já a entristeceu.

Lançou um rápido olhar para a acompanhante, temeroso de ter sido inoportuno: talvez fosse melhor manter as aparências de uma mulher decente e decentemente enlutada.

Mas Martha respondeu, sorrindo:

— Ela vai agradecer a você, acredite. O mês todo Cora tem vagado por aí, buscando sinais da primavera e voltando para casa enlameada e de mau humor. Aí, eis que, ao soar o meio-dia, a primavera chega como se alguém a tivesse evocado.

— E Essex tem fósseis, afinal? Li nos jornais que uma nova espécie foi desenterrada na costa de Norfolk depois de uma tempestade de inverno. Às vezes, penso que devemos caminhar sobre bandos de corpos sem nos darmos conta e a terra toda é um cemitério.

Spencer, que raramente verbalizava seus devaneios, corou de leve e se preparou para um dos comentários mordazes de Martha, que não veio.

— Uma ou duas bufonites, só isso. Mas ela está esperançosa quanto à Serpente de Essex. Veja, chegamos.

A uma pequena distância, Spencer viu a estalagem com estrutura de madeira da qual pendia uma placa ilustrada com um leão vermelho feroz.

— A Serpente de Essex? — indagou Spencer, baixando os olhos como se esperasse ver uma cobra na calçada.

— Cora só fala disso nos últimos dias. Ela não escreveu para o Diabrete contando? É uma lenda mantida viva pelos idiotas da aldeia, sobre uma cobra alada vista saindo do estuário e ameaçando os moradores do litoral. Cora pôs na cabeça que se trata de um desses dinossauros que dizem ter sobrevivido à extinção. Você já ouviu algo do gênero? — Haviam chegado à porta da estalagem e pelas vidraças mosqueadas puderam ver a lareira acesa. Sentiram um forte odor de cerveja derramada e de um assado sendo preparado em algum lugar longe da vista. — O que esperar de camponeses pobres que não sabem ler nem escrever? — Seu desdém de londrina era potente, abarcando com o olhar a torre de St. Nicholas e a devastação do terremoto, a estalagem Red Lion e todos à volta. — Mas Cora está empolgada: diz que é como um fóssil vivo, há de citar para você os nomes. Jamais consigo me lembrar. E ela está decidida a procurar o bicho.

— Garrett sempre diz que ela não vai descansar enquanto não vir o próprio nome na parede do Museu Britânico — concordou Spencer. — E eu acredito que isso possa acontecer.

Ao ouvir o nome do médico, Martha emitiu um som de desdém e empurrou a porta.

— Suba aos nossos aposentos para ver Francis: ele vai se lembrar de você e não há de se incomodar com a sua visita.

Luke, que se atrasou por ter tentado replicar uma vértebra humana em *papier mâché*, encontrou os amigos sentados num tapete puído, as roupas salpicadas de penas. Num banco sob a janela, Martha folheava uma revista e observava Francis em silêncio enquanto o menino enroscava penas de gaivotas e corvos no tecido do casaco de Spencer até este parecer um anjo desolado com a própria queda. Cora se saíra relativamente bem, com uma pena de pavão surgindo das costas do vestido e o conteúdo de um travesseiro cobrindo-lhe os ombros. Ninguém percebeu a chegada do Diabrete, levando-o a dar meia-volta e tornar a entrar ruidosamente.

— O que está acontecendo aqui? Será que entrei num hospício? E onde estão as *minhas* asas? Será que não vou poder voar? Cora, eu lhe trouxe livros. Spencer, me arrume algo para beber. Tem alguma coisa no seu casaco.

Cora, emitindo um gritinho de prazer, de um pulo se pôs de pé e beijou o recém-chegado nas duas bochechas, afastando-o e dizendo:

— Você veio! Acho que cresceu quase um centímetro, parece. Não, isso foi cruel da minha parte. Desculpe, mas você está atrasado, sabe? Frankie, cumprimente a visita (Francis tem um novo passatempo, como se pode ver, e estamos todos exercitando a paciência). Você se lembra de Luke?

O garoto não ergueu os olhos, mas, sentindo uma mudança de clima com a qual não havia concordado, começou silenciosamente a recolher cada pena caída no tapete, contando de trás para a frente.

— Trezentas e setenta e seis... trezentas e setenta e cinco... trezentas e setenta e quatro...

— Sua aparência está péssima — disse Luke, que gostaria de tocar uma por uma as sardas recém-surgidas na testa de Cora. — Por acaso não penteia o cabelo? Suas mãos estão sujas. E o que é essa roupa!

— Me libertei da obrigação de parecer bonita — respondeu Cora. — E nunca me senti tão feliz. Não me lembro da última vez em que me olhei no espelho.

— Ontem — interveio Martha —, você estava admirando o próprio nariz. Boa noite, dr. Garrett.

Isso foi dito num tom glacial tão penetrante que Luke estremeceu e poderia ter tentado dar uma resposta à altura se o proprietário da pousada não tivesse aparecido e, com uma habilidade admirável de ignorar o cômodo cheio de penas e o garoto em sua ladainha, deixou uma bandeja de cerveja sobre o aparador, que se fazia acompanhar de um prato de queijos e rosbife frio coberto com gordura amarelada, além de uma trança de pão branco, um pires de manteiga pálida salpicada de sal e, por último, um bolo ornamentado com cerejas que exalava um aroma de conhaque. Devido à impossibilidade de manter o mau humor na presença do banquete, Luke respondeu Martha com o sorriso mais doce que foi capaz de dar e jogou para ela uma maçã verde.

Spencer, sentado ao lado de Martha no banco sob a janela para apreciar os transeuntes na calçada enegrecida e molhada, pegou a revista das mãos dela e disse:

— Você ia me falar sobre isso que anda lendo? Posso ver?

Folheou a publicação, que continha estatísticas preocupantes sobre a superpopulação de Londres e as consequências catastróficas da revitalização urbana.

Martha fitou-o com um carinho passageiro decorrente do efeito do vinho. A bem da verdade, ele lhe despertava uma espécie de repulsa reflexiva difícil de refrear. Decerto, era atencioso o bastante, bem como gentil; ela já o vira fazer tentativas de agradar a Francis que nenhuma outra visita jamais fizera (todos aqueles empolgantes jogos de xadrez que terminavam com a derrota de Spencer!) e admirava o esforço dele para manter o Diabrete na linha. Mais importante — importantíssimo —, Spencer dedicava a Cora uma amizade galante que nem sequer uma vez evoluíra para tentativas de conhecê-la melhor do que deveria. Mas Martha via a abastança e os privilégios de Spencer envolvê-lo como peles. O pouco que sabia da sua vida (a propriedade de um patrimônio maior do que precisava — a liberdade de estudar medicina como uma espécie de passatempo, enquanto as mulheres se contentavam com penicos e caldos) o situava entre aqueles que, durante toda a vida, ela considerara inimigos.

O socialismo de Martha não era menos arraigado do que qualquer crença herdada ainda remanescente do fervor da infância. Os auditórios comunitários e as linhas de piquetes eram seus templos, e Annie Besant e Eleanor

Marx figuravam no altar; Martha não tinha qualquer hinário, mas, sim, a fúria dos cantos proletários que adaptavam o sofrimento inglês à melodia inglesa. Na cozinha dos aposentos em Whitechapel em que moravam, o pai — as mãos manchadas do pó vermelho dos tijolos, as curvas das impressões digitais nas pontas dos dedos quase apagadas — contava o salário e punha de lado as contribuições para o sindicato e, na sua caligrafia meticulosa, se juntou à petição do Parlamento em prol do limite de dez horas diárias de expediente. A mãe — que já bordara estolas e mantos com cruzes douradas e pelicanos eucarísticos — cortava tecido para faixas erguidas bem alto nas linhas de piquete e reduzia o orçamento doméstico para levar sopa para as grevistas na fábrica de fósforos Bryant & May. "Tudo que é sólido desmancha no ar", dizia o pai, reverentemente citando seu credo de apóstolo: "E tudo que é sagrado é profanado! Martha, não aceite a maneira como são e como sempre foram as coisas — impérios inteiros são derrubados por nada mais que a hera e o tempo." Ele lavava as camisas na pequena bacia de lata — a água saía vermelha — e cantava enquanto torcia bem a roupa de baixo: "Quando Adão labutava e Eva tecia, quem, então, seria o inglês?" Ao fazer a pé o caminho de Limehouse a Covent Garden, Martha não via as janelas compridas e as colunas dóricas, mas os trabalhadores labutando por trás delas. Parecia-lhe que os tijolos da cidade eram tingidos com o sangue de seus cidadãos, o estuque, alvejado com o pó de seus ossos; que nas profundezas de suas fundações mulheres e crianças jaziam enterradas em fileiras, aguentando o peso da cidade nas costas.

Assumir seu posto na casa de Cora havia sido um ato do mais puro pragmatismo: permitiu-lhe um grau de aceitação social e um salário razoável; posicionou-a fora da classe que desprezava e, ao mesmo tempo, firmemente dentro dela. Mas ela nem sequer sonhara incluir Cora Seaborne no pacote — afinal, quem poderia?

O rosto comprido e melancólico de Spencer estava corado — ela tinha consciência da vontade dele de agradar, o que a instigou a ser maldosa.

— Tudo que é sólido desmancha no ar — falou, para testar a coragem dele.

— Shakespeare?

Martha sorriu, cedendo, e respondeu:

— Karl Marx, na verdade, embora ele fosse uma espécie de bardo. Sim, eu queria lhe dizer uma coisa.

Na verdade, infelizmente, Spencer e outros como ele, por mais que fossem dignos de desprezo, eram fontes úteis de influência e renda. Ela abriu a revista e mostrou a ele um mapa em que, superpostos às moradias mais miseráveis de Londres, eram mostrados os projetos para novos empreendimentos, que teriam rede sanitária e seriam espaçosos: as crianças contariam com áreas verdes para brincar e os moradores ficariam livres dos caprichos de senhorios. No entanto (comentou ela, batendo com o dedo desdenhosamente na página), para se candidatar a uma moradia, os inquilinos precisavam provar ter bom caráter.

— Espera-se que se portem melhor do que você ou eu jamais nos portamos para merecer um teto sobre nossas cabeças: jamais se embebedem ou incomodem os vizinhos, não joguem e, Deus os livre, tenham filhos demais de pais diferentes e com demasiada frequência. Você, Spencer, com seu patrimônio e sobrenome, pode beber até cair e ninguém há de lhe tirar sequer uma de suas moradias. Mas experimente gastar o pouco que tem com cerveja barata e cachorros para ver se lhe sobra moral suficiente para dormir numa cama seca.

Spencer não podia alegar com sinceridade ter dado à crise de moradia da capital qualquer atenção maior do que as manchetes sugeriam e sentiu claramente o desprezo pela sua riqueza e pelo seu status por trás das palavras de Martha. Em sua indignação, porém, ela lhe pareceu mais desejável que nunca, e, como se aquela raiva fosse contagiosa, ele sentiu uma pontada de fúria nas próprias entranhas. Assim, disse:

— E se lhe derem uma dessas moradias e depois encontrarem você na rua quebrando uma garrafa na cabeça do seu vizinho?

— Você vai morar na rua, junto com seus filhos, e será bem feito. Estamos punindo a pobreza — disse ela, empurrando o prato. — Se você é pobre e miserável e se comporta do jeito como se espera que uma pessoa pobre e miserável se comporte, já que há muito pouco a fazer para passar o tempo, sua sentença será mais miséria e mais pobreza.

Ele gostaria de perguntar o que podia fazer, mas sentiu que a presença do seu privilégio era tão constrangedora quanto um monte de ouro gelado. Em vez disso, se atrapalhou com palavras de concordância e de censura — certamente alguma coisa precisava ser feita a respeito, respostas deviam ser exigidas e daí por diante...

— *Eu vou* fazer algo a respeito — afirmou Martha, de maneira imperativa. Em seguida, para evitar ser pressionada quanto a detalhes, ergueu o tom e emendou: — Cora, você contou ao Diabrete sobre o pobre pároco de Essex e a serpente?

Cora, sentada aos pés de Luke, relatando como havia resgatado uma ovelha perdida das garras de um ogro de Essex, explicou que haviam encontrado Charles Ambrose, que lhes falou do monstro no Blackwater desalojado pelo terremoto. Mostrou-lhe fotos de um plesiossauro desenterrado em Lyme Regis e apontou para seu rabo comprido e as barbatanas bastante similares a asas.

— Mary Anning o chamou de dragão-marinho. Dá para ver por quê, não?

Fechou o livro, triunfante, e falou de seus planos de ir até a costa, onde o Colne e o Blackwater se encontravam no estuário de ambos e desaguavam no mar, e como Charles Ambrose as havia imposto a um ingênuo padre rural e sua família. O riso chocado do amigo ameaçou partir ao meio as vigas negras que sustentavam o telhado: as gargalhadas o fizeram dobrar-se e ele fez um gesto indicando as botas masculinas de Cora e a terra sob suas unhas, bem como a pequena biblioteca ímpia no parapeito da janela. A doce carta-convite foi desdobrada e passada de mão em mão, e também a prímula esmagada: aquela Stella Ransome era uma mulher encantadora (um consenso) e devia a todo custo ser protegida de Cora, que sem dúvida a assustaria mais do que qualquer serpente marinha.

— Espero que a fé do bom reverendo seja sincera — disse Luke. — Ele precisará dela.

Apenas Spencer, contemplando em silêncio a situação a partir de seu lugar à janela, viu na hilaridade de Luke o desconforto de um homem que adoraria guardar Cora somente para si, sem qualquer outro amigo ou confidente, até mesmo se fosse um enforcado por um colarinho clerical ou um imbecil para culminar.

Um pouco mais tarde, observando da janela enquanto Spencer guiava o amigo ao longo da curta distância até o George, Martha disse:

— Gosto dele. Sempre o achei um idiota, mas, na verdade, ele é simplesmente gentil.

Cora interveio:

— As duas coisas são difíceis de separar, às vezes, e também pode ser que se trate da mesma coisa. Você se incomoda de levar Francis para o quarto dele? Vou limpar as penas, senão as criadas hão de achar que fizemos um ritual satânico e nossa reputação estará perdida.

## 2

Stella Ransome ficou de pé junto à janela abotoando seu vestido azul. Essa era sua vista preferida, que englobava o chão quadriculado da entrada da casa margeada de jacintos e, para além, a High Road com seu aglomerado de casinhas e lojas, a sólida torre de Todos os Santos e os muros de tijolos vermelhos recém-pintados da escola. Nada lhe agradava mais do que sentir que à sua volta a vida vibrava, e ela adorava o início da primavera, quando os brotinhos verdes surgiam no Carvalho do Traidor e as crianças da aldeia se livravam das roupas pesadas e das brincadeiras dentro de casa. Sua animação irrefreável tinha sido abafada pelo longo inverno, que não contara com o glamour da neve, não passando de um sombrio período gelado que nem o Natal fora capaz de tornar suportável. A tosse que a mantivera acordada à noite passara conforme a temperatura esquentara e as olheiras cinzentas praticamente haviam sumido de debaixo dos olhos. Isso também lhe dava prazer: não era vaidosa, apenas se deleitava com a própria aparência da mesma forma que se deleitava com a camélia vermelha se abrindo em seu canteiro negro no jardim. O cabelo louro platinado, o rosto em formato de coração e os olhos azuis como amores-perfeitos eram uma visão agradável o bastante no espelho, mas nada de especial. Verdade que Will já não conseguia abarcar-lhe a cintura com as mãos espalmadas, mas ela se habituara alegremente com a nova robustez: era a evidência dos cinco filhos que carregara na barriga e dos três sobreviventes.

Ela os ouviu no andar de baixo terminando o jantar prematuro e, fechando os olhos, viu cada um com tanta nitidez quanto se tivesse descido até a cozinha. James, debruçado enquanto desenhava suas máquinas fantásticas, a comida ignorada para esboçar mais um dente de engrenagem ou um volante, e Joanna, a primogênita, se ocupando de John, o caçula, que sem dúvida já estava na sua terceira fatia de bolo. Encantados com a expectativa das visitas noturnas (os três adoravam Charles Ambrose, como todas as crianças, por conta das profundezas dos bolsos e das cores do paletó), eles haviam ajudado a pôr a mesa com toda a prataria e cristais da casa, exclamando ante a beleza dos guardanapos que a mãe bordara com miosótis, os quais não tinham permissão para usar. Apenas Joanna ficaria acordada para cumprimentar os convidados, tendo prometido registrar todos os mexericos para divertir os mais novos no café da manhã.

— Acho que a viúva é gorda como um burro de carga e vai chorar em cima da sopa — disse ela —, e o filho, bonito e rico, há de me pedir em casamento e, quando ouvir minha recusa, vai estourar os miolos.

Stella, como acontecia com frequência, se maravilhava com a boa sorte que sabia ser um dom que nada fizera para merecer. Seu amor por Will — que surgira tão subitamente quanto uma febre quando tinha dezessete anos e continuava a deixá-la zonza — não diminuíra, nem sequer por um momento, nos quinze anos de casamento. Ela havia sido alertada por uma mãe decepcionada com quase todos os aspectos da vida a manter poucas expectativas de felicidade: o homem provavelmente lhe exigiria que fizesse coisas desagradáveis, que deveriam ser suportadas com coragem em prol dos filhos. Ele se cansaria logo dela, mas àquela altura lhe caberia agradecer; ele engordaria e, destinado a uma paróquia rural, jamais ficaria rico. Mas Stella, para quem a mera existência de William Ransome, com seus olhos sérios e sua sinceridade, além do humor sutil, era um milagre digno das bodas de Caná, não conseguiu conter uma risada e beijou a mãe no rosto, botando um ponto final na conversa. Sentia então, e ainda sentia agora, uma pena afetuosa de qualquer mulher que não tivesse tido o seu juízo para se casar com Will. A mãe vivera tempo suficiente para se desapontar com o fracasso da filha em se desapontar. A moça encarara todos os aspectos do casamento com euforia indecente e parecia engravidar logo depois de parir; os dois andavam pela High Road em Aldwinter de mãos dadas; mesmo a perda de dois filhos não fora um golpe no casamento, apenas o assentando mais ainda em suas fundações. Stella admitia, vez por outra, que talvez tivesse sido mais feliz em Londres ou Surrey, onde mal conseguia atravessar a rua sem fazer uma nova amizade, mas, como era uma doce e incansável bisbilhoteira, encontrava em Aldwinter intrigas o bastante para nutrir seu interesse no próximo sem jamais ser ouvida falando mal de alguém.

Will, enquanto isso, não saíra do escritório desde o café da manhã. Era um de seus hábitos não encontrar ninguém num sábado até escurecer, quando fazia durar o máximo possível uma única taça de bom vinho. Apesar de surpreender todos os amigos e parentes com seu exílio voluntário nessa pequena paróquia (algo que a maioria previu fosse deixá-lo farto em um ano), ele levava seus deveres dominicais tão a sério como se tivesse sido ordenado na sarça ardente. Sua religião não era do tipo que se pratica apenas de maneira protocolar, como se ele fosse um funcionário público e Deus, o secretário permanente de um departamento de governo celestial. Vivia sua fé em profundidade, sobretudo ao ar livre, onde o céu era a abóbada da nave da sua catedral e os carvalhos, seus pilares: quando a fé fraquejava, como às vezes acontecia, ele via os céus declararem a glória de Deus e ouvia as pedras a aclamarem.

Marcando leituras matinais no livro de orações e elaborando uma prece pela segurança de Aldwinter e de todos os seus moradores, também ele ouviu a algazarra das crianças no cômodo no fim do corredor, um lembrete importuno de que o período de solidão tranquila estava chegando ao fim: o relógio sobre a lareira marcava seis horas e meras duas horas se passariam antes que a campainha da porta viesse lhe perturbar a paz.

Ele não era um homem avesso a visitas, embora jamais tivesse partilhado o desejo da esposa de estar sempre na companhia de terceiros. Por Charles e Katherine Ambrose, Will nutria um afeto maior do que pelos próprios irmãos, e visitas frequentemente fora de hora de paroquianos ansiosos eram sempre bem recebidas. Também adorava ver Stella ser admirada, à cabeceira da mesa, cálida e espirituosa, o rosto bonito se virando para um lado e para outro enquanto apreciava o prazer da companhia dos convidados. Uma viúva londrina, porém, junto com uma acompanhante megera e o filho mimado, já era demais! Balançando a cabeça, fechou, aborrecido, o caderno de notas: enfrentaria o jantar por dever, porque sempre o fazia, mas não se submeteria às excursões de uma ricaça na área das ciências naturais, em detrimento, provavelmente, da sua saúde espiritual. Caso lhe pedisse que assessorasse alguma tentativa amalucada de descobrir o que quer que supusesse estar enterrado no barro de Essex ou ainda vivo lá no estuário, ela haveria de ouvir uma recusa cortês e implacável. Tudo era parte do Problema, pensou, negando-se, como sempre, a enobrecer os boatos ansiosos da aldeia com o nome do monstro ou da serpente; todos seriam postos à prova como ouro no fogo e emergiriam purificados. "Louvado seja Deus!", exclamou, mas com um toque de acidez, e foi atrás de um chá.

— Você não é nem de longe o que eu esperava!
— Nem você! Muito jovem para ser viúva, e tão linda!
Às oito e dez, Stella Ransome e Cora Seaborne estavam sentadas lado a lado no sofá mais próximo da lareira. Em minutos, cada uma havia se encantado tanto com a outra que concordaram ter sido uma pena não terem se conhecido na infância. Martha, habituada às repentinas afeições da amiga, bem como às igualmente repentinas desafeições, deu pouca atenção ao fato, observando Joanna embaralhar de maneira tímida um punhado de cartas. O rosto sério e inteligente da moça e a trança fina lhe agradaram, e aproximou-se da menina indicando que as duas deveriam jogar.
— Imagine, eu não sou bonita, nem um pouco — discordou Cora, deleitada com a mentira generosa. — Minha mãe sempre dizia que o máximo que eu poderia esperar era que me achassem impactante, o que para mim está ótimo. Na verdade, eu me vesti hoje de um jeito mais respeitável que de hábito. Acho que você jamais teria me deixado passar da porta se tivesse me visto essa tarde. — Com efeito, por insistência de Martha, Cora pusera seu vestido verde formal, nas dobras do qual era possível imaginar todo tipo de musgo crescendo. Cobrira a cicatriz na clavícula com um lenço pálido e, excepcionalmente, calçara sapatos femininos. O cabelo, tendo sido escovado cem vezes por Martha, lutava contra os grampos, vários deles já caídos no tapete.

— Will está muito feliz com a visita de vocês e há de lamentar o atraso: acabou de ser chamado para ver um dos paroquianos que mora do outro lado da aldeia, mas não deve demorar.

— E eu estou ansiosa para conhecê-lo! — Também isso era verdade: Cora concluíra que aquela mulher encantadora de rosto alvo e cabelo platinado não seria feliz se partilhasse a vida com um pároco pateta de pés chatos. Ela estava mais do que preparada para gostar muitíssimo dele, e se acomodou, satisfeita, entre as almofadas com sua taça de vinho. — Foi gentil da sua parte convidar meu filho, mas ele tem andado indisposto e eu preferi evitar a viagem.

— Ah! — Os olhos da outra se encheram d'água, o que tornou mais notável ainda a íris azul: ela rapidamente enxugou as lágrimas. — Perder o pai é muito duro. Lamento por ele e é claro que eu deveria ter imaginado que não lhe agradaria passar a noite com estranhos.

Cora, cuja natureza honesta não a deixava suportar a visão de lágrimas derramadas por um luto que desconfiava jamais haver sentido, disse:

— Ele está enfrentando muito bem. É uma criança... incomum, e acho que não sente as coisas de maneira tão profunda quanto seria de se esperar.

Percebendo a confusão da anfitriã, agradeceu ser poupada de oferecer mais explicações graças a um ruído do lado de fora e ao som de botas sobre o raspador; um pesado molho de chaves foi introduzido na fechadura e Stella Ransome ficou de pé num pulo.

— William, era Cracknell? Ele ficou doente?

Cora ergueu os olhos e viu à porta um homem se abaixando para beijar a mulher no lugar em que o cabelo louro se repartia. Stella era tão pequena que ele parecia se avolumar ao lado dela, embora não fosse especialmente alto. Vestia-se de maneira elegante com um casaco preto bem cortado nos ombros, demonstrando um vigor e uma envergadura que contrastavam de forma curiosa com o colarinho branco e estreito do seu ofício. Tinha aquele tipo de cabelo que jamais é domado, a menos que seja cortado rente à cabeça: caía-lhe em cachos castanhos e, sob a luz dos lampiões, adquiria um tom avermelhado. Tendo beijado a esposa — com as mãos pousadas na cintura dela, os dedos largos e bastante curtos —, voltou-se para a porta e respondeu:

— Não, amor, Cracknell não está doente. E veja quem eu encontrei aqui na entrada! — Afastando-se para o lado e tirando do pescoço o colarinho clerical, que jogou sobre uma mesa, abriu passagem para Charles Ambrose, envergando um fraque escarlate e, atrás dele, Katherine, oculta por um buquê de flores de estufa, cujo aroma era indecente, pensou Cora: foi-lhe direto ao estômago e ela não soube o porquê, até se lembrar de que a última vez em que vira lírios eles circundavam o cavalete que sustentava o caixão do marido.

Houve uma efusão de cumprimentos, durante a qual Cora — satisfeita dessa vez por ser esquecida — observou Martha e a menina absortas num jogo de paciência.

— A rainha está contando o seu dinheiro — cantarolou Joanna, tirando outra carta.

Então a breve tranquilidade cessou e o pequeno grupo entrou. Charles e Katherine abraçaram Cora, acariciando-lhe o rosto e elogiando a beleza do seu vestido, bem como a ausência de lama nos sapatos. Estava tudo bem com ela? E o cabelo, tão limpo e brilhante! E lá estava Martha... Quais seriam suas mais recentes maquinações, perguntou-se o casal. E Frankie? Adaptara-se bem ao ar do campo? O que havia de novo sobre o dragão-marinho, será que finalmente Cora veria seu nome nas páginas do *Times*? Stella não era mesmo um amor? O que Cora achara do reverendo Will?

Nessa altura, uma voz grave e serena disse — com bom humor, mas (na opinião de Cora) sem muito entusiasmo:

— Ainda não conheci nossos convidados. Charles, você me cega com a sua glória e não se consegue ver nada mais.

Charles Ambrose se pôs de lado e, oferecendo um dos braços, conduziu o anfitrião até o sofá onde Cora estava sentada. Ela viu, acima do colarinho aberto de uma camisa preta, uma boca com um sorriso artificial, olhos com o brilho de um carvalho lustroso, uma bochecha que parecia ter sido seriamente ferida durante o barbear. Em todos os seus longos anos de vida social, ela se orgulhara de ser mestra em decifrar o status e o caráter daqueles que encontrava: o empresário rico envergonhado com o próprio sucesso, a senhora mal-ajambrada que contava com um Van Dyck na parede da escada. Ali, contudo, estava um homem impossível de catalogar, por mais que ela examinasse o lustro impecável dos seus sapatos e as mangas um pouco apertadas nos braços musculosos: ele parecia demasiado robusto para um pároco refém da própria escrivaninha, mas o olhar era demasiado atento para um agricultor contente com o que fazia; o sorriso era educado demais para ser sincero, mas os olhos cintilavam com bom humor; a voz (e ela já a ouvira antes, talvez nas ruas de Colchester, ou, quem sabe, no trem de Londres?) continha um eco de Essex, embora o homem falasse como um erudito. Cora se pôs de pé e, com toda a graça de que foi capaz, enquanto o estômago ainda continuava embrulhado com o aroma dos lírios, estendeu a mão.

Will, por sua vez, viu uma bela mulher alta, cujo nariz delicado era salpicado de sardas e cujo vestido musgoso (seu preço, ele acertadamente calculou, daria para comprar dois guarda-roupas inteiros de Stella) lançava um brilho esverdeado nos olhos basicamente cinzentos. Ela enrolara um pedaço de tecido diáfano em volta do pescoço (absurdo: será que achara mesmo que aquilo a aqueceria?) e usava no dedo anular um brilhante que refletia a luz e a projetava na parede. Apesar da imponência da roupa, havia algo de moleque nela, que não trazia joia alguma além do anel, e o rosto não fora empoado, portanto brilhava onde o ar salgado de Essex o assaltara. Quando ela ficou de pé, Will viu que não se tratava da burra de carga que a filha previra, mas que também a mulher não era magra, e, sim, grande, com substância; sua presença seria, pensou ele, impossível de ignorar, por mais que se tentasse.

Se foi o movimento que ela fez ao erguer a mão ou a percepção de que a sua altura se igualava totalmente à dele, Will jamais soube dizer, mas naquele instante ele a reconheceu de imediato. Ela era a megera que surgira da bruma naquele dia na estrada de Colchester, quando, juntos, os dois resgataram a ovelha da armadilha de lama, o que lhe rendera o corte no rosto. Ela não o reconheceu, disso Will teve certeza: o sorriso de Cora foi caloroso, embora um tantinho condescendente. A pausa que antecedeu a troca do aperto de mãos decerto foi demasiado curta para ser notada pelos outros, mas fez com que ela olhasse mais intensamente para o anfitrião. Will, que continuava a rir ante a lembrança daquele encontro absurdo junto ao lago na noite em que voltara para casa coberto de lama, não foi capaz de esconder a própria diversão por mais tempo e começou a rir de novo, tocando de leve na marca avermelhada deixada pelo animal.

Cora, tão rápida em identificar mudanças de humor nos que a cercavam, ficou desconcertada por um instante: ele segurou a mão dela e talvez tenha sido algo na pressão desse aperto que a fez olhar de novo para a posição do corte no rosto dele e para os cachos no colarinho e, com um surpreso "Não! *Você!*", começar a rir também. Martha (observando a cena com uma sensação muito similar ao medo) viu a amiga e o anfitrião continuarem de mãos dadas, impotentes diante de um contentamento inexplicável. Cora, atenta às boas maneiras, tentou mais de uma vez se conter e explicar a uma Stella aturdida o que lhes causara aquele ataque de riso, mas não conseguiu. Foi Will, enfim, que libertou a mão dela e, fazendo uma reverência irônica — uma perna estendida, como se estivesse na corte da rainha —, disse:

— Encantado em conhecê-la, sra. Seaborne. Posso lhe oferecer algo para beber?

Recompondo-se, Cora respondeu:

— Eu adoraria mais uma taça de vinho. Já lhe apresentaram à minha Martha? Jamais viajo sem ela. — Esse esforço para ser educada se revelou excessivo, forçando-a a apertar os lábios para evitar um novo acesso de riso, antes de acrescentar com delicadeza: — Me sinto um bocado encabulada.

Só lhe restou, em seguida, assistir, deleitada, a mais uma gargalhada que o homem não teve como refrear.

Stella — surpresa, porém jamais disposta a se sentir marginalizada — indagou:

— Acho que vocês já se conheciam, estou certa?

Sua voz restaurou a sobriedade de Will, que aproximou a esposa de Cora e falou:

— Você se lembra de que na semana retrasada eu cheguei tarde em casa, coberto de lama, porque havia tirado uma ovelha do lago? Lembra que eu disse que uma estranha havia me ajudado? Bem: cá está ela. — Virando-se para Cora, prosseguiu com repentina seriedade: — Eu lhe devo desculpas: tenho certeza de que fui grosseiro e não sei o que teria feito sem você.

— Você foi monstruoso — respondeu Cora —, mas forneceu tamanha diversão para os meus amigos que eu o perdoo por completo. Aí vem Martha, que não vai acreditar que eu pensei que você fosse uma criatura saída da lama e prestes, decerto, a voltar para ela. Martha, este é o reverendo William Ransome; sr. Ransome, minha amiga Martha.

Cora enlaçou, então, a cintura de Martha, movida por uma necessidade súbita de se agarrar ao que lhe era familiar, e viu a amiga lançar um rápido olhar avaliador para o pároco, um olhar que muito provavelmente o julgou aquém das expectativas.

Charles, enquanto isso, aplaudia, como se tudo aquilo tivesse sido providenciado para lhe dar prazer; então questões urgentes o assaltaram e, pousando a mão sobre a esplêndida curva da barriga protuberante, indagou de Stella:

— Por acaso é verdade que nos esperam um faisão e uma torta de maçã?

Ficou de pé e ofereceu o braço esquerdo à esposa e o direito à anfitriã. Joanna, levantando-se de um pulo e abandonando o jogo de cartas, lembrou-se da tarefa de que fora incumbida e escancarou a porta da sala de jantar. A luz se refletia nos desenhos dos copos de cristal e fazia brilhar a madeira polida da mesa, enquanto os miosótis de Stella desabrochavam em seus guardanapos. O cômodo era pequeno e foi necessário entrar nele numa fila única por trás das cadeiras de espaldar alto da mesa. Nada havia de especialmente elegante no papel de parede verde e nas aquarelas acima da lareira, mas Cora achou que jamais vira nada tão acolhedor. Recordou-se dos cômodos na Foulis Street, com as sancas trabalhadas arrematando o teto alto e as janelas compridas em que Michael a proibira de pendurar cortinas, e torceu muitíssimo para jamais ver nada disso de novo. Joanna, maravilhada por essa esplendorosa mulher risonha em seu vestido verde, indicou timidamente com um gesto um cartão no qual o nome de Cora havia sido escrito na caligrafia mais caprichada de John.

— Obrigada — murmurou a convidada, e, de leve, puxou a trança da menina. — Vi que você ganhou de Martha nas cartas: com certeza é muito mais esperta que eu! — Mais tarde, quando levou para os irmãos um prato de chocolates a fim de relatar os acontecimentos da noite, Joanna comentou: "Ela não é velha, embora seja rica: tem uma maletinha de pele de cobra e eu não sei por quê, mas me fez pensar em Joana d'Arc. E também... John, não devore tudo. Ela tem uma voz meio estranha, com sotaque, não sei de onde veio, mas deve ser de um lugar bem longe."

Stella, mais intrigada que nunca pela convidada, observava Cora por detrás de seus longos cílios louros. Ela imaginara uma senhora com uma melancolia ensaiada, que ciscaria no próprio prato e vez por outra emudeceria para girar no dedo a aliança ou para abrir um medalhão a fim de admirar o rosto do falecido. Causara-lhe perplexidade, em vez disso, ser apresentada a uma mulher que comia com elegância, mas generosamente, desculpando-se com um sorriso pelo próprio apetite ao declarar que caminhara quase quinze quilômetros naquela manhã e faria o mesmo no dia seguinte. Na sua presença, a conversa variou de forma estonteante do sermão de Will ("Conheço bem essa passagem — *'Assim não teremos medo, ainda que a terra trema*, e daí por diante?' — e como ele se ajusta bem à sua congregação: muito inteligente da sua parte!") para Charles Ambrose e suas estratégias políticas ("O coronel Howard cedeu, Charles? — Reverendo, o senhor receberia de bom grado um novo membro do Parlamento?"), com uma breve pausa para comentar a busca de Cora por fósseis no litoral.

— Contamos a Cora sobre a Serpente de Essex — disse Charles, desembrulhando um chocolate. — Sobre ambas, com efeito.

— Que eu saiba, só existe uma — retrucou William, com toda a calma. — Se tiverem interesse, as nossas convidadas podem, é claro, ir vê-la comigo de manhã.

— É lindo — disse Stella, inclinando-se para Cora. — Uma serpente enrolada no braço de um banco na igreja, com as asas fechadas no dorso. Will considera uma blasfêmia e toda semana ameaça usar um cinzel para acabar com ela, mas não tem coragem.

— Eu adoraria vê-la, obrigada! — O fogo estava baixo agora e Cora segurava a xícara próximo ao seio. — E me digam: houve mais notícias da criatura que dizem que vive no rio?

Stella, sabendo que desagradava ao marido qualquer menção ao Problema, lançou-lhe um olhar ansioso e se preparou para mudar o rumo da conversa com café.

— Notícia alguma, já que não existe tal criatura, embora, infelizmente, alguns dos meus paroquianos talvez discordem! Fui falar com Cracknell — disse Will, voltando-se para Stella — e não sei se foi Gog ou Magog que se foi desta para a melhor.

— Oh! — exclamou Stella, com um muxoxo, decidida a sair na manhã seguinte para levar uma refeição ao coitado. — Pobre Cracknell, como se já não bastasse o tanto que ele perdeu. — Entregou à convidada uma xícara de café e acrescentou: — Ele mora na beirada do pântano e acaba de enterrar o último parente. Gog e Magog eram suas cabras, seu motivo de orgulho e alegria, e nos mantinham sempre abastecidos de manteiga e leite. O que houve, Will?

— Ouvindo Cracknell falar, alguém diria que um monstro surgiu à sua porta e arrancou um deles dos seus braços. Ninguém acredita mais na serpente que Cracknell. Mas claro que a cabra deve ter apenas escapado do cercado uma noite e foi pega de surpresa quando a maré no pântano subiu. — Com um suspiro, Will prosseguiu: — Ele diz que a encontrou congelada de terror, tendo morrido, literalmente, de medo! Temo que isso não há de ajudar em nada a tirar essas bobagens da cabeça de todos. Como vou conseguir fazê-los ver como a nossa mente é capaz de nos pregar peças e que, sem a fé para nos sustentar, estamos propensos a ver... — E flexionando as mãos, como se buscasse as palavras, ele tornou a tentar: — Acho que é possível dar carne e osso aos nossos terrores, sobretudo quando a maioria de nós virou as costas a

Deus. — Consciente do olhar direto de Cora, que era divertido, embora não condescendente, escondeu o rosto por trás do vapor que saía da sua xícara de café.

— E você acha que ele está louco, acha que não há nada de crível no que ele diz? — A compaixão de Cora pelo velho nada fez para aplacar sua curiosidade: ali estavam as provas, algum tipo de prova!

O reverendo bufou:

— Uma cabra morrer de medo? Absurdo. Nenhum animal irracional compreenderia o medo nessa dimensão, mesmo sendo capaz de saber a diferença entre um dragão-marinho, ou seja lá o que dizem que ele é, e um pedaço de madeira flutuando no pântano. Morrer de medo! Não: ela já estava nas últimas e escapou do cercado para o frio. Não existe serpente monstruosa aqui, além da do entalhe na igreja, e nos livraremos dessa também, se a minha esposa me der o prazer (ao menos desta vez!) de deixar que eu faça o que quero.

Cora, sempre a advogada do diabo, disse:

— Mas você é um homem de Deus que, sem dúvida, enviou sinais e maravilhas para o Seu povo: é tão estranho, afinal, pensar que Ele tenha escolhido fazer o mesmo de novo, como um chamado para o arrependimento? — Foi-lhe impossível disfarçar a ironia dos céticos na voz, e Will, percebendo-a claramente, ergueu uma sobrancelha.

— Ora, você não acredita nisso mais do que eu. Nosso Deus é um deus de razão e ordem, não de aparições noturnas! Isso nada mais é que mexerico passado de boca em boca numa aldeia que perdeu de vista a lealdade a seu Criador. É meu dever guiar essa gente para o conforto e a certeza, não para ceder a boatos.

— E se não forem nem boatos nem um chamado para o arrependimento, mas apenas um ser vivo, que pode ser examinado e catalogado e explicado? Darwin e Lyell...

Will empurrou a xícara com impaciência:

— Ah, nunca demora muito para que esses nomes surjam. Homens inteligentes, não duvido. Li ambos e pode haver muita coisa em suas teorias que gerações posteriores haverão de provar ser verdade. Mas amanhã surgirá uma outra teoria e mais outra: uma será desacreditada e a outra, louvada; vão sair de moda e serão ressuscitadas uma década depois com o acréscimo de notas de pé de página e uma nova edição. Tudo está mudando, sra. Seaborne, e boa parte para melhor: mas de que adianta tentar ficar de pé na areia movediça? Vamos falsear e cair e, ao cair, nos tornarmos presas da tolice e da escuridão. Esses boatos de monstros são a prova de que soltamos a corda que nos liga a tudo que é bom e certo.

— Mas a sua fé não é toda sobre estranhamento e mistério, sangue e enxofre, nada ver no escuro, tropeçar, distinguir formas obscuras com o uso das mãos?

— Você fala como se estivéssemos ainda na Idade das Trevas, como se Essex ainda queimasse suas bruxas! Não! A nossa é uma fé de esclarecimento e iluminação: não estou tropeçando, estou fazendo com paciência o percurso que me foi posto. Há um lampião no meu caminho!

Cora sorriu:

— Não sei dizer se você está usando palavras suas ou de outros: me sinto em desvantagem! — Terminou, então, de tomar o café, que deixou um amargor na língua, e disse: — Ambos falamos de iluminar o mundo, mas temos fontes diferentes de luz, você e eu!

Will, inexplicavelmente exultante, sentindo que deveria se sentir irritado pelo olhar dessa mulher estranha a provocá-lo à sua mesa, em vez disso sorriu e continuou a sorrir.

— Então que tal vermos quem apaga a vela do outro primeiro? — sugeriu, erguendo a xícara num brinde.

Stella, que não extrairia mais prazer desse entrevero se tivesse pagado por um bom lugar no teatro, juntou as mãos como se fosse aplaudir. No entanto, se engasgou com alguma coisa e começou a tossir. O som que se ouviu parecia profundo demais para vir de uma estrutura tão pequena e frágil: sacudiu-lhe o corpo e ela agarrou a toalha de mesa e derrubou uma taça de vinho. Arrancado do seu bom humor pelo susto, Will se agachou a seu lado e, com pequenos tapas bem treinados nas costas estreitas da esposa, murmurou-lhe palavras de conforto no ouvido.

— Vamos pegar água quente. Ela deve inspirar o vapor — instruiu Katherine Ambrose. No entanto, tão repentinamente quanto surgira, o ataque de tosse sumiu.

A mulher se empertigou e olhou para todos à volta com os olhos azuis marejados.

— Me desculpem — disse. — Que falta de educação. Agora vocês todos pegarão a minha gripe. E como ela demora a sarar! Peço licença para ir me deitar. Eu me diverti *tanto*. — Estendendo o braço por cima da mesa, pegou a mão de Cora entre as suas. — Mas você vai estar aqui de manhã, e sei que podemos lhe mostrar ao menos uma serpente.

## 3

Conforme foi possível constatar na manhã seguinte, a serpente da igreja de Todos os Santos era uma coisa inocente no braço de um banco. Fora entalhada nos últimos dias da Serpente de Essex, quando os boatos haviam cedido espaço à lenda e já não se viam cartazes de alerta pregados nos carvalhos e em postes. Decerto a besta não causara medo no artesão malicioso, que enroscara o rabo do réptil, de escamas afiadas e sobrepostas, três vezes em volta do eixo, mas não lhe acrescentara garras nem dentes. As asas, admitiu Cora, rindo, eram meio sinistras, parecia que um morcego havia forçosamente cruzado com um pardal, e as sombras, quando se projetavam sobre a cara enrugada do animal, faziam-no parecer piscar, mas com certeza aquele não podia ser identificado como um símbolo do ocultismo. Suportara duzentos anos de carícias de paroquianos afetuosos e sua espinha fora desgastada nesse processo.

Joanna, que acompanhara Cora e o pai na caminhada matinal, passou o dedo numa ranhura recente na madeira.

— Foi aqui que ele tentou — explicou a garota. — Foi a partir daqui que ele pretendia arrancá-la com um cinzel, mas nós não deixamos.

— Esconderam a minha caixa de ferramentas — emendou o reverendo: — Não me dizem onde ela está.

William Ransome tinha, nessa manhã, uma expressão bem mais austera do que aquela que Cora se recordava de ter visto na véspera na pequena sala de jantar, como se houvesse encarnado seu cargo ao vestir o colarinho clerical. Não lhe caía bem, como também não lhe caía bem o negrume do terno nem o fato de estar recém-barbeado, o que dava à bochecha ferida uma aparência de estar em carne viva. Mesmo assim, nas profundezas de seus olhos cansados, espreitava uma leveza que ele procurava domar enquanto mostrava à hóspede a aldeia modesta e a igreja com sua torre baixa, cujas paredes de pedra ainda conservavam a umidade da chuva noturna e reluziam sob o sol matinal.

Cora pôs a ponta do dedo mindinho na boca da serpente. *Pode me morder, eu aguento.*

— Se tivesse juízo, você a transformaria num símbolo, espalharia boatos, vociferaria do púlpito e cobraria ingresso à porta de quem quisesse ver o monstro.

— Suponho que isso talvez financiasse uma nova janela, mas Essex está cheio de horrores e não podemos competir com Hadstock e a porta com a pele do dinamarquês. — Vendo-a franzir a testa, ele prosseguiu: — A porta da igreja é revestida de cima a baixo com trancas corrediças de ferro, e debaixo deles há pedaços de pele. Dizem que um apóstata dinamarquês foi preso e flagelado, e sua pele, usada para impedir a chuva de entrar. — Cora estremeceu, deliciada, e no intuito de prolongar seu deleite o reverendo deixou de lado o último vestígio de austeridade e disse: — Talvez tenham lhe dado a punição viking do sangue da águia e separado suas costelas da espinha dorsal e as aberto como se fossem asas, removendo em seguida cada pulmão. Ah, você empalideceu e eu deixei Jojo enjoada!

A menina lançou ao pai um olhar condescendente — *você me decepcionou, de verdade* — e, abotoando o casaco, saiu para cumprimentar os tocadores de sino que cumpriam seu dever matutino.

— Que sorte você tem... Que *bênção*, como você diria! — exclamou Cora, de maneira impulsiva, observando a menina correr entre os túmulos e se postar junto ao pórtico, acenando. — Vocês todos parecem ter o dom da felicidade...

— Você não? — Sentado ao lado dela no banco, ele tocou na serpente. — Está sempre rindo; é contagioso como um bocejo! — *Tivemos medo de você*, pensou então, *e veja só!* — Você não é o que esperávamos.

— Ah, sim, ultimamente. Ultimamente eu rio quando não deveria. Sei que não faço jus às expectativas... Nas últimas semanas, pensei várias vezes que nunca houve uma diferença maior entre o que eu deveria ser e o que sou. — Era absurdo falar de maneira tão franca com um estranho, mas, afinal, ambos haviam se visto em seus piores momentos e nenhuma conversa seria capaz de atolá-los tão profundamente quanto aquele laguinho na estrada de Colchester. — Meu comportamento é reprovável, sei disso: sempre foi, mas jamais de forma tão visível.

A transição para a tristeza foi tão repentina que ele viu, assustado, os olhos cinzentos dela brilharem e, tocando o colarinho, falou (na voz grave que funcionava tão bem nessas ocasiões):

— Aprendemos, e acredito nisso, que é quando estamos mais perdidos e nos sentindo mais carentes de graça que a fonte do consolo está mais próxima... Me desculpe, não é que eu pretenda me impor, mas não falar essas coisas seria como não lhe dar um copo d'água se a visse com sede.

Essa última frase estava tão distante do seu repertório habitual que ele baixou os olhos para encarar as mãos, atônito, como se procurasse se convencer de que essas palavras de fato habitavam seu corpo.

Cora sorriu e disse:

— Estou com sede, estou sempre com sede... de tudo, *tudo*! Mas desisti disso faz muito tempo. — Gesticulou indicando o telhado alto com suas pedras brancas e as vigas que o cruzavam, bem como o altar com a toalha azul. — Às vezes acho que vendi minha alma, de modo a poder viver como devo. Não estou falando de moral ou consciência, apenas de viver com a liberdade de ter os pensamentos que me ocorrem, de mandá-los para onde quero que vão, não deixar que trilhem caminhos determinados por outra pessoa, caminhos que levem apenas *a esta* ou *àquela* direção... — Franzindo a testa, alisou com o polegar a espinha dorsal da serpente e prosseguiu: — Nunca disse isso antes, para ninguém, embora tenha querido dizer, mas, sim, vendi minha alma, embora a meu ver ela não tenha alcançado um preço demasiado alto. Eu tinha fé, do tipo que se imagina ser inata, mas vi o que ela faz e embarquei na barganha. É uma forma de cegueira, ou uma escolha pela loucura, virar as costas a tudo que é novo e maravilhoso, ignorar que os milagres no microscópio não são em menor número do que nos Evangelhos!

— Você acha, de verdade, que é uma coisa ou outra: a fé ou a razão?

— Não só a minha razão. Ela não é grande o suficiente para fazer oposição à minha alma! Mas a minha liberdade. E às vezes tenho medo de ser punida por isso, e de punição eu entendo, aprendi como suportá-la...

Ele não entendeu e teve medo de perguntar, então Joanna entrou e ficou de pé na nave, enquanto atrás dela os tocadores de sino puxavam as cordas e dentro da igreja o som se fazia ouvir abafado.

— Você não é como esperávamos — repetiu ele.

— Nem você — emendou Cora, olhando-o tão diretamente quanto possível num curioso ataque de timidez. Achou que o colarinho clerical não conferia a ele mais autoridade do que um avental de ferreiro, mas até mesmo um ferreiro é o senhor em sua forja. — Não, nem você: achei que você seria gordo e pomposo e Stella, muito magra e frágil, e seus filhos, todos eles, uns beatos de marca maior.

Ele riu:

— Beatos? Entrando estabanados na igreja de manhã, esbanjando devoção e se empurrando para ver quem chega primeiro às bíblias?

Nesse instante, Joanna fez uma majestosa genuflexão diante do altar (uma colega de escola era católica e Joanna lhe invejava os rituais e o rosário) e se benzeu três vezes. O cabelo estava preso, formando uma espécie de halo acima das orelhas; vestida de branco, ostentava uma expressão tão austera que a boca praticamente desaparecera. Era de tal forma a imagem exata da abominável filha de um pároco que Cora e Will se entreolharam divertidos, e não conseguiram evitar mais um de seus ataques de riso.

— Não estou encontrando meu livro de orações — comentou Joanna, com dignidade, sem entender o que havia feito e optando por se sentir ofendida.

Os dois ainda riam quando a congregação chegou para surpreender o ministro. Will foi até a entrada receber os paroquianos, enquanto Cora tentou uma ou duas vezes prender seu olhar, como um menino de escola em busca de um conspirador, mas não foi bem-sucedida; ele erguera a ponte levadiça. O banco da serpente ficava num canto mal iluminado, onde Cora não seria vista, e, relutando em deixar a igreja fresca e silenciosa, ela achou que podia permanecer ali mais um pouco.

A pequena aldeia abrigava uma congregação calorosa: havia ali (pensou Cora) quase um clima de festival ou de bom humor derivado da expectativa de um inimigo comum. Despercebida em seu banco, Cora ouviu os sussurros acerca do Problema e a serpente e algo visto na noite anterior, quando a lua estava cheia e vermelha; algumas colheitas haviam fracassado prematuramente e mais uma pessoa torcera o tornozelo. Um jovem que competia com Ransome no quesito roupa preta e aparência austera estendia a mão para qualquer um que passasse por seu banco, fazendo observações sobre o Juízo Final e o Fim dos Tempos.

Os sinos pararam de badalar, os presentes se calaram e William atravessou a nave. Quando alcançou os degraus do púlpito, com uma Bíblia debaixo do braço esquerdo e (imaginou Cora) uma expressão de timidez, a porta foi escancarada por Cracknell, precedido por tamanha sombra comprida e escura e um odor tão potente de umidade e lama que uma mulher que esquecera os óculos em casa gritou "Ela chegou!", apertando a bolsa de encontro ao peito. Evidentemente apreciando o efeito, o velho parou na entrada até ter certeza de que fora visto, depois, caminhou até a frente e sentou-se com os braços cruzados. Pusera mais um casaco em cima do musgoso que sempre usava; este tinha uma gola de pele, onde lacrainhas passeavam alarmadas, e muitos botões de metal.

— Bom dia, sr. Cracknell — saudou William, sem surpresa. — E bom dia a todos vocês. *Que alegria quando me disseram: vamos à casa do Senhor.* Sr. Cracknell, logo que se sinta à vontade, começaremos com o hino número 102, que sei que é um dos seus favoritos. Temos sentido falta do senhor e da sua voz. — Chegando ao púlpito, o reverendo fechou a porta. — Vamos ficar de pé?

Cracknell, carrancudo, pensou em continuar sentado de cara fechada e se recusar a engrossar o coro, mas sempre havia sido admirado pela doce voz de tenor e não conseguiu resistir à melodia. Tendo em vista já ter deixado de lado sua decisão de não cruzar o pórtico da igreja em protesto contra a peça que o Senhor lhe pregara, tanto fazia agora ceder de novo. A perda de Gog alguns dias antes (encontrada caída de lado, os olhos amarelos vazados revirados em terror e sem qualquer ferida aparente) o fizera chegar a uma nova conclusão: o Problema não era um boato tirado do ar e da água, mas tinha carne e osso, e a cada noite se aproximava mais. Naquela manhã mesmo, Banks relatara ter visto algo preto, viscoso, logo abaixo da superfície da água e lá para os lados de St. Osyth no dia anterior ao que um menino se afogara à luz do dia. De forma alguma Cracknell podia estabelecer um vínculo entre os pecados triviais de uma pequena aldeia e o julgamento divino, mas decerto se tratava de julgamento divino; e, se o vigário não queria clamar por arrependimento, ele próprio o faria.

Felizmente para o reverendo Ransome, Cracknell escolhera um assento aquecido por um raio de sol e, com o calor da primavera somado aos dois casacos que usava, mergulhou num sono que pontuava a cantoria com seus roncos e murmúrios.

Do seu recanto mal iluminado, Cora observou a congregação se inclinar para orar e ficar de pé para cantar; sorriu ao ver bebês nos ombros das mães estendendo as mãozinhas para as crianças sentadas atrás; percebeu a pequena alteração na voz do pregador quando ele passava da oração para os versos da Bíblia. A seu lado, na parede, uma placa arranhada ostentava os dizeres *David Bailey Thompson, membro do coral 1868-1871, RIP*, e pensou: teria ele vivido apenas três curtos anos ou esse fora seu período no coro? Sob seus pés, o chão de tacos formava o desenho de espinha de arenque e a madeira pálida reluzia, assim como todos os anjos nos vitrais tinham asas de gaios. Algo no segundo hino — a melodia, talvez, ou um verso ou dois vagamente recordados da infância — tocou-a num lugar que supunha estar cicatrizado, e ela começou a chorar. Não tinha lenço, porque jamais andava com um; uma criança, atônita, flagrou-a chorando e cutucou a mãe, que se virou, nada viu e tornou a olhar para a frente. As lágrimas se recusavam a secar e Cora só contava com o cabelo para enxugar os olhos; apenas o pregador, do seu posto privilegiado, percebeu; viu-a respirar fundo na tentativa de reprimir um soluço e a maneira como ela tentou esconder o rosto. Fitou-a nos olhos e sustentou o olhar, e ela percebeu que homem algum jamais lhe dirigira aquela expressão. Não era uma expressão divertida nem de posse ou pavor; não transmitia arrogância ou crueldade. Imaginou que ele devia olhar assim para James ou Joanna, caso os flagrasse desesperados; mas não era bem isso, já que se tratava de um olhar trocado entre iguais. Foi breve e a atenção dele se desviou, por delicadeza e porque a música terminara, e como já era tarde demais Cora deixou que as lágrimas escorressem.

No final do culto, com o bom humor recuperado na medida exata para que ela pudesse rir de si mesma e das manchas úmidas na parte frontal do vestido, Cora permaneceu no banco até que Will se achasse devidamente cercado pelos paroquianos com seus cumprimentos e filhos. Não que ela objetasse a ser vista tomada de tristeza, mas sentiu medo de que ele lhe oferecesse piedade e preferiu ficar mais um pouco até poder voltar para Martha e a segurança de suas amonites e seus cadernos, que jamais na vida a tinham feito chorar. Concluindo que era seguro partir, esgueirou-se do banco no extremo mais escuro e se deparou com Cracknell — que nitidamente a aguardava —, em seu casaco com gola de pele.

— Como vai? — saudou o velho, encantado por lhe dar um susto. — Uma estranha em nosso meio, estou vendo. O que faz aqui com essas botas verdes?

— Posso até ser uma estranha — revidou Cora —, mas ao menos cheguei na hora! E, aliás, minha bota é marrom.

— Tem razão — disse Cracknell —, tem razão. Deu um peteleco em uma lacrainha, retirando-a da manga do casaco. — Você já ouviu falar de mim, suponho, e não sem razão, já que o pároco ali é um amigo especial que eu tenho e estimo, pois me sobrou bem pouca coisa que valha o trabalho de ser estimada. — Ofereceu à mulher a mão e também o próprio nome.

— Ah, sr. Cracknell! Com certeza ouvi falar do senhor e da sua perda na noite passada. Lamento... Uma ovelha, certo?

— Ovelha, vejam só! *Ovelha!* — Deu uma risadinha e olhou à volta, em busca de alguém com quem partilhar a burrice da mulher e, encontrando apenas os anjos com asas de gaios acima de ambos, berrou para eles: — Ovelha! — E riu mais um pouco. Parou, então, como se estivesse se recordando de alguma coisa e, se inclinando, agarrou Cora pelos cotovelos. A voz abaixou de volume, fazendo-a, de maneira inconsciente, se aproximar para ouvir melhor. — Então lhe contaram? Contaram e você ouviu direito? Ouviu sobre o que espreita lá no Blackwater à luz da lua e, ultimamente, como sou levado a crer, à luz do sol também, já que era meio-dia quando o garoto de St. Osyth sumiu e nem sequer havia nuvens no céu? Já lhe disseram, e você talvez já tenha visto com os próprios olhos, quem sabe *ouviu*, ou já sentiu o *cheiro*, como o que está agora na pele do meu casaco e na sua pele também, desconfio...

Aproximou-se, então; em seu hálito havia odor de peixe e decomposição; ele a empurrou mais para dentro das sombras.

— Ah, estou vendo que você sabe, *estou vendo que você sabe*. Está com medo, não é? Você sonha com ele, aguça os ouvidos, espera por ele, *espera vê-lo...* — Tendo cutucado a verdade onde menos esperara, Cracknell quase encostou a boca no rosto de Cora e cacarejou: — Ah, *quanta* perversidade saber que o julgamento se aproxima e que não há como se esconder e no final ficar ansioso para que chegue, não é mesmo? *Você espera que ele chegue*, sentir que é suportável desde que você o veja... "Será que ele está aqui agora", você pensa, tendo entrado despercebido enquanto estávamos todos de cabeça baixa?

As sombras se adensaram — o ar se tornou gélido. A uma certa distância, Cora ouviu a voz de William Ransome; procurou por ele e não o encontrou. Cracknell balançou a seu lado, tapando sua visão, cacarejando:

— Ah, *ele* não vê, *ele* não sente, *ele* não pode ajudar. Não adianta olhar para *lá*, nada de bom virá *disso*.

— Me largue — disse Cora, tocando o pescoço marcado, recordando o que dissera ao reverendo quando os dois estavam sentados no lugar em que se achava agora: *eu entendo de punição, aprendi como suportá-la*. Seria punição o que ela buscava, teria Michael a tratado tão mal que ela esperava que outros fizessem o mesmo? Estaria deformada agora, desfigurada, depois de ter sido prensada e moldada durante tanto tempo? Ou será que vendera mesmo a alma e agora precisava honrar a transação? — Me largue — repetiu, apoiando a mão no banco para se equilibrar e descobrindo que ele estava úmido. A mão escorregou; ela esbarrou em Cracknell e sentiu a pele engordurada do casaco dele e o ranço de sal e ostras. Ele titubeou também e, ao se equilibrar, ergueu os braços; o casaco comprido se abriu com um ruído de asas, revelando o forro de couro, negro, gorduroso. — *Me largue!* — disse Cora.

A porta se abriu e ela viu Joanna na entrada, permitindo que a claridade penetrasse, e a seu lado Martha. As duas estavam dizendo:

— Quem fechou a porta? Quem deixou a porta se fechar?

Cracknell desabou no banco, dizendo que sentia muitíssimo, mas haviam sido meses difíceis com uma coisa ou outra.

— Estou indo — disse Cora, repetindo as palavras de novo para ter certeza de que a voz não lhe falhava. — Estou indo, e é melhor nos apressarmos para não perdermos o trem.

Stella estava à janela da reitoria observando as crianças cruzarem o largo e se esconderem entre os galhos do Carvalho do Traidor. Tossira durante boa parte da noite e dormira muito pouco, sonhando nessas ocasiões que alguém entrara em seu quarto e pintara tudo de azul. As paredes eram azuis, assim como o teto; em lugar do tapete havia ladrilhos azuis iluminados pela luz que vinha da janela. O céu era azul, bem como as folhas das árvores, das quais pendiam frutas azuis. Acordara aflita e encontrara as mesmas velhas rosas no papel de parede e as mesmas velhas cortinas de linho creme. Mandara James ao jardim colher jacintos, que arrumou no parapeito com as violetas que prensara e secara no início da primavera e o talo de lavanda que Will certa vez deixara em seu travesseiro. Sentia-se um pouco febril, mas não era uma sensação desagradável. E, enquanto os sinos badalavam, cumpriu um ritual próprio. Tocando cada botão com o polegar, recitou várias vezes:

— Lápis, cobalto, índigo, azul.

Mais tarde, porém, não pôde explicar por quê.

# II
# EMPREGANDO SEUS MELHORES ESFORÇOS

# ABRIL

*George Spencer*
*a/c Hotel The George*
*Colchester*

*1º de abril*

Caro sr. Ambrose,

*Como vê, escrevo de um estabelecimento em Colchester cujo nome me soa especialmente apropriado, e aqui me hospedo por algum tempo com o dr. Luke Garrett. Imagino que se recorde de nos ter sido apresentado no outono passado em um jantar na Foulis Street oferecido pelo falecido Michael Seaborne.*

*Espero que me perdoe por lhe escrever e lhe pedir conselhos. Quando nos conhecemos, falamos rapidamente sobre as recentes leis do Parlamento destinadas a melhorar as condições de habitação da classe operária. Se me lembro bem, o senhor expressou desânimo quanto à morosidade com que tais leis vêm sendo postas em prática.*

*Nos últimos meses, tive a oportunidade de me informar um pouco mais sobre o problema habitacional em Londres, em especial sobre os aluguéis escorchantes impostos por locadores ausentes. Presumo que o trabalho de entidades filantrópicas (como o Peabody Trust, por exemplo) seja de crescente importância no combate ao problema de superlotação, acomodações miseráveis e desabrigo.*

*Estou determinado a encontrar meios de utilizar o Spencer Trust — sei que meu pai previu que eu faria mais com ele do que simplesmente financiar um estilo de vida extravagante — e me encontro bastante ansioso para obter conselhos dos que detêm mais conhecimento do que eu sobre como isso pode ser feito. Tenho certeza de que o senhor tem perfeita ciência de tais questões, mas, ainda assim, incluo aqui um panfleto da Comissão de Habitação Metropolitana de Londres para informações.*

*Há pouco tempo, me inteirei de propostas que objetivam suplementar provisão existente de novas acomodações para os pobres londrinos sem impor deveres morais aos moradores — recompensando os "bons" com lares seguros e saudáveis e relegando os demais à penúria —, em vez disso tirando nossos compatriotas da pobreza sem quaisquer condicionamentos.*

*Estarei de volta a Londres dentro de uma ou duas semanas. Se o senhor dispuser de tempo, podemos conversar? Sei perfeitamente bem que nesse assunto, como em quase todos, sou muito desinformado.*

*Aguardando ansiosamente sua resposta,*
*subscrevo-me,*
GEORGE SPENCER

*Cora Seaborne*
*a/c The Red Lion*
*Colchester*

*3 de abril*

Querida Stella,

Será mesmo possível que tenha se passado apenas uma semana desde que nos encontramos? Parece, no mínimo, um mês. Mais uma vez agradeço a sua hospitalidade e gentileza — não creio jamais ter comido tão bem ou com tamanha alegria.

Escrevo na esperança de atraí-la a Colchester por uma tarde. Eu gostaria de visitar o Museu do Castelo e pensei que as crianças também poderiam vir: Martha se afeiçoou tanto a Joanna que chega a me despertar ciúmes. Existe aqui um jardim bonito, também, com um bocado de flores azuis para lhe agradar.

Incluo um bilhete para o bom reverendo, juntamente com um panfleto que, espero, vá interessá-lo...

Responda logo!

Com carinho,

CORA

*E/M*

*Caro reverendo Ransome,*

*Espero que esteja bem, e escrevo para agradecer por sua hospitalidade e sua gentileza. Fico feliz de tê-lo encontrado em circunstâncias mais auspiciosas que as anteriores.*

*Uma coisa muito estranha aconteceu logo após o nosso encontro e queria lhe contar sem demora. Fizemos uma excursão a Saffron Walden, a fim de conhecer a prefeitura e visitar o museu. Uma cidade tão encantadora é capaz de redimir Essex aos olhos de qualquer um: quase me convenci de que era possível sentir o aroma de açafrão pairando nas ruas. E imagine que, numa livraria numa esquina ensolarada, encontrei isto (vide anexa): uma reprodução do aviso original sobre uma serpente voadora —* NOTÍCIAS ESTRANHAS VINDAS DE ESSEX, *lê-se nele. Uma relação concreta, simplesmente! Um tal Miller Christy se deu o trabalho de reproduzi-lo e, por isso, devemos ser-lhe gratos. Existe até uma ilustração, embora eu deva dizer que ninguém parece muito apavorado.*

*Fique de olho, sim? Homem algum derrotado por uma ovelha pode esperar vencer tamanho inimigo.*

*Atenciosamente,*
CORA SEABORNE

*William Ransome*
*Reitoria de Todos os Santos*
*Aldwinter*

*6 de abril*

*Cara sra. Seaborne,*

*Agradeço-lhe o panfleto, que li com interesse divertido e lhe devolvo aqui (John achou que se tratava de um outro livro para colorir, lamento, enquanto James se distrai desenhando uma balestra com a qual defender o lar). Comprometo-me tão fielmente quanto o colarinho clerical me permite que, se algum dia chegar a ver uma serpente monstruosa com asas semelhantes a guarda-chuvas estalando o bico no largo da igreja, vou capturá-la numa rede e enviá-la à senhora imediatamente.*

*Foi um prazer encontrá-la. Quase sempre fico nervoso nas manhãs de domingo e a senhora foi uma distração bem-vinda.*

*Vai permanecer em Colchester muito tempo? Será sempre bem-vinda em Aldwinter. Cracknell se afeiçoou à senhora, assim como todos nós.*

*Com meu afeto cristão,*
WILLIAM RANSOME

# I

Na última semana de abril, quando todas as cercas vivas de Essex estavam alvas com cicutas-dos-prados e flores de abrunheiro, Cora se mudou com Martha e Francis para uma casa cinzenta ao lado do largo de Aldwinter. Haviam se cansado de Colchester e do Red Lion: Francis exaurira o estoque de Sherlock Holmes do proprietário (marcando em vermelho as imprecisões e em verde as improbabilidades) e Cora perdera o interesse pelo riozinho civilizado da cidade, que sem dúvida não poderia esconder nada maior que um lúcio.

A lembrança do encontro com Cracknell — o odor salino na gola do casaco, a forma como ele conjurara dos cantos escuros o monstro à espreita no Blackwater — a tinha deixado inquieta. Sentia que algo a aguardava em Aldwinter, embora ela não soubesse dizer se buscava os vivos ou os mortos. Com frequência, se achava infantil e crédula por estar atrás de um fóssil vivo em um estuário de Essex (logo ali!), mas, se Charles Lyell admitia a ideia de uma espécie ter driblado a extinção, também ela podia fazer o mesmo. E por acaso o Kraken não passara de lenda até que uma lula gigante surgiu numa praia em Terra Nova e foi fotografada numa banheira de latão pelo reverendo Moses Harvey? Ademais, ali, sob seus pés, estava o barro de Essex, escondendo sabe-se lá o quê, sem pressa. Ela saía, protegida pelo casaco com a barra enlameada, o rosto molhado de chuva, e dizia:

— Não vejo por que não seria eu a encontrá-lo e por que não seria aqui: Mary Anning não sabia coisa alguma até um deslizamento de terra matar seu cachorro.

A notícia de que a casa cinzenta estava vazia chegou-lhe através de Stella Ransome, que fora a Colchester comprar rolos de tecido azul e comentou:

— Você não gostaria de ir para Aldwinter quando se cansar da cidade? Os Gainsforth estão há meses procurando inquilinos, mas somente alguém bem estranho se disporia a ir morar conosco! É uma casa boa, tem um jardim, o verão não está longe. Você pode contratar Banks para levá-la até o estuário. Jamais há de encontrar sua serpente na High Street! — Pegou a mão de Cora, então, e prosseguiu: — Além disso, queremos vocês perto de nós. Joanna quer Martha, James quer Francis e nós todos queremos você.

— Eu *sempre* quis aprender a navegar — respondeu Cora, sorrindo e tomando nas suas as pequenas mãos de Stella. — Você pode me pôr em contato com os Gainsforth e avalizar meu bom caráter? Nossa, Stella, como suas mãos estão quentes! Tire o casaco e me diga como você está.

Francis, ouvindo de seu novo posto preferido, debaixo da mesa de jantar, aprovou totalmente: a mudança para Colchester lhe dera novos reinos a conquistar e ele se achava pronto para mais. Exaurira o pequeno estoque de tesouros da cidade (o ovo de gaivota que ele esvaziara e guardara, o garfo de prata que Taylor o deixara tirar das ruínas na High Street) e partilhava a certeza da mãe de que algo os aguardava nos manguezais do Blackwater. Nos meses seguintes à morte do pai, ele se tornara (se sentia) mais ou menos adulto: nem Cora nem Martha faziam mais tentativas de paparicá-lo ou afagá-lo e, sem dúvida, ele jamais encorajava esse tipo de coisa. Sua tendência a se postar sem motivo, à noite ou cedinho pela manhã, vigilante à porta ou à janela fazia parte do passado — ele não sabia por que agira assim, apenas que já não era mais necessário. Em vez disso, tornou-se introvertido e calado e suportava as visitas a Aldwinter de bom grado. Os filhos do reverendo o tratavam com uma indiferença amistosa que lhe era bastante conveniente: nas duas ocasiões em que os encontrara, os meninos haviam vagado pelo largo e trocado com ele uma dúzia de palavras ao longo de várias horas.

— Aldwinter — disse ele, testando o tamanho do nome. — Aldwinter. — Gostou das três sílabas; gostou da cadência do nome. A mãe baixou o olhar para ele e disse, aliviada: — Você gosta da ideia, Francis? Então está decidido.

## 2

Em seus aposentos em Pentonville Road, dormindo para curar a ressaca oriunda de um vinho de má qualidade, o dr. Luke Garrett foi acordado por um tumulto sob a sua janela. Um garoto de recados lhe trazia uma mensagem e ficou, teimosamente, parado à porta aguardando uma resposta. Abrindo a folha de papel dobrada, Garrett leu:

*Sugiro sua presença imediata no hospital. O paciente apresenta uma incisão por objeto perfurante no lado esquerdo do corpo, acima da quarta costela (polícia notificada). O ferimento mede pouco mais de dois centímetros, penetrando o músculo intercostal e chegando ao coração. Exames iniciais sugerem que o músculo cardíaco não foi danificado; incisão no saco pericárdico (?). Paciente do sexo masculino, na casa dos vinte anos, consciente e respirando. Possível candidato a intervenção, caso seja atendido no período de uma hora. Antecipando sua chegada, farei os devidos preparativos. — Maureen Fry*

Garrett emitiu um tal grito de felicidade que o garoto de recados, espantado, abandonou qualquer esperança de receber uma gorjeta e se embrenhou na multidão. Entre os funcionários do hospital (com exceção, talvez, de Spencer), a irmã Maureen Fry era a única defensora e confidente de Garrett. Impedida de seguir o próprio desejo de empunhar bisturi e agulha, ela via na ambição feroz de Garrett uma substituta para a sua. A longa folha de serviços que ostentava e o intelecto brilhante, aliados a uma serenidade implacável que funcionava como arma contra a arrogância dos homens, a tinham feito parecer tão essencial para a estrutura do hospital quanto um dos seus muros de sustentação. Garrett se habituara à sua presença quase silenciosa nas salas de cirurgia e suspeitava (embora nunca com certeza suficiente para lhe agradecer) que tê-la como aliada lhe permitira tentar várias operações que de outra forma talvez fossem consideradas demasiado arriscadas. E nenhuma jamais se mostrara tão arriscada quanto esta: cirurgião algum jamais fizera uma tentativa bem-sucedida de fechar uma ferida no coração. A impossibilidade de fazê-lo fora abordada pelo romance e pela lenda, como se fosse uma tarefa criada por uma deusa implacável. Menos de um ano antes, acreditando que seria capaz de remover uma bala do coração ferido de um soldado, um dos mais promissores cirurgiões de um hospital de Edimburgo perdera o paciente na mesa de operação e, tomado pela vergonha e pelo luto, voltou para casa em silêncio e se matou com um tiro (que pretendera acertar o coração, evidentemente, mas a mão trêmula errara o alvo, levando-o a morrer de uma infecção).

Nada disso ocorreu a Luke Garrett, ali no limiar ensolarado da porta, apertando a folha de papel contra o peito:

— Deus os abençoe! — exclamou ruidosamente para os transeuntes atônitos, incluindo na bênção tanto o paciente quanto a enfermeira, bem como quem quer que tão convenientemente houvesse usado a faca. Vestiu o casaco, apalpou os bolsos, em que não havia dinheiro algum para um cabriolé, uma vez que todo ele tinha sido gasto com bebidas. Rindo, percorreu correndo o quilômetro que o separava do portão do hospital, deixando para trás a cada passo a melancolia da noite anterior, e, ao chegar, descobriu estar sendo esperado.

Sua entrada na ala hospitalar foi bloqueada por um cirurgião veterano cuja barba tinha a cor e a forma de uma pá de jardim, que, de certa forma, se postou junto aos batentes da porta. A seu lado, ansioso como de hábito, Spencer fazia com as mãos erguidas um gesto conciliador, de quando em vez indicando o bilhete que segurava nas mãos, que Luke viu ter partido também da irmã Fry. Atrás de ambos, uma porta foi aberta e rapidamente fechada, embora não antes que Luke vislumbrasse um par de pés longos e esbeltos sob um avental branco.

— Dr. Garrett — disse o cirurgião mais velho, cofiando a barba. — Sei o que você pretende e não pode fazer isso. Não pode.

— Não posso? — indagou Luke com tamanha calma que alarmou Spencer. Não havia, ele sabia muito bem, vestígio algum de calma no amigo. — Qual é o nome dele?

— Eu disse que vocês dois não podem e não farão isso. A família está com o paciente: deixem que ele se vá em paz. Sei que alguém mandou chamar você! — afirmou o cirurgião barbudo torcendo as mãos. — Não vou permitir que desgrace este hospital. A mãe está com ele, não parou de falar desde que chegou.

Garrett deu mais um passo e sentiu um odor semelhante ao de cebola madura vindo do outro médico, e por cima dele um tranquilizador cheiro de iodo.

— Me diga o nome dele, Rollings.

— Você não precisa do nome dele para nada. Quando eu descobrir quem mandou chamá-lo... Você não vai entrar. Não vou deixar. Ninguém jamais tratou um ferimento no coração e conseguiu que o paciente sobrevivesse, nem mesmo cirurgiões melhores que você. E ele é um homem, não um dos seus brinquedos mortos. Pense na reputação deste hospital!

— Meu caro Rollings — retorquiu Garrett com uma cortesia tão extravagante que fez Spencer se encolher —, nem adianta tentar me deter. Abro mão dos meus honorários, se a família me der permissão; e ela me dará, porque está desesperada. Além disso, o Royal Borough não tem reputação alguma além da que eu adquiri para ele.

Rollings mexeu os pés ali à porta como se quisesse inchar para preencher cada canto e se transformar em aço, o rosto adquirindo um tom vermelho-escuro assustador que levou Spencer a se aproximar por medo que ele desmaiasse.

— Não estou falando de *regras* — rosnou. — Estou falando da vida de um homem. Não é *possível*! Você vai arruinar sua reputação. É o coração dele! É o coração dele!

Garrett não se movera, apenas parecia, ali no corredor mal iluminado, ter ficado não maior, porém mais maciço, mais denso: não perdera a calma, mas quase vibrava com uma quantidade de energia mal refreada. Rollings desabou de encontro à parede: percebeu ter sido derrotado. Passando por ele com uma expressão quase gentil, Garrett entrou às pressas num quarto pequeno, escrupulosamente limpo. O cheiro forte de antisséptico e ácido carbólico se fundia a um aroma de lavanda vindo do lenço apertado nas mãos de uma mulher sentada à cabeceira do paciente. Ela se inclinava para a frente de vez em quando e sussurrava para o homem coberto por um lençol branco:

— Não acho que você vá ficar muito tempo sem trabalhar. Não vamos incomodá-los já.

Maureen Fry, usando um vestido tão engomado que estava duro como papelão e luvas finas de borracha, se encontrava à janela, ajustando a cortina de algodão para deixar o sol entrar. Virou-se para cumprimentar os homens com um gesto plácido de cabeça: se ouvira o embate travado atrás da porta fechada, ficou claro que jamais o mencionaria.

— Dr. Garrett — saudou. — Dr. Spencer. Boa tarde. Naturalmente, os dois vão se preparar antes de examinar o paciente, que está se saindo muito bem.

Entregou a Spencer um pequeno prontuário no qual constava o pulso em declínio e a temperatura em ascensão. Nem Garrett nem Spencer se iludiram com as palavras calculadas para nada transparecer à mãe: o rapaz não estava se saindo bem e provavelmente jamais voltaria a ficar bem.

— O nome dele é Edward Burton — disse Maureen. — Tem vinte e nove anos e gozava de boa saúde. Trabalha na Seguradora Prudential. Foi atacado por um estranho enquanto caminhava a pé para casa, em Bethnal Green; foi encontrado na escadaria de St. Paul.

— Edward Burton — repetiu Luke, virando-se para o homem sob o lençol.

O rapaz era tão magro que mal erguia o pano branco que o cobria, mas era alto, tanto que os pés e os ombros estavam à mostra. As clavículas eram ossudas e entre elas o declive da garganta se movia visivelmente. Spencer pensou: *Ele engoliu uma mariposa*. E sentiu enjoo. Um rubor se espalhava pelas maçãs do rosto do paciente, amplas e altas, salpicadas de sinais em agrupamentos negros. O cabelo começara a rarear cedo, deixando uma faixa branca de testa em que gotas de suor brilhavam. Podia ter vinte anos ou cinquenta. Provavelmente, parecia mais bonito agora do que jamais fora antes. Estava consciente e ostentava um ar de grande concentração, como se expirar fosse um talento que levara anos para aperfeiçoar. Ouvindo com atenção a mãe, intervinha quando ela fazia pausas, mas apenas para dizer algo sobre corvos e gralhas.

— Ele estava bem algumas horas atrás — disse a mãe, em tom de desculpa, como se os presentes tivessem perdido a chance de vê-lo em sua melhor forma e agora fossem partir desapontados. — Fizeram um curativo nele. Pode lhes mostrar?

A enfermeira ergueu primeiro o braço magro e depois o lençol. Spencer viu um curativo grande e quadrado amarrado sobre o mamilo esquerdo e se alongando algumas polegadas abaixo. Não havia sangue ou supurações: dava a impressão de que alguém estendera um pano sobre ele enquanto dormia. A mãe disse:

— Ele estava bem quando o trouxeram para cá. Estava falando. Fizeram esse curativo. Não houve muito sangramento, não havia muito de coisa alguma. Eles o puseram aqui, longe de todo mundo, e acho que esqueceram da gente. Já está ficando cansado, só isso. Por que ninguém vem aqui? Por que não posso levá-lo para casa?

Com delicadeza, Luke respondeu:

— Ele está morrendo. — Deixou a palavra pairando no ar por um tempo para ver se ela a assimilava, mas a mulher apenas sorriu com incerteza, como se tivesse ouvido uma piada de mau gosto. Luke se agachou ao lado da cadeira, tocou-a de leve na mão e repetiu: — Sra. Burton, ele vai morrer. Pela manhã, vai estar morto.

Spencer, sabendo quão ansiosamente Luke esperara ver um ferimento como aquele — depois de ter visto cães e cadáveres sendo cortados e usados como cobaia, e tendo deixado, certa vez, Luke costurar e recosturar um corte comprido que sofrera para que o amigo aperfeiçoasse seus pontos —, encarou a paciência de Garrett com espanto e afeto.

— Bobagem! — retrucou a mulher, e todos ouviram o tecido do lenço se rasgar entre seus dedos. — Bobagem! Olhem para ele! Um bom sono vai sará-lo.

— O coração dele foi cortado. O sangramento está todo lá, todo lá — disse Garrett, batendo no próprio peito. — O coração está ficando fraco. — Procurando palavras que a mulher entendesse, prosseguiu: — Ele vai ficar cada vez mais fraco, como um animal sangrando na floresta, e depois o coração vai parar e não haverá mais sangue em lugar nenhum do seu corpo, e tudo, os pulmões e o cérebro, vai morrer à míngua.

— *Edward...* — chamou a mulher.

Luke viu o golpe acertar o alvo e sua presa era frágil; pousando a mão no ombro da mulher, disse:

— O que eu quis dizer foi: ele vai morrer, a menos que a senhora me deixe ajudar.

Houve um instante de negação da verdade, antes que ela começasse a chorar. Numa voz baixa que penetrou os soluços com mais autoridade do que Spencer jamais o vira demonstrar, Luke disse:

— A senhora é mãe dele, trouxe-o ao mundo e pode fazê-lo continuar no mundo. Vai me deixar operá-lo? Eu... — Sua crença na possibilidade de sucesso travou um embate com sua honestidade, chegando a uma trégua desconfortável. — Sou muito bom, sou o melhor e farei a cirurgia sem cobrar nada. Esse procedimento nunca foi feito antes e lhe dirão que não pode ser feito, mas para tudo existe uma primeira vez, e é o tempo o que mais importa. A senhora quer que eu prometa, sei disso, e não posso, mas, ao menos, é capaz de confiar em mim?

Do lado de fora do quarto, houve uma breve comoção. Spencer desconfiou que Rollings tivesse alertado várias autoridades administrativas e se encostou à porta de braços cruzados. Trocou um olhar com a enfermeira e, assim, ambos se comunicaram silenciosamente: *Ah, estamos navegando muito perto do furacão.* A comoção cessou.

A mulher disse, entre soluços:

— O que o senhor vai fazer com ele?

— Na verdade, não é tão ruim — respondeu Luke. — O coração é protegido por uma espécie de bolsa, como um bebê no útero. O corte é aqui, eu vi... Posso lhe mostrar? Sim, talvez a senhora preferisse não ver. O corte é aqui, do tamanho do seu dedo mindinho. Vou costurá-lo e o sangramento vai parar e ele vai se recuperar, pode ser que ele vá se recuperar. Mas se nada fizermos... — Esboçou, então, com as mãos, um gesto de desânimo.

— Vai doer?

— Ele não vai tomar o menor conhecimento.

A mulher começou a se recompor, pouco a pouco, começando pelos pés, que afastou um do outro no chão, e terminando no cabelo, que balançou para trás, desnudando o rosto como que para exibir sua recente determinação.

— Muito bem — disse. — Faça o que quiser. Vou para casa agora.

Não olhou para o filho, apenas segurou um dos seus pés ao passar pela cama. Spencer saiu com ela, para fazer o de sempre: tranquilizar, consolar e com a autoridade conferida pela abastança e o status proteger o amigo das consequências de suas ações.

Garrett, enquanto isso, parou junto à cama e disse:

— Daqui a pouco você vai dormir um sono profundo. Está cansado? Acho que sim. — Em seguida, pegou a mão do rapaz, se sentindo tolo, e disse: — Meu nome é Luke Garrett. Espero que se lembre disso quando acordar.

— Uma gralha é um corvo — respondeu Edward Burton —, mas duas vacas são gralhas.

— A confusão faz parte do quadro — reagiu Garrett, tornando a pousar o pulso do homem sobre o lençol branco. Virando-se para a irmã Fry, prosseguiu: — Você vai conseguir me assistir?

Tratava-se de mera cortesia, já que era inconcebível o contrário. Ela assentiu e, nessa resposta muda, transmitiu tamanha confiança na habilidade de Garrett que a pulsação do médico — ainda não normalizada desde a corrida até o hospital — começou a diminuir.

Quando ele e Spencer entraram na sala de cirurgia, com as mãos quase em carne viva de tanto serem esfregadas, os maqueiros já haviam saído. Edward Burton, deitado na mesa, tinha o olhar fixo na irmã Fry, que trocara de uniforme e retirava, com uma monotonia advinda da prática, uma série de vidros e instrumentos que ia arrumando em bandejas de metal.

Spencer gostaria de informar ao paciente o que viria a seguir — que o clorofórmio agia devagar e provocava enjoo e que ele não deveria lutar contra a máscara, mas que acordaria (será que acordaria?) no devido tempo, com a garganta dolorida por conta do tubo pelo qual passaria o éter. Garrett, porém, exigia silêncio, e tanto Spencer quanto a enfermeira já estavam habituados a antecipar suas demandas por meio de pouco mais que assentimentos de cabeça e olhares severos que lhes eram dirigidos por sobre a máscara branca.

Com o paciente imóvel, o tubo de borracha enganchado nos lábios, dando a impressão de um riso de sarcasmo, Garrett removeu o curativo e examinou o ferimento. A tensão da pele fizera com que ele se abrisse, adquirindo o formato de um olho cego. Burton tinha tão pouca gordura no corpo que o osso cinza-esbranquiçado da costela estava visível sob a pele e o músculo seccionados. A abertura era insuficiente e, tendo primeiro lavado o local com iodo, Garrett pegou o bisturi e aumentou-a pouco mais de dois centímetros em cada direção. Com a assistência de Spencer e Fry para sugar, enxugar e manter o campo operatório claramente à vista, Garrett percebeu que seria necessário, em primeiro lugar, remover uma parte da costela que cobria o coração ferido. Com uma serra fina (que usara certa vez para amputar o dedo do pé esmagado de uma moça, apesar das objeções da paciente de que não poderia mais dançar de sandálias com apenas quatro dedos), ele retirou dez centímetros da costela e a pôs numa bacia ao lado. Então, com afastadores de aço, que não teriam parecido impróprios nas mãos de um engenheiro ferroviário, abriu uma cavidade e olhou o interior. *Somos tão bem-feitos*, pensou Spencer, maravilhado como sempre ante tamanha beleza. O marmoreado vermelho e azul-arroxeado e os escassos depósitos de gordura amarela: essas não eram as cores da natureza. Uma ou duas vezes, os músculos em torno da abertura se flexionaram devagar, como uma boca congelada num bocejo.

E, então, ali estava o coração, batendo em sua bolsa macia, o dano aparentemente mínimo. Garrett prometera que o corte seria apenas na bolsa e parara por aí, acreditando na própria honestidade. Agora, com um dedo explorador, viu que acertara. As câmaras e as válvulas estavam íntegras, e ele emitiu um pequeno grito de alívio.

Spencer observou Luke escorregar a mão para o interior da cavidade — o pulso um pouco inclinado, os dedos curvados — a fim de envolver o coração onde era possível, senti-lo, porque (ele sempre dizia, mesmo quando se tratava dos mortos) isso era a coisa mais íntima e sensual, e era possível ver através do toque tanto quanto através da visão. Com a mão esquerda ele sustentou o coração e, com a direita, aceitou de Fry a agulha curva com um fio de categute tão fino que bem se prestaria a coser a seda de um vestido de noiva.

Bem mais tarde, Spencer seria parado nos corredores e alas do hospital com as perguntas "Quanto tempo demorou? Quantos pontos ele levou?", às quais passou a responder "Mil horas e mil pontos", embora, na verdade, houvesse tido a impressão de que apenas um piscar de olhos separara o ruído dos afastadores se abrindo e o som úmido do instrumento sendo retirado: os músculos na borda da cavidade aberta se fecharam e, então, foi só costurar a pele sobre o espaço oco onde a costela estivera antes.

Levaram uma longa hora depois, circulando em torno da mesa enquanto opiáceos substituíam o clorofórmio e bandagens eram fixadas e nervosamente monitoradas para saber se havia sangramento lento ou repentino. A irmã Maureen Fry, com as costas eretas e os olhos atentos, como se pudesse com satisfação fazer tudo de novo e outra vez mais, lhes servia água, que Spencer não conseguiu tomar e Luke sorvia aos borbotões, o que quase o fez vomitar. Outros entraram e saíram, rondando com curiosidade a porta e torcendo pelo triunfo ou pelo desastre, ou ambos, mas, na ausência de movimento e de ruídos, partiam decepcionados.

No início da segunda hora, Edward Burton abriu os olhos e falou bem alto: "Eu estava passando pela St. Paul, só isso, imaginando como a cúpula se aguenta lá em cima..." Em seguida, se queixou, em tom mais baixo: "Minha garganta está doendo." Para aqueles que já viram muitas vezes o fluxo e o refluxo da vida, a cor em seu rosto e a tentativa de erguer a cabeça foram tão reveladoras quanto qualquer cuidadosa monitoração de pulso e temperatura ao longo de um dia inteiro. O sol se pusera; ele o veria nascer.

Garrett se virou e saiu. Encontrando um dos muitos armários onde eram guardadas as roupas de cama, agachou-se um bom tempo no escuro. Tremores terríveis o assaltaram e o sacudiram de forma tão violenta que só transformando os próprios braços numa camisa de força foi possível impedir que todo o seu corpo se chocasse de encontro à porta fechada. Então o surto cessou e ele começou a chorar.

# 3

William Ransome, caminhando sem casaco pelo largo, viu Cora se aproximar. Mesmo distante, ele soubera de imediato se tratar dela, caminhando como um rapaz e parando sempre para examinar alguma coisa na grama ou guardar algo no bolso. O sol baixo fazia brilhar o longo cabelo solto que lhe cobria os ombros. Ao vê-lo, ela sorriu e ergueu a mão.

— Boa tarde, sra. Seaborne — saudou Will.

— Boa tarde, reverendo — respondeu Cora. — Os dois pararam e sorriram, não levando a sério seus cumprimentos, como se longos anos tivessem decorrido e tornado tais gentilezas absurdas.

— Onde você esteve? — indagou ele, vendo que certamente ela devia ter caminhado quilômetros: o casaco estava desabotoado, a blusa, úmida na gola e manchada de musgo, e ela segurava um caule de cicuta-dos-prados.

— Não tenho certeza: moro há duas semanas em Aldwinter e isso ainda é um mistério! Andei na direção oeste, disso eu sei. Comprei leite, que foi o melhor que já provei na vida; invadi o terreno de uma mansão e assustei os faisões. Meu nariz está queimado, veja, e tropecei num degrau, por isso meu joelho está sangrando.

— Conyngford Hall, suponho — disse ele, sem registrar os ferimentos. — Tinha torres e um pavão triste numa gaiola? Sorte sua ter escapado sem levar um tiro pela invasão.

— Um ricaço de maus bofes? Eu devia ter soltado o pavão. — Observou, contemplando placidamente o interlocutor. Nunca vira um homem com menos aparência de pároco: a camisa estava desalinhada e imunda nos punhos; havia terra debaixo das unhas. O rosto bem escanhoado de domingo cedera lugar a uma barba rala, e onde a pata da ovelha deixara uma cicatriz não havia pelos.

— O pior dos piores! Pegue um coelho nos seus domínios, e ao amanhecer do dia seguinte ele já terá botado você na frente do juiz.

Os dois emparelharam o passo, em sintonia; ocorreu a ele que as pernas de ambos deviam ter o mesmo comprimento, sendo os dois da mesma altura, e talvez também tivesse a mesma distância entre os braços abertos. Pétalas das flores de cerejeira voltejavam sob a brisa preguiçosa. Cora, sentindo-se plena de coisas a oferecer, não conseguiu se impedir de fazê-lo:

— Pouco antes de encontrar você, uma lebre parou bem ali na trilha e olhou para mim. Eu tinha me esquecido da cor do pelo delas, como amêndoas acabadas de sair da casca, da força nas patas e de como são altas, quando saltam nos campos, de repente, como se se lembrassem de algo que deveriam estar fazendo! — Lançando um olhar de esguelha para ele, pensou que talvez um homem do campo achasse infantil todo esse encantamento. Mas não, ele sorriu e inclinou a cabeça. — Também vi um tentilhão — prosseguiu ela — e um borrão amarelo que poderia ser um pintassilgo. Você entende de pássaros? Eu, não. Por todo lado a gente vê bolotas se abrindo e mostrando uma raiz e um caule: uma coisa branca se enterrando no solo, no lugar onde as folhas do ano passado estão apodrecendo, e uma folha verdinha começando a se desenrolar! Como eu nunca vi nada disso antes? Eu gostaria de ter uma comigo para mostrar a você.

Ele olhou, confuso, para a palma da mão vazia que Cora lhe estendeu. Que estranho notar coisas assim e pensar em contar a ele; parecia não combinar com uma mulher cujo casaco masculino não conseguia esconder a seda cara da blusa, os botões de pérola e o diamante no dedo.

— Não entendo tanto de pássaros quanto gostaria — respondeu Will —, embora eu possa lhe dizer que o chapim-azul usa uma máscara de salteador e o chapim-real usa o chapéu preto do juiz que vai enforcá-lo! — Ela riu e ele se atreveu a dizer: — Eu gostaria que você me chamasse pelo meu nome. Tudo bem? O sr. Ransome será sempre o meu pai.

— Se é o que você quer... William. Will.

— E você ouviu os pica-paus? Sempre fico atento a eles. E achou a Serpente de Essex? Por acaso veio nos libertar dos grilhões do medo?

— Nem sombra dela! — respondeu Cora, pesarosa: — Até Cracknell fica todo satisfeito quando a menciono. Acredito que você avisou àquela coisa ruim que eu estava vindo e a mandou para Suffolk com uma pulga atrás da orelha.

— Ah, não — retrucou Will. — Eu lhe asseguro que os boatos voam! Cracknell pode fazer cara de corajoso para uma senhora, mas jamais deixa de pôr uma vela na janela. Está trancando a pobre Magog dentro de casa e o leite da coitada secou. — Sorriu, então, e acrescentou: — Pior que isso, ou o pessoal de St. Osyth é descuidado com o gado ou alguma coisa levou duas vitelas de suas mães e elas não foram mais vistas. — *Mais provável é ter sido um roubo*, pensou ele, *mas deixemos que ela sonhe acordada*.

— Bom, isso é, no mínimo, encorajador. Não existe esperança, suponho — prosseguiu séria —, de que outro homem tenha se afogado, certo?

— Nenhuma, sra. Seaborne... Cora? — respondeu ele. — Sinto decepcioná-la. Voltando ao início: aonde você estava indo?

Haviam chegado, por consenso silencioso, ao portão da reitoria. Às costas de ambos, no largo, a sombra do Carvalho do Traidor se alongava; à frente, o caminho era margeado por jacintos azuis, que exalavam um aroma intenso, e Cora se sentiu zonza, achou indecente, e teve uma reação tão parecida com um desejo involuntário que seu pulso se acelerou.

— Aonde eu ia? — indagou, baixando os olhos para os pés, como se eles a tivessem deslocado sem consentimento. — Acho que estava indo para casa.

— Você precisa ir? Não quer entrar? As crianças saíram e Stella vai ficar feliz de ver você. — Ele estava certo. Lá estava Stella, o rosto colorido no corredor mal iluminado: o cabelo platinado solto, os olhos brilhando.

— Sra. Seaborne, que engraçado. Falamos na senhora no café da manhã, não é mesmo? Torcíamos para que viesse logo! William Ransome, não deixe a visita parada à porta, faça com que entre, que fique à vontade. Quer tomar um chá?

— Sempre aceito comer — respondeu Cora. — Sempre! — Ela viu Will se abaixar para beijar a mulher; viu a leveza com que seus dedos acariciaram-lhe os cachos louros acima da orelha e se maravilhou com a ternura do casal (*Vou remendar suas feridas com ouro*, dissera Michael, arrancando um por um os pelinhos da base do pescoço dela, deixando ali um lugar desnudo do tamanho de uma moeda).

Pouco depois, num aposento ensolarado, os três se demoraram diante de pratos de bolo, admirando os narcisos que desabrochavam na mesa.

— Me diga, como vai Katherine? E Charles? — O apetite de Stella pela vida dos outros a tornava uma companhia fácil, já que seu desejo era apenas tecer histórias e não ligava muito que fossem embelezadas. — Os dois estão horrorizados com a sua mudança para cá. Charles diz que vai mandar uma caixa de vinho francês que há de durar, no máximo, um mês.

— Charles está ocupado demais para pensar em vinho, até mesmo em vinho francês. Ele virou filantropo, imagine!

Will ergueu uma sobrancelha e sorveu o restante do seu chá. A ideia lhe pareceu improvável: Charles tinha bom coração, mas no sentido de um homem dedicado à própria felicidade e — desde que não lhe demandasse grande esforço — à felicidade dos amigos. Que se esforçasse para ajudar os que ele tinha o deplorável hábito de chamar de "a malta dos sem-banho" era de fato surpreendente.

— Charles *Ambrose*? — perguntou. — Ninguém jamais gostou mais de alguém do que eu dele, mas seu leque de preocupações costuma abarcar mais o corte das próprias camisas do que o estado da nação!

— Verdade! — concordou Cora, rindo (ela teria gostado de defender o sujeito, mas sabia que, se ele, dormitando na cadeira de veludo no Garrick, ouvisse aquilo, decerto assentiria e daria uma gargalhada de assentimento). — É obra de Martha — falou, virando-se para Stella. — Martha é socialista. Bom, às vezes acho que todos temos de ser, afinal, se tivermos um pingo de bom senso, mas no caso de Martha se trata de um estilo de vida, como as Matinas e as Vésperas para o nosso caro reverendo aqui. A habitação em Londres é a maior pedra no seu sapato, que, para ser franca, abriga uma pedreira. Operários condenados a viver em condições de penúria, a menos que provem merecer um teto, e, enquanto isso, locadores que enriquecem à custa de aluguéis e vício; já o Parlamento se senta em almofadas engordadas com as moedas dos pobres. Martha cresceu em Whitechapel, o pai era um bom trabalhador e a família vivia razoavelmente bem. Mas ela nunca se esqueceu do que estava logo ali do lado de fora da porta. Como era mesmo que os jornais diziam, há um ou dois anos... "A Londres excluída!" Vocês se lembram? Chegaram a ver?

Ficou claro que não, e Cora — que nitidamente se esquecera de que não estava em Bayswater ou Knightsbridge e de que o que nutria as fofocas de Londres durante meses podia não se filtrar para além das águas do Tâmisa — não conseguiu se furtar a lançar um olhar de censura para ambos.

— Talvez eu esteja bastante a par por causa de Martha, que, na verdade, acho, poderia citar a coisa toda palavra por palavra a esta altura. Foi publicado e republicado tantas vezes alguns anos atrás que não seria surpresa ler a respeito no jornal que embrulhava o peixe de vocês.

— E do que se tratava? O que diziam? — indagou Stella. *A Londres excluída!* A expressão despertava a sua piedade sempre a postos.

— Era um panfleto produzido por um grupo de clérigos, creio, *O grito amargo da Londres excluída*, que, uma vez lido, não era rapidamente esquecido. Eu pensava ter visto tudo que a cidade tinha a oferecer, do melhor ao pior, mas jamais algo como aquilo. Num porão, viviam mãe, pai, filhos e porcos... um bebê morto e aberto para o legista bem ali na mesa, já que não havia vaga no necrotério! E mulheres trabalhando dezessete horas por dia, pregando botões e fazendo caseado... impedidas de parar por tempo suficiente para comer e nunca recebendo o suficiente para se manterem aquecidas, de modo que era como se estivessem costurando as próprias mortalhas. Lembro-me de que Martha se recusou a comprar roupas durante anos, dizendo que não se vestiria com o sofrimento de suas irmãs!

Os olhos de Stella marejaram.

— Como não soubemos disso, Will? Não é seu dever saber e ajudar?

Cora viu o desconforto do reverendo, e, caso não houvesse um observador, talvez buscasse aumentá-lo, por implicância e princípios. Mas de nada serviria diminuir um homem aos olhos da esposa, por isso falou:

— Lamento afligir vocês! O livro cumpriu seu propósito. O grito foi ouvido. De lá para cá, eles vêm demolindo os cortiços, embora eu tenha ficado sabendo que o que puseram no lugar não é muito melhor. Martha faz a sua parte. Convocou a ajuda do nosso amigo Spencer, que é constrangedoramente rico e que, por sua vez, recorreu a Charles. Ouvi dizer que existe até uma comissão. Tomara que os ajude.

— Espero que sim! Espero que sim! — exclamou Stella. Desconcertando Cora, após enxugar os olhos, ela disse: — De repente fiquei cansada. Você me desculpa, Cora, se eu for me deitar? Não consigo me livrar da gripe e parece até que sou muito frágil, quando na verdade até esse último inverno eu mal passei um dia de cama, nem quando tive meus bebês.

Ela se levantou, assim como a visita; Cora beijou-a e sentiu como estava quente o rosto úmido da anfitriã.

— Mas você não terminou seu chá, e sei que tem uma coisa que Will precisa lhe mostrar, se puder ficar mais um pouco. Will, seja um bom anfitrião! Talvez — disse, revelando as covinhas — você possa mostrar o esboço do seu sermão para que Cora lhe dê um veredicto, não?

Cora riu e disse que não estava em condições de comentar; Will riu também e disse que, de qualquer forma, nem sequer sonharia em sujeitar Cora a tal tormento.

A porta se fechou atrás de Stella — Cora e Will ouviram seus passos na escada —, e para ambos pareceu ter havido uma leve alteração no ar. Não exatamente que o cômodo tivesse se tornado menor na mesma hora e iluminado de forma mais cálida — embora decerto fosse isso também; o sol começava a se pôr, e na mesa os botões amarelos davam a impressão de chamas ardendo em seu pote. Foi, sim, uma sensação de liberdade, como se o curioso desapego que ambos tinham sentido ao cruzar o largo retornasse. Will também se conscientizou de estar um pouco aborrecido: nem sequer por um momento pensou que a visita estivesse disposta a fazê-lo parecer tolo, mas foi esse o efeito. Com pouco mais de um olhar, ela o repreendera, e com razão — quando sua consciência fora reduzida apenas aos limites da própria paróquia?

— Graça — disse, de repente. — No domingo, vou falar sobre a natureza da graça, que suponho ser um tipo de dom. De bondade e piedade imerecidas e inesperadas.

— Isso vai bastar para o sermão — respondeu Cora. — É suficiente. Deixe-os voltar para casa cedo e passear no bosque e ali encontrar Deus.

Isso era tão próximo do seu método preferido de culto que o aborrecimento se evaporou; atirou-se numa poltrona e, com um gesto, convidou-a a fazer o mesmo.

— O que você ia me mostrar? — Na presença de Stella, Cora se sentara como uma dama, composta, os tornozelos cruzados sob as saias. Agora, se enroscava no canto de um sofá, encostada ao braço estofado, descansando o queixo na mão em concha.

— Na verdade — respondeu ele —, eu preferia que ela não tivesse mencionado. Não é nada. Só um fragmento que encontrei nos sapais semana passada e botei no bolso, achando que você gostaria de ver. Venha comigo!

Não ocorreu a ele que ninguém, com exceção de Stella, jamais entrava em sua sala de estudos — que não estava limpa nem suja, e onde qualquer um disposto a olhar o monte de livros e notas em sua escrivaninha e no chão poderia tirar conclusões sobre a natureza da sua mente. Nem mesmo os filhos tinham permissão para entrar, salvo quando expressamente convidados, e mesmo assim somente para ouvirem censuras ou ensinamentos; teria se sentido menos exposto ao se aliviar atrás do Carvalho do Traidor ao meio-dia do que admitindo alguém naquele aposento. Nada disso, porém, lhe passou pela cabeça ao abrir a porta e dar um passo atrás para deixar que Cora entrasse, assim como não o abalou o fato de que a visita imediatamente voltou a atenção para a escrivaninha sobre a qual a carta dela ladeava seus papéis, com as dobras evidenciando ter sido aberta várias vezes.

— Sente-se, por favor — convidou ele, indicando com um gesto uma poltrona de couro que havia pertencido ao pai.

Ela se sentou, ajeitando as saias. Ele ergueu o braço e tirou da estante uma caixa branca, que pousou na escrivaninha e abriu com muito cuidado, tirando dela um torrão de terra, pouco maior que o punho de uma criança. Incrustados ali havia vários fragmentos negros e esburacados, como se um prato rústico tivesse sido quebrado e, por algum motivo, escondido dentro de um pedaço de barro. Will pegou o objeto e o mostrou a Cora, agachando-se ao lado da sua cadeira; baixando os olhos, ela viu o lugar onde o cabelo dele formava um redemoinho na parte de cima da cabeça e os poucos fios brancos que cresciam grossos e brilhantes como arame.

— Não é nada, com certeza — insistiu Will —, mas lá estava, desgrudado de uma das margens dos regatos; vou lá com muita frequência e nunca tinha visto nada parecido, mas até você chegar eu jamais teria pensado em olhar! O que acha? Devíamos entrar em contato com o museu em Colchester e nos oferecer para doá-lo?

Cora não sabia ao certo: sabia o suficiente sobre amonites e trilobites, bem como sobre a curva branca chocante de um dente de tubarão impressa num pedaço de barro; identificara o equinoide arredondado quando o vira e as costelas cônicas de um trilobite, assim como estava convencida de que, uma vez, em Lyme Regis, se deparara com um sulco em que se escondia o osso de um pequeno vertebrado. No entanto, adquirira a humildade dos estudiosos: achava que quanto mais sabia, mais ainda não sabia. Will flexionou a mão — e o pedaço de barro se quebrou e rolou pelos dedos abertos, caindo no chão.

— E então? — indagou ele. — Qual é o veredicto da especialista? — Parecia ao mesmo tempo ansioso e tímido, como se tivesse certeza de que nada que mostrasse a ela lhe agradaria, mas esperançoso, mesmo assim, de agradá-la. Ela passou o polegar sobre a superfície negra, que era lisa e se encontrava aquecida pelo calor da mão dele.

— Fico pensando — disse Cora, agradecida por ter pensado nisso — se não será uma espécie de lagosta... Nunca me lembro do nome! Já sei, *hoploparia*. Não sei dizer a idade, embora imagine que tenha vários milhões de anos. (Será que ele contestaria isso com o argumento de uma terra recém-criada?)

— Claro que não! — exclamou Will, nitidamente encantado, embora se esforçando para disfarçar. — Claro que não! Bem, se você está dizendo, me curvo ao seu conhecimento. E, com efeito, se curvou, de pé, e segurando o pedaço de lama endurecida nas mãos, antes de colocá-lo sobre a lareira com uma reverência que apenas em parte era zombeteira.

— Will, como foi que você *veio parar* aqui? — indagou Cora, com uma superioridade gentil, muito semelhante à de um nobre de escalão inferior cumprimentando dignitários na inauguração de uma biblioteca; ambos perceberam e sorriram.

— Você quer dizer aqui? — rebateu ele, abarcando com um gesto a janela sem cortinas que dava para o gramado, o pote com canetas que vazavam, os vários desenhos de artefatos mecânicos que não tinham outro propósito senão girar e girar.

— Quero dizer aqui! Aqui, em Aldwinter. Você poderia estar em outro lugar, Manchester, Londres, Birmingham, e não a cinquenta passos de uma igreja rural sem ninguém como você por perto! Se o encontrasse em outro lugar, eu o imaginaria advogado, engenheiro ou um ministro de Estado. O que houve? Você fez seus votos aos quinze anos, quando ainda era criança, e teve medo de quebrar sua promessa e ser atingido por um raio devido a essa traição?

Encostado à janela, Will examinou a visita e franziu a testa.

— Serei mesmo tão interessante? Você nunca conheceu um clérigo?

— Ah, me desculpe. Você se incomodou? — indagou Cora. — Encontrei mais clérigos do que me apraz lembrar, mas você me surpreende, só isso.

Ele deu de ombros, ostensivamente.

— Você é uma solipsista, sra. Seaborne. Por acaso não consegue imaginar que eu possa ter escolhido um caminho diferente do seu e me dar por satisfeito com ele?

*Não*, pensou Cora, *não consigo*.

— Não sou um homem fora do comum, nem interessante. Você se equivoca se pensa assim. Durante algum tempo eu quis ser engenheiro e admirava Pritchard e Brunel, e certa vez matei aula e fui de trem até Ironbridge e fiz desenhos de rebites e escoras; me entediava nas aulas e projetava pontes. No fim das contas, porém, o que eu queria era propósito, não conquistas. Percebe a diferença? Tenho uma mente razoável. Se tivesse feito o jogo certo podia até mesmo estar agora sentado no Parlamento debatendo algum dispositivo jurídico, me perguntando que peixe comeria no jantar e se Ambrose teria encontrado um outro candidato e se devia ir jantar em Drury Lane ou no Mall. Mas isso me deprime. Prefiro uma tarde guiando Cracknell de volta a Deus, que jamais o abandonou, a mil jantares em Drury Lane; uma noite com os Salmos nos sapais sob o céu limpo a mil passeios no Regency Park. — Will não se lembrava de jamais ter falado tanto tempo sobre si mesmo e se perguntou como ela o persuadira a fazê-lo. — Ademais — prosseguiu, um tantinho irritado —, tenho em Stella alguém como eu.

— Acho uma pena, só isso.

— Uma pena!

— Sim, uma pena. Que na idade moderna um homem possa empobrecer seu intelecto o bastante para se satisfazer com mito e lenda. Possa ficar contente de virar as costas ao mundo e se enterrar em ideias que até mesmo seu pai devia considerar ultrapassadas! Nada é mais importante do que usar a mente até o último grau!

— Não virei as costas a coisa alguma. Fiz o oposto. Você acha que tudo pode ser explicado com equações e depósitos fósseis? Olho para cima, não para baixo.

Mais uma vez houve outra daquelas pequenas alterações no ar, como se a pressão tivesse caído e uma tempestade se aproximasse; cada um deles se deu conta de ter ficado zangado com o outro, sem saber ao certo por quê.

— Você com certeza não parece olhar para fora, ao menos disso eu sei! — Cora se viu agarrada aos braços da cadeira, desejando ser um pouco impiedosa: — O que você sabe da Inglaterra neste momento, de como são abertas as estradas e onde elas vão dar, de lugares na cidade onde as crianças nunca viram o Tâmisa, nunca viram um pedaço de grama? Como você deve ficar contente de recitar seus Salmos ao vento e voltar para casa para uma esposa bonita e para livros que foram publicados há trezentos anos!

Era injusto, ela sabia; titubeou de leve, sem querer recuar nem continuar pressionando. E se pretendera enfurecer o anfitrião, conseguira; ele disse, com uma borda afiada na voz na qual ela poderia ter se cortado:

— Quanta percepção da sua parte já ter a minha natureza e os meus motivos tão bem delineados no nosso terceiro encontro. — Os olhares de ambos se encontraram. — Não sou eu que patino na lama em busca de fragmentos de coisas mortas. Não fui eu que fugi de Londres e me perdi numa ciência que mal compreendo.

— Verdade — disse Cora. — Ora, essa é a pura verdade! — exclamou sorrindo. Como consequência, ele ficou totalmente desarmado.

— Muito bem — interveio Will. — O que *você* está fazendo aqui?

— Não tenho certeza. Acho que quero liberdade. Vivi tanto tempo debaixo de grilhões. Você se pergunta por que patino na lama. É do que me lembro de fazer na infância. Quase não andava calçada, colhia tojo para fazer xarope, contemplava os lagos que fervilhavam de sapos. Depois veio Michael. Ele era... era civilizado. Cimentaria cada pedacinho de floresta, poria cada pardal num pedestal. E ele me pôs num pedestal. Minha cintura doía, meu cabelo era enrolado a quente, a cor do meu rosto, empalidecida com pó de arroz e depois colorida de novo. E agora estou livre para afundar de novo na terra se quiser, para me cobrir de musgo e líquen. Talvez você fique horrorizado de pensar que não somos superiores aos animais, ou que estamos apenas um degrau acima deles. Mas não, não. Isso me deu liberdade. Nenhum outro animal age de acordo com regras. Então por que temos essa obrigação?

Se Will era capaz de deixar de lado seus deveres de ofício, jamais os abandonava por completo; enquanto ela falava, ele tocou o pescoço, como se esperasse ali encontrar o consolo do seu colarinho branco. Como acreditar que ela se contentava em ser tão animal quanto mulher, despreocupada, sem uma alma ou a perspectiva de sua perda ou salvação? Mais que isso, ela se contradizia a cada momento: impossível compatibilizar uma Cora animal com a que parecia sempre tentar alcançar ideias além do próprio alcance. O silêncio que se instalou teve o efeito de um ponto final na conclusão de uma frase confusa e não foi quebrado por um bom tempo. Então, com um olhar propositadamente aliviado para o relógio — e sorrindo, porque ela não se sentira ofendida e esperava não tê-lo ofendido —, Cora falou:

— Tenho que ir. Francis não precisa propriamente de mim, mas gosta de saber que às seis horas o jantar estará na mesa e eu estarei comendo. E já estou com fome! Eu sempre estou.

— Já percebi. — Cora se levantou. Ele abriu a porta. — Vou acompanhar você. Preciso fazer minha ronda, como um médico no hospital. Tenho que visitar Cracknell, e também Matthew Evansford, que fez um voto de temperança na véspera de ano-novo em que o rapaz foi encontrado, e passou a usar luto e a surtar por conta da serpente e do Final dos Tempos. Talvez você o tenha visto quando foi à igreja de Todos os Santos pela primeira vez. Todo de preto e parecendo carregar um caixão nos ombros.

De novo no largo, com o sol se pondo e sem vento, os dois caminharam de coração leve, conscientes de terem cruzado terreno instável sem maiores danos. Cora falou com admiração de Stella, talvez como quem pedisse desculpas; Will, por sua vez, pediu que ela o ensinasse como os fósseis eram datados de acordo com as camadas de sedimento em que fossem encontrados. Na igreja de Todos os Santos, os raios de sol reluziam na pedra; ao lado do caminho de entrada, narcisos corteses assentiram quando os dois passaram.

— E você continua a achar, falo sério agora, Cora, que pode encontrar um fóssil vivo (ictiossauro, você disse, não?) num lugar tão trivial e raso quanto o estuário do Blackwater?

— Acho que talvez. Quem sabe. Nunca tenho certeza da diferença entre achar e crer: você pode me ensinar um dia. E, afinal, eu nem posso reivindicar a ideia: Charles Lyell tinha a convicção de que um ictiossauro pudesse aparecer, embora eu admita que ninguém o levasse muito a sério. Olhe, tenho mais dez minutos de liberdade. Deixe que eu vá com você até o Fim do Mundo e a água. Garanto que estaremos seguros. Abril é um mês ameno demais para dragões-marinhos.

Chegaram até a água — a maré baixara — e viram lama e cascalho brilhando sob a luz do poente. Alguém havia cercado o esqueleto do Leviatã com ramos amarelos de giesta. O junco crescia em feixes pálidos que estremeciam quando o vento soprava; a uma pequena distância, eles ouviram o grave e implausível som de um abetouro. O ar era doce e cristalino: descia como um bom vinho.

Nem um nem outro jamais tiveram certeza de quem primeiro protegeu os olhos contra o brilho na água e viu o que estava além. Nem um nem outro lembraram-se de ter exclamado ou avisado: "Olhe, olhe!" — apenas que de repente ambos ficaram congelados na trilha acima do sapal, olhando para leste. Lá no horizonte, acima da linha prateada entre água e céu, estava uma faixa de ar pálido e diáfana. Dentro da faixa, viajando bem acima da água, uma barcaça se movia lentamente na parte inferior do céu. Era possível identificar dois pedaços separados da vela cor de sangue, que parecia enfunada por um vento forte; muito claramente, lá estavam deque e cordame, a proa escura. E ela seguia voando a toda a velocidade, bem acima do estuário; tremeluzia e diminuía, depois recuperava seu tamanho; por um instante, então, foi possível ver a sua imagem invertida logo abaixo, como se um espelho enorme a refletisse. O ar esfriou — o abetouro se fez ouvir —, cada um estava ciente da respiração rápida do outro e não foi propriamente terror que sentiram, embora a isso se assemelhasse. Então o espelho sumiu e o barco ficou sozinho; uma gaivota voou abaixo do casco negro, acima da água reluzente. E algum membro da tripulação fantasma puxou uma corda ou baixou uma âncora — a embarcação parou de se mover, ali ficando em silêncio, linda, imóvel contra o céu. William Ransome e Cora Seaborne, despidos de códigos e convenções, e até mesmo do poder da fala, se deram as mãos: filhos da terra e perdidos em assombrosa contemplação.

*Sala de Leitura*
*Museu Britânico*

*29 de abril*

Cara sra. Seaborne,

*Escrevo, como pode ver, da Sala de Leitura do Museu Britânico. Meu colarinho funcionou como passe, embora tenham me olhado de alto a baixo na recepção, já que havia terra sob minhas unhas porque eu andara plantando favas. Vim até aqui em busca de algo que preciso escrever sobre a presença de Cristo no Salmo 22, mas, em vez disso, acabei decidido a pesquisar sobre o que vimos ontem à noite.*

*Você se lembra de que concordamos (quando conseguimos recuperar a fala) que não era possível termos visto o Holandês Voador ou qualquer outra aparição sobrenatural, certo? Você se perguntou se teria sido algum tipo de miragem, como aqueles lagos que surgem no deserto e iludem os moribundos sedentos com promessas de água. Bem, você não errou por completo o alvo. Está pronta para uma aula?*

*Acredito que testemunhamos uma ilusão Fata Morgana, assim batizada por conta da lenda de Morgan le Fay, que enfeitiçava marinheiros levando-os à morte ao construir castelos de gelo no ar acima do mar. Cora, você ficaria pasmada ao ver quanta coisa existe a esse respeito! Transcrevo abaixo um trecho dos diários publicados de uma tal Dorothy Woolfenden (me perdoe a caligrafia!):*

*1º de abril de 1864, Calábria: Tendo acordado cedo, postei-me à janela e assisti a um fenômeno notável — no qual decerto não acreditaria caso me tivesse sido relatado por outra pessoa. O tempo estava bonito. Vi sobre o horizonte acima do estreito de Messina uma névoa transparente através da qual, gradualmente, percebi uma cidade cintilante. Uma enorme catedral me surgiu diante dos olhos, com pináculos e arcos — um arvoredo de ciprestes que, de repente, se inclinou, como se atingido por um vendaval —, e, apenas por um instante, uma torre imensa e reluzente com várias janelas compridas. Então um véu baixou, a visão desapareceu, a cidade se evaporou. Atônita, corri para* contar a meus companheiros que, adormecidos, nada tinham visto, mas acredito ter sido a infame Fata Morgana, que atrai os homens para a morte.

*A fada não se contenta com navios e cidades: produziu exércitos fantasmas no céu durante a batalha de Verviers e os escandinavos a chamavam de Hillingar e viam penhascos incríveis surgirem nas planícies.*

*É evidente que existe uma explicação prosaica, embora pensando nisso agora dificilmente me pareça menos maravilhosa do que admitir que Morgan le Fay tenha nos seguido até os sapais. Na minha opinião, a ilusão é criada quando uma combinação específica de ar frio e quente cria uma lente refratora. A luz que alcança o observador se inclina para cima de um jeito a provocar a refração de objetos sob ou além do horizonte bem acima da sua localização (estou imaginando você escrevendo em um de seus cadernos — estou certo? —, assim espero!). Quando bolsões de ar frio e quente se deslocam, o mesmo acontece com as lentes — você viu, como eu, o navio aparentemente se movendo sobre o próprio reflexo? Os objetos não estão apenas no lugar errado, mas replicados e distorcidos — algo bem insignificante pode ser duplicado várias vezes e formar tijolos com os quais cidades inteiras são construídas!*

*Assim, enquanto nós dois ficamos lá, embasbacados e perplexos, suponho que o tempo todo, em algum lugar fora da nossa visão, Banks estivesse levando um carregamento de trigo para o cais de Clacton.*

*Tenho tendência a dar sermões, sei disso — mas não me conformo em deixar o assunto morrer. Nossos sentidos foram totalmente iludidos — por um instante ficamos privados do nosso raciocínio, como se nossos corpos conspirassem contra a razão. Não consegui dormir, não por estar assombrado pela possibilidade de um navio fantasma, mas por me dar conta de que meus olhos não são confiáveis, ou, no mínimo, por perceber que não posso confiar na minha mente para interpretar o que os meus olhos veem. Hoje de manhã, enquanto caminhava para pegar o trem, vi um pássaro moribundo na estrada — alguma coisa na forma como ele se debatia cegamente no chão me embrulhou o estômago. Depois, percebi que se tratava apenas de um monturo de folhas úmidas se agitando ao vento, mas demorou para que a náusea passasse. Entendi, então, que, se o meu corpo reagira como se tivesse visto o pássaro, teria realmente sido falsa a visão, mesmo se tratando de meras folhas?*

*Meus pensamentos giraram em círculos, voltando, como acontece com frequência, à Serpente de Essex, até que entendi como ela pode ter aparecido para todos nós em seus vários disfarces e que, longe de haver uma única verdade, é possível que haja várias verdades, nenhuma delas passível de ser provada ou contestada. Como eu gostaria que você encontrasse a carcaça dela uma manhã na praia e ela fosse fotografada e a fotografia, legendada e distribuída. Sem dúvida, então, poderíamos ter certeza das coisas, não?*

*Mas me agrada pensar em nós dois parados ali, juntos. Imperdoável da minha parte, tenho certeza, mas prefiro a ideia de termos sido iludidos ambos a apenas eu.*

*Lembranças,*
WILLIAM RANSOME

*E/M*

*Eu estava lá! Vi o que você viu; senti o que você sentiu.*
   *Sempre,*
      CORA

# MAIO

OLAM

# I

Maio, e o clima ameno convence as rosas a saírem mais cedo da cama. Naomi Banks espia a lua e assume plenamente o crédito pela chuva fina, as manhãs agradáveis, embora, apesar disso, esteja infeliz. Lembra-se da tarde nos sapais, quando exigiram a chegada da primavera, mas o que ela vê daquele dia não é a mão de Joanna na sua acima das chamas, mas algo na água aguardando com paciência. Ela é filha do seu pai, por isso conhece — ninguém conhece melhor que ela — os caprichos das marés e o modo como a água pode submergir um banco de areia ou levar em sua corrente os galhos arrancados de carvalhos. Ainda assim, está atenta agora ao Blackwater — não põe o pé no deque de uma barcaça — e contorna o cais como se convencida de que algo lá embaixo vai lhe puxar o tornozelo quando ela passar.

O professor a repreende por ser preguiçosa e lhe passa deveres como castigo, mas as palavras no papel se assentam e se mexem como moscas; em vez de cumprir o castigo, Naomi adquire o hábito de fazer desenhos a carvão nos quais uma serpente marinha — de asas negras e bico pontudo — salta do papel para lhe dar um bote. Então ela baixa os olhos para as membranas que tem entre os dedos e se encolhe ante a lembrança da primeira vez que as colegas as perceberam e como a temeram e insultaram, até que Joanna, com a autoridade herdada do pai, interviesse. Mas é inegável — erguendo as mãos, ela observa como a luz do lampião destaca as veias nas pequenas bolsas de pele —, ela é deformada, não é natural; seria totalmente explicável que a Serpente de Essex a escolhesse; talvez sejam da mesma espécie. Durante algum tempo ela recusou copos de água, certa de que no líquido existiam partículas de pele descoladas da espinha da serpente.

Certa noite, voltando para casa depois de uma busca infrutífera pelo pai, ela passa pela porta aberta do White Hare. O cheiro de bebida é tão familiar que é como se respirasse o hálito do pai, e ela se demora à porta. Homens a convidam para entrar e admiram seu cabelo ruivo, o medalhão de estanho que ela usa (o qual contém um pedaço da bolsa amniótica de seu nascimento, para garantir que não se afogue). Percebe, então, o poder que não tinha ideia de possuir; faz piruetas quando lhe pedem e ri da admiração por seus tornozelos, pelos ossos brancos dos joelhos. Ser admirada é tão delicioso e tão estranho que ela permite que puxem seus cachos e examinem o medalhão no lugar em que toca sua pele; sim, responde, rindo, seu corpo é todinho coberto de sardas. Afasta-se; é chamada de volta e quando retorna lhe dizem "Linda, linda", e ela pensa que, afinal, talvez seja mesmo. Então é atraída para um colo expectante e de súbito entende que algo está muito errado — sente, ao mesmo tempo, medo e indignação, mas se vê impedida de se mexer; em algum lugar às suas costas, um homem que ela não consegue ver faz um ruído que lembra o de um animal que encontrou comida.

Naquela noite, dormindo, a Serpente de Essex deixa apenas a ponta úmida da sua cauda se revelar sob o travesseiro da menina e bafeja gelidamente em cima das suas pálpebras fechadas. O sonho tem algo a ver com a perda da mãe anos antes (embora isso tenha se dado, de forma decente, no quarto com as cortinas fechadas e bem longe das águas do Blackwater), e a deixa demasiado ansiosa para comer.

A Serpente de Essex não se contenta com visitas a uma criança. Aparece para Matthew Evansford enquanto ele folheia o livro do Apocalipse, e ostenta sete cabeças e dez chifres e, sobre a cabeça, o nome de blasfêmia. Desfere golpes na porta de Cracknell sob as rajadas de um vento leste; aguarda Banks enquanto ele remenda as velas e pensa na esposa morta, no barco roubado, na filha que não o encara. Pisca para William Ransome do braço caruchado do seu banco e não lhe deixa ter dúvidas quanto aos seus fracassos — ele lê as orações com um fervor que deleita a congregação: *Iluminai a nossa escuridão, nós vos pedimos, ó, Senhor; e por vossa grande misericórdia defendei-nos de todos os perigos.* Surge para Stella durante uma febrícula, mas não é páreo para ela, que a enfrenta cantando e com pena, visto que é uma coisa que espreita covardemente. Na sala de jantar do Garrick, Charles Ambrose — tendo exagerado na comida — leva a mão ao estômago e brinca com quem o acompanha que a Serpente de Essex enfiou-lhe as garras. Indícios do juízo divino de forma mais geral são perceptíveis aqui e acolá: uma praga de insetos nos jardins, uma gata que abortou os filhotes na lareira. Evansford fica sabendo de uma morte em St. Osyth que o legista não consegue explicar; reserva o sangue da galinha que mata aos domingos e sai naquela noite para pintar os dintéis de todas as portas de Aldwinter para que o juízo de Deus as poupe. Um temporal cai antes do nascer do sol e ninguém fica sabendo.

Martha vigia a companheira em busca de algum sinal de que ela queira voltar para a Foulis Street, mas não há nenhum, pois Cora agora sente que sua felicidade criou raízes no barro de Aldwinter. Certa tarde, ela vai até East Mersea e caminha, zonza, com uma alegria pela qual teme que um dia será punida. Os penhascos castanhos são banhados por um córrego, e onde a água corre línguas-de-vaca amarelas crescem. Embaixo, na margem, ela se agacha para examinar as pedras e o cascalho que a maré depositou ao longo da costa e descobre uma amonite, nenhum trilobite, mas um pedaço liso de âmbar que se encaixa com perfeição na curva da palma da sua mão. Às vezes ela revê sua coleção de lembranças de Essex — a luta da ovelha atolada, os sussurros de Cracknell no corredor da igreja de Todos os Santos, Stella enlaçando um braço confiante no dela e o navio silenciosamente cruzando o céu. Parece-lhe, então, que ela mora ali há anos, que não é capaz de se lembrar de outro jeito de viver. Além disso, há que pensar na serpente. Ela pega um barco para contornar a ilha Mersea e visita Henham-on-the-Mount. Lê a ode de Ragnar Lodbrok, que matou uma serpente enorme e ganhou uma noiva. Espelha-se no espírito de Mary Anning, que decerto correria atrás dos boatos sobre uma serpente marinha até o fim do mundo e o final da vida.

Frequenta regularmente a reitoria, levando presentes para os filhos dos Ransome: um livro para Joanna, um brinquedo para James (que ele desmonta de pronto), algo doce para John. Beija Stella em ambas as bochechas, com toda a sinceridade. Depois vai até Will, que a aguarda na sala de estudos (onde o âmbar está sobre a mesa), e sempre à primeira vista há um momento de deleite, de surpresa: *você está mesmo aqui*, cada um deles pensa.

Lado a lado, eles se sentam à escrivaninha, livros abertos e descartados; ele leu isso ou aquilo, indaga ela, e que impressão teve; decerto que sim, responde ele, e não acho nada relevante. Ele tenta fazer um esboço da luz refratora que lhes proporcionou o Fata Morgana; ela desenha as partes de um trilobite. Eles se afiam um no outro; são, cada um a seu turno, lâmina e amolador; quando a conversa aborda fé e razão, discutem prontamente, surpresos com a crescente e rápida demonstração de belicosidade ("Você não entende!", "Como entender quando você nem sequer tenta usar o bom senso?"). Uma tarde, quase saem no tapa sobre a questão da existência do bem absoluto, que Cora nega, com base na pega ladra. Will recorre à condescendência e assume o tom paroquial. Então ela traz à baila a Serpente de Essex — que não passa de boato e mito, retruca ele, tese que ela se recusa a aceitar; será que ele desconhece que em 1717 um monstro de quatro metros de comprimento foi dar à praia em Maldon? Logo ele, um morador de Essex! Cada qual conclui que o outro tem um defeito fatal nas respectivas filosofias, defeito esse que deveria, por direito, excluir a possibilidade de uma amizade, e ficam espantados por isso não acontecer. Escrevem-se com mais frequência do que se encontram. "Gosto mais de você no papel", diz Cora, e é como se levasse consigo, numa bolsinha em torno do pescoço, uma constante fonte de luz.

Stella, passando pela porta aberta, sorri, satisfeita e indulgente: ela mesma recebe a atenção calorosa de tantos amigos que lhe agrada ver o marido entretido com uma companhia tão condizente. Questionada certa vez por uma esposa de Aldwinter, intrometida e desejosa de escândalo, ela responde, maldosa, quase tentada a cutucar a brasa: "Ah, nunca vi amigos mais chegados: estão começando até a ficar parecidos. Na semana passada, ela já estava quase chegando em casa quando notou que calçara as botas dele." Fica diante do espelho de manhã escovando o cabelo e sente um pouco de pena de Cora, que sem dúvida tem uma bela e sofisticada aparência quando lhe dá na veneta, o que é raro, mas que em geral jamais seria considerada uma beldade. Larga a escova — seus braços doem —, vendo que a gripe a deixou meio fraca, meio desestimulada a sair: prefere sentar-se à janela ao crepúsculo e admirar as prímulas brotarem na grama.

Luke Garrett se assusta ao descobrir que se tornou uma celebridade. Surge um modismo temporário entre os estudantes de cirurgia de imitar todas as idiossincrasias que, no passado, eram encaradas com zombarias: montam espelhos na sala de cirurgia e passam a usar máscaras de algodão branco. Garrett não caiu nas graças dos veteranos, contudo, os quais temem que os corredores se encham de vítimas de brigas de rua abrindo a camisa à espera de agulhas e linha. Spencer — ao mesmo tempo generoso e alerta para impedir que seu patrimônio seja indefinidamente posto a serviço do amigo — encomenda para ele um cinto de couro com uma pesada fivela de prata, na qual manda gravar a serpente de Asclépio enroscada no cajado, como forma de celebrar seu triunfo médico.

Sem saber se o que pensava mudaria depois que provasse ser possível fechar um ferimento cardíaco, Luke descobre que as coisas continuam iguais. Mal pode pagar o aluguel, dependendo de notas de dinheiro que, ele suspeita, Spencer espalhe em seu aposento; não deixou de ser uma criatura encurvada de sobrancelhas negras; todas as humilhações acumuladas na vida não se evaporaram com o restinho de clorofórmio na Sala 12. Além do mais, ele não chegou propriamente ao coração: ambas as lâminas haviam parado junto às câmaras; na verdade, mal pode dizer que tenha sido uma grande conquista.

Admite para Spencer, e a ninguém mais, ter pensado que o feito pudesse, no mínimo, aumentar a estima de Cora por ele; ela o adora, claro (ou afirma que sim), e o admira, mas ele se sente rebaixado. Cora cultivou novos amigos e lhe escreve para contar como a esposa do pároco tem um rosto tão lindo que até as flores se curvam, envergonhadas, quando ela passa, e que a filha do casal adotou Martha e que até Francis é capaz de suportar a companhia deles durante uma ou duas horas. A mudança dela para Aldwinter o deixa atônito; depois ele imagina que ela meramente tenha mergulhado no desânimo que acomete uma viúva e fica animado ante a possibilidade de animá-la. No entanto, quando se encontram em

Colchester, Cora lhe fala de William Ransome e de tal forma se empolga que seus olhos cinzentos cintilam azuis; com efeito (diz ela), é como se Deus estivesse se apiedando de não lhe ter sido dado um irmão e lhe providenciasse um no último minuto. Não há nada de furtivo na maneira como ela se refere ao homem, não enrubesce nem lança olhares de soslaio; ainda assim, Garrett ergue os olhos e encontra os de Martha e, pela primeira vez, descobre que os dois estão em total sintonia. *O que está havendo?*, dizem ambos em seus silêncios. *O que acontece aqui?*

Spencer está imerso no problema da habitação em Londres. O que a princípio fora apenas uma forma de agradar Martha se transformou numa obsessão: ele se debruça sobre o Diário do Parlamento e as atas da comissão, veste seu casaco mais velho e vai a pé até Drury Lane. Descobre o hábito do Parlamento de criar políticas de forma benevolente e depois fechar os olhos e trocar apertos de mão com a indústria. Às vezes, a ganância e o dolo do que ele vê o horrorizam tanto que pensa ter se equivocado; torna a olhar e percebe que é ainda pior do que imaginava. As autoridades locais derrubam os cortiços e compensam os proprietários de acordo com os aluguéis perdidos. Como nada torna um imóvel mais rentável do que vício e superlotação, os proprietários facilitam ambos tão diligentemente quanto qualquer cafetão na rua, e o governo os recompensa com generosidade. Os inquilinos então despejados se percebem demasiado imorais para uma nova moradia decente em Peabody e acabam relegados a encontrar quartos em hospedarias; há momentos em que as ruas se enchem de fogueiras, quando os inquilinos queimam móveis decrépitos demais para serem vendidos. Spencer pensa na propriedade da família em Suffolk, onde recentemente a mãe descobriu mais um cômodo do qual não tinha conhecimento, e sente náuseas.

No Fim do Mundo, Cracknell lança um olhar cauteloso para o estuário. Mantém suas cercas carregadas de toupeiras despeladas e uma vela ardendo na janela.

## 2

Num fim de tarde, caminhando nos sapais com um Salmo na ponta da língua, William Ransome encontrou o filho de Cora. Buscou as feições da amiga no rosto pequeno e inescrutável, mas não encontrou. Esses, então, eram os olhos do homem que, ele supunha, ela tinha amado; a curva do pescoço e o queixo. Mas os olhos do menino eram questionadores, não cruéis, como imaginava que fossem os de Seaborne, embora não parecessem, precisamente, os de uma criança — Francis nada tinha de infantil.

— O que você faz aqui sozinho? — indagou Will.

— Não estou sozinho — respondeu o garoto. Will olhou em volta, mas não viu pessoa alguma.

Francis, com as mãos nos bolsos, examinou o homem à sua frente como se ele fosse uma lista de problemas a resolver. Disse, então, como se a pergunta fosse uma extensão natural para a conversa:

— O que é pecado?

— Pecado? — repetiu Will, tão surpreso que tropeçou, estendendo uma das mãos, como se esperasse encontrar a porta do púlpito.

— Andei contando — respondeu Francis, emparelhando o passo com o de Will. — Você falou em pecado sete vezes no domingo. Cinco, no domingo antes desse.

— Não notei você na igreja, Francis. Jamais vi você lá. — E Cora, será que também estava presente, sentada na sombra, ouvindo?

— Sete mais cinco são doze. Mas você não diz o que é.

Chegaram ao Leviatã, e Will — agradecido pela pausa — se agachou para pegar seixos que a água depositava junto aos destroços. Em todos os seus anos como pároco, ninguém jamais perguntara aquilo, e ele ficou assustado ao se ver perdido. Não que não tivesse resposta: tinha várias (estudara todos os livros pertinentes). Mas ali — sem púlpito ou bancos e com a boca do rio lambendo a margem — pergunta e resposta lhe pareceram absurdas.

— O que é pecado? — insistiu Francis, sem a inflexão de uma repetição.

*Deus, me dê força!*, pensou Will, tão devota quanto profanamente, e entregou ao menino um seixo.

— Chegue um pouco para trás — pediu —, aí, um passinho mais, pronto. Agora atire a pedra e acerte o Leviatã. Bem ali, onde estávamos parados.

Francis lançou-lhe um longo olhar, como se avaliasse se estava sendo alvo de uma zombaria; evidentemente concluindo que não, atirou a pedra, que errou por pouco o alvo.

— Atire outra — disse Will, pondo uma pedra azul na mão de Francis —, tente de novo.

Mais uma vez, Francis atirou e errou o alvo.

— É exatamente isso — disse Will. — Pecar é tentar, mas errar. Claro que não podemos acertar o tempo todo. Por isso tentamos de novo.

O garoto franziu a testa.

— Mas e se o Leviatã não estivesse ali, e se você não tivesse me dito para ficar aqui? Se eu ficasse *lá* e o Leviatã ficasse *aqui*, talvez eu acertasse da primeira vez.

— Sim — concordou Will, sentindo ter entrado em águas mais profundas do que pretendia. — Achamos que sabemos aonde vamos, e talvez saibamos, mas então amanhece, a luz se altera e descobrimos que devíamos ter tentado ir noutra direção, afinal.

— Mas se as coisas mudam, o que eu devia e o que eu não devia fazer, como vou saber que rumo tomar? E como pode ser culpa minha se eu falhar? Por que eu deveria ser castigado por isso? — Uma leve ruga se instalou entre as sobrancelhas negras do menino e ali, finalmente, Will viu Cora.

— Existem certas coisas — tateou Will, com cuidado — que acho que todos devemos tentar fazer ou tentar não fazer. Mas existem outras que precisamos descobrir sozinhos. — O último seixo em sua mão era liso e chato; virando as costas para o Leviatã, ele o atirou, girando, em direção à maré que recuava. O seixo quicou uma vez e caiu atrás de uma onda rasa.

— Não era isso que você pretendia fazer — disse Francis.

— Não, não era — concordou Will. — Só que, na minha idade, estamos habituados a falhar mais do que acertar.

— Então você pecou — afirmou Francis.

Will riu e disse que esperava ser perdoado.

Franzindo a testa, o menino examinou o Leviatã por algum tempo. Seus lábios se mexeram e Will supôs que ele talvez estivesse calculando a trajetória correta de uma pedra. Então ele lhe virou as costas e disse:

— Obrigado por responder à minha pergunta.

— Como me saí? — rebateu o reverendo, esperando ter se situado entre a fé e a razão sem sofrer danos.

— Ainda não sei. Vou pensar a respeito.

— Muito justo — disse Will, e sentiu não poder pedir ao menino que escondesse da mãe a conversa: o que ela acharia da ideia de o filho ser instruído quanto às doutrinas do pecado? Ele conhecia a guinada tempestuosa que aqueles olhos cinzentos podiam dar.

Cada um estudou o outro, ambos sentindo que o reverendo havia se saído o melhor possível dentro das circunstâncias em nada ideais. Francis estendeu a mão, William apertou-a; os dois caminharam lado a lado pela High Road. Quando chegaram ao largo, o garoto fez uma pausa e começou a apalpar os bolsos, levando Will a imaginar que ele talvez tivesse perdido algo nos sapais. Então Francis tirou do bolso primeiro um botão de osso azul, depois uma pena preta enrolada e amarrada com um pedaço de linha. Franziu a testa, passou o dedo pelo cálamo da pena e, em seguida, suspirando, devolveu tudo aos bolsos.

— Não — disse Francis —, acho que não posso abrir mão de coisa alguma hoje. — Com um olhar que pedia desculpas, acenou, então, em despedida.

# 3

Desde que fizera amizade com Martha — amizade construída com paciência e cautela, como se fosse um castelo de cartas —, Joanna Ransome mudara de lugar na classe para ficar quase debaixo do nariz do sr. Caffyn. Tendo sido sempre uma aluna inteligente, com o hábito de assaltar a biblioteca do pai, particularmente atenta aos livros guardados fora do alcance, suas inclinações espirituais foram alimentadas em dado momento por Juliana de Norwich e, em outro, por *O ramo de ouro*; era capaz de relatar o martírio de Tomás Cranmer de cor, bem como a guerra da Crimeia. No entanto, até conhecer Martha tudo havia carecido de uma direção, tendo sido desenvolvido basicamente na expectativa de desconcertar os mais velhos, sem qualquer outro objetivo em mente. Jamais lhe ocorrera ter vergonha de ser amiga de uma filha de pescador quase analfabeta. Capaz de citar pelo nome cirurgiãs e socialistas, satiristas e atrizes, artistas, engenheiras e arqueólogas que, aparentemente, podiam ser encontradas em todos os lugares, exceto em Essex, Joanna se impôs a missão de entrar para suas fileiras. *Vou estudar latim e grego*, pensava, fazendo uma careta ao se lembrar de que apenas poucas semanas antes se postara junto ao Leviatã lançando feitiços; "Vou aprender trigonometria, mecânica e química". O sr. Caffyn se esforçava para lhe passar deveres que ocupassem seu fim de semana, e Stella dizia "Cuidado para não acabar precisando de óculos", como se nada pudesse ser pior do que amenizar o efeito daqueles olhos cor de violeta.

Naomi Banks sentiu a amiga se afastar e sofreu. Muito ouvira falar de Martha, a vira pouco e a odiava, sentindo com veemência que uma adulta de vinte e cinco anos, no mínimo, não deveria lhe roubar a sua Jo. Queria mostrar a Joanna seus desenhos da serpente e lhe explicar quão impossível se tornara dormir; confessar o que acontecera no White Hare e lhe pedir que não sentisse raiva nem vergonha. Mas lhe parecia impossível: a amiga começara a encará-la com compaixão, o que era pior do que desamor.

Na primeira sexta-feira de maio, Naomi chegou cedo à escola. Havia sido prometida aos alunos uma manhã com a sra. Cora Seaborne, que morava em Londres e havia sido muito importante, colecionava fósseis e, como explicara o sr. Caffyn, *outras espécies relevantes*. Joanna sempre gostara do reflexo da glória de ter conhecido a sra. Seaborne primeiro ("Nós a conhecemos muito bem", dissera: "Ela me deu este cachecol. Não, ela não é bonita, mas isso não importa, porque é inteligente e tem um vestido coberto de pavões que me deixa experimentar"), e aguardava ansiosa para ver sua reputação entre os colegas aumentar ainda mais. Ninguém podia resistir a Cora: Joanna já vira várias tentativas.

Achando o lugar ao lado de Joanna vazio, Naomi passou para a amiga um pedaço de papel no qual anotara um feitiço que ambas haviam inventado algumas semanas antes. Joanna, porém, agora mergulhada na álgebra, não se lembrou do que os símbolos borrados significavam e amassou o papel na mão. Então a sra. Seaborne surgiu em pessoa, decepcionantemente mal-ajambrada, no que sem dúvida era um casaco masculino, com o cabelo penteado para trás com demasiada severidade. Carregava, pendurada no ombro, uma bolsa de couro enorme e, sob o braço esquerdo, um arquivo que continha um pequeno desenho do que parecia ser um crustáceo. O único indício do glamour prometido que Naomi conseguiu ver foi um diamante na mão esquerda, tão grande e tão brilhante que decerto não era verdadeiro, e uma echarpe preta com pequenos pássaros bordados. O sr. Caffyn, evidentemente deslumbrado, cumprimentou-a:

— Bom dia, sra. Seaborne: classe, dê bom dia à sra. Seaborne.

"Bom dia, sra. Seaborne", disseram todas as alunas, encarando a visita com uma leve desconfiança e recebendo de volta o olhar de Cora, um tantinho nervosa. Ela jamais soubera o que fazer com crianças: Francis a desequilibrava de maneira tão completa que ela passara a considerá-las uma espécie encantadora, porém volátil, não mais confiável que os gatos. Mas lá estava Joanna, que ela conhecia bem, com os olhos da mãe um pouco acima da boca do pai; e ao lado dela uma menina ruiva, cujo rosto era tomado por sardas; cada qual se sentava com as mãos entrelaçadas, examinando-a cheias de expectativa. Cora disse:

— É um prazer estar aqui. Vou começar contando uma história, porque tudo que vale a pena saber sempre começa com um "era uma vez".

— Parece que somos *bebês* — cochichou Naomi, recebendo um chute forte da amiga, mas achando que, afinal, melhor do que um dia de aula normal era ouvir a sra. Seaborne contar a história de uma mulher que um dia encontrara um dragão-marinho incrustado na lama; e como a terra toda era um cemitério com deuses e monstros enterrados, esperando que o clima ou um martelo e um pincel os desenterrassem para um novo tipo de vida. Olhe com atenção suficiente e você vai encontrar samambaias se insinuando entre as rochas, disse a visitante, e pegadas nos lugares em que lagartos um dia andaram sobre as patas traseiras; havia dentes tão pequenos que os olhos mal podiam vê-los, e outros tão grandes que, no passado, eram usados como amuletos para afastar a peste.

Cora tirou da bolsa algumas amonites, que foram passadas de mão em mão.

— Elas têm centenas de anos de idade — explicou —, talvez milhões!

O sr. Caffyn, cujos primeiros vinte anos haviam sido passados numa capela metodista galesa, tossiu e acrescentou:

— Lembra-te agora do Criador nos dias da tua juventude... — Com expressão um pouco aflita, indagou: — Alguma pergunta para a sra. Seaborne?

Como os pássaros vão parar dentro de pedras foi uma delas, e onde estavam seus ovos? Já encontraram humanos entre os lagartos e peixes? Como carne e osso se tornam pedra? Um dia isso vai acontecer com a gente também? Será que é possível encontrar alguma coisa agora debaixo do terreno da escola se cavarmos com uma pá? Qual o fóssil favorito da senhora e onde foi que o encontrou? O que está procurando no momento? Por acaso já se feriu? Já viajou para o exterior?

Então — com o volume das vozes levemente mais baixo —, quiseram saber sobre o Blackwater: ela já tinha ouvido falar? E o homem que se afogou na véspera de ano-novo, e os animais achados mortos, e as coisas que eram vistas à noite? E quanto a Cracknell, que enlouquecera e agora passava a noite toda sentado junto ao Leviatã vigiando o monstro? *Existe algo lá e está se aproximando?* O sr. Caffyn viu o rumo que a manhã tomara e tentou ao máximo reverter a maré, intervindo para dizer:

— Chega, meninas, não incomodem a sra. Seaborne com essa bobagem.

Dito isso, apagou a amonite desenhada no quadro-negro atrás dele.

Cora havia caminhado com William Ransome na véspera à noite e ele lhe dissera, naquela voz de pároco que vez ou outra adotava quando queria mostrar autoridade, que ela não deveria estimular as crianças a falar sobre o Problema. Já bastava ter de lidar com Cracknell e com a insistência de Banks de que não havia arenque para pescar e muito provavelmente isso o levaria a morrer de fome — botar ideias na cabeça das crianças não ajudaria em nada e a ninguém. Na ocasião, Cora pensara, obediente: *Você tem razão, Will, claro que sim*; mas agora, diante de uma dúzia de rostos voltados com feições inquiridoras para ela, sendo que alguns deles estampavam um medo ostensivo, sentiu uma pontada de raiva: *Sempre tem um homem me dizendo o que fazer!*

— Pode ser que ainda existam animais vivos hoje exatamente como aqueles que encontramos na rocha — explicou, com cuidado. — Afinal, há lugares no mundo em que ninguém jamais pisou e águas tão profundas nas quais ninguém jamais chegou ao fundo: quem sabe o que podemos não ter visto? Na Escócia, num lago chamado Ness, há mais de mil anos que as pessoas relatam terem visto aparições de uma criatura na água. Dizem que certa vez um homem foi morto nadando lá e santa Columba mandou o monstro embora, só que vez ou outra ele vem à tona...

O sr. Caffyn tossiu e, com um revirar de olhos em direção aos mais jovens da turma (uma menina com vestido amarelo curvara os cantos da boca numa careta de medo extasiado), indicou que a convidada talvez preferisse se ater às pedras e aos ossos que trouxera na bolsa.

— Não há nada a temer — disse Cora —, salvo a ignorância. O que parece amedrontador espera apenas que a gente aponte uma luz que nos permita enxergar. Imaginem como uma pilha de roupas no chão do quarto de vocês pode parecer capaz de atacar até que se abra a cortina e sejamos capazes de ver que aquilo não passa das coisas que despimos quando fomos nos deitar! Não sei se existe algo lá no Blackwater, mas sei do seguinte: se ele viesse à superfície e nos deixasse vê-lo, não veríamos um monstro, mas apenas um animal tão sólido quanto todos nós.

A menina de vestido amarelo, nitidamente preferindo sentir medo a aprender, escondeu um bocejo na palma da mão. Cora consultou o relógio.

— Bem, já falei demais e vocês foram pacientes e ouviram direitinho. Temos ainda uma hora, acho. Estou certa, sr. Caffyn? O que mais gostaria agora era de ver se vocês sabem desenhar e pintar. Já vi as pinturas de vocês — acrescentou, apontando para uma parede de borboletas — e adorei. Que tal vocês escolherem algo para desenhar e, quando terminarem, eu dar um prêmio para quem tiver feito o melhor desenho?

À menção de um prêmio, a classe se pôs rapidamente de pé.

— Em fila única, por favor — disse o sr. Caffyn, observando enquanto Cora entregava amonites, trilobites e pedaços macios de barro em que dentes afiados se encontravam incrustados. Potes com água, pincéis e blocos sólidos de tinta também foram distribuídos.

Joanna Ransome permaneceu placidamente sentada.

— Por que não levantamos? — perguntou Naomi, ansiosa por botar as mãos em alguma pedra especialmente bonita e mostrar à sra. Seaborne que ela também era digna de atenção.

— Porque ela é *minha* amiga e não posso falar com ela com vocês, *crianças*, em volta — respondeu Joanna, sem intenção de ser desagradável.

Na verdade, na presença de Cora, a velha amiga parecera diminuir na cadeira a seu lado e ficar desenxabida e idiota, as roupas rasgadas e cheirando a peixe podre nas costuras, o cabelo muito mal penteado porque o pai jamais aprendera a fazer tranças. *Como vou poder ser como Cora*, pensou, *falando como Naomi, me sentando como ela e sendo tão idiota quanto ela, que nem sabe que a Lua gira em torno da Terra?*

Sob as sardas, Naomi empalideceu. Odiava ser desprezada e nunca odiara tanto quanto agora. Antes que tivesse uma chance de reagir, Joanna já estava ao lado da mulher e beijava-lhe o rosto, dizendo "Acho que você se saiu muito bem" — *como se fosse uma adulta também e não limpasse o nariz na manga da roupa quando acha que ninguém está vendo!* Naomi nada comera naquele dia, e a fome fez a sala começar a rodar à sua volta; tentou se levantar, mas o sr. Caffyn surgiu junto à sua carteira e pousou um pote de tinta preta, uma folha de papel e algo que lembrava um caracol, feito de pedra cinzenta.

— Ora, sente-se direito, Naomi Banks — exigiu o professor, que não era má pessoa, mas já estava começando a achar que a sra. Seaborne e seus monstros haviam se revelado menos enriquecedores do que ele esperara. — Você é melhor artista do que a maioria de nós aqui: veja o que consegue fazer com isso.

*O que eu farei com isso*, pensou Naomi, pesando o objeto na mão direita e depois na esquerda: seu desejo era atirá-lo em Cora Seaborne e acertá-la em cheio na testa. Afinal, quem era ela? Estavam muito bem antes que ela chegasse; Jo e ela, com seus feitiços e fogueiras. *Provavelmente ela é uma bruxa*, pensou: *eu não duvidaria, com um casaco como esse; provavelmente a Serpente de Essex é uma parente que veio com ela para Aldwinter*. A malícia da ideia a animou e, quando Joanna voltou para seu lugar, Naomi estava remexendo o pincel no pote de tinta, rindo. *Provavelmente dorme com ela amarrada ao pé da cama*, pensou; *provavelmente monta nela*. Mexeu e mexeu no pote de tinta, e manchas surgiram na folha de papel à sua frente. *Provavelmente a amamenta à noite!*, pensou, e riu mais alto, só que sem ter certeza se o riso tinha a ver com seus próprios pensamentos, por ser tão estridente e estranho, e ela não conseguir contê-lo, mesmo quando viu Joanna com uma expressão confusa e meio irritada. *Provavelmente o monstro está aqui — no degrau — do outro lado da porta*, pensou; *aposto que ela assovia para ele, como os fazendeiros fazem com os cachorros*. Baixou os olhos para as mãos com as pequenas bolsas de pele unindo cada dedo e elas lhe pareceram cintilar com água salgada e cheirar a peixe. O riso a sacudiu e ficou um pouco mais agudo, e sem dúvida havia ali uma nota de medo: olhou primeiro por sobre o ombro esquerdo, depois por sobre o direito, mas a porta da sala estava fechada. O pincel no pote de tinta girava freneticamente, como se alguém guiasse a mão dela, e a carteira balançou, causando a queda de uma jarra com água que se derramou sobre a folha manchada de tinta. *Olhe só, lá está ele*, pensou Naomi, ainda rindo, ainda virando a cabeça por sobre o ombro (quando o monstro entrasse, ela seria a primeira a vê-lo!):

— OLHE — disse, para Joanna ou para o sr. Caffyn, que surgiu de novo diante dela, segurou-lhe as mãos e disse algo que ela não foi capaz de ouvir acima do estrépito da própria risada. — NÃO ESTÁ VENDO? — insistiu Naomi, observando enquanto a água fazia a tinta espalhar, criando (decerto eles podiam vê-lo!) o corpo enroscado de uma espécie de serpente, o coração pulsando através da pele fina do ventre e um par de asas se abrindo. — Não falta muito agora — insistiu —, não falta muito agora — repetiu, olhando por cima do ombro, absolutamente certa de que a serpente estava prestes a passar pela porta. Podia farejá-la, com certeza; reconheceria aquele cheiro em qualquer lugar... Além disso, as outras também podiam ver. Lá estava Harriet em seu vestido amarelo, rindo e esticando tanto o pescoço para olhar por sobre o ombro que parecia prestes a quebrá-lo. E as gêmeas, que moravam do outro lado da estrada, que mal falavam, mesmo uma com a outra, e agora balançavam a cabeça da esquerda para a direita, freneticamente, e riam ao mesmo tempo.

Cora, assustada, observou o riso se espalhar desde a carteira da menina ruiva, pulando Joanna, e fluir como um riacho interrompido por uma rocha. Era como se todas tivessem escutado uma piada silenciosa perdida pelos adultos: algumas meninas riam por trás das mãos que tapavam suas bocas; outras jogavam a cabeça para trás e gargalhavam, esmurrando a carteira, como se fossem mulheres mais velhas e a piada tivesse um tom obsceno. Naomi, que dera início a tudo, se exaurira e, sentada, continuava a rir baixinho, apertando as mãos de encontro à tinta aguada que escorrera pelo papel, de vez em quando olhando por cima do ombro e rindo um pouco mais alto. A menina do vestido amarelo, mais próxima da porta, rira até chorar copiosamente e, em lugar de se voltar ou de olhar por cima do ombro, virara a cadeira e encarava agora a porta, com as mãos apertando as bochechas e entoando: "Estejam prontas ou não, ele está vindo, estejam prontas ou não, ele está vindo."

O sr. Caffyn, ao mesmo tempo ofendido e amedrontado, afrouxou a gravata e gritou:

— Parem com isso! Parem com isso!

Lançou um olhar furioso para a visitante problemática, que estava muito pálida e, de pé, segurava na sua a mão de Joanna. Então uma menina se dobrou ao meio, rindo com tamanha violência que a cadeira virou, fazendo-a cair no chão com um grito que perfurou o alvoroço de riso histérico, o qual, imediatamente, começou a ceder. Naomi levou a mão ao pescoço:

— Está doendo. Por que está doendo? O que vocês fizeram?

Olhou em volta para as colegas, piscando e balançando a cabeça, estranhando todos aqueles rostos manchados de lágrimas. A pequena Harriet torceu a barra do vestido amarelo e teve um surto de soluços, e uma ou duas das meninas mais velhas foram consolar a aluna que chorava e apertava o pulso inchado ao lado da cadeira caída.

— Joanna? — disse Naomi, olhando para a amiga. — O que houve? Fui eu? O que eu fiz desta vez?

Cora Seaborne
Largo da Igreja, n° 3
Aldwinter

15 de maio

Luke,

Você anda aproveitando seu status de celebridade, sei disso, e provavelmente está com a mão mergulhada até o cotovelo em alguma cavidade peitoral, mas agora PRECISAMOS de você.

Luke, alguma coisa está errada. Hoje, algo se espalhou entre as crianças aqui tão rapidamente quanto fogo — não foi uma doença do tipo a que em geral nos referimos, mas algo mental, e elas desabaram quais peças de dominó. À noite já estava tudo bem, mas o que pode ter desencadeado isso? Terá sido culpa minha?

Você entende dessas coisas: já me hipnotizou quando eu não acreditava ser possível — me fez andar pelo brejo até a casa do meu pai sem me levantar do sofá. Será que poderia vir até aqui?

Não estou com medo. Não sinto mais medo de coisa alguma: já faz tempo esgotei a minha cota. Mas tem algo aqui — algo anda acontecendo, algo está errado...

Além disso, você precisa conhecer os Ransome, sobretudo Will. Já contei a ele sobre o meu Diabrete.

Será que pode trazer mais livros para Francis? Homicídios, por favor, e quanto mais sangrentos, melhor.

Com carinho,

CORA

*Luke Garrett, médico*
*Pentonville Road*
*Londres nº 1*

*15 de maio*

Cora,

*Não se aflija. Já não existem mais mistérios.*

*Uma palavra: ergotismo. Lembra-se? Fungo negro numa plantação de centeio; um grupo de meninas alucinando; Salém enforca suas bruxas. Vasculhe suas lancheiras para saber se comeram pão preto e me espere na próxima sexta-feira.*

*Anexo, um bilhete para Martha, com os cumprimentos de Spencer. Alguma coisa a ver com habitação: ele me entedia e não escuto.*

LUKE

*George Spencer, médico*
*Queen's Gate Terrace, nº 10*

*15 de maio*

Cara Martha,

Espero que esteja bem. Como é Essex na primavera? Você sente falta da civilização? Pensei em você quando vi os jardineiros labutando no Victoria Park. Como estão bem cuidados os canteiros! Acredito que em Aldwinter não plantem tulipas no formato de um mostrador de relógio.

Ando pensando na nossa conversa. Fico feliz por você me despertar da complacência e me fazer olhar noutra direção. Envergonho-me de ter sido necessária a sua intervenção. Li tudo que você me recomendou e ainda mais. Na semana passada, fui a Poplar e vi com meus próprios olhos o estado daquelas moradias e como essa gente vive e a forma como uma coisa alimenta a outra.

Escrevi para Charles Ambrose e espero que ele me responda. Tem mais influência que eu e acredito que possa ser útil. Torço para convencê-lo a ir comigo a Poplar ou a Limehouse para ver o que você e eu vimos. Se assim for, você iria também?

Estou anexando uma matéria do Times que, acredito, vá animá-la: parece que a Lei da Habitação das Classes Operárias está começando a surtir efeito onde é preciso. O futuro se aproxima para nos encontrar!

Com meus melhores votos,

GEORGE SPENCER

# 4

Luke chegou a Aldwinter triunfante e envergando um novo casaco cinza. A despeito de o sucesso não se ter revelado uma cura para todas as suas mazelas, era inútil negar que a prova da sua habilidade e coragem lhe tinha dado estatura. Em Bethnal Green, o coração de Edward Burton batia mais forte a cada hora: ele adquirira o hábito de fazer desenhos da cúpula de St. Paul e previa-se que voltaria ao trabalho em meados do verão. Luke sentia o coração de Burton bater ao lado do seu, de tal maneira que caminhava com vitalidade dupla; e, embora soubesse que o orgulho precede a queda, parecia-lhe tão novo contar com alguma distância da qual cair que de bom grado encarava o risco.

No trem vindo de Londres e no cabriolé que tomou em Colchester, pensou em Cora e alisou sua carta sobre o joelho: "*nós* precisamos de você", dissera ela, e com desdém ele se perguntou a quem se referira com esse "nós": seria também a esse pároco, que permeava sua correspondência, que a atraíra de Londres para a lama de Essex? A inveja que ele sentira vendo-a se inclinar sobre o travesseiro do marido e lhe beijar a testa oleosa nos dias derradeiros em nada se comparava ao que o tomou de assalto ao ver aquele nome na caligrafia da amiga. Primeiro, ela escrevera *sr. Ransome*, mantendo-o a uma certa distância com o uso do título; depois, veio *o bom reverendo*, com um afeto zombeteiro que deixou Luke contrafeito; então — ultimamente, e com naturalidade, sem aviso — *Will* (nem sequer *William*, embora isso já fosse ruim o bastante!). Luke examinava as cartas em busca de provas de qualquer sentimento da parte de Cora que indicasse uma conexão mais profunda do que uma amizade calorosa (com relutância, ele admitia ser direito dela ter outros amigos), mas nada descobriu. Ainda assim, Luke contemplou pela janela do cabriolé os campos que passavam correndo lá fora, e seu reflexo escuro se estendia sobre eles, e pensou: *Que ele seja velho, gordo e cheire a pó e a bíblias.*

Na casa cinzenta no largo, Cora o aguardava à porta. Desde aquela manhã na sala de aula do sr. Caffyn, ela vinha dormindo mal, sentindo que tudo havia sido culpa dela. Will a avisara para não botar carne nos ossos do terror do Blackwater, e estava certo: não existe imaginação como a de uma criança, e ela alimentara aquilo até a Serpente de Essex se tornar tão sólida quanto as vacas que pastavam debaixo do Carvalho do Traidor. Aquelas meninas rindo e virando a cabeça para a frente e para trás! Tinha sido horrível, e Cora dependia de Luke para encontrar alguma explicação tranquilizadora.

Na esteira do ocorrido, Joanna se tornara introvertida e, embora continuasse a sair cedo para a escola com os livros debaixo do braço, nada queria com Naomi Banks. E ao fim de cada dia se sentava na cozinha, onde não havia chance de permanecer sozinha. Pior ainda, não rira mais desde então, com medo de que se começasse não conseguisse parar, e nenhuma provocação ou peraltice dos irmãos era capaz de lhe arrancar um sorriso. Cora tinha medo de que seus novos amigos a culpassem pelo incidente e pelo ânimo sombrio de Joanna, mas nem Will nem Stella haviam testemunhado a cena e, quando ela lhes foi descrita, a única coisa que ocorreu a ambos foi que meninas são criaturas ridículas e têm ataques de riso à toa.

O pior de tudo foi que o animado interesse de Cora pelo Blackwater azedou. Ela não achava (é claro!) que se tratasse do julgamento de Deus — mas talvez houvesse zonas sombrias em todos eles que não deveriam ser cutucadas. Então Luke chegou, atravessando o largo com grandes passadas, apertando contra o peito uma pasta, e ao vê-la à porta se pôs praticamente a correr.

Mais tarde no mesmo dia, Joanna cruzou as mãos no colo e examinou com desconfiança o médico de cabelo preto.

— Não se preocupe — assegurou ele. Seu jeito era alegre, mas Jo não se deixou iludir por completo. — Apenas faça o que eu disser e tudo vai dar certo. Diga a ela, Cora.

E Cora, usando a echarpe bordada com os pássaros, a tranquilizou:

— Está tudo bem. Ele já fez isso comigo uma vez e dormi naquela noite como há muitos anos não dormia.

Estavam todos sentados no maior cômodo da casa cinzenta de Cora, com as luzes apagadas. Chovia melancolicamente, sem a convicção tempestuosa que contribui para uma tarde agradável, e Joanna não se sentia aquecida. Num sofá grande sob a janela, a mãe estava entre Cora e Martha, e as mulheres se davam as mãos: alguém poderia pensar que aguardavam uma sessão espírita e não um processo que era tão pouco misterioso (segundo Luke) quanto a extração de um dente.

Apenas Martha desaprovara a ideia de hipnotizar a menina para tentar lançar alguma luz sobre o que ela batizou de O Incidente do Riso.

— O Diabrete acha que não somos senão pedaços de carne e você confia nele para mexer na mente e na memória de uma criança? — Martha mordeu com força a maçã que comia e exclamou: — Hipnose! Pura invenção dele. Isso nem sequer é uma palavra.

A questão da hipnose não fora abordada até outros assuntos serem resolvidos. O sr. Caffyn, temendo pela própria carreira, produzira um relatório nos dias que se seguiram listando os nomes das meninas envolvidas, as respectivas idades e os endereços, as ocupações dos pais e as notas médias, anexando um mapa onde figurava a posição de cada garota em cada carteira. Deplorava a presença de Cora na cidade, mas nem sonhou em dizê-lo. A pequena Harriet concordou em ser inquirida no colo da mãe e forneceu uma descrição tão elaborada de uma cobra enroscada abrindo as asas como um guarda-chuva que foi posta no chão e elogiada por ser uma menina boazinha, mas uma mentirosa terrível (Francis, ouvindo à porta, pensou: "Ser uma mentirosa terrível significa mentir mal ou mentir bem?"). Naomi Banks, que dera início a todo o incidente, recusou-se a dizer outra coisa além de que não fazia ideia do que estava pensando e pediu para ser deixada em paz. Os pais ficaram encantados por terem os filhos examinados por um médico londrino e declararam que todos gozavam de perfeita saúde (com exceção de seis episódios de micose, tratados de imediato e que não podiam justificar o acesso de histeria).

Luke, que fora apresentado a Stella Ransome durante o almoço (e notara o rubor em cada uma das bochechas dela), dissera:

— Veremos algo no âmago da questão: uma lembrança de medo partilhado. O problema é saber como acalmar os temores, já que as meninas não podem ou não querem compartilhá-los.

Stella brincava com as contas azuis enroladas no pulso, sentindo simpatia pelo médico londrino; *deve ser terrível saber que se é tão feio*, pensou.

— Cora me disse que o senhor pratica hipnose, é assim que se fala? E que isso de alguma forma poderia ajudar Joanna, certo? Ela gostaria de tentar. Gosta de tudo que é novidade. Anotaria tudo no seu caderno da escola.

Luke se sentiu tentado a pegar a mãozinha de Stella e dizer que sim, que sem dúvida ajudaria, que a filha ia tranquilamente relatar o que tinha sido visto e ouvido naquele dia, se fato fosse, e ao voltar a si recuperaria o ânimo perdido. Sua ambição, porém, vacilou diante dos olhos azuis que o fitavam cheios de confiança e ele respondeu:

— Pode ser que sim, mas pode ser que não, embora eu ache que mal não há de fazer. — Sua consciência insistente o levou a acrescentar: — Jamais tentei com alguém tão jovem. Ela pode resistir e rir de mim.

— Rir! — retrucou Stella. — Bem que eu gostaria que ela fizesse isso!

— Quando fui hipnotizada — disse Cora, servindo o chá —, senti que me limpavam como a uma chaminé. Fiquei relaxada, falei muito pouco. Não há nada a temer; não há nada estranho. Trata-se apenas dos mecanismos mentais. — O chá se derramou no pires, a luz fenecia na parede. — Posso quase garantir que, quando Joanna tiver a minha e a sua idade, a hipnose há de ser algo tão corriqueiro que teremos hipnotizadores na High Street entre uma farmácia e uma sapataria. (Ausente, Will observava a cena por cima do ombro de Cora, taciturno e ignorado.)

— Em consultórios com vasos de plantas na janela — emendou Stella, gostando da ideia. — E recepcionistas de uniforme branco. Ninguém jamais terá segredos. Vocês não estão com calor? Podemos abrir a janela? E eu gostaria de ver Joanna feliz de novo. — Ocorreu-lhe imaginar o que Will pensaria disso; ele ainda não conhecera o médico nem havia mostrado vontade de conhecer, e ela supunha que ele pudesse fazer objeções à ideia de sujeitar Jo a um procedimento cujo nome a própria mãe não conseguia pronunciar. Por outro lado, Cora não faria coisa alguma que desagradasse a Will. Era reconfortante, pensou Stella (que jamais na vida sentira inveja e sequer sabia o que era isso), constatar que o marido despertava um afeto tão completo e fiel. — Abram mais a janela — pediu. — Tenho andado sempre com calor.

Cora se virou para Luke, que tomara o punho de Stella num gesto cavalheiresco, esperando que ela não percebesse que lhe media o pulso (e, sim, como suspeitara, sentiu-o acelerado sob a pele).

— Bom, por que não chamamos Jo e lhe perguntamos se ela está disposta a fazer isso?

E, tendo se declarado disposta ("Vou fazer parte de uma *experiência?*"), a menina estava agora deitada no sofá mais confortável, olhando o teto no ponto onde o gesso começava a descascar. Era difícil encarar a coisa toda com seriedade, pois ouvira Cora chamar o médico de diabrete e não conseguia se impedir de pensar como o apelido era adequado (ele deveria andar com um tridente e não com uma maleta de médico!).

Puxando uma cadeira para junto da jovem e se inclinando tanto que ela chegou a sentir o odor de alguma coisa parecida com limão vindo da sua camisa, o dr. Garrett disse:

— Vai acontecer o seguinte: você não vai dormir e não tenho poder nenhum sobre você, mas vai ficar mais confortável, mais à vontade, do que jamais se sentiu. E farei perguntas, sobre como você está e sobre aquele dia. Veremos, então, o que podemos descobrir. Como tudo começou e o que você sentiu.

— Tudo bem — concordou ela. *Mas não há nada a descobrir sobre aquele dia e as risadas*, pensou, *ou eu teria dito a todos se eu soubesse*. Procurou com um olhar a mãe, que lhe soprou um beijo.

— Está vendo aquela marca na parede, acima da lareira, onde a pintura está lascada? Quero que fique olhando para ela, por mais que suas pálpebras pesem, por mais que seus olhos ardam...

Seguiram-se outras instruções, feitas em murmúrios e como se estivessem sendo ditas de uma grande distância: ela deveria deixar as mãos baixarem, a cabeça pender, a respiração ficar mais lenta, os pensamentos passearem por outros cômodos... Tornou-se impossível manter os olhos abertos fixos naquela marca e, quando recebeu permissão para fechá-los, ela o fez com um suspiro e, em seu alívio, quase caiu do sofá. Não soube até mais tarde o que falou enquanto pairava a meio caminho entre o despertar e o sonho (depois lhe disseram que tinha sido alguma coisa sobre Naomi Banks e um Leviatã, mas que ela não demonstrara medo algum). Lembrou-se, contudo, de uma batida cortês na porta, depois do roçar da porta se abrindo sobre o tapete e, então, da voz do pai num tom enraivecido que ela jamais ouvira antes.

Will viu a filha deitada num sofá preto, com os braços pendendo ao lado do corpo e a boca entreaberta, enquanto uma criatura inclinada sobre ela sussurrava. Ele voltara depois da sua ronda pela paróquia e encontrara a casa vazia. Ao chamar Stella, encontrou um bilhete na sala de estudos que o instruía a ir até a casa de Cora caso quisesse se juntar a eles. Cruzando o largo, imaginou os cabelos louros de Stella e os de Cora em desalinho emoldurados pela janela do cômodo aceso, impacientes à sua espera, e apressou o passo.

Sabia, claro, que o dr. Garrett estava para chegar e se ressentia com tal intromissão. A aldeia já tivera sua cota desse tipo de coisa, achava ele. Entre londrinos e serpentes, o ano havia sido tumultuado; seria possível ter um instante de paz? Lembrou-se, então, da forma afetuosa como Cora falava de Garrett e com quanto orgulho relatara a cirurgia que salvara a vida de um homem e concluiu que o cirurgião devia ser o tipo de homem por quem se afeiçoaria. Devia ser baixo, magro e ansioso, supôs, aproximando-se da sombra do Carvalho do Traidor; usaria um bigode comprido e ralo e seria um tanto enjoado, não comendo ou bebendo certas coisas. Provavelmente faria bem ao coitado um período no campo, dado o estado da sua saúde.

Martha o recebeu com um olhar curioso, meio incapaz de encontrar o dele; tal comportamento era tão incompatível com suas atitudes habitualmente diretas que Will sentiu desconforto antes mesmo de abrir a porta e ver uma criatura de sobrancelhas negras sussurrando agachada ao lado da filha. Joanna estava imóvel, como se tivesse levado uma paulada; na cabeça inclinada para trás, os olhos semiabertos tinham uma expressão vazia. Por um instante, Will se retesou, chocado e aflito; quando notou que Stella e Cora observavam placidamente sentadas num sofá próximo, sem dúvida cúmplices daquela cena, viu-se tomado por uma fúria que nem a Serpente de Essex, nem Cracknell ou qualquer outro acontecimento dos últimos meses turbulentos haviam gerado. O que precisamente se desenrolava naquele cômodo bem mobiliado com cortinas balançando ao vento ele não foi capaz de dizer mais tarde. Tão somente sentiu uma espécie de repulsa: era sua filha, e ela murmurava — seria algo em latim? —, ali, deitada como um peixe prestes a ser estripado. Então atravessou a sala e, enfiando os dedos sob o colarinho do homem que se encontrava agachado, Will tentou puxá-lo da cadeira. No entanto, se o reverendo era forte, o cirurgião era pesado: houve uma briga, que Cora achou, a princípio, hilária, até começar a temer que Will, em sua indignação, pudesse acabar machucando o médico. Pensou na ovelha se debatendo na lama e como o esforço fizera os músculos do braço do reverendo se retesarem; ficando de pé, ela disse:

— Sr. Ransome, Will! Este é o dr. Garrett. Ele só está tentando ajudar!

Joanna, amedrontada e sonolenta, rolou do sofá para o chão e bateu a cabeça de encontro ao assento duro de uma cadeira. Olhou para o teto e disse "Ele está vindo", esfregando depois os olhos e se sentando. Stella, que praticamente cochilava a despeito do vento frio vindo da janela aberta, olhou para o marido, surpresa ("Querido, não molhe o tapete de Cora"), e se aproximou da filha.

— Como você está? Enjoada? Machucou a cabeça?

— Foi tão *fácil* — respondeu Joanna, esfregando a testa, onde um galo já se fazia notar. Olhou do médico para o pai e, vendo que os dois estavam de pé tensos e tão distantes quanto a sala permitia, disse: — O que houve? Eu fiz algo errado?

— *Você*, não — retrucou Will, e, embora não deixasse de olhar nos olhos do outro homem, ficou bem claro que era Cora a destinatária da sua raiva, e ela sentiu um aperto na garganta.

Recuperando as boas maneiras, Cora se interpôs entre os dois e disse:

— Luke, este é William Ransome, meu amigo.

*Meu amigo*, pensou Luke. *Eu jamais a escutei dizer "meu marido" ou "meu filho" com tanto orgulho.*

— Will, este é o dr. Luke Garrett. Não vão trocar um aperto de mãos? Pensamos em ajudar Joanna, que não voltou a ser ela mesma depois do que houve na escola.

— Ajudar? Como? O que estavam fazendo? — Will ignorou a mão que o outro lhe oferecia, que fora estendida (assim ele achou) com um sorriso sardônico. — Ela está machucada. Olhe, você tem sorte por ela não ter desmaiado!

— Hipnose! — respondeu Joanna, orgulhosa. Ela havia feito parte de uma experiência! Escreveria a respeito depois.

— Podemos contar a ele mais tarde — interveio Stella, tateando em busca de seu casaco: todas aquelas vozes altas! Sua cabeça doía.

— Prazer em conhecê-lo, reverendo — disse Luke, pondo as mãos nos bolsos.

Will deu as costas à amiga.

— Vista seu casaco, Stella, você está tremendo. Por que deixaram você sentir frio? Sim, Jo, você pode me contar tudo depois. Boa tarde, dr. Garrett. Talvez nos encontremos de novo.

Como que impelido por uma maré de cortesia, Will deixou a sala com a esposa e a filha seguindo seus passos, sem sequer lançar um olhar para Cora, que naquele momento teria sido igualmente grata por uma cara feia ou um sorriso.

— Fiz parte de uma experiência! — ouviram Joanna dizer junto à porta: — E agora estou com fome.

— Um homem absolutamente encantador — comentou Luke. *Lá se foi por água abaixo a ideia de um pároco gordo de galochas*, pensou. *Ele parece um fazendeiro com ideias acima do seu status e uma bela cabeleira. E na sua presença Cora Seaborne — logo ela! — dá a impressão de uma criança consternada por ter sido repreendida.*

Martha se levantou do sofá de onde havia em silêncio observado tudo e, com um olhar de desdém para o médico, postou-se ao lado da amiga.

— Não foi nem um pouco benéfico sair de Londres — falou. — O que foi que eu disse?

Cora encostou de leve o rosto no ombro de Martha.

— Também estou com fome — disse. — E quero tomar um vinho.

# 5

Edward Burton sentou-se numa cama estreita e abriu o embrulho de papel em seu colo. Numa cadeira alta sob um desenho da catedral de St. Paul, sua visita mergulhava batatas fritas no vinagre e o aroma quente despertou-lhe o apetite pela primeira vez em semanas. A mulher trançara o cabelo e enrolara a trança no alto da cabeça: parecia, achou ele, esquecendo por um instante seu pedaço de peixe, um anjo, se é que anjos sentem fome e não se importam de sujar o queixo de gordura ou manchar a manga da roupa com ervilhas.

Martha observava-o comer com vontade, sentindo quase o mesmo orgulho que Luke sentira ao lhe fechar a ferida. Era sua terceira visita e o doente agora tinha as bochechas coradas. Os dois haviam sido apresentados por Maureen Fry, que, além da disposição de visitar Burton a fim de tirar os pontos do ferimento em cicatrização, era parente de Elizabeth Fry e herdara integralmente a consciência social da família: considerava que o dever de uma enfermeira ia além de aplicar curativos e estancar o sangue. Conhecera Martha num encontro de mulheres preocupadas com questões sindicais e, entre xícaras de chá forte, descobrira que o dr. Luke Garrett ("Logo quem!", dissera Martha, balançando a cabeça) era o elo entre ambas. Quando acompanhou pela primeira vez a irmã Fry até a casa onde Edward e a mãe moravam em Bethnal Green, Martha encontrou um lar modesto, sem dúvida, com problemas de saneamento que deixavam um odor forte de amônia no ar, mas cujo ambiente era agradável. Pouca claridade entrava ali além da que se insinuava por entre os varais de roupa que, postados entre as casas, pareciam galhardetes de um exército invasor, mas sempre havia flores na mesa no que antes fora um pote de geleia. A sra. Burton ganhava a vida lavando roupa e fazendo tapetinhos de retalhos, que também decoravam os três pequenos cômodos e lhes emprestavam um colorido. Jamais lhe ocorrera que Edward pudesse não se recuperar por completo a fim de voltar para a seguradora onde passara cinco anos como escriturário. Por esse motivo, ela encarara de forma estoica o período de cuidados com o doente.

Aquela primeira visita havia sido insatisfatória, com Edward Burton pálido e calado no canto. A sra. Burton se dividia, então, entre a alegria de testemunhar a salvação improvável do filho e uma sensação de que o homem que saíra da mesa de operação não era o mesmo que lá estivera deitado:

— Ele está tão calado — dizia, torcendo as mãos e pegando emprestado o lenço da irmã Fry. — É como se o velho Ned tivesse perdido todo o sangue e eu precisasse conhecer o Ned que ficou em seu lugar antes de poder chamá-lo de filho. — Ainda assim, Martha ficara preocupada, a partir desse dia, pois Burton não comia o bastante nem testava a força das pernas com caminhadas ao ar livre. Voltara, portanto, uma semana depois, com porções de peixe e batatas fritas, um punhado de laranjas e vários números do *Strand* descartados por Francis.

Edward seguiu comendo. Para Martha — habituada às conversas intermináveis de Cora e seus repentinos surtos de alegria ou tristeza —, a companhia do rapaz era serena. Ele reagia a tudo que ela dizia com uma inclinação de cabeça, refletindo devagar, quase sempre nada respondendo. Às vezes, sentia uma dor aguda no lugar onde a costela havia sido seccionada — era uma espécie de câimbra dos músculos quando todas as fibras tentavam se recompor — e arquejava, pondo a mão no vazio que o osso ocupara e esperando a dor passar. Martha nada dizia, apenas ficava sentada fazendo-lhe companhia, e quando ele erguia a cabeça falava:

— Me conte de novo como foi construída a ponte Blackfriars.

Naquela tarde, enquanto a chuva se acumulava nos bueiros das ruas de Tower Hamlets e escorria dos beirais dos telhados, Edward disse:

— Ele veio me visitar de novo, o escocês. Rezou comigo e deixou algum dinheiro. — Tratava-se de John Galt, cuja missão em Bethnal Green era levar a palavra de Deus para a cidade, juntamente com a temperança e uma melhoria na higiene pessoal. Martha o conhecia — vira fotografias mostrando a cidade em sua pior forma — e deplorava sua piedosa consciência cristã.

— Ele rezou, foi? — Balançando a cabeça, continuou: — Jamais confie num bom samaritano. — O alerta trazia a mesma insatisfação de sempre ante a conexão entre moralismo e inflexibilidade.

— Não é que ele apenas *faça* o bem — retrucou Edward, pensativo. Examinou uma batata frita antes de pô-la na boca. — Acho que ele é bom.

— Você não entende que este é o problema? Que não é uma questão de bondade, é uma questão de *dever*! Você acha que é generoso trazer dinheiro para você e perguntar se as paredes estão úmidas e largá-lo nas mãos de Deus, mas é nosso direito morar decentemente, não deveria ser um presente daqueles que nos são superiores. Ah — emendou, rindo. — Viu como a expressão saiu com naturalidade? *Nossos superiores!* Ora, só porque não apostam em cachorros nem bebem até cair!

— O que você vai fazer a respeito, então? — A pergunta foi enunciada com um bom humor tão pouco visível que apenas Martha poderia tê-lo identificado.

Ela terminou de comer e, limpando a gordura da boca com as costas da mão, disse:

— Há providências em andamento, Edward Burton, anote o que eu digo. Escrevi para um homem que pode ajudar. No final, é tudo uma questão de dinheiro, não é mesmo? Dinheiro e influência, e Deus sabe que não tenho dinheiro nem muita influência, mas usarei o que tenho. — Pensou por um instante em Spencer e o jeito como ele a olhava levemente de esguelha, e se sentiu um pouco envergonhada.

— Bem que eu gostaria de contribuir — disse Edward, e com um gesto que abrangeu as pernas magras, agora mais magras ainda, já que não lhe era possível correr dez passos sem ficar sem ar, expressou uma breve impotência.

Assumira seu lugar na cidade sem grandes reflexões, até que essa mulher com o cabelo trançado e um jeito brusco de falar se postara sobre um dos tapetes da mãe e fizera um discurso inflamado sobre o que vira nas ruas. Agora parecia impossível ir de um extremo ao outro de Bethnal Green sem pensar como o escuro labirinto de moradias pobres possuía uma consciência própria, agindo em todos que ali residiam. À noite, enquanto a mãe dormia, ele pegava rolos de papel branco e fazia desenhos de prédios altos e largos que deixavam entrar a claridade e tinham boa água encanada.

Martha pegou seu guarda-chuva, que estava debaixo da cadeira, e o abriu, suspirando diante da chuva que caía em pingos grossos vidraça abaixo.

— Ainda não sei — falou. — Não sei o que posso fazer. Mas alguma coisa há de mudar. Você não consegue sentir?

Ele não sabia ao certo se conseguia, mas então ela o beijou no rosto e apertou-lhe a mão, como se não pudesse decidir que cumprimento se adequava melhor a ambos. À porta, ela parou, porque ele a chamou:

— Foi culpa minha, sabe?

— Culpa sua? O que... O que você fez? — Era tão atípico dele falar sem pensar que ela teve medo de se mexer e acabar por calá-lo.

— Isto aqui — respondeu Edward, tocando de leve o peito. — Eu sei quem fez isso e por quê. Eu mereci, sabe? Se não isso, alguma coisa do gênero.

Martha voltou para a cadeira, sem dizer nada, virando-se para arrancar uma linha solta na manga da roupa. Ele sabia que ela fazia isso para poupá-lo, e seu coração danificado bateu mais forte.

— Eu era uma pessoa tão comum — começou ele. — Era uma vida tão comum. Eu tinha algum dinheiro guardado. Ia comprar um lugar para morar, embora não me incomodasse de viver aqui: sempre nos viramos bem. Meu emprego não me incomodava, só que às vezes ficava entediado e fazia projetos de prédios que jamais seriam construídos. Agora, eles me dizem que sou um milagre, ou seja lá o que se passa por milagre hoje em dia.

— Não existem vidas comuns — rebateu Martha.

— Seja como for, a culpa foi minha — prosseguiu ele, contando como estava contente em sua mesa no Holborn Bars, aguardando a badalada do relógio e sua hora de liberdade. Gozava de uma popularidade que não buscara e não lhe agradava, e desconfiava que os colegas se deixavam seduzir pela altura e pelo humor sarcástico do qual ele mal se lembrava agora. O Edward que tombara nas sombras da catedral não era o homem calado que Martha conhecia. O outro vivia rindo disso e daquilo, mudava de humor rapidamente, se enfurecia, mas logo se acalmava. Como seus maus humores passavam depressa, não lhe preocupava o prejuízo duradouro que seus golpes podiam causar. Mas os golpes eram deferidos, e causavam prejuízo:

— Era só brincadeira — continuou. — A gente achava que não era nada de mais. Ele não parecia se incomodar. Não dava para saber com Hall. O sujeito só dava a impressão de sofrer o tempo todo, e daí?

— Hall? — perguntou Martha.

— Samuel Hall. Nunca o chamamos de Sam. Isso já diz muita coisa, não?

*Não, ele não dava a impressão de se incomodar*, pensou Burton, mas, contando agora para Martha, enrubesceu apesar de tudo. Samuel Hall, desprovido de boa aparência e de bom humor; chegando em seu casaco surrado um minuto antes do início do expediente e partindo um minuto depois do final; ressentidamente esforçado, totalmente apagado. Mas eles *o fizeram* ser notado — de leve, talvez, na esperança de extrair algum humor oculto —, e com Edward sempre na liderança, rindo, sempre na linha de frente.

— Eu não conseguia deixar de pensar que havia algo muito engraçado no sofrimento dele. Você entende? Não dava para levá-lo a sério. Ele podia cair morto bem ali em sua mesa e todos nós íamos rir.

Então o coitado do Samuel Hall — que tinha atrás dos óculos uns olhos cor de lama que encaravam o mundo com ressentimento — se apaixonou. Num bar mal iluminado próximo ao Embankment, eles o viram, viram como ele ria e como trocara o casaco gasto por um novo, chamativo; como beijava a mão de uma mulher que consentia o gesto. Nada podia ser mais engraçado, acharam. Nada — sob a luz dos lampiões e o calor da cerveja — era mais absurdo. Burton não se lembrava do que fora dito ou quem o dissera, apenas se recordava de um instante em que se vira com a mulher, surpresa, nos braços, e a beijara num gesto de galanteria obviamente zombeteira.

— Não tive nenhuma intenção, foi apenas para provocar gargalhadas. Vim para casa aquela noite sem sequer saber dizer onde havia estado.

Mas na semana que se seguiu a mesa de Hall ficara vazia, embora a ninguém tivesse ocorrido perguntar sobre seu paradeiro ou o motivo da sua ausência. Não lhes ocorreu que, sozinho em seu único cômodo com sua única cadeira, todos os ressentimentos acumulados da vida de Hall — todos os menosprezos, tanto reais quanto imaginários — pudessem dar origem a um ódio implacável contra Edward Burton.

— Eu tinha parado para olhar a cúpula de St. Paul, pois sempre me pergunto como as cúpulas se aguentam lá em cima. Você não? Havia uns pássaros pretos nos degraus e me lembrei de ter ouvido, quando era criança, que uma gralha é um corvo e muitos corvos são gralhas. Então alguém esbarrou em mim. Foi a minha impressão. Como se tivesse perdido o equilíbrio. Eu disse "Cuidado!", e era Samuel Hall, sem me olhar, só passando correndo ao meu lado, como se eu tivesse feito ele se atrasar.

Edward continuara a andar à sombra da catedral e de repente se sentira muito cansado. Levou a mão a um lugar úmido na camisa e percebeu que era sangue. Anoitecera cedo e ele se deitara nos degraus para dormir.

O quarto estava escuro; ele alcançou um lampião e o acendeu. Na claridade que invadiu o cômodo aos poucos, Martha viu o rosto esbelto desviar-se dela, envergonhado e tímido, e como as bochechas estavam ruborizadas.

— Não se trata de culpa e castigo — disse ela. — Não é assim que o mundo funciona. Se todos recebêssemos o que merecemos... — Parecia-lhe que ele tinha dado a ela um presente que podia facilmente se quebrar. Algo se alterara entre os dois: Martha tinha agora uma dívida de confiança. — Não podemos evitar, já que temos de viver. Causar prejuízo, quero dizer. Como evitar, a menos que a gente se feche... Não falar nunca, não agir nunca? — Ela queria pagar a dívida e, procurando fontes para a própria culpa, foi o rosto de Spencer que primeiro lhe veio à mente e ela não conseguiu apagá-lo.

— Se todos recebermos o que merecemos, devo esperar o meu castigo — disse Martha. — E seria pior, acho eu, porque uma faca no coração não bastaria. Você não sabia o que estava fazendo, mas eu sei e continuo a fazer! — Contou, então, ao seu interlocutor calado sobre o homem que a amava ("Ele acha que disfarça, mas ninguém consegue fazer isso..."), sobre sua timidez e como ele procurava fazer o bem porque era bom e porque queria agradá-la. — A riqueza de Spencer é obscena, obscena! Ele tem tanto dinheiro que nem sabe quanto! Se eu deixo que me ame e finjo retribuir e isso o leva a fazer algo bom... Será tão ruim? Um coração partido é um preço demasiado alto a pagar para se ter uma cidade melhor?

Burton sorriu e ergueu a mão:

— Absolvo você — disse.

— Obrigada, padre — reagiu ela, rindo. — Sabe, eu sempre achei que a grande vantagem de ser religioso era isso: acabar com a culpa e passar para outro pecado. Bom... — concluiu, indicando com um gesto a janela e, para além dela, o céu que escurecia. — Preciso ir ou vou perder o trem.

Quando pegou a mão dele para se despedir, ele a puxou e a beijou uma vez. Ela viu pela primeira vez o vigor que um dia movera aqueles dedos longos, aquelas pernas esticadas sob o cobertor.

— Volte — pediu ele —, volte logo.

Depois que ela se foi, ele ficou sentado um bom tempo na cadeira que ela deixara vaga, planejando um jardim para compartilhar com os vizinhos.

# 6

Em Colchester, a chuva estava fraca e mal parecia cair, pairando no ar como se toda a cidade estivesse envolta numa nuvem pálida. Thomas Taylor montara uma lona sob a qual se encontrava sentado e, alegremente, compartilhava um bolo com Cora Seaborne, que fora à cidade para pegar documentos e livros, além de comida mais saborosa do que a que havia em Aldwinter. ("Não tenho problema para achar pão e peixe", dissera, "mas com tanto chá em Yorkshire é incrível que não se encontre marzipã para comprar".) Taylor desconfiava que os transeuntes estivessem agradavelmente chocados de vê-lo com uma mulher tão claramente abastada (ainda que desalinhada) a seu lado e torceu para que a tarde lhe trouxesse lucros maiores. Nesse ínterim, os dois tinham muito a conversar.

— Como vai Martha? — indagou, chamando pelo primeiro nome a moça que, cada vez que ia à cidade, dava um jeito de reprová-lo verbalmente, mas o deixava de bom humor. — Continua com aquelas ideias? — Lambeu uma migalha do dedo e contemplou o sol tímido que saía de trás de uma nuvem.

— Se houvesse justiça no mundo — respondeu Cora —, coisa que você e eu sabemos que não há, ela estaria no Parlamento e você teria sua casa própria.

Na verdade, ele tinha um apartamento decente no piso inferior do que fora no passado uma das casas geminadas de Colchester, já que recebia uma boa pensão e um rendimento melhor ainda, mas não ia decepcionar a amiga.

— Se desejos fossem cavalos — concordou, suspirando e revirando os olhos na direção do carrinho que mais tarde o levaria para casa —, eu teria uma fortuna em excremento. E que tal são os moradores lá de Aldwinter? A Serpente de Essex já deu as caras e comeu todos eles em suas camas? — Ele arreganhou os dentes e achou que ela riria, mas, em vez disso, a testa de Cora foi tomada por uma série de rugas.

— Você já se sentiu assombrado alguma vez na vida? — indagou ela, indicando com um gesto as ruínas, onde trapos de cortinas balançavam úmidos e um espelho acima de uma lareira quebrada mostrava momentos furtivos de algum lugar lá dentro.

— Nem um pouco — respondeu ele, satisfeito. — Sou um bocado religioso, sabe? Não tenho paciência para o sobrenatural.

— Nem mesmo à noite?

À noite, ele estaria na cama, debaixo de um cobertor espesso, com a filha roncando no quarto ao lado e a barriga cheia de queijo derretido.

— Nem à noite — disse. — Não há nada aqui além de andorinhas.

Cora comeu o último pedaço de sua fatia de bolo e falou:

— Acho que a aldeia toda é assombrada. Só que... me parece que os moradores estão assombrando uns aos outros.

Pensou em Will, que não escrevia desde o dia em que haviam deixado Luke hipnotizar Joanna e que quando a cumprimentava o fazia com uma cortesia tão extravagante que congelava cada vértebra de sua coluna.

Sem muita paciência para o rumo da conversa, Taylor cutucou o jornal que Cora levara e indagou:

— Por que você não me conta o que anda acontecendo no mundo? Eu gosto de saber das coisas.

Ela balançou o jornal e respondeu:

— O de sempre: três soldados britânicos morreram nos arredores de Cabul, perdemos um jogo de críquete. — Dando uma palmadinha no jornal dobrado, prosseguiu: — Só que tem outra coisa: uma curiosidade meteorológica, e não falo dessa chuva interminável! Quer que eu leia?

Taylor assentiu, entrelaçando as mãos e fechando os olhos, ansioso como uma criança para ser entretido.

— "O meteorologista atento deve olhar para os céus nas próximas semanas com a intenção de testemunhar um fenômeno atmosférico curioso. Pela primeira vez observado em 1885, e visível apenas nos meses de verão entre as latitudes 50° N e 70° S, essas 'nuvens noctilucentes' formam uma

estranha camada perceptível somente durante o crepúsculo. Observadores notaram a natureza luminosa azulada, que oscila consideravelmente em termos de brilho e tem sido descrita como semelhante ao céu de cavalinha. A origem dessa 'noite brilhante' continua a ser tema de discussões, e sugeriu-se em alguns círculos que o fato de ter sido primeiro observada em seguida à erupção do Cracatoa, em 1883, não seja mera coincidência."
E aí? — disse Cora. — O que você conclui disso?

— Noite brilhante — repetiu Taylor, balançando a cabeça, um tanto indignado. — O que mais as pessoas vão inventar?

— Dizem que as cinzas do Cracatoa mudaram o mundo. Esses invernos rigorosos dos últimos tempos, mudanças no céu noturno: tudo porque anos atrás e a milhares de quilômetros de distância um vulcão entrou em erupção. — Cora balançou a cabeça. — Eu sempre falei que não existem mistérios, apenas coisas que ainda não conhecemos, mas de uns tempos para cá venho achando que nem mesmo o conhecimento elimina toda a estranheza do mundo.

Contou a Taylor, então, o que testemunhara ao lado de William Ransome: a barcaça fantasma no céu de Essex e as gaivotas voando sob o casco.

— Foi só a luz — explicou ela —, com seus velhos truques. Mas como meu coração ia saber?

— O Homem Voador de Essex, hein? — disse Thomas, descrente: se navios fantasmas algum dia fossem parar no mar, sem dúvida poderiam encontrar águas melhores do que as do estuário do Blackwater. Foi salvo de comentários adicionais pela chegada de Charles e Katherine Ambrose, portando, respectivamente, um guarda-chuva verde e outro cor-de-rosa e iluminando a cidade com suas presenças.

Cora se pôs de pé para saudá-los:

— Charles! Katherine! Vocês não podem deixar de aparecer por aqui. Já conhecem, claro, o meu amigo Thomas Taylor. Estamos falando de astronomia. Vocês viram a noite brilhante? Ou as luzes de Londres são brilhantes demais?

— Como sempre, Cora querida, não sei do que você está falando. — Charles apertou a mão do aleijado, depositou várias moedas em seu chapéu, checando primeiro os valores, e puxou Cora para o abrigo do seu guarda-chuva. — Andei falando com William Ransome — disse. — Você caiu em desgraça.

— Oh!

Apesar da expressão chocada da amiga, Charles insistiu:

— Sei que defende que todos precisamos encarar a modernidade, mas teria sido educado pedir permissão primeiro.

Foi muito difícil prosseguir, pois Cora parecia destroçada e Katherine lançava um de seus olhares de aviso ao marido, mas ele adorava William e em sua última carta o amigo lhe soara mais abalado do que o incidente exigia ("Eu gostaria que você não a tivesse mandado até aqui", escrevera Will: "É uma coisa atrás da outra." Então, logo em seguida a um cartão-postal, viera um comentário mais animado: "Desculpe o meu mau humor. Eu estava cansado. Quais são as novidades em Whitehall?").

— Você se desculpou? — indagou ele a Cora, agradecendo com fervor a Deus (e não pela primeira nem pela última vez) por ter sido poupado de ter filhos.

— Claro que não — respondeu Cora, e pegou a mão de Katherine, sentindo-se merecedora de uma aliada. — Nem vou. Joanna me deu sua permissão. Stella, idem. Ou será que todos precisamos ficar esperando que um homem dê seu consentimento por escrito?

— Que *belo* casaco! — elogiou Katherine, um tanto desesperada, admirando o paletó azul que substituíra o velho casaco de *tweed* masculino que Cora usara durante todo o inverno e tornava seus olhos cinzentos tempestuosos.

— Não é mesmo? — retrucou Cora, desatenta: só conseguia imaginar o amigo, em sua sala de estudos lá em Aldwinter, pensando mal dela. Tinha tanto a lhe contar, e nenhum meio de fazer isso. Voltou-se para Taylor, que estava catando as últimas migalhas de bolo do colo e observando os três com prazer, como se tivesse comprado um ingresso para o espetáculo. — Preciso ir andando — disse, apertando a mão dele. — Francis pediu o último livro de Sherlock Holmes, que ele teme vá ser o derradeiro caso do Grande Detetive e, se for, eu realmente não sei o que faremos. Acho que eu talvez passe a escrevê-los.

— Dê a ele isto, então — disse Taylor, que conhecia o menino bem melhor do que a mãe imaginava, já que o garoto tinha o hábito de sair de fininho do Red Lion para escalar as ruínas. Cora aceitou um pedaço de um prato quebrado em que pôde identificar uma cobra enroscada numa macieira.

— Mais serpentes — comentou Charles. — Ao que parece, existe um bocado delas por aí. Cora, ainda não encerrei com você: estamos no George e acho que um drinque lhe cairia bem.

Sentados confortavelmente na sala de visitas do George, não foi sobre William que conversaram, mas sobre Stella. Suas cartas para Katherine haviam adquirido um tom espiritual ("Não diga", disse Charles, num tom horrorizado, "o que se espera da esposa de um clérigo!".). O Deus de Stella se tornara algo que pouco tinha a ver com o trovão acima do monte Sinai. A impressão que a mulher dava era a de venerar uma série de sensações associadas à cor azul.

— Ela me disse que medita sobre isso dia e noite, que leva uma pedra azul quando vai à igreja e que a beija, que só suporta usar azul, porque outras cores lhe queimam a pele — contou Katherine, balançando a cabeça. — Será que está doente? Ela sempre foi meio incoerente, mas de um jeito inteligente. Era como se tivesse optado por ser incoerente, porque se trata de uma característica com frequência presente em mulheres e, até certo ponto, admirada.

— E ela está sempre *quente* — acrescentou Cora, lembrando-se de ter segurado suas mãos no último encontro com a amiga e de ter achado que elas pareciam as de uma criança com febre. — Mas como pode estar doente se cada vez que a vejo está mais bonita?

Charles serviu-se de outra taça de vinho ("Nada mal para um *pub* de Essex") e, segurando-a contra a luz, falou:

— William disse que chamou o médico e que ela não consegue melhorar da gripe. Que gostaria de mandá-la para algum lugar mais quente, mas o verão chegou, como dizem por aí, e logo vai esquentar por aqui também.

Cora não tinha tanta certeza: Luke nada lhe dissera (partira de Aldwinter o mais rápido possível, como se ainda sentisse a mão de Will em seu colarinho), mas ela vira a avaliação cuidadosa que o médico fizera da mulher enquanto ela falava, animada, das centáureas que plantara e dos pingentes cor de turquesa que usava nas orelhas; notara que Luke lhe tomara o pulso e franzira a testa.

— Um dia desses, ela me falou que não viu a Serpente de Essex, mas a ouviu, só que não entendeu o que ela disse. — Cora sorveu o que restara do vinho e prosseguiu: — Será que estava brincando, me dando corda por saber que eu meio que acho que existe algo ali, afinal?

— Ela está magra demais — observou Charles, que desconfiava de qualquer pessoa que comesse pouco. — Mas, sim, bonita. Às vezes, acho que ela parece uma santa tendo uma visão de Cristo.

— Você não consegue convencê-la a consultar Luke? — perguntou Katherine.

— Não sei, ele é um cirurgião, não clínico, mas eu gostaria, sim. Pensei em escrever para ele e pedir que faça isso. — Ocorreu a Cora, justo nesse momento em que, cessada a chuva, tudo ficou silencioso, quanto se afeiçoara à mulher com quem tinha tão pouco em comum, que idolatrava a própria imagem e a própria família, que de alguma forma entendia da vida de todos melhor do que da sua própria e nutria apenas boas intenções. *Será que a invejo?*, pensou. *Será que quero que ela suma?* Mas não, simples assim: a esposa de Will era bem-vinda, desde que ela não o perdesse. — Eu realmente preciso ir agora. Vocês sabem que Frankie conta as horas, mas vou escrever para Luke. E, sim, Charles, vou escrever para o bom reverendo. Prometo que vou ser boazinha.

*Cora Seaborne*
*Largo da Igreja, nº 4*
*Aldwinter*

*29 de maio*

*Caro Will,*
*Charles me disse que preciso me desculpar. Bem, não vou. Não posso me desculpar, pois não admito que agi errado.*
*Tenho estudado as Escrituras, como você uma vez me instou a fazer, e notei (cf. Mateus 18: 15-22) que você precisa me permitir mais 489 transgressões antes de me marginalizar.*
*Além disso, estou a par do que você falou para o meu filho a respeito de pecado, e não briguei com você por causa disso! Será que precisamos nos pôr em pé de guerra por conta dos nossos filhos?*
*E por que razão a minha mente deve se sujeitar à sua — por que a sua deve se sujeitar à minha?*
*Sua*
CORA

*Rev. William Ransome*
*Reitoria de Aldwinter*
*Essex*

*31 de maio*
Cara sra. Seaborne,

*Agradeço a sua carta. Claro que está perdoada. Na verdade, eu havia me esquecido do incidente ao qual suponho a senhora tenha aludido e me surpreende sua menção a ele.*

*Espero que esteja bem.*

*Atenciosamente,*

WILLIAM RANSOME

# III
# MANTENDO UMA VIGILÂNCIA CONSTANTE

# JUNHO

# I

O verão já está na metade no Blackwater e há garças nos manguezais. O rio corre mais azul do que nunca; a superfície do estuário está imóvel. Banks consegue pescar uma boa leva de cavalinhas bem cedo de manhã e percebe com prazer os arco-íris em seus flancos. O Leviatã está enfeitado com ramos de fúcsias e uma coroa de alecrim e uma moitinha de funcho-do-mar cresce na proa. Ao meio-dia, Naomi está deitada sozinha entre as costelas negras da antiga embarcação com a saia enrolada até os quadris, recitando seus feitiços de solstício. Joanna ficou até mais tarde em sua carteira na escola e não se levantará até saber recitar de cor todos os ossos do crânio humano (*occiput*, está dizendo quando Naomi sai, e a menina ruiva registra o nome, para usá-lo mais tarde numa maldição). A Serpente de Essex dá uma folga, pois como poderia prosperar sob um sol tão benevolente?

Na trilha acima de Naomi, Stella, caminhando devagar, colhe verônicas. São azuis, assim como a sua saia e também as faixas de tecido que lhe envolvem os pulsos. Ela vai voltar para casa, para os filhos. Supõe que estejam querendo comer e a ideia lhe causa repulsa — toda aquela coisa mole entrando em suas bocas abertas, escorrendo por aquele buraco brilhante: é repugnante, quando se pensa nisso. Nada que possa ser comido lhe apetece.

Em sua sala de estudos, Will dorme. Diante dele, na escrivaninha, numa folha de papel está escrito "Querida". Só isso: "Querida". Ele escreve tantas cartas ultimamente que na junta do dedo médio formou-se um inchaço que ele umedece com saliva de vez em quando para amainar a dor. Quando acorda, diz para si mesmo "Querida..." e para o primeiro rosto que lhe vem à mente ele sorri, depois para de sorrir.

Martha está descascando ovos. Cora planejou uma festa de verão. Convidou Charles e Katherine Ambrose, e Charles adora (segundo diz) ovos temperados com sal de aipo. Luke também foi convidado. As preferências dele acerca de ovos não interessam a Martha. Estarão presentes, igualmente, William Ransome, taciturno como anda nos últimos tempos, e Stella, vestindo seda azul.

Sentado de pernas cruzadas no gramado da escola, tendo no colo um sanduíche de queijo, o sr. Caffyn escreve um bilhete: "A escola anda mais silenciosa do que nunca. As crianças estudam tranquilamente e espera-se que alcancem os padrões exigidos. Vide, anexo, o formulário de requisição: encomenda de vinte cadernos (pautados e com margem)."

Às três da tarde, Will faz uma visita a Cracknell. O velho não se sente bem e está deitado num sofá com as botas calçadas: sabe que a vibração em seu peito será um estertor por volta do Natal.

— Xarope de rosa-mosqueta à noite é o que a sra. Cracknell recomendaria, e não estou acima de seguir o conselho, ainda que seja de uma falecida, pároco. Aquele vidro ali, e a colher. — Trata-se de uma tentativa valente de mostrar coragem, e Will sorri, mas Cracknell, não. — Não foi a tosse que a levou — diz ele, tocando o pulso do reitor. — Foi o caixão em que ela partiu.

Em Colchester, nas ruínas do terremoto, Thomas Taylor toma sol em seus pés fantasmas. Sua atividade prospera em dias ensolarados e seu chapéu está pesado com tantas moedas. Vespas foram amáveis o bastante para construir seu ninho nas dobras de uma cortina, e a massa, que mais parece feita de papel — com sua regularidade sinistra —, se tornou uma atração turística. O ar sibila; as vespas estão por demais sonolentas para picar. No fim da tarde, o médico de cabelos pretos se agacha a seu lado vestindo seu casaco cinza novo. As mãos estão raladas em alguns pontos e sua pele cheira a limão. Ele apalpa (sem muita delicadeza) a carne cicatrizada sobre os ossos seccionados e diz:

— Muito malfeito: pena que eu não estava aqui. Eu faria você sentir orgulho.

Oitenta quilômetros ao sul nas asas das andorinhas, Londres está em sua melhor forma. Sabe que é irresistível. Crianças alimentam cisnes-negros no Regent's Park e pelicanos no St. James Park, enquanto a cal reluz nas avenidas. Hampstead Heath mais parece uma feira de interior; ninguém utiliza o metrô. O sol brilha forte nas calçadas enquanto malabaristas e ilusionistas enriquecem na Leicester Square. Ninguém tem vontade de ir para casa. E por que seria diferente? Do lado de fora dos *pubs* e cafés, jovens funcionários de escritório se tornam impertinentes e, se não é propriamente o amor que se fabrica com o lúpulo e o café, chega tão perto a ponto de não fazer diferença.

Na sua sala em Whitehall, vestindo para o dia estival sua camisa azul nova, Charles Ambrose cumprimenta uma visita:

— Spencer — saúda ele. — Estou com sua carta aqui. Você está livre para almoçar? Acho que deveria conhecer umas pessoas.

Pessoalmente, Charles é mais ou menos indiferente à repentina inclinação pela filantropia por parte de Spencer — trata-se, basicamente, do homem rico em seu castelo, o homem pobre lhe batendo na porta, segundo a visão de Charles —, mas ele gosta de Spencer, assim como Katherine, e fazer o bem não prejudica ninguém.

Spencer, que fora até lá para advogar em prol da causa de Martha, espera poder recordar as várias estatísticas, bem como ser capaz de imitar o estilo dela, ao mesmo tempo direto e apaixonado. Já imagina a expressão de Martha quando lhe der as boas notícias ("E você virá quando instruirmos os arquitetos, Martha, visto que disso você entende tão bem..."). *Ela vai me dar um de seus raros sorrisos*, pensa Spencer: *ela há de me ver*.

Aceita uma bebida de Charles e diz:

— Obrigado, seria ótimo. Achei que você poderia se encontrar comigo e com Martha na semana que vem, é possível? Vamos visitar Edward Burton lá em Bethnal Green, o homem que Luke operou. Martha se tornou sua amiga e diz que ele é o estudo de caso perfeito...

*Estudo de caso!*, pensa Charles. Fita Spencer com afeto. O rapaz está magro demais, deveria pesar o dobro. Haverá cordeiro para o almoço? Talvez salmão?

— Você vai à festa de Cora, ver a viúva alegre se fantasiar de Perséfone com flores no cabelo?

Mas Spencer não vai poder ir: estará em seu jaleco branco no Royal Borough, engessando membros, talvez, meio aliviado de ser poupado da tortura de se sair bem socialmente sob o olhar de Martha.

Essex enverga seu vestido de noiva: cicutas-dos-prados pontilham a margem da estrada, margaridas crescem no largo e arbustos espinhentos se vestem de branco; trigo e cevada engordam nos campos e trepadeiras ornamentam as cercas vivas. Cora caminhou mais de seis quilômetros e ainda não se cansou. Dois quilômetros depois, passa por um fazendeiro de peito nu e desabotoa a blusa; por que sua pele seria obscena se a dele não é? Mas alguém se aproxima e ela volta a enfiar os botões em suas casas; não faz sentido cortejar o vexame.

Chega a um local em que as rosas são cultivadas para ocupar potes e vasos em salas de jantar noutros lugares; um ou dois hectares de botões se estendem em fileiras coloridas, como se cortes de seda tivessem sido tingidos e deixados ali para secar. Elas perfumam o ar; Cora umedece os lábios e sente na língua o sabor de manjar turco.

Como ocorre com frequência ultimamente, ela pensa em Will. Não consegue admitir que agiu mal ou que mereça ter caído em desgraça: sente um leve desprezo por ele, cujo humor azeda tão rápido. *Orgulho masculino*, pensa: *a coisa mais mesquinha, lamentável!* Ao mesmo tempo, porém, a consciência a incomoda — será que de fato passou por cima dele? Considera a hipótese de se prostrar de joelhos, de maneira um tanto irônica, pedindo perdão, apenas para ter o prazer de vê-lo tentar refrear o riso. Mas não — precisa levar em conta o próprio orgulho.

O pior é que sente falta de toda a família Ransome — James prometera lhe mostrar o periscópio que criara a partir de um caco de espelho, e o talento de Stella para mexericos era um ótimo substituto para a vida londrina. Pensar em Stella lança uma sombra sobre o seu caminho: será que Will não vê a recente estranheza no comportamento da esposa, o fato de ela usar apenas a cor azul e enfeitar o cabelo com flores azuis? O jeito como esquadrinha os manguezais à procura de fragmentos de vidro e pedras azuis e manda buscar em Colchester rosas cujas hastes são mergulhadas em tinta para que as pétalas adquiram a cor de centáureas? Como ela emagreceu, embora a aparência tenha se tornado mais vigorosa, com as bochechas coradas, os gestos, mais agitados, os olhos cor de hortênsia mais brilhantes que nunca? *Vou falar com Luke*, pensa Cora: *Luke há de saber.*

Chega em casa com os braços carregados de botões de rosas-mosquetas de cor creme e três novas sardas no rosto. Cinge a cintura de Martha, pensando em como seus braços se encaixam na curva acima dos quadris amplos, e diz:

— Eles estão a caminho. Todos que sempre me amaram e todos que sempre amei.

## 2

Mais tarde naquele entardecer ameno, Stella Ransome caminhava pelo largo de Aldwinter com o marido à direita e a filha à esquerda. Na reitoria, aos cuidados de Naomi Banks, os meninos comiam torradas e jogavam Escadas e Serpentes. Cora os visitou de manhã na volta para casa depois da caminhada, carregada de rosas que lhe deixaram arranhões nas dobras do braço, e pediu:

— Cheguem cedo, está bem? Nunca consegui dar uma festa sem ficar com receio de que ninguém aparecesse e eu fosse obrigada a passar a noite toda acordada com garrafas à minha volta, afogando minhas mágoas.

Mais cedo, Stella ficara diante do espelho, arrumando a seda branca da saia em torno dos quadris, e Will perguntara:

— Não vai de azul hoje?

Ela baixara os olhos e rira, porque tudo que via era azul. As dobras da saia cintilavam azuis, a própria pele tinha um tom azulado; até mesmo os olhos de Will — que decerto haviam sido no passado da cor das bolotas que os meninos colhiam todo verão para enfeitar os parapeitos — eram agora azuis. Às vezes, ela imaginava que os próprios olhos se embaçavam com lágrimas tingidas de azul.

— Acho que tenho sangue azul — disse ela, erguendo os braços e pensando como eles estavam esbeltos e bonitos; Will então respondeu:

— Nunca duvidei disso, minha Estrela do Mar.

E a beijou duas vezes.

Lá iam eles, enquanto andorinhas perseguiam insetos acima da grama e os aldeões saíam para acender fogueiras de solstício em seus jardins e à beira dos campos. Ouviam-se cumprimentos por toda a cidade, acompanhados das badaladas dos sinos da igreja de Todos os Santos: *Que bela noite! Que noite gloriosa!*

William enfiou um dedo no colarinho para afrouxá-lo: não queria ver Cora — queria muito vê-la; pensara o dia todo nos passeios dela sem rumo nos manguezais, nas unhas sujas do barro de Essex — ele jamais pensava nela; Cora era a pior das mulheres — ela era sua amiga. Felizmente, abaixando o olhar para o cabelo platinado de Stella, banhado pelo sol, cintilando, pensou: *nem sequer uma vez em todos esses anos ela me deixou contrafeito — jamais!* A mãozinha dela se mexeu na dele, e estava quente, e na parte de trás do pescoço, que a gola do vestido branco deixava à mostra, ele viu uma camada de suor. A gripe, dissera o médico de Colchester, guardando o estetoscópio: a gripe a enfraquecera. Precisava de repouso e sono. O verão chegara. Não deviam se preocupar.

Stella viu a casa cinzenta com todos os lampiões acesos e em cada janela um vaso de rosas-mosquetas. Por trás delas alguém se movia para lá e para cá, e ouvia-se o som de um piano. Nada lhe agradava mais do que uma festa numa noite quente; ser o centro silencioso de um redemoinho de convidados, saber-se admirada, concentrar-se ora numa, ora noutra pessoa com seu incessante interesse em netos e mazelas, em fortunas ganhas e perdidas. Mas sentia-se desesperadamente cansada, como se tivesse queimado todo o seu estoque de energia nos cem metros que percorrera. Queria estar em casa no quarto azul que decorara, contando seus tesouros, erguendo contra a luz o papel azul de seda que embrulhara a barra de sabão de genciana, inalando seu aroma ou alisando com o dedo a curva do ovo de pintarroxo que os filhos lhe tinham dado em maio.

Gripe, dissera o médico para Will, mas Stella Ransome não era boba e reconhecia a tuberculose ao ver a doença manchar as dobras brancas de um lenço. Uma vez, na juventude, assistira a uma menina morrer da Peste Branca (como era chamada então, como se dizer o verdadeiro nome da doença fosse trazê-la para dentro de casa): também ela queimara, emagrecera e ficara *distrait*, recebendo de bom grado o fim quando ele chegou, todas as dores anestesiadas pelo ópio. Uma semana antes de morrer, a menina salpicara de gotas de sangue os lençóis brancos da própria cama.

Stella sabia que ainda não havia progredido tanto na doença: quando isso acontecesse, ela falaria em particular com Will e pediria que fosse levada para algum lugar alto, onde pudesse ficar sentada contemplando as montanhas, e todos os picos seriam azuis. Ela vira uma névoa avermelhada no espelho numa dada manhã ao sofrer um acesso de tosse escovando o cabelo — foi na centésima escovadela; mas apenas uma vez, e fora rapidamente enxugada. (E por que o sangue ao sair do corpo é vermelho, já que, claramente, através da pele fina do pulso, todas as veias têm cor azul? Não parece justo.)

Mas ela não podia se afastar — ainda não, não com Joanna ainda tão sombria, não enquanto Will ainda batia com frequência a porta da sala de estudos, não enquanto a aldeia se encolhia diante do rio e os moradores chegavam calados à igreja e se iam carentes de conforto. Estrela do Mar, dissera Will — e não é esse o nome da Virgem, que também só usa azul? Ela riu, pensando: *Reze por mim, Maria Mãe de Deus, e me empreste uma de suas vestes.*

Então se viram à porta, e lá estava Cora, usando seda preta, parecendo tão serena e austera que, por um instante, Will se esqueceu da própria indignação. Desastradamente de novo, tomou-lhe a mão e disse:

— Cora, você parece cansada. Por acaso tem caminhado demais?

Alta em seu caro vestido preto, talvez um pouco nervosa, parecia que ele nunca a conhecera — dava a impressão de ter assumido uma espécie de distância que o levava a querer correr atrás dela, aonde quer que fosse. Observou-a cumprimentar os convidados com a graça que decerto foi cultivada em salões de pé-direito alto em Chelsea e Westminster: tudo indicava que Cora sabia precisamente o que dizer e como dizê-lo; a quem cumprimentar com beijos e quem preferia o seu aperto de mão, que lembrava muito o de um homem. Levou Stella na mesma hora até um sofá amplo no qual uma almofada de seda azul foi colocada.

— Eu vi a almofada em Colchester na semana passada e achei que você ia gostar. Leve-a quando for embora.

Tinha escovado o cabelo, que arrumara como o de uma mocinha, quase todo solto, só preso acima das orelhas com pentes de prata; usava brincos de pérola nas orelhas, cujos lóbulos estavam vermelhos, como que feridos pelo peso dos brincos.

Quando entrou, reluzindo em sua nova camisa de seda, Charles Ambrose abraçou a anfitriã e depois a afastou para contemplá-la:

— Pensei que você estaria coberta de flores, Cora: que figura triste a sua. Seu olhar, porém, era de admiração.

— Você está suficientemente deslumbrante para compensar — respondeu ela, beijando o rosto rechonchudo e alisando com o dedo o xale de franjas longas de Katherine. (Acho que vou roubar isto aqui mais tarde: você vai ver só.)

— Ela está engordando — comentou Charles, sem reprovação, observando-a abrir caminho entre as mesas baixas cobertas de prataria. Então Luke Garrett foi orgulhosamente apresentado ("Vocês conhecem o Diabrete, lógico!"). O médico ostentava uma prímula amarela na lapela e usava gomalina no cabelo preto.

— Cora — disse ele —, tenho uma coisa para você. Faz anos que tenho isto guardado e você a merece tanto quanto qualquer outra pessoa.

Entregou-lhe um embrulho de papel branco com bastante indiferença, como se não lhe importasse muito se o presente agradaria ou não a ela. Quando Cora abriu o pacote, Katherine viu uma pequena moldura na qual um leque em miniatura bordado se achava protegido por um vidro. Perguntou-se, então, por que diabos um homem ia se entreter com linho e linhas coloridas.

Martha, vestida de verde, parecia uma autêntica camponesa, mais ainda quando preparou uma broa no formato de feixe de trigo e dois reluzentes capões decorados com brotos de tomilho. Havia ovos de pato e um presunto crivado de cravos; travessas de tomates fatiados e salpicados de menta e batatas pequenininhas, do tamanho de pérolas. Joanna a seguiu até a cozinha e de volta, implorando para ajudar e recebendo permissão para raspar a casca do limão para temperar o salmão. Ao longo de toda a mesa, os botões de lavanda temporãos eram esmagados pelas travessas pesadas, perfumando o ar com seu doce aroma. Charles Ambrose trouxera de Londres um bom vinho tinto e, ao abrir a terceira garrafa, enfileirou as taças de cristal, umedeceu um dedo e tocou uma melodia nas bordas. Em um tapete de lã, Martha e Joanna, deitadas de bruços, examinavam papéis, fazendo planos, com expressão muito séria e chupando cubos de gelo. Enroscado num banco sob a janela, Francis, com o queixo apoiado nos joelhos, recitava os números da sequência de Fibonacci.

O que Will mais queria era chamar a amiga e puxar duas cadeiras para lhe contar o que armazenara durante aquelas semanas — como descobrira em seus papéis um poema escrito por ele durante a infância e como o queimara e agora se arrependia; como Jo pegara o anel de brilhante da mãe e testara sua dureza gravando o próprio nome na janela; o que Cracknell lhe dissera enquanto tomava o xarope de rosa-mosqueta na colher. Mas não era possível fazer nada disso: Cora estava ocupada com outras coisas, polvilhando açúcar em morangos, convencendo Stella a comer e dizendo com timidez a Francis que, se os números tanto o incomodavam, ela podia dar a ele vários livros para ler. Além disso (Will tentou novamente despertar em si mesmo a raiva), os dois se encontravam no meio de uma batalha, sem pedido nem concessão de trégua.

Entretanto, a raiva não surgia, por mais esforço que ele fizesse para provocá-la: visualizou o homem inclinado sobre a filha, aos sussurros, mas, afinal, não passava do dr. Garrett, esse diabrete, que merecia piedade, na verdade, por conta da sua estatura ridícula e da forma como um dos ombros decerto era mais encurvado que o outro. Onde fora parar sua educação? O que Cora fizera com ela?

Aproximou-se do médico, que removera a flor amarela da lapela e naquele momento arrancava-lhe as pétalas.

— Fui grosseiro naquele dia em que nos conhecemos — desculpou-se Will. — Eu não devia ter perdido a calma como perdi. Pode me perdoar por isso? — completou, olhando, atônito, para a taça de vinho que segurava, como se tivesse sido o líquido a falar, não ele.

O médico enrubesceu e gaguejou, dizendo:

— Não há o que perdoar. — Seu tom tinha um quê de superioridade. O rubor cedeu, então, e ele prosseguiu: — Trata-se de um procedimento que às vezes gosto de experimentar, que já havia tentado com Cora, inclusive, e não achamos que faria mal.

— Não consigo imaginar pessoa alguma levando Cora a dizer o que ela não quer — retrucou Will, e, por um instante, o ar em volta congelou, cada qual pensando que o outro não tinha qualquer direito de opinar sobre o que Cora era ou não propensa a fazer.

— Ela diz que você é um gênio — falou Will. — É verdade?

— Espero que sim — respondeu Luke, desnudando os dentes num sorriso. — Sua taça está vazia, me deixe enchê-la. Diga, você se interessa pela ciência médica ou o colarinho clerical o impede de fazê-lo?

Nos minutos seguintes, Will não pôde senão admirar um homem cuja ambição ardia com tanta nitidez.

— É impossível operar o coração em si, claro. Ainda que pudéssemos dar um jeito de frear o fluxo do sangue, isolá-lo, em outras palavras, o cérebro ficaria sem oxigênio e o paciente morreria na mesa. Martha, por favor, pegue um pouco de vinho para nós. Você se impressiona facilmente? Deixe-me mostrar...

O Diabrete tirou do bolso um caderninho que sempre levava consigo, e Will viu o desenho de um bebê com a pele do peito descolada do osso, enquanto um cordão o ligava à mãe adormecida.

— Você parece horrorizado. Não fique: este é o futuro! Se a circulação da mãe fosse conectada ao bebê, de modo que o coração dela bata por ambos e a respiração dela forneça o oxigênio, eu poderia fechar o orifício no coração com o qual tantos bebês nascem. Mas não me deixam tentar, imagine. Você parece prestes a desmaiar.

E era verdade, mas não foram os tubos e fluidos do corpo que o perturbaram, e sim a objetividade fria do cirurgião, que falava como se todas as criaturas de Deus devessem ser depenadas e evisceradas como galinhas.

— Esqueci que você é um homem da igreja — comentou Luke, de um jeito que transformou em insulto as palavras.

Sob a mesa, Francis descascava uma laranja vinda da Harrods num saco de papel. Ele viu Charles Ambrose se sentar ao lado de Stella e lhe dar um copo d'água gelado; ouviu os dois falarem de Cora e de como estava boa a sua aparência e que linda decoração ela fizera na sala, como se tivesse transportado para ali o jardim. Então Stella enxugou a testa com as costas da mão e disse:

— Devíamos dançar para comemorar o verão. Será que alguém pode providenciar a música?

— Posso tocar uma valsa — respondeu Joanna. — Nada mais.

— *Um*, dois, três, *um*, dois, três — contou Charles Ambrose, pisando nos pés da esposa: — Que tal enrolarmos o tapete?

— Saia daí — exigiu Martha ao ver Francis em seu esconderijo, puxando o tapete debaixo dele e revelando as tábuas pretas do assoalho. Ao piano, Joanna, as costas eretas, correu os dedos pelas teclas, piscando e dizendo:

— Que horror! O som está horrível! Está velho e cheio de umidade!

Tocou, então, uma melodia com demasiada rapidez, depois com demasiada lentidão; várias notas praticamente não se faziam ouvir, mas ninguém se importou. Lá fora, a lua cheia estava baixa ("A lua plantadora de milho", disse Francis para si mesmo), as águas do estuário lambiam as margens, e alguma coisa bem podia naquele instante estar rastejando para o manguezal, mas ninguém dava a mínima para nada disso. *Acho que a criatura poderia bater três vezes na porta sem que ninguém ouvisse*, pensou Francis, descobrindo-se atento a ela na entrada da casa e imaginando o brilho de seus olhos semiocultos pelas pálpebras.

Luke Garrett, folheando as páginas escritas a mão num canto mal iluminado da sala, largou o caderninho e foi sentar-se ao lado da cadeira de Cora. Fez uma reverência como a de um cortesão e disse:

— Venha. Você é quase tão ruim quanto eu. Faremos um belo par.

Mas Stella, junto à janela, tinha outras ideias:

— Como estou cansada demais para dançar com o meu marido, será que a minha amiga pode me substituir? Will! — chamou, imperativamente e rindo. — Mostre a Cora que você não é um pároco qualquer, sempre em casa enfurnado nos livros!

Com relutância, Will se aproximou ("Stella! Você está dando a eles uma falsa esperança...") e ficou sozinho no meio da sala. Sem púlpito nem Bíblia, parecia perdido e estendeu as mãos com alguma timidez.

— Cora, não adianta contrariar Stella. Eu já tentei.

— O Diabrete tem razão — disse Cora, indo em direção a Will e fechando um botão no punho de sua roupa. — Se eu dançar, será muito mal. Não tenho ritmo algum. — Ela ficou parada diante de Will, parecendo de certa forma menor, como se houvesse se afastado: desde a partida da Foulis Street, ela nunca dera a impressão de confiar tão pouco em seu equilíbrio.

— Ela está certa — concordou Martha, suspirando e balançando o vestido verde. — Vai quebrar seu pé, pois é pesada. Não prefere dançar comigo?

Mas Stella se levantou e se dirigiu até os dois: como uma professora de dança, pousou a mão de Cora no ombro do marido.

— Vejam como os dois combinam! — Examinou-os um instante e depois voltou, satisfeita, a sentar-se sob a janela aberta. — Vamos lá! — comandou, alisando a almofada de seda azul em seu colo. — Comam, bebam e sejam felizes, porque amanhã vai chover.

William Ransome, então, pôs a mão na cintura de Cora, no lugar onde a blusa sumia dentro da saia, e Francis ouviu a mãe suspirar. Ela ergueu os olhos — os dois estavam praticamente imóveis — e houve um momento em que ninguém falou. Francis, observando, estourou um gomo de laranja na língua: viu como a mãe sorria para Will e como seu sorriso era recebido com uma expressão severa, firme. Viu também como, em seguida, a cabeça dela se mexeu, como se puxada pelo peso do próprio cabelo, e a mão dele lhe apertou a cintura, repuxando o tecido da saia.

*Não entendo nada disso*, pensou Francis, vendo Martha se afastar e se postar ao lado de Luke, o rosto espelhando exatamente o dele: ambos pareciam levemente atemorizados.

— Não posso ficar repetindo esta música — disse Joanna, revirando os olhos para Francis.

— Não conheço a melodia! — exclamou Will. — Nunca a ouvi...

— Que tal experimentar uma assim? — sugeriu Jo, e passou para uma música mais lenta, quase langorosa.

Martha exclamou:

— Não! Desse tipo, não.

— Querem que eu pare? — indagou Joanna, tirando as mãos das teclas, de olho no pai. Que estranho aqueles dois, simplesmente parados ali! Pareciam John e James, incertos sobre terem ou não cometido algum pecadilho doméstico.

— Não! Continue a tocar, continue! — incentivou Luke, voltando para si as arestas afiadas da própria maldade e piscando ao fazê-lo: na verdade, adoraria fechar com estrondo a tampa do piano.

Então o pároco falou:

— Não, não consigo. Esqueci os passos.

Joanna continuou tocando — o relógio tiquetaqueava —, embora Will não se mexesse.

— Eu acho que nunca os aprendi — disse Cora. Sua mão escorregou do ombro de Will, ela recuou e disse: — Stella, desapontei você.

— Um espetáculo bem sofrível — resumiu Charles Ambrose, olhando, desanimado, para a própria taça vazia.

— Melhor parar de tocar agora, suponho — disse Will, voltando-se para a filha e lançando-lhe um olhar que mais lembrava um pedido de desculpas. Fez uma reverência exagerada diante da parceira de dança e falou: — Você se sairia melhor com qualquer outro parceiro de dança. Nunca fui treinado para isso.

— Ora, por favor — respondeu Cora —, a culpa é toda minha. Não entendo de coisa alguma, exceto de livros e caminhadas. Stella, você está tremendo. É de frio? — Dando as costas a Will, inclinou-se para pegar a pequena mão de Stella.

— Não estou com frio — respondeu Stella, com o rosto brilhando —, mas creio que Jo não deve ficar acordada até tão tarde.

— Sim! — concordou Will, rapidamente, como se estivesse agradecido. — Não deve mesmo, e precisamos ver a bagunça que os meninos aprontaram na nossa ausência... Cora, você nos desculpa se formos agora?

— Afinal, já é quase meia-noite — disse Charles, consultando o relógio. — O relógio vai badalar e vamos todos virar ratos brancos e abóboras... Katherine? Onde está a minha Kate? Onde está a minha esposa?

— Aqui, como sempre — respondeu Katherine Ambrose. Estendeu o paletó para o marido e observou Cora se tornar alegre, educada, suas boas maneiras a pleno vapor. Insistiu com Stella quanto à almofada ("Querida, você precisa levar: não tenho dúvida de que foi feita especialmente para você...") e beijou Joanna no rosto ("Jamais consegui tocar uma nota sequer. Como você é inteligente!"). Ainda assim, Katherine não se deixou iludir. Não devia ter acontecido coisa alguma durante uma valsa breve sobre o assoalho desnudo — nada havia naqueles passos familiares para surpreender quem quer que fosse. O que, então, causara aquele momento curioso, com uma mudança tão repentina na atmosfera que ela mal teria estranhado se ouvisse uma trovoada? Bem, pensou dando de ombros e puxando o marido para lhe dar um beijo, já era tarde e, afinal, Will Ransome era um clérigo e não um cortesão.

Cora abriu a porta e o cheiro do Blackwater entrou na casa. Havia uma estranha luz azulada no céu e ela estremeceu, embora a temperatura estivesse quente. De debaixo da mesa, Francis viu a mãe estender as mãos para cada convidado à medida que passavam pela porta — "Muito obrigada, prometa que vai voltar!" — e como ela parecia vivaz, radiante, como se por mais tarde que fosse nunca precisasse dormir.

William Ransome partiu com a esposa apoiada num braço e a filha no outro, quase (Francis começou a descascar outra laranja) como se estivesse envergando uma armadura. Cora — ainda mais radiante, mais vivaz — dava a impressão de varrer todos para o largo. Fechou a porta e bateu palmas, satisfeita, mas para o filho vigilante uma nota falsa soou claramente, como se Jo ainda estivesse ao piano desafinado. Por que William Ransome nada disse ao ir embora? Por que a mãe não lhe ofereceu a mão em cumprimento? O que fazia Martha e o Diabrete a examinarem em silêncio, como se ela os tivesse desapontado? Bem — pensou ele, rastejando de seu posto sob a mesa —, de que adiantava observar a espécie humana e tentar entendê-la? Suas regras eram indecifráveis e não mais sólidas do que o vento.

Depois de Francis ter sido posto na cama, recitando suas sequências de Fibonacci, como qualquer outra criança faria com algum conto de fadas,

Martha e Luke se dedicaram a recolher pratos e talheres e a desenrolar o tapete, esmagando botões de lavanda espalhados no chão. Cora, por alguns instantes, se mostrou muito animada — não tinha sido uma noite maravilhosa? Jo não era uma menina esperta, embora a música talvez não seja a sua vocação? —, mas depois disse estar cansada e necessitada de cama. Os amigos a viram correr descalça para o andar de cima e se acumpliciaram em seu medo.

— Acho que ela nem *sabe* — disse Luke tomando o que restava do bom vinho tinto de Charles. — É como uma criança, acho que não consegue ver o que os dois fizeram, e o tempo todo debaixo dos olhos de Stella...

— Todo dia o nome dele vem à tona, todo dia, o que ele pensaria *disto*, como ele riria *daquilo*, mas na verdade o que eles *fizeram*? Não aconteceu nada, ninguém mais viu...

— Nas cartas também, em todas as páginas! O que *ele* pode dar a ela? Um vigário rural com medo de que o mundo mude. Além disso, ele já tem uma esposa tola, será que não chega, precisa ter Cora também...

— Ela está agindo com ele como uma colecionadora — pontuou Martha, tirando os cabinhos das uvas e rolando-as por sobre a mesa. — É isso. Ela o poria num pote, se pudesse, e rotularia suas partes em latim e o colocaria numa prateleira.

— Eu o mataria, se pudesse — falou Luke, horrorizado com a verdade que expressara, esfregando o polegar contra o indicador como se sentisse ali um bisturi. — Ela está se afastando de mim...

Encararam-se, então, percebendo que toda a antipatia entre ambos se fora e como o ar estava denso com a inutilidade de seus anseios sem chance de realização. Na penumbra do cômodo, os olhos do cirurgião enegreceram; ele viu Martha levar as mãos ao cabelo, viu como o vestido verde repuxou nas costuras sob o braço; aproximou-se dela e ela se virou para o pé da escada.

— Venha comigo — pediu Martha, estendendo os braços para ele. — Suba comigo.

As janelas em seu quarto estavam abertas e a claridade se esvaía na parede.

— Talvez haja sangue — disse ela.

— Melhor assim, melhor.

E foi a boca de Cora que ele beijou e a mão de Cora que ela pousou onde ela mais queria. Cada qual era um prêmio de consolação: usaram um ao outro como casacos de segunda mão.

Do outro lado do largo, à sombra da torre da igreja de Todos os Santos, Joanna adormeceu calçada e Stella cochilou com a cabeça na nova almofada azul. A alguma distância, próximo ao manguezal, Will caminhava sozinho, enfurecido. Desejo era algo que jamais o incomodara: casara-se com Stella jovem e cheio de felicidade, e a fome de ambos era inocente e facilmente saciável. Ah, ele amava Cora, sabia — soubera de imediato —, mas isso também não o incomodava: se ela fosse um rapaz ou uma matrona, ele não a amaria menos e se encantaria com seus olhos cinzentos do mesmo jeito. Era um estudioso da Bíblia, conhecia os vários nomes para variados amores: lia as palavras de são Paulo às igrejas e sua afeição sagrada invocava o nome de Cora: *Agradeço ao meu Deus cada lembrança sua...*

Mas alguma coisa se alterara ali naquela sala aquecida, temperada com ar salobre e rosas florindo em cada canto. Pusera a mão na cintura dela e vira sua garganta se mexer quando falava — teria sido isso ou a forma como a echarpe deslizara do ombro dela e o deixara ver a cicatriz e se perguntar se doera, e quanto, e se ela se importara? Pensou em como ele a agarrara, em como ouvira os ruídos das próprias unhas de encontro ao tecido do seu vestido; em como ela o fitara com seu longo olhar direto. Achou que ela pudesse sentir um pouco de medo dele, mas não: não fora o medo que escurecera seus olhos, mas um desafio, ou satisfação — teria ela *sorrido*?

Caminhou até a boca do estuário, sem saber o que fazer com seu desejo, ciente apenas de não poder levá-lo até Stella; sabia que se a tocasse haveria de descobri-la, pela primeira vez, sem importância ou substância — tinha em mente algo mais parecido com luta e isso o assustou; foi até a beira da água e com movimentos rápidos esgotou seu gozo no manguezal escuro com um som que lembrou um latido e a felicidade de um cão.

# 3

Bem depois da meia-noite, o ano já a caminho da segunda metade, Francis Seaborne saiu. No bolso esquerdo, pôs o garfo de prata da ruína de Colchester, e no direito, uma pedra cinzenta perfurada por um orifício no qual cabia seu dedo mindinho. No andar de cima, Cora, deitada na cama, pressionava a cicatriz na clavícula, invocando de volta a dor; num outro quarto, Luke e Martha se afastaram. Ninguém se perguntou onde estaria Frankie; se pensaram nele em algum momento, foi primeiro com desconforto e depois com a confortável certeza de que essa criança inescrutável estava em segurança consigo mesma.

Ninguém jamais tentara entender o hábito de Frankie de vagar à noite; atribuíam-no apenas a mais uma bizarrice do garoto. Que ele não suportasse ter companhia, mas assombrasse à porta dos outros quartos de madrugada, era totalmente compatível com as atitudes desse menino desconcertante. Se alguém perguntasse, ele diria ser movido apenas pela tentativa de entender o mundo e o seu funcionamento: por que (por exemplo) as rodas de um cabriolé davam a impressão de girar contra a direção da viagem? Por que não ouvia um objeto em queda bater no solo até após vê-lo aterrissar? Por que erguia a mão direita, mas seu reflexo erguia a esquerda? Observava a mãe com sua lama e suas pedras e não fazia conexão alguma entre suas próprias buscas e as dela. Ela olhava para baixo, ele olhava para cima. Ela em nada o ajudava. De todos os homens e mulheres que conhecera, só tinha paciência para Stella Ransome. Viu como ela recolhia suas pedras e flores azuis e achava que os dois se entendiam. Também viu a cor demasiado brilhante de seus olhos e se perguntava por que ninguém falava disso — mas, afinal, não era típico deles todos ver mas não observar?

Lá se foi ele, sob as sombras lançadas pela lua, vendo como se elas estendiam em paralelo e se perguntando por quê. A confusão da noite o perturbara — tinha observado com muita atenção, mas não achara ordem ou motivo no que vira —, e ali, sozinho na noite, haveria problemas mais prontamente solucionáveis. Pensou em ir até o Blackwater e ver com os próprios olhos o que espreitava no estuário. Parecia-lhe injusto que apenas ele de todas as crianças de Aldwinter não tivesse vislumbrado o monstro, nem mesmo em sonhos. Do outro lado do largo, debaixo do Carvalho do Traidor até a High Lane, na direção leste, por todo lado, vozes baixas murmuravam e fogueiras ardiam para manter distantes quaisquer espíritos que desafiassem a era moderna. Alguém tocava um violino; duas meninas passaram por ele vestidas de branco; um rouxinol cochilava na cerca viva. Quando alcançou a High Lane, o largo ficou para trás, juntamente com a algaravia; sobrara o odor da fumaça e um ganido de êxtase à esquerda. Afora isso, ele bem podia estar sozinho no mundo.

Chegou ao sapal nas cercanias do Fim do Mundo, pensando em achar o ponto em que a Estrela Polar impedia o céu de se desfazer ou contemplar a lua lançando sua falsa luz, mas encontrou, em vez disso, um lençol preto em que haviam costurado uma rede azul vivo. Era como se olhasse não para a abóbada celeste, mas para a superfície de um lago com a luz do sol refletida em suas marolas. De norte a sul acima do pálido horizonte viam-se faixas finas de luz azul e, entre elas, o azul-escuro do céu. De vez em quando, como se empurrado pelo vento, um lento movimento cruzava o céu e a rede brilhante se fechava e se alargava. A luz projetada não era emprestada, como uma nuvem branca tingida pela luz do sol; aparentava, ao contrário, ser totalmente própria: a impressão era de que havia pequenos relâmpagos fixos, ardendo em um azul inexplicável. Francis ficou estático de felicidade. Cresceu nele um contentamento tão repentino e completo que nada lhe restou senão rir, amedrontado ante a estranheza do próprio deleite.

Enquanto observava ali parado — esticando de tal forma o pescoço que na manhã seguinte a mãe se perguntaria o porquê de manter a cabeça em postura tão estranha —, um movimento na faixa de sal chamou sua atenção. As luzes azuis faziam o mundo brilhar mais do que devia e o estuário se mostrava negro e oleoso com pontos azulados na superfície.

Entre a beira d'água e a margem, não muito distante da carcaça do Leviatã, uma trouxa de roupa se moveu. Houve um som, muito débil, como o resfolegar de um animal; a trouxa se mexeu e se estendeu na lama, e então ficou imóvel.

Curioso, Francis se virou para examinar, atento à sua volta. Se era esse o monstro do Blackwater, pensou, era digno de pena e devia ser afogado. O ruído cessou durante algum tempo, enquanto a trouxa se deslocava em direção ao Leviatã, mas depois recomeçou, dessa vez terminando no que sem dúvida era uma tosse, seguida de um longo arquejo.

Francis, sem medo algum, se aproximou. A trouxa estremeceu e, então, com um grunhido se ergueu, e Francis viu as camadas gordurosas de um casaco preto, uma gola densa de pele e, acima dela, a cabeça de um velho que ele vira uma ou duas vezes na igreja em que se enterravam os moradores da aldeia. Cracknell — isso mesmo: um velho fedorento que certa vez levantara o braço e mostrara ao menino várias lacrainhas se esbaldando na manga de sua roupa. O grunhido terminou num acesso de tosse que o dobrou em dois: apertando mais o casaco ao corpo, o homem emudeceu.

Cracknell, com as botas na beira d'água e a visão debilitada, viu o menino magro com o cabelo preto muito bem penteado e tentou chamá-lo. Mas foi como se o ar tivesse arestas que se prendiam na garganta conforme ele respirava, e toda vez que o nome lhe vinha à boca (Freddie, era isso?) a tosse voltava. Enfim, conseguiu recuperar o ar e chamou:

— Menino! Menino!

Fez um gesto para Francis, distante menos de cinco metros.

— Não sei o que você está fazendo — respondeu Francis. O que ele *estava* fazendo? Morrendo, provavelmente, mas que lugar estranho para morrer. O pai morrera com um lençol branco limpo puxado até o queixo. Virou-se um momento para olhar para cima. Lá, a rede se alargou e em alguns lugares se rompeu, e o céu azul-escuro se mostrou entre fragmentos de luz.

— Chame alguém — pediu Cracknell, e depois passou a resmungar apenas, exasperado ou divertido, os olhos fixos em Francis com uma expressão suplicante e furiosa.

Francis se agachou e, apertando contra o corpo os joelhos, examinou Cracknell com interesse moderado. Uma mariposa se acomodara nas fibras da gola de pele do casaco, e em outros pontos o tecido mostrava algumas manchas brancas, que bem podiam ser bolor. (Será que bolor grudava em roupas? Decidiu que iria pesquisar.)

— Ransome — disse Cracknell, que não queria propriamente fazer sua última confissão, mas não se importaria de levar para o além, como derradeira visão, a imagem de um rosto bondoso. Estendeu uma das mãos para puxar o casaco do menino. *Por favor*, pretendia dizer, mas o esforço foi demasiado.

O menino inclinou a cabeça e registrou o nome. "Ransome?", repetiu, supondo fazer sentido. O homem com a faixa branca na garganta visitara três moradores nas últimas semanas (Francis contara), dos quais ao menos dois tinham morrido. Levaria ele a morte ou apenas os ajudava a encará-la? Optou pela segunda hipótese, mas era importante ter certeza. Examinando o velho, Francis viu os cantos da sua boca se encherem de espuma e ouviu o peito roncar dentro do casaco. Mesmo na semiescuridão, era possível perceber que a pele do homem adquirira um tom de cera e os ossos das órbitas já iam ficando roxos em volta dos olhos encovados. Era, ao mesmo tempo, assustador e trivial: provavelmente o fim devia chegar sempre assim.

Cracknell descobriu que não conseguia falar: isso acabaria com o fôlego que ele extraía do ar frio. O que o menino estava fazendo, placidamente agachado atrás dele, virando-se de vez em quando para olhar para cima e sorrindo toda vez que o fazia? O coração saltou-lhe no peito: sem dúvida, ele iria correndo agora buscar Ransome, que viria com um lampião e um bom cobertor grosso para cobrir suas pernas trêmulas, não? Mas Francis, que sabia o que viria a seguir, concluiu ser inútil perder tempo. Além disso, ocorreu-lhe que partilhar a maravilha que o tempo todo se desenrolava acima de suas cabeças talvez não reduzisse seu prazer, mas sim o multiplicasse. Inclinou-se sobre o homem e disse:

— Veja!

Agarrando um tufo de cabelo grisalho, puxou a cabeça que pendia, não deixando a Cracknell outra escolha senão desviar o olhar da água escura e erguê-lo para o que imaginara no passado ser o paraíso.

— Olhe! — disse o menino. — Está vendo?

Francis viu os olhos baços do velho se arregalarem e a boca se escancarar. As tiras brilhantes de nuvem estavam sumindo conforme se aproximava o nascer do dia, mas haviam se juntado num arco pálido que partia o céu e os dois acompanharam uma cotovia alçar voo, cantando extasiada.

Francis se deitou ao lado do velho no manguezal, sem se importar com a lama que penetrava em sua roupa nem com o fedor que vinha do corpo a seu lado, tampouco com o frio da manhã. Ambas as cabeças se tocavam vez por outra e, quando Cracknell, zonzo, virava a cabeça para registrar o que via, às vezes lhe ocorria um trecho de um hino: *minha alma vai bem agora*, cantava, duvidando disso menos que nunca. Quando a vida se esvaiu, foi num longo e tranquilo suspiro, e Francis, lhe dando uma palmadinha na mão, disse:

— Pronto, pronto.

Sentiu-se bastante satisfeito, porque o que apreciava acima de tudo era que as coisas corressem como deviam.

*Largo da Igreja, n º 2*
*Aldwinter*

*22 de junho*

Querido Will,

São quatro horas da manhã e o verão começou. Tenho visto algo estranho no céu — você viu? Chamam de noite brilhante. Mais um presságio!

Faz tempo você me disse que sentia muito por eu ter perdido meu marido tão jovem. Lembro-me de desejar que você tivesse dito que ele morreu — eu não o perdi, nada teve a ver comigo.

Por que você sentia muito? Não o conheceu. Não me conhecia. Suponho que tenham lhe ensinado essas frases gentis ao lhe dar seu primeiro colarinho clerical.

Como eu poderia lhe contar, então, como foi tudo — não apenas a morte (veja como é fácil dizer!), mas tudo que veio antes.

Ele morreu e eu fiquei contente e perturbada. Você acredita que seja possível sentir duas coisas tão opostas e ambas serem totalmente verdadeiras? Imagino que você não acredite nisso. Imagino que sua noção de verdade absoluta e retidão absoluta não o deixe fazê-lo.

Fiquei perturbada porque não conhecia outra forma de viver. Eu era tão jovem quando nos casamos, tão jovem quando nos conhecemos, que eu mal existia — ele me fez existir. Ele me transformou no que sou.

E, ao mesmo tempo — precisamente ao mesmo tempo! —, me senti tão feliz que achei que fosse morrer. Eu tivera tão pouca felicidade — achei que dificilmente seria possível viver em tal clímax e não me extinguir. No dia em que nos conhecemos, eu caminhava no bosque e mal podia respirar de tão contente.

Certa vez, conheci uma mulher que me disse que o marido a tratava como a um cão. Que punha a comida num prato no chão. Quando caminhavam, ele lhe dizia para manter distância. Quando ela falava fora de hora, ele enrolava o jornal que estava lendo e batia em seu nariz. Os amigos estavam presentes e viam. Riam. Diziam que ele era muito engraçado.

*Sabe o que eu senti ao ouvir isso? Inveja, porque nunca fui tratada como um cão. Tínhamos um cão — um animal asqueroso: uma vez catei um carrapato em seu pelo e a coisa estourou como um bago — e Michael pousava a cabeça dele em seu joelho, sem se importar com a baba, e lhe acariciava a orelha, me olhando enquanto fazia isso. Às vezes, dava palmadas em seu lombo, fortes, várias — o ruído era oco —, e o cão rolava no chão em êxtase. Quando Michael estava morrendo, o cão era sua sombra, e não sobreviveu à sua morte.*

*Ele nunca me tocou com tanta delicadeza. Eu olhava para o cão e sentia inveja. Você já imaginou ter inveja de um cachorro?*

*Vou voltar para Londres por um tempo. Não para a Foulis Street: ali não é mais um lar. Charles e Katherine cuidarão de mim.*

*Não se sinta na obrigação de me escrever.*

*Com carinho,*

CORA

P.S.: *Ref. Stella: Você deve receber uma carta do dr. Garrett. Por favor, pense em aceitar a ajuda dele.*

# 4

Joanna foi até a igreja de Todos os Santos de manhã e lá encontrou o pai. A noite havia sido boa, achava ela, lembrando-se de ter, junto com Martha, passado os olhos em projetos para as novas moradias em Londres, moradias com água limpa correndo em canos de cobre. Tocara piano razoavelmente bem, usara seu melhor vestido, comera uma laranja (as unhas ainda estavam manchadas pela casca). Verdade que a festa exaurira a mãe e que o pai se mantivera calado de manhã, mas em seguida dissera que tinha muito no que pensar.

Encontrou-o inclinado sob as sombras com um cinzel na mão. Com movimentos furiosos atacava a serpente enroscada no braço do banco; ao longo dos anos, o carvalho de Essex se ossificara e enegrecera, e, embora as asas fechadas da criatura tivessem sido arrancadas e jazessem no chão de pedra, ela ainda arreganhava os dentes para seu adversário.

— Não! — exclamou Joanna, horrorizada com a destruição de algo que demandara tanta habilidade. Correu até o banco e, puxando o pai pela manga, disse: — Você não pode fazer isso! Nem ao menos pertence a você!

— Está sob meus cuidados! Faço o que eu achar certo! — respondeu Will, levando Joanna a não reconhecer o pai, mas a ver nele um menino contrariado em suas vontades; então, como se percebesse a própria petulância, ajeitou a camisa e disse: — Não está certo, Jojo, isso não deveria estar aqui. Olhe: você não vê que o lugar disso não é aqui?

Mas Joanna alisava a ponta da cauda do animal desde quando mal sabia andar, e, vendo as asas seccionadas, começou a chorar e disse:

— Você não pode sair por aí quebrando coisas! Não tem permissão para isso!

Era tão raro vê-la em lágrimas que em qualquer outro dia elas teriam freado sua mão, mas William Ransome se sentia acossado por vários inimigos e esse, ao menos, ele tinha condições de destruir. A noite toda, insone, os adversários lhe haviam aparecido: o médico de sobrancelhas negras agachado, Cracknell com suas toupeiras despeladas, uma sala cheia de alunas desmotivadas, às gargalhadas, o Blackwater se abrindo e lá, na lama, Cora de pé, austera, e às suas costas, com o coração batendo por baixo da pele úmida, a Serpente de Essex... Arrancou com a ferramenta um olho semicerrado e disse:

— Vá para casa, Joanna. Volte para os seus livros de estudo e não se meta.

Joanna, de pé ao lado do pai, pensou em atingir com o punho a cabeça abaixada dele, sentindo pela primeira vez a raiva impotente de uma criança que se descobre mais sábia e mais justa do que o genitor. Então, atrás deles, as portas da igreja se abriram e a claridade entrou. Junto com ela, com seu cabelo ruivo como fogo, Naomi Banks entrou também. Arfava sem fôlego de tanto correr e as mãos estavam sujas de lama até os cotovelos.

— Aconteceu de novo! — exclamou, e a voz se elevou até a abóbada. — Ela voltou: eu disse que voltaria, não disse? Eu não disse que voltaria?

Quando Will chegou ao manguezal, um punhado de gente já se encontrava à volta da trouxa estirada ali. A cabeça de Cracknell estava virada num ângulo tão agudo para a esquerda — e para cima, esticada, como se encarasse diretamente seu destruidor — que ficou imediatamente aparente (assim disseram) que seu pescoço fora quebrado.

— Esperem o legista — insistiu Will, agachando-se para fechar os olhos baços do morto. — Ele já vinha doente há algum tempo. — No casaco do homem, colocado precisamente sobre a barriga e entre dois bolsos rasgados, estavam um garfo de prata e uma pedra cinzenta com um orifício no meio. — Quem fez isso? — indagou, examinando os rostos do seu rebanho. — Quem pôs essas coisas aqui e por quê?

Todos, porém, se encolheram e se afastaram, um após outro, sem admitir coisa alguma, dizendo saber que havia algo ali, que tinham ciência disso o tempo todo, e o melhor seria que todos trancassem as respectivas portas sempre que a maré subisse. Uma mulher se benzeu, recebendo um olhar grave do pároco, que muito tempo antes os ensinara a não nutrir superstições.

— A coisa arrancou um dos seus botões de bronze — observou Banks, afagando a cabeça da filha, mas ninguém lhe deu muita atenção: era um milagre Cracknell ter botões.

— Nosso amigo faleceu porque estava muito doente, e agora partiu para a glória — disse Will, esperando ser esta a verdade. — Ele deve ter saído à noite para pegar ar ou se perdeu e ficou confuso. Não é hora de falar de cobras e monstros. Alguém chamou o legista? Obrigado, isso mesmo, cubram seu rosto. Deixem que descanse em paz. Não é isso que esperamos todos no final?

Nas fímbrias do pequeno grupo estava Francis Seaborne, vez por outra apalpando o bolso do paletó, onde pusera um botão brilhante em que uma âncora fora gravada. Alguém começou a chorar, mas Francis perdera o interesse: contemplava o horizonte, em que se viam nuvens azuis por todo lado. Assemelhavam-se tanto a cadeias de montanhas recuando para a bruma que ele achou que talvez a aldeia tivesse sido arrancada de Essex e jogada, inteira, num país estrangeiro.

*Querida Cora,*
*Vi este postal e ele me lembrou você. Que tal, gosta?*
*Estou com sua carta. Obrigado. Volto a escrever em breve. Stella manda lembranças.*
*Sempre,*
WILLIAM RANSOME
*Filipenses 1:3-11*

*Luke Garrett, médico*
*a/c Hospital-Escola Royal Borough*

*23 de junho*

Caro rev. Ransome,

Espero encontrá-lo bem. Escrevo a respeito da sra. Ransome, a quem encontrei duas vezes. Em ambas as ocasiões, observei o seguinte: uma temperatura significativamente elevada; excesso de cor no rosto; pupilas dilatadas; pulso acelerado e irregular e uma erupção nos braços.

Acredito também que ela esteja sofrendo com um pequeno grau de delírio.

Aconselharia com veemência que o senhor trouxesse a sra. Ransome ao hospital Royal Borough, de cujo quadro de funcionários faço parte, como creio que saiba. Meu colega, o dr. David Butler, se ofereceu para examiná-la. Ele tem experiência considerável em doenças respiratórias. Com sua permissão, acompanharei a consulta. Existem alguns procedimentos cirúrgicos que podem ser considerados.

Não é necessário marcar hora. Estaremos à sua espera tão logo possam vir.

Atenciosamente,

LUKE GARRETT, Médico

Rev. William Ransome
Reitoria de Aldwinter
Essex

24 de junho

Querida Cora,

    Espero que esteja bem. Não pude escrever antes, embora quisesse... Algo aconteceu: Cracknell foi levado.
    Por que me expresso dessa maneira? Eu sabia que ele estava doente: sentei-me a seu lado na véspera da sua morte. Ele quis que eu lesse em voz alta, mas não conseguimos achar um único livro na casa, salvo a minha Bíblia, que, evidentemente, ele não quis. No final, recitei "Jabberwocky". Consegui fazê-lo rir. "Snicker-snack!", falou, e achou isso muito engraçado.
    Nós o encontramos no manguezal. A maré já lambia suas botas. Aparentemente, ele estivera olhando para alguma coisa acima, embora o legista diga que não houve violência. Deve ter passado a noite toda lá. Sem ele, o Fim do Mundo parece já estar afundando na lama. Joanna decidiu que vamos ficar com Magog (ou talvez seja Gog); amarrou uma corda no pescoço dela e levou-a até em casa. A cabra está no jardim dos fundos comendo as flores de Stella. Agora me encara. Não gosto desses olhos miúdos.
    Claro que o pessoal da aldeia está alvoroçado, mantendo as crianças trancadas em casa. Na noite em que tudo aconteceu, disseram que havia uma luz azul estranha no céu. Uma mulher (a mãe da pequena Harriet, lembra-se dela?) não para de falar que o véu foi perfurado, e não consigo tirá-la da igreja. Subiria no púlpito, se tivesse a mínima chance. Imagine se ela visse a Fata Morgana, como nós vimos! Teríamos um pandemônio, no mínimo.
    Alguém anda pendurando ferraduras no Carvalho do Traidor (provavelmente Evansford, que extrai um baita prazer do medo que sente), e um dos fazendeiros queimou a própria plantação. Não sei o que fazer. Estamos sendo julgados? Se estivermos, o que fizemos e como reparar? Aceitei este rebanho e tentei ser um bom pastor, mas algo vem atraindo a todos para um despenhadeiro.

*Seu diabrete médico escreveu. Por carta, ele é um lorde: não me deu a opção de recusar. Vamos a Londres na próxima semana, embora Stella pareça melhor ultimamente e durma a noite toda.*

*Seja como for, estou preocupado. O dr. Garrett me mostrou o que faria com bebês e mulheres se o deixassem, e me causou enjoo. Não os cortes e pontos, mas a indiferença dele, que disse que se eu acreditasse na alma imortal não reverenciaria mais a minha própria carcaça do que a de um coelho; estamos todos aqui de passagem, falou. Também me disse que, como é ele quem reverencia a ciência, ele que idolatra os vasos e corpúsculos e células que nos compõem, o bárbaro sou eu!*

*Desde que você partiu, ando lendo como um estudante. Espero que não me considere por demais orgulhoso por filtrar minhas ideias, ordená-las. O que diz Locke? Somos todos míopes. Acho que mais do que nunca preciso de óculos com lentes de sete centímetros de espessura.*

*Não aceito que a minha fé seja a fé da superstição. Desconfio que você me despreze um pouco por isso — e sei que o seu doutor o faz! —, e quase desejo poder negar tal fato para agradá-la. Mas é uma fé da razão, não das trevas. O Iluminismo acabou com isso tudo. Se um Criador ajuizado pôs as estrelas em seus lugares, então precisamos ser capazes de entendê-las — precisamos ser criaturas da razão, da ordem!*

*E não é só isso, Cora — existe algo além da contagem dos átomos, dos cálculos da órbita do planeta, da contagem regressiva dos anos até a volta do cometa Halley — algo pulsa em nós além do coração. Você se lembra do francês que amarrou um pombo a uma chapa fotográfica, cortou sua garganta e achou ter flagrado um sopro de alma escapando do ferimento? Um absurdo, evidentemente, mesmo assim... Não dá para vê-lo com a faca e imaginar que ele supôs que estivesse certo?*

*De que outra maneira explicar tanta coisa? Como explicar quanto todo o meu ser se torna tão solícito, tão amoroso, quando me volto para Cristo?*

*E como explicar a falta que sinto de você? Cora, eu estava contente. Havia chegado ao fim de tudo que era novo — já não me esperavam surpresas, nem jamais as procurei. Eu cumpria meu propósito. E aí surgiu você — e, desde o seu cabelo, que nunca está arrumado, até suas roupas masculinas, eu jamais apreciei a sua aparência (você se importa?). Mas tudo indica que aprendi você de cor, tudo indica que conheci você de imediato, senti uma liberdade instantânea de dizer a você tudo que jamais poderia ter dito a outra pessoa — e isso é para mim "a substância das coisas que esperamos, a prova de coisas que não vemos"! Eu deveria me envergonhar ou me afligir? Não, me recuso a isso.*

*Que tal, minha ateia empedernida, minha apóstata? Você me guiou a Deus.*

*Com carinho — e oração, goste você ou não,*
WILL

*Rev. William Ransome*
*Reitoria de Aldwinter*

*30 de junho*

Cora, não recebi nenhuma carta sua. Será que falei com demasiada liberdade? Ou será que não falei com liberdade suficiente?
    Estou preocupado com Stella. Às vezes penso que a mente dela vagueia, então ela volta a ser a Stella de sempre e me conta que St. Osyth tem um novo vigário que ainda não se casou ou que em Colchester abriram uma loja nova e seus doces vêm de Paris.
    Ela escreve o dia todo num livro azul, que não me deixa ver.
    Amanhã vamos a Londres. Pense em nós dois.
    Seu em Cristo,
WILLIAM RANSOME

# 5

Stella se encolheu sob o estetoscópio e respirou conforme a instruíram: o mais profundamente possível, sem se incomodar com a tosse. O acesso, quando veio, não foi dos piores, mas bastante ruim: jogou-a para a frente na cadeira e ela deixou escapar um pouco de urina; pediu um lenço limpo.

— Não costuma ser tão ruim — esclareceu, enxugando a boca, sentindo pena dos três homens que a observavam sombriamente: como pareciam assustados! Será que eles nunca tinham estado doentes? Will, por nervosismo ou desconforto, mal conseguia encará-la; o Diabrete, bem distante num canto, os olhos negros mesmo de tão longe atentos a tudo. O terceiro — o mais velho e mais delicado, tendo disposto de mais tempo para cultivar um jeito tranquilizador junto aos pacientes, ao mesmo tempo espalhafatoso e imponente — era o dr. Butler, que retirou o estetoscópio e, com gentileza, ajustou a blusa dela.

— Não tenho dúvida de que seja tuberculose — diagnosticou, vendo, conforme lhe adiantara Luke, o atraente rubor no rosto da mulher —, embora, naturalmente, precisemos colher uma amostra de escarro para ter certeza.

A barba branca e cheia compensava a careca em forma de domo (os alunos diziam que seus pensamentos se moviam com tamanha velocidade que ao longo dos anos a fricção decorrente tornara impossível que o cabelo crescesse ali).

— O comandante desses homens da morte — sussurrou Stella para o lenço, comunicando-se com os miosótis bordados no tecido. Não havia necessidade de nada disso: ela lhes teria contado meses antes, se lhe perguntassem. A janela alta aberta mostrava o céu branco se abrindo para revelar um fragmento de azul. — Eu mesma fiz — disse, confiante (não que alguém ouvisse).

— Tem certeza? Como? — indagou Will, se perguntando se a sala realmente escurecera naquele instante ou se aquilo seria apenas o seu pânico. Ali, sob o sofá, onde Stella, deitada, ainda sorria, ele imaginou algo se mexendo nas sombras, cheirando ao rio. — Como o senhor pode ter certeza? Nunca houve caso algum na família dela, nenhum. Stella, diga a eles. — Mas como ele podia não ter notado? Andaria mesmo tão cego pelo que havia chegado a Aldwinter? — Gripe, foi o que o médico disse: todos na cidade pegaram e ficaram fracos depois...

— A família não tem influência alguma nisso — explicou Luke. — Não passa de pai para filho. São simplesmente as bactérias da tuberculose, nada além disso. — Sua antipatia por Will ficou patente e ele falou com uma precisão desagradável: — Bactérias, reverendo, são microrganismos que podem transmitir doenças infecciosas.

— Eu gostaria de ter certeza — repetiu o dr. Butler, lançando um olhar preocupado para o colega, que não era famoso pelas boas maneiras, mas raras vezes chegava à grosseria. — Sra. Ransome, a senhora poderia tossir de novo, só um pouquinho, e cuspir num prato?

— Dei à luz cinco bebês — respondeu Stella com uma pontinha de irritação. — Dois deles mortos. Cuspir vai ser fácil.

Trouxeram-lhe um prato de aço e nele um fragmento de céu se refletia com nitidez. Ela o obliterou com uma substância acastanhada extraída dolorosamente dos pulmões e o entregou ao dr. Butler com uma graciosa inclinação de cabeça.

— O que vai fazer com isso? — perguntou Will. — Como isso há de ajudar? — Como ela estava alheia a tudo, quanta calma! Não era natural, mais parecia um tipo de histeria: não deveria estar chorando, pedindo que ele ficasse a seu lado e lhe desse a mão?

— Podemos marcar o bacilo para que ele fique visível ao microscópio — explicou o dr. Butler, o entusiasmo animando-o: — Podemos estar errados, talvez a sra. Ransome tenha pneumonia, ou uma doença menos grave...

*Um microscópio!*, pensou Stella. Joanna vivia agora pedindo um desses, querendo ver com os próprios olhos como maçãs e cebolas eram feitas de células, assim como as casas são feitas de tijolos.

— Eu quero ver — pediu. — Quero que o senhor me mostre.

Não era um pedido incomum, pensou o dr. Butler, embora em geral viesse dos homens jovens decididos a encarar diretamente o inimigo. Quem haveria de pensar que essa mulher diáfana com cabelo platinado seria tão corajosa. Embora se tratasse, em parte, de delírio, claro: o curioso estado de tranquilidade indiferente que tantos pacientes acabam por atingir chegara cedo para ela.

— Se puder esperar uma hora, eu o trarei para a senhora — garantiu o médico, vendo que o marido se preparava para objetar. — Embora a minha esperança, é claro, seja de que não haja nada para ver.

— Stella — implorou Will —, você precisa fazer isso? — Tudo progredia muito rápido: sem dúvida, apenas minutos haviam se passado desde que ele voltara do Fim do Mundo para casa no inverno com os coelhos que Cracknell o presenteara pendurados no cinto e vira a família a aguardá-lo à luz do lampião. E agora tudo se despedaçava. Fechou os olhos e viu no escuro o olho brilhante da Serpente de Essex, cintilando, eufórica.

— Reze por mim, então — pediu Stella, por pena, e porque assim quis. O dr. Butler saiu com o prato coberto e o Diabrete o seguiu; Will se ajoelhou ao lado da cadeira da esposa. Mas como encaixar uma oração ali, entre frascos e lentes que revelavam todos os mistérios? Além disso, rezar pelo quê? A doença já devia ter se alojado há muito, enquanto todos seguiam suas vidas com a alegria dos ignorantes. Deveria pedir que os ponteiros do relógio retrocedessem e, se assim fosse, por que parar por aí? Por que não pedir a ressurreição de cada um dos últimos mortos de Aldwinter? Seria Stella tão singular e preciosa que Deus pudesse intervir em seu benefício, quando, em geral, Ele se recolhia a Si mesmo? Mas havia as palavras do aluno da escola dominical, sabia Will: suas preces não pedem favores, oferecem sujeição. — Que não se faça a nossa vontade, mas a Vossa — disse. — Com a graça de Deus.

Quando voltaram, os médicos tinham os respectivos semblantes anuviados e Will foi chamado para conversar, como se a doença fosse dele, não dela. A mensagem foi passada de boca em boca, de modo que, quando alcançou Stella — "Meu amor, você não está bem, mas eles vão ajudá-la" —, a verdade já não significava coisa alguma.

— Tuberculose — disse Stella, animada com a notícia. — A Peste Branca. Tísica. Escrófula. Conheço os nomes. O que o senhor está segurando? Me dê aqui. — Era a lâmina de vidro sobre a qual o futuro dela estava traçado, e após alguma persuasão o microscópio foi trazido e ela falou: — Só isso? São iguais a grãos de arroz.

Outro acesso de tosse a tomou de assalto e a deixou tonta, de modo que, deitada com o rosto no braço duro do sofá, ela pôde ouvir seu futuro se desenrolar.

— Ela precisa ficar isolada o máximo possível, e as crianças devem ser mandadas para outro lugar quando os sintomas piorarem — explicou Luke, dispensando a piedade: de que adiantaria com uma doença mortal como aquela?

— Não se apresse, reverendo, é um choque, sei disso — interveio o dr. Butler. — Mas a medicina moderna pode fazer muita coisa; pessoalmente eu recomendaria injeções de tuberculina, que Robert Koch recentemente passou a usar na Alemanha...

Will, ainda um pouco zonzo, pensou em agulhas furando a pele frágil de Stella e lutou contra a náusea. Virou-se para Luke Garrett e indagou:

— E você, o que tem a dizer? Vai tirar da maleta seus bisturis?

— Talvez um pneumotórax terapêutico...

— Dr. Garrett! — exclamou o dr. Butler, chocado. — Eu jamais admitiria. Apenas dois ou três pacientes até agora passaram por esse procedimento e nenhum deles neste país. Não é hora para experimentos.

— Não quero que você a *toque* — reagiu Will, sentindo-se nauseado de novo e recordando-se da imagem do Diabrete agachado sussurrando no ouvido de Joanna.

— Sra. Ransome, deixe-me explicar — interrompeu Garrett, virando-se para a paciente. — É bastante simples, e sei que a senhora vai entender. O pulmão infectado, quando o ar entra, fica como um balão vazio na cavidade peitoral e, com a intervenção, os sintomas são largamente aliviados e um processo de cura tem início...

— Ela não é um dos seus cadáveres, é minha esposa... Você fala como se ela fosse um monte de miúdos na vitrine de um açougueiro!

Luke, perdendo a paciência, investiu:

— Você vai, realmente, permitir que o seu orgulho e a sua ignorância ponham o futuro dela em risco? Tem tanto medo assim da época em que nasceu? Preferiria que seus filhos fossem desfigurados pela varíola e a sua água estivesse cheia de cólera?

— Cavalheiros... — interveio o dr. Butler, aflito. — Sejam razoáveis: reverendo Ransome, quando o senhor a trouxe aqui, ela se tornou minha paciente, e eu recomendo que pense em lhe dar injeções de tuberculina. Não precisa decidir agora, é claro, mas é melhor que seja mais cedo que mais tarde, antes que comecem as hemorragias, o que temo que vá acontecer em breve.

— E quanto a mim? — Stella se ergueu apoiando-se no cotovelo e ajeitando o cabelo, com a testa franzida. — Não vão me consultar? Will, este corpo não é meu? A doença não é minha?

# JULHO

Julho

## I

Em Aldwinter, Naomi Banks está desaparecida. Sumiu no dia em que Cracknell foi encontrado e deixou um bilhete: ESTEJA PRONTA OU NÃO, AÍ VOU EU, com três beijos no verso. Banks navega no Blackwater e está inconsolável:

— Primeiro a mulher, depois o barco e agora isso — queixa-se. — Estou sendo estripado que nem um peixe.

Todas as casas são revistadas em vão, embora o merceeiro explique que a semana foi menos lucrativa e quem sabe ela não virou mão-leve em seu estado de ânimo?

A cidade anda cautelosa. Não existem legistas suficientes em Colchester para fazê-los acreditar que Cracknell tenha morrido tão somente porque seu velho coração parou de bater: foi a Serpente de Essex, isso está claro como o dia. Buscam sinais e os encontram: as colheitas de cevada não estão com boa cara, as galinhas não põem ovos, o leite anda azedando com demasiada frequência. No Carvalho do Traidor há tantas ferraduras que seus galhos correm o risco de se quebrar com o vento e a chuva. Até os que nunca viram a noite brilhante são capazes de descrever direitinho o que houve naquela ocasião, acima do largo, salpicando o estuário de azul. Em St. Osyth houve um afogamento. *Eu bem que avisei*, dizem, *eu bem que avisei*.

Um rodízio de vigias noturnos é estabelecido. Os homens se sentam junto a pequenas fogueiras no manguezal e anotam num diário de bordo: *0200 horas, vento sudeste, visibilidade boa, maré baixa. Nenhuma aparição, mas um ruído fraco de mastigação e gemidos entre 0246 e 0249*. Banks não tem permissão para participar, devido ao fato de Naomi estar desaparecida e ele se encontrar mais propenso do que nunca a beber.

As crianças de Aldwinter não aceitam de bom grado ser mantidas trancadas em casa. Num dos casebres locais, um menino tem um surto de tédio e morde a mão da mãe.

— Olhe — diz ela, mostrando a Will a ferida. — Vi logo que tinha algo errado quando um pintarroxo entrou voando. É a serpente nele que está vindo à tona. — Ela sibila para o reitor, mostrando os dentes.

Stella está em casa e escreve em seu livrinho azul todos os dias — *Eu gostaria de ser batizada de novo em água azul numa clara noite azul* — e fecha o diário quando Will se aproxima. Tem seus dias bons e seus dias ruins. As visitas lhe fazem companhia — será que ela ouviu falar dessa ou daquela mulher, e aquilo não foi engraçado, e ela não continua muito bonita e onde será que foi encontrar aquelas contas tão brilhantes? — e vão embora balançando a cabeça e lavando as mãos com antisséptico. "Ela não é a mesma", comentam. "Contou para mim que às vezes ouve a serpente quando dorme! Falou que a serpente sabe o nome dela!" E também: "Você não acha que ela viu mesmo, acha? Você não acha que existe alguma coisa para ser vista, acha?"

Will se descobre numa corda bamba. A corda é estreita e de cada lado o precipício é enorme. Por um lado, não quer ouvir falar disso, dessa superstição infeliz: terá existido um dia um boato capaz de produzir tanta carne úmida, tantos ossos? É seu dever manter tudo isso ao largo. Seus sermões são brilhantes — "Deus é nosso refúgio e nossa força: uma ajuda muito presente nas dificuldades" —, mas é evidente que os moradores duvidam. A congregação não definha, apenas fica truculenta e com frequência se recusa a cantar. Ninguém menciona o braço lascado do banco onde ainda é possível identificar os resquícios de uma cauda: os fiéis, em sua maioria, estão satisfeitos pelo sumiço do réptil.

Por outro lado, ele fica acordado à noite, com Stella muito distante no fundo do corredor, e se pergunta se está sendo julgado. Deus sabe que a ele sozinho poderiam ser imputadas várias acusações (lembra-se de se dobrar de desejo à beira do manguezal); imagina se a Serpente de Essex escreveu seu nome num livro de registros.

Ele não tem notícias de Cora. Pensa nela. Às vezes, acha que ela veio à noite e pôs os próprios olhos nas órbitas dele, para que veja o mundo pela perspectiva dela: não consegue olhar um bloco de lama no jardim sem desejar esmigalhá-lo para ver se existe algo enroscado no interior.

Quer lhe contar tudo e, como não pode, o tecido do mundo parece gasto e descorado. "Há um dragão na minha sala de estudos, preso atrás de uma estante", escreve, "e não consigo raciocinar por causa do som das suas asas batendo". Então joga o papel fora.

Cora lê as cartas e não responde. Leva Martha e Francis para Londres. "Esta é a melhor época do ano", diz, e gasta irresponsavelmente em um bom hotel, em refeições extravagantes, sapatos de que não gosta e que jamais usará. Bebe com Luke Garrett no Gordon's perto do Embankment, onde as paredes pingam sobre as velas, e, quando forçada a falar sobre o seu bom reverendo, descarta o amigo com um aceno imperioso. Garrett, porém, não é bobo, e haveria de preferir seu jeito antigo de mencionar, satisfeita, o nome de Will frase sim, frase não.

Se Luke e Martha esperavam que o outro se apaixonasse ou se enchesse de desprezo no período que se seguiu ao meio do alto verão, ambos se surpreendem imensamente. O que surgiu entre ambos, em vez disso, foi uma camaradagem fácil, parecida com a que nasce entre soldados sobreviventes da mesma batalha. Jamais abordam aquela noite, nem em suas lembranças: era necessário, só isso. Fica tacitamente acordado que Spencer não deve saber de nada — Luke nutre por ele um afeto enorme e para Martha ele tem grande utilidade. Spencer cercou-se de homens de peso político e financeiro; considera provável que Bethnal Green venha a se beneficiar do novo projeto habitacional ao qual não se encontram atreladas obrigações morais e que vai além de satisfazer as mínimas condições de abrigo.

Martha e Edward Burton partilham batatas fritas em Limehouse e fazem planos, enquanto os navios da Nova Zelândia descarregam cordeiros congelados nos armazéns do porto. Faremos isso e aquilo, dizem, lambendo o sal dos dedos, com cumplicidade, sem notar que cada qual dá por certa a presença do outro em algum dia futuro. "É só que eu gosto de erguer a cabeça e vê-la ali", diz ele à mãe, que tem suas dúvidas: Martha é uma boa moça londrina, mas tem o nariz empinado e a fala refinada.

O que Edward não repara, quando volta para casa naquela noite, levando uma das revistas de Martha, é que o homem que o esfaqueou sob a sombra de St. Paul aguarda pacientemente no beco. Samuel Hall espera desde o dia em que Edward voltou do hospital; enverga um casaco diferente, mas no bolso guarda aquela mesma faca de lâmina curta que penetra com tanta facilidade entre as costelas. Mal consegue se lembrar da fonte do seu ódio — uma briga por alguma mulher, não foi? —, mas já não faz diferença. Tornou-se seu único propósito, alimentado pela bebida e pela falta de rumo; foi roubado da sua vingança e passa os dias impacientemente até a tarefa poder ser concluída. Que Edward Burton tenha se tornado o queridinho de homens e mulheres abastados que aparecem com tanta frequência e permanecem tanto tempo só o deixou mais implacável: todos se transformaram no inimigo. Ele observa Edward dar um peteleco em alguns grãos de sal que ficaram na manga e enfiar a chave na fechadura, chamando a mãe que o espera. *Não esta noite, então*, pensa Hall, fechando a faca. *Não hoje, mas logo.*

O enterro de Cracknell é concorrido, já que ninguém é mais amado que os mortos. Joanna canta "Amazing Grace" e não resta um só olho enxuto na casa de Deus. Cora Seaborne envia uma coroa, que corretamente se avalia ter custado os olhos da cara.

Will adquiriu o hábito de caminhar e se vê pensando que, segundo as leis da estatística, seus pés devem se encaixar onde os de Cora já estiveram antes. Enquanto caminha, vai desenovelando as ideias, e elas se dividem. Não consegue concluir em que pé está no que diz respeito a Cora: se sentira tão contente em seu amor por ela — achara-o do tipo que os apóstolos pudessem admirar, como se naquele pedaço lamacento de terra os dois tivessem criado um paraíso. Então algo mudou. Ele ainda pode sentir como a carne dela cedera sob sua mão e também o que veio depois, e sente vergonha, embora não (supõe) tanta quanto deveria.

E tem Stella, serena em sua camisola de algodão azul: com a luz às suas costas, ela envergonharia uma santa de vitral. Às vezes, fala de sacrifício e fica deitada imóvel, quase como se já estivesse no altar, depois se anima e escreve à noite em seu livro azul. O que ele há de fazer com ela? Pensa na agulha e no bisturi na mão do cirurgião e todo o seu ser se encolhe. Sente júbilo pela razão conferida à humanidade, mas não confia nas areias movediças da engenhosidade humana. É a essa conclusão que ele está chegando: que todos sempre tivemos o hábito de cometer erros. Basta pensar nas brigas que se seguiram depois que Galileu decretou que a Terra girava em torno do Sol — basta pensar na ideia de um homem depositar um outro ser na própria esposa. Tudo bem que a ciência estufe o peito e diga "Desta vez, acertamos", mas seria justo fazer essa aposta com Stella?

Will barganha com Deus, como Gideão fez um dia. "Se não for da sua vontade que ela suporte o tratamento, impeça-o por algum meio definitivo e deixe que esse seja o sinal", reza ele. O absurdo lógico não lhe escapa, mas é isto: Deus tanto pode usar a lógica como qualquer outra coisa. No domingo, ele sobe ao púlpito e recorda à congregação como Moisés no deserto ergueu uma haste de madeira em volta da qual enroscou uma grande serpente de bronze e, com isso, deu esperança a seu povo.

No fim de julho os vigias abandonam seu posto.

*Luke Garrett*
*Pentonville Road*

*27 de julho*

*É tarde e você vai achar que estou bêbado, mas minha mão está firme — eu poderia suturar um homem aberto do pescoço ao umbigo sem pular um ponto.*

*Cora, eu amo você — me escute,* EU TE AMO. *Ah, eu sei, tenho dito isso com frequência e você sorri e aceita, porque é só o Diabrete, só o seu amigo, nada que possa incomodá-la, nem mesmo uma pedrinha jogada no seu lago calmo, na sua horrível calma, na sua* TOLERÂNCIA *por mim — e eu acho que você às vezes até confunde isso com amor quando eu a faço rir ou lhe mostro algo inteligente que fiz, como um cão levando um objeto roído para a dona...*

*Mas preciso me fazer entender, preciso lhe dizer como levo você em mim tal qual um tumor que eu deveria extrair com meu bisturi: é pesado, escuro e ele* DÓI, *despeja algo na minha corrente sanguínea, em todas as terminações doloridas dos meus nervos — mas eu não poderia cortá-lo e sobreviver!*

*Amo você. Amei-a desde o instante em que entrou naquela sala tomada de luz vestindo suas roupas sujas, pegou minha mão e disse que nenhum outro médico serviria — amei você quando perguntou se eu poderia salvá-lo, e eu soube então que você esperava o contrário e que eu não tentaria... E amo o seu vestido de luto, que é uma mentira, e a amo quando observo você tentar amar seu filho e a amo quando você envolve Martha com os braços, amo quando você está feia de tanto chorar e de exaustão, e amo quando põe seus brilhantes e brinca de ser uma beldade... Você acha que, um dia, alguém mais há de conhecer cada Cora como eu as conheço e de amar igualmente todas elas?*

*Tentei diversas vezes tornar produtivo o meu amor — tentei quando Michael estava morrendo como um santo perverso naquele quarto com as cortinas abertas, tentei quando finalmente ele voltou para o lugar de onde veio. Tentei amá-la de formas que não me destruíssem — não desejei possuí-la. Deixei você para esse novo amigo seu. E o tempo todo não consigo dormir porque, quando durmo, você está lá e não tem vergonha, me exige coisas, acordo achando que tenho todos os seus gostos na minha boca — e mesmo assim não fiz praticamente nada além de pousar a mão no seu ombro... você me acha um diabrete, mas tenho sido um anjo!*

*Não escreva. Não venha. Não preciso disso. Não foi por isso que escrevi. Você acha que o meu amor morrerá à míngua sem as suas migalhas? Acha que não sou capaz de ser humilde?* ISTO *é ser humilde — dizer que a amo e saber que você não pode corresponder. Vou me rebaixar.*

*É o máximo que posso dar e não há de bastar.*
LUKE

*Sou Stella estelar sou ele disse! Stella minha estrela dos mares azuis!*

*E fiz meu próprio missal sagrado com tinta azul na página azul e costurei com linhas tão azuis quanto as veias de sangue azul que são azuis.*

TIRARAM MEUS FILHOS DE MIM!!!

*Meus dois bebês nascidos azuis meus três que viveram nenhum deles agora está debaixo do meu teto!*

*Querem me dar coisas: facas agulhas gotas e colheres de chá disso e daquilo não eu disse não posso aceitar nada disso não me deixem viver com as minhas coisas azuis em volta de mim e minhas contas cobalto meu lápis-lazúli minhas pérolas negras que são azuis meu pote de tinta azul minhas fitas índigo minha saia que é azul real minhas centáureas crescendo meus dois olhos cor de hortênsia.*

*Mesmo assim eu aguento bem pois me prometeram que embora eu caminhe entre os rios não vou me afogar! Embora eu caminhe no meio do fogo, não serei queimada!*

# AGOSTO

# I

Nada aproximava mais Charles Ambrose do darwinismo do que caminhar pelas ruas estreitas de Bethnal Green. Via ali não seus iguais que apenas por sorte e circunstância viviam apartados dele, mas criaturas vindas à luz mal equipadas para sobreviver à corrida evolutiva. Olhava para os rostos pálidos — que quase sempre ostentavam uma desconfiança ácida, como se esperassem a qualquer momento levar um chute — e sentia que eles habitavam o lugar que lhes era de direito. O pensamento de que se ao menos lhes fosse dado acesso à gramática e a frutas cítricas na tenra idade eles poderiam um dia sentar-se a seu lado no Garrick era absurdo: sua provação nada mais era que a prova da incapacidade de se adaptar e sobreviver. Por que tantos eram baixos? Por que gritavam e berravam de janelas e sacadas? E por que, ao meio-dia, tantos já estavam tão bêbados? Virando num beco, apertando contra o corpo o paletó de linho fino, sentiu como se os visse através de grades. Isso não queria dizer que não lhe faltasse compaixão: até os animais nos zoológicos moram em jaulas limpas.

Quatro pessoas se encontravam nos aposentos de Edward Burton naquela tarde de agosto: Spencer, Martha, Charles e Luke. A ideia era caminharem mais para dentro de Bethnal Green, cujos cortiços e pardieiros eram candidatos a demolição e substituição pelas boas moradias limpas prometidas pelo Parlamento.

— Tudo bem aprovarem leis — dissera Spencer, sem saber quão precisamente imitava Martha —, mas quanto a taxa de mortalidade infantil ainda precisará aumentar antes que essas políticas sejam implementadas? É de ação que precisamos, não de leis!

A mãe de Edward servia biscoitos de limão numa travessa da qual a cabeça da rainha espiava soturnamente e se preocupava em saber se o filho estava cansado. Ficara calado diante das visitas, reagindo apenas às intervenções feitas por Martha — estaria o ferimento doendo? Poderia mostrar a Spencer os projetos que vinha elaborando para o novo conjunto habitacional? "Muito factível", comentara Spencer, embora, na verdade, nada entendesse daquilo. Alisara o papel branco em que Edward fizera o esboço com toda a sua habilidade laboriosamente autoadquirida, a planta de um bloco de imóveis em torno de uma praça ajardinada.

— Posso levar comigo? Posso mostrar aos meus colegas? Você se importa?

Enquanto isso, Luke comera seu quinto biscoito, tendo admirado a evidente atenção dedicada pela sra. Burton à limpeza.

— Martha não se dará por satisfeita enquanto não vir a Utopia de Thomas More instalada em Tower Hill — comentou o Diabrete.

Lambera o açúcar do polegar e contemplara, contente, as fileiras de telhados pontudos do outro lado da janela. Escrever para Cora havia sido como lancetar uma bolha: no devido tempo talvez produzisse desconforto, mas no momento ele sentia apenas alívio. O que escrevera era a verdade, sem oferecer qualquer barganha, sem se sentir devedor. Provavelmente a euforia não ia durar mais um dia, porém, enquanto durasse seria revigorante e o tornava benevolente. Às vezes, imaginar um envelope selado fazendo o percurso até a sua porta na traseira da bicicleta do carteiro o deixava ansioso: ela acharia graça, ficaria emocionada ou, quem sabe, ignoraria o assunto e seguiria em frente, displicente como antes? Conhecendo-a, Luke considerava a última hipótese a mais realista: era difícil penetrar o bom humor de Cora, levá-la além de uma exibição geral de afeto por todos que a cercavam.

— Vamos embora, então, fazer um *tour* pela pobreza — comandou Charles, animado, vestindo o casaco e lembrando como anos antes ele e um amigo haviam sido, por uma noite, turistas na pobreza, vestindo roupas de mulher e parados em esquinas sob a luz das ruas, sem conseguir atrair, nem um nem outro, sequer um cliente solitário.

— Podem lhes vender uma ostra estragada — alertou Edward Burton, ainda não suficientemente recuperado para assumir seu posto em Holborn Bars —, mas fiquem atentos e voltarão inteiros para casa.

Quando o grupo saiu, o expediente ainda não se encerrara nas fábricas e nos escritórios, o que deixava os becos bastante silenciosos, sendo possível identificar o som de trens manobrando nos trilhos a poucas centenas de metros de distância. Por todo lado, prédios altos bloqueavam a luz, e a roupa lavada secando pouco acima deles jamais poderia ficar limpa. Embora o verão estivesse ameno, os poucos raios de sol que se insinuavam pareciam mais quentes ali, e não demorou para que Martha sentisse a roupa ficar úmida entre as escápulas, e das calçadas, escorregadias por causa de pedaços de comida caídos, se desprendia um odor adocicado de decomposição. Mansões que no passado haviam sido divididas em vários pequenos apartamentos custavam aos locatários preços desproporcionais aos salários passíveis de ser auferidos. Cômodos eram sublocados e novamente sublocados, o que constituía uma família há muito fora esquecido, estranhos brigavam por xícaras e pratos e seus parcos metros quadrados de espaço. A pouco mais de um quilômetro de distância, logo além dos limites da City, os locadores e seus advogados, seus alfaiates, banqueiros e *chefs*, só se interessavam pelo que constava nas colunas de seus livros-caixas.

Aqui e acolá, Martha via motivos para ter esperança, motivos que a outros passavam despercebidos, e vez por outra assentia e sorria, porque todos esses rostos estranhos lhe eram familiares. Uma mulher de jaqueta vermelha surgiu por detrás de uma cortina de renda para molhar os gerânios no parapeito e jogou fora um par de botões fenecidos que aterrissaram no esgoto ao lado de uma garrafa quebrada de Guinness. Operários poloneses estavam ali procurando trabalho, descobrindo que, se Dick Whittington se enganara a respeito das calçadas londrinas, ao menos o clima era mais temperado no inverno e o porto nunca dormia. Eram animados e ruidosos; encostavam-se nas portas aos pares, com os bonés embicados, passando de mão em mão um jornal polonês; fumavam cigarros enrolados em papel preto que exalavam uma fragrante cortina de fumaça. Uma família judia passou a caminho do ponto de ônibus e as meninas calçavam sapatos vermelhos; um instante depois, uma indiana atravessou a rua, levando em cada orelha um pedaço de ouro.

Mas até Martha precisava admitir que, no geral, aquela era uma cena deplorável: uma jovem mãe sentada na soleira da porta, invejosamente observando duas crianças comerem pão branco barato com margarina, e um grupo de homens assistindo a um buldogue treinar para lutar pendurando-se pela mandíbula numa corda. Alguém jogara fora um exemplar da *Vanity Fair* em cuja capa uma atriz usava um vestido amarelo e sorria placidamente; ao lado, no esgoto, uma ratazana de olhar esperto flexionava as patinhas. Passando pelos homens com o cachorro, Martha não foi capaz de esconder a repulsa: olhou-os com uma ostensiva expressão de raiva; um homem com as mangas da camisa enroladas até acima do cotovelo, revelando uma tatuagem, avançou sobre ela e gargalhou quando ela apressou o passo. Luke, mais familiarizado com a vizinhança sórdida do que demonstrava, meio divertido com a exibição de consciência social por parte de Spencer, permitiu-se uma postura cavalheiresca e passou a caminhar bem próximo a ela.

— Será que vai funcionar? Isso *precisa* funcionar — disse Martha, apontando o lugar mais à frente, onde Charles ladeava Spencer, que driblava um desagradável monturo de frutas podres do qual uma nuvem de pequenas moscas entrava e saía.

— Ele precisa ver que isso é insustentável, no mínimo por uma questão de humanidade!

— Como deixar de ver? Um sujeito meio idiota, sempre achei, mas não é cruel. Oi, meu docinho — cumprimentou, rindo para uma mulher com uma peruca cacheada fazendo uma pose convidativa à porta de casa e que lhe soprou um beijo quando ele passou.

— Não adianta... Spencer tentou. Já passei do ponto da redenção.

À frente de ambos, o amigo gesticulava em direção a um beco especialmente estreito do qual se desprendia um odor azedo.

— Ele está fazendo isso tudo sobretudo por você, sabe? Ele daria uma fortuna a um mendigo se você pedisse, mas, do contrário, jamais notaria que eles existem...

Martha pensou em negar, mas sentiu que, com uma coisinha aqui, outra ali, o Diabrete merecia sua honestidade.

— Não é muita maldade minha, é? Jamais prometi coisa alguma a ele e, além disso, não sou uma escolha que a família dele aprovaria! Mas não posso fazer isso sozinha. Sou mulher e sou pobre. É como se tivessem cortado a minha língua.

Haviam chegado a uma espécie de praça cercada por blocos de apartamentos. Luke observou o amigo, de braços cruzados, examinar o problema insolúvel de Londres, falando em seu estilo firme com Ambrose, que o escutava apenas com meio ouvido, distraído com uma criança fantasiada de fada sentada numa soleira de porta fumando um cigarro.

— Ele entrou para a Liga Socialista e fala em encomendar alguma coisa a William Morris. Martha, seja delicada ao desapontá-lo, por favor.

A criança-fada apagou o cigarro e acendeu outro; suas asas perderam uma pena e estremeceram.

Martha, cutucada pela culpa, respondeu, irritada:

— Será que não posso ser amigável e nada mais? Ele não é uma marionete: pensa direitinho por si mesmo, ouça...

— Todas as novas moradias no aterro do Tâmisa — estava dizendo Spencer —, de que tanto se orgulham e usam como prova de progresso... Você as viu? Não são muito melhores que jaulas. Estão todos mais espremidos do que nunca. Há cômodos que nem janelas têm, e os que têm não são maiores do que um cubículo. Eles não acomodariam tão mal seus cães de caça.

Não conseguiu se impedir de lançar um olhar para Martha, que se aproximou e se deixou dominar pelo mau humor.

— Charles, olhe para você. Mal consegue esperar a hora de voltar para casa, para Katherine e seus chinelos de veludo e o seu vinho, cujo gole custa mais do que *eles* dispõem para viver uma semana. Você os considera uma espécie diferente, acha que são culpados da situação em que vivem por serem imorais ou burros e que, se você lhes desse algo melhor, eles jogariam fora em uma semana. Ora, talvez sejam uma espécie de animal diferente da sua, porque, enquanto os da sua espécie se queixam de cada centavo pago em impostos, quem não tem nada está disposto a lhe dar a metade. Não, Luke, não vou parar. Você acha que por Cora ter me ensinado com que garfo se come peixe eu me esqueci de onde nasci?

— Martha, minha cara — Charles Ambrose mantivera as boas maneiras diante de coisas bem piores e, ademais, sabia muito bem quando havia sido flagrado —, nós todos conhecemos sua posição e a admiramos. Já vi o suficiente e, se vocês me permitirem voltar ao meu hábitat rotineiro, farei o possível para executar todos os comandos que me derem. — Vendo que sua reverência irônica em nada melhorara o humor de Martha, disse, então, como se revelasse segredos de Estado: — A legislação foi aprovada, vocês sabem. As políticas estão implantadas. Trata-se apenas de planejar os próximos passos.

Martha sorriu na medida do possível, porque Spencer se retraíra um pouco, como se de repente questionasse sua ligação com uma mulher que gritava com pessoas de status superior ao dela em plena rua, e porque Luke ficara novamente endiabrado, parecendo mais deleitado que nunca.

— Próximos passos! Ah, Charles, desculpe. Me disseram para contar até dez... Esperem, vocês estão escutando? O que é isso... que barulho é esse?

Todos se viraram e ouviram, vindo do fundo de um beco estreito, o som de um realejo. Uma melodia irregular ganhou fôlego quando alguém girou uma manivela e depois se transformou numa marcha marcial. A criança correu em direção à música com suas asas esvoaçando às costas e, quando o responsável pelo som surgiu, outros se juntaram a ela, como se emanassem dos tijolos e da argamassa em volta; alguns estavam descalços e outros calçavam botas com pregos na sola que provocavam faíscas quando corriam; dois meninos louros levavam um gatinho, cada; uma menina de vestido branco os seguia, fingindo indiferença. Charles, mantendo distância, viu um homem mais ou menos da idade dele vestido com o que sobrara de uma túnica militar. Costurada ao peito, via-se a fita verde e encarnada da Medalha da Guerra Afegã, e sua manga esquerda vazia estava presa na altura do cotovelo. Com a mão direita, ele girava mais e mais rápido a manivela do realejo e começou uma jiga de própria lavra. A menina de branco rodopiou e riu, estendendo a mão para pegar a de Garrett; um garoto ergueu seu gatinho bem alto e cantou uma letra que ele mesmo inventou. Marta olhou para Spencer e viu seu pavor, desprezando-o por isso; talvez ele achasse que aquela gente devesse ser decentemente miserável no seu canto em lugar de extrair prazer de onde fosse possível.

— Peguem seus pares — gritou o soldado. — Experimentem esta aqui — sugeriu e, então, não foi uma melodia militar que tocou, mas algo que falava de marinheiros no deque avistando a terra. Martha deu as mãos a um dos meninos que largara o gatinho na soleira de uma porta e, com um bocado de força nos braços finos, a fez rodar tanto que Spencer viu todo o cabelo louro dela esvoaçar, cor de trigo, de encontro aos muros de tijolos enegrecidos.

— *Me levem embora daqui, meus intrépidos companheiros* — cantava a menina de branco —, *meu destino é o sul da Austrália*.

Quando passou por Charles, ela inclinou a cabeça, como se aceitasse um cumprimento que nem passara pela cabeça dele fazer.

Um pouco distante dali, num beco, sem ser visto, o inimigo de Edward Burton observava. Aturdido pela cerveja e pela fúria, Samuel Hall acordava toda manhã com o ódio crescendo no estômago, tão afiado quanto qualquer faca. As vigílias diárias do lado de fora da casa de Burton lhe haviam fornecido vislumbres do inimigo em si e de suas visitas tão obviamente abastadas que era como se Burton tivesse dado entrada no Royal Borough pobre e saído de lá rei. O que eles sabiam da sua crueldade — como Burton estragara a única esperança de felicidade de Hall? Pior, o *Standard* mencionara a cirurgia que roubara de Hall a justiça: duas colunas e uma fotografia elogiando um cirurgião que não passava de um demônio carrancudo. Seu ódio por Burton dobrara e extravasara para esse outro homem — que direito tinha ele de interferir com os desígnios de Deus? A faca entrou — havia alcançado o coração —, e isso deveria ter sido o fim, para que ele pudesse ter paz!

E ali estava ele, o mesmo homem — de sobrancelhas negras, meio corcunda e acompanhado de três pessoas: uma mulher que Hall reconheceu pelo cabelo grosso trançado no alto da cabeça e dois homens desconhecidos. Hall os vira serem recebidos à porta de Burton e os vira emoldurados pela janela de Burton; viu quando passaram entre si pratos de comida, enquanto o próprio Hall não suportava comer — todos riam, quando ele se esquecera de tudo, exceto sofrer! Seguira-os por todo o caminho e os vira dançando, quando ele próprio perdera toda a alegria. Hall levou a mão ao bolso e roçou o polegar na lâmina ali escondida. Se Edward Burton havia de permanecer logo além do seu alcance, ali ao menos ele poderia ter a chance de revidar.

O soldado fez uma pausa — seu braço cansara — e, no silêncio que se seguiu, os dançarinos ficaram repentinamente envergonhados. Os prédios e os esgotos pareceram na mesma hora mais sórdidos e mais desoladores; Luke tirou a mão da cintura da garota e se inclinou como se pedisse desculpas.

— *Eles escovam o cabelo com ossos de bacalhau* — cantou ela, convidativamente, para o soldado, mas ele estava cansado e não queria mais tocar.

Charles consultou o relógio. Havia sido uma exibição interessante à sua moda, embora talvez um detalhe a ser omitido em seu relatório para o departamento; mas ele queria jantar e, antes que chegasse a essa feliz conclusão do dia, seria preciso tomar banho durante uma hora, no mínimo. *E possivelmente*, pensou, apenas com uma leve vergonha, *queimar minhas roupas.*

— Spencer, Martha, vocês já viram o bastante? Já cumprimos o nosso dever? Mas vejam, quem é este? Dr. Garrett, ele parece estar querendo lhe falar, é seu amigo? — Fez um gesto, indicando algo à sua direita, e a princípio Luke nada viu além das crianças se dispersando e do soldado contando as moedas em seu quepe. Então a criança com as asas de fada gritou e soltou um palavrão: ela havia sido empurrada num repentino movimento e desabou queixosa sobre as pedras.

— O que está acontecendo? — indagou Charles, fechando mais o casaco. Seriam batedores de carteira? Katherine lhe *avisara* para tomar cuidado! — Spencer! Você consegue ver o que está acontecendo?

O grupo de crianças se abriu, um gatinho se soltou e miou de um parapeito e Charles viu um homem baixo de casaco marrom se aproximar com a cabeça baixa e uma das mãos enfiada no bolso. Achando que o homem estava com algum problema, Martha deu um passo à frente e estendeu as mãos.

— O que houve? Precisa de ajuda?

Samuel Hall não respondeu, apenas continuou correndo, e todos viram que era Luke que ele queria; alcançou o cirurgião, que a princípio achou divertido e manteve o homem afastado com um empurrão jovial.

— Eu o conheço? Já fomos apresentados?

Hall começou a resmungar sob o hálito azedo de cerveja, o tempo todo pondo e tirando a mão do bolso, como se não conseguisse decidir o que fazer a seguir:

— Você não devia ter feito aquilo e interferido no meu trabalho. Não foi justo. Vou lhe mostrar o que ele vai receber!

Luke se preocupou, então, pois apesar de toda a sua força não conseguia manter o homem afastado: viu-se imprensado contra a parede, os tijolos arranhando-lhe a pele. Olhou à volta, em busca de ajuda, e a encontrou — pois lá estava Spencer, que, com as mãos no ombro do homem, puxou-o para longe do amigo. Foi quando o sujeito desatou em soluços bêbados, que também lembravam um pouco gargalhadas. Erguendo os olhos para o céu, exclamou:

— De novo, dá para acreditar? De novo me roubaram a chance de cumprir o meu dever!

— O coitado está doido — disse Charles, observando o homem na sarjeta. Então viu quando ele enfiou a mão no bolso e dali tirou uma lâmina. — Cuidado — alertou, se adiantando, sentindo cada pelinho do pescoço se arrepiar: — Cuidado, ele tem uma faca. Spencer, para trás!

Mas Spencer virara as costas para o homem caído e estava lento por conta do choque da luta; olhou apalermado para Charles e o amigo.

— Luke — indagou —, você está ferido?

— Ofegante — respondeu Luke —, só isso.

Viu, então, Hall se pôr de pé, cambaleante, e a luz se refletir na lâmina; viu quando ele ergueu o braço e investiu contra Spencer com um uivo animal. No longo momento que se seguiu, Luke também viu o amigo deitado sobre uma mesa mortuária, o cabelo claro contra a madeira, e tal visão foi insuportável: nunca sentira um surto de terror tão apavorante. Atirou-se para a frente com as mãos estendidas. Alcançou o homem, alcançou a faca — os dois desabaram na calçada. Samuel Hall caiu primeiro, e pesadamente: a cabeça colidiu com o meio-fio e produziu um som como o de uma noz sendo quebrada.

O soldado se deslocara para outros becos e eles ouviram o realejo tocando — algo parecido com uma canção de ninar, levando as crianças a pensar que talvez o homem de cabelo preto que dançara com elas estivesse dormindo, de tão imóvel que estava. Mas Luke não desmaiara nem se achava inconsciente: ficara ali deitado imóvel porque sabia o que sofrera e não tinha coragem de olhar.

— Luke, você está nos ouvindo? — perguntou Martha, tocando-o delicadamente com as mãos; ele abriu os olhos, depois se sentou e se virou para os demais, e a cor sumiu do rosto de Martha. Do colarinho ao cinto, a camisa do médico era escarlate e a mão direita e o braço estavam cobertos de sangue.

Quando se aproximou — tendo se dado conta de que o homem do casaco marrom sem dúvida nunca mais se levantaria —, Charles achou, a princípio, que o médico segurava um pedaço de carne. Mas era a carne da própria mão, arrancada do osso onde a faca atravessara a palma quando ele a agarrou, de modo a deixá-la pendurada junto ao pulso, como uma aba espessa e brilhante. Por baixo, podiam ser vistos os ossos cinzentos e um tendão — ou ligamento — de algum tipo havia sido seccionado e jazia em meio ao sangue como uma fita pálida cortada com tesoura. Luke não aparentava sentir dor, apenas segurava o pulso direito com a mão esquerda, fitando os ossos visíveis da mão e recitando repetidamente como uma liturgia:

— *Escafoide, unciforme, carpo, metacarpo...*

Revirou, então, os olhos negros e caiu nos braços dos amigos ajoelhados à volta.

## 2

Acerca de dois quilômetros daquela sombria praça, Cora se aproximava de St. Paul com uma carta no bolso. Sua estada em Londres tinha sido péssima: amigos iam e vinham e a encontravam esquiva e *distrait*. Cora, por sua vez, achava todos muito elegantes e bastante cautelosos nas conversas: as mãos das mulheres eram alvas, as unhas, afiadas e polidas; os rostos bem barbeados dos homens tinham o tom róseo da pele de bebês e ostentavam bigodes absurdos. Estavam a par da política e seus escândalos e sabiam direitinho quais restaurantes serviam o prato da moda, mas Cora gostaria de arrancar tudo da mesa e dizer: "Sim, mas já lhe contei que uma vez fiquei junto das barras de ferro de um bueiro em Clerkenwell e ouvi o rio debaixo da terra fluindo para encontrar o Tâmisa? Vocês sabiam que eu ri no dia em que meu marido morreu? Alguém já me viu beijar meu filho? Será que vocês nunca falam sobre alguma coisa que interesse?"

Katherine Ambrose a visitara acompanhada de Joanna. Logo após o diagnóstico de Stella, Katherine e Charles Ambrose haviam assumido os cuidados com os filhos dos Ransome (o dr. Butler, aguardando a decisão de Will sobre qual seria o tratamento da esposa, recomendara sossego e ar puro e que as crianças fossem mandadas para outro lugar). Embora alarmado ao ver seu lar tranquilo de súbito cheio e ruidoso, Charles, ainda assim, se pegava voltando para casa mais cedo que o necessário e com os bolsos cheios de barras de chocolate Cadbury's e jogos de cartas, com os quais se entretinha com os pequenos à noite até além da hora. Todos sentiam falta de Stella, mas aguentavam firme: a Joanna foi dado, de imediato, acesso irrestrito à biblioteca, mas ela também aprendeu a fazer cachos nos cabelos usando faixas de pano; James desenhava artefatos de uma complexidade impossível e os enviava à mãe em envelopes lacrados com cera.

— Que bom ver você! — exclamou Cora, sinceramente: Joanna crescera e virara quase uma moça no espaço de um mês e ostentava os olhos da mãe acima da boca do pai. Vinha estudando com afinco os livros de Charles e pretendia (segundo declarou) ser médica ou enfermeira ou engenheira ou algo do gênero, não decidira ainda; então se lembrava da mãe e de quanto sentia sua falta, e os olhos violeta se nublavam.

— O que você está fazendo em Londres, Cora? — indagou Katherine, beliscando uma fatia de pão com manteiga. — O que fez você sair de Aldwinter, já que estava tão feliz e tinha tanto para ver? Se alguém fosse capaz de desvendar o mistério do monstro do Blackwater, sem dúvida esse alguém seria você! Em pleno verão, todos dizíamos que você parecia uma moça nascida e criada no campo e duvidávamos que voltássemos a vê-la pegar outra vez um trem.

— Ah, toda aquela lama e confusão — respondeu Cora, animada, sem enganar sequer por um instante a amiga. — Sou uma rata urbana, sempre fui. Todas aquelas meninas malucas, aquelas fofocas sobre a serpente, as ferraduras num carvalho... Achei que, se ficasse mais tempo, enlouqueceria. Além disso — prosseguiu, esmigalhando um pedaço de pão com total indiferença —, eu não sabia direito o que estava fazendo.

— Mas você vai voltar logo para Essex, não vai? — perguntou Joanna. — Não deveria abandonar os amigos quando estão doentes, pois é quando mais precisam de você! — Começou, então, a chorar, e as lágrimas se recusavam a cessar.

— Ah, sim, Jojo — respondeu Cora, envergonhada —, claro que vou voltar.

Mais tarde, Katherine perguntou:

— O que *realmente* aconteceu, Cora? Will Ransome, de quem você falava tanto... Quase temi o que pudesse se passar! Mas então eu os vi juntos e você mal falava e achei que não se gostavam... Parece uma amizade estranha, mas também você nunca foi de agir do mesmo jeito que o restante de nós. E agora, com Stella nessas condições...

Cora, porém, que desde a viuvez jamais conseguira esconder um pensamento atrás do olhar, baixou as pálpebras e disse apenas:

— Não havia nada estranho ali: gostamos da companhia um do outro durante algum tempo, só isso.

Se Cora pudesse explicar o que saíra dos eixos, talvez o fizesse, mas por mais que refletisse — até tarde da noite e imediatamente ao acordar — não atinava com a resposta. Ela valorizara a afeição de Will por ser impossível que ele a desejasse como fizera Michael no passado; o afeto dele era limitado em todos os lados por Stella, pela fé religiosa e também pelo que ela, agradecida, via como uma total incapacidade de que ele a enxergasse como uma mulher. "Para ele, eu podia muito bem ser uma cabeça num vidro de formol", comentara certa vez com Martha. "É por isso que ele prefere escrever a me ver. Sou apenas uma mente, não um corpo. Estou tão segura quanto uma criança. Você não entende que prefiro assim?"

E acreditava nisso. Mesmo agora, quando pensava naquele momento em que tudo mudou, via-se como culpada, não ele — não devia tê-lo olhado do jeito como olhou e não tinha noção de por que o fizera. Algo na flexão firme dos dedos dele de encontro à sua pele lhe despertara algum tipo de reação, e ele percebera e se desconcertara. Sem dúvida, suas cartas eram bastante gentis agora, mas Cora tinha a impressão de que uma espécie de inocência se perdera.

Então chegou a carta de Luke, e foi ela quem ficou desconcertada. Não que nunca houvesse se dado conta daquele amor, já que ele se declarava com tanta frequência, mas já não era mais possível rir e responder que também ela amava seu Diabrete: uma espécie de inocência se perdera. Pior ainda, parecia uma tentativa de dominá-la — durante todos os anos do que devia ter sido a sua juventude, ela fora propriedade de alguém, e agora, com pouco mais de alguns meses de liberdade nas mãos, outro alguém desejava marcá-la novamente. *Sei que você não pode retribuir o meu amor*, dissera Luke, mas ninguém jamais escreveria uma carta dessas sem um mínimo de esperança.

Atravessando a Strand na altura de St. Paul, ela encontrou uma caixa de correio e jogou lá dentro uma carta endereçada ao dr. Garrett com um quê de desprezo. De algum lugar às suas costas, vinha música, e ela viu nas escadas da catedral um homem vestido com um uniforme militar rasgado girando a manivela de um realejo. A manga esquerda estava vazia e o sol se refletiu na medalha no peito dele. A melodia era alegre e animou-a: ela se aproximou e deixou cair algumas moedas no quepe.

*Cora Seaborne*
*a/c Midland Grand Hotel*
*Londres*

*20 de agosto*

Luke,

Sua carta chegou. Como você pôde... COMO?

Você acha que eu deveria sentir pena? Não sinto. Você já sente pena suficiente de si mesmo e não precisa da minha.

Você disse que me ama. Ora, eu sabia disso. E eu amo você — como não amar? —, e você chama isso de migalhas!

Amizade não é migalha — você não sai por aí recolhendo restos enquanto outro fica com a broa toda. Isso é tudo que tenho para oferecer. Muito bem, talvez no passado houvesse mais, mas, no momento, é tudo que tenho.

*Fiquemos por aqui,*
CORA

*Cora Seaborne*
*a/c The Midland Grand Hotel*
*Londres*

*21 de agosto*

*Luke, meu Diabrete, meu querido, o que foi que eu fiz? Escrevi sem saber o que havia acontecido — Martha me contou o que você fez, e não fiquei surpresa. Você sempre foi o homem mais corajoso dos que conheço.*

*E eu tentei lhe dar uma aula de amizade sem jamais ter feito por qualquer um o que você fez por ele!*

*Me diga quando posso vê-lo. Me diga onde você está.*

*Com meu amor, querido Luke — acredite em mim.*

CORA

*George Spencer, médico*
*Pentonville Road*
*Londres*

*29 de agosto*

*Cara sra. Seaborne,*
*Espero que esteja bem. Preciso lhe dizer de antemão que Luke não sabe que estou escrevendo. Ficaria zangado se eu lhe contasse, mas acho que a senhora deve saber o que ele tem sofrido.*
*Sei o que ele lhe escreveu. Vi sua resposta. Jamais imaginei que fosse capaz de tamanha crueldade.*
*Mas não escrevo para repreendê-la, apenas para lhe contar o que vem ocorrendo desde que estivemos em Bethnal Green.*
*A senhora já deve estar a par de que esbarramos por lá no homem que esfaqueou Edward Burton e da forma como Luke interveio para me proteger. O pior é que ele agarrou a faca pela lâmina, ferindo, assim, a mão direita. Os que estavam perto foram muito gentis: uma jovem arrancou a saia do próprio vestido para improvisar um torniquete seguindo as minhas instruções e alguém trouxe uma porta para que pudéssemos carregá-lo, como se fosse uma padiola, pelos becos até a Commercial Street, onde conseguimos chamar um cabriolé. Felizmente, estávamos muito perto do Hospital Royal London, em Whitechapel, e um colega o atendeu imediatamente. O ferimento foi limpo, pois infecção era a nossa principal preocupação. O procedimento causou muita dor, mas ele recusou qualquer anestésico, dizendo que valorizava sua mente acima de tudo e não permitiria que mexessem com ela.*
*Talvez seja melhor eu esclarecer a natureza do ferimento. Será que conseguirá aguentar? A senhora fica bastante contente diante dos ossos dos mortos, mas como encara os dos vivos?*
*A faca entrou na palma da mão, próximo à base do polegar, e, com um movimento bem parecido ao de separar a carne cozida das espinhas de um peixe, mais ou menos arrancou a pele da palma, deixando tudo exposto. Os músculos foram cortados, mas o pior é que dois dos tendões que controlam*

o movimento dos dedos indicador e médio foram seccionados. O dano ficou claramente visível: o ferimento era tão revelador que um estudante que o olhasse passaria no exame de anatomia.

Ele pediu que eu o operasse. Novamente recusou anestesia e falou das técnicas de hipnose que andara estudando e de como um médico em Viena tivera três dentes do siso extraídos sob hipnose sem piscar. Me disse que treinara a si mesmo para entrar em um transe hipnótico tão profundo que certa vez caíra no chão sem acordar. Então repetiu que não acreditava que a dor fosse mais intolerável do que o prazer intenso (uma preocupação sua que jamais entendi) e me fez prometer que não o anestesiaria, a menos que ele implorasse. Me lembro precisamente das palavras dele: "Confio mais na minha mente do que nas suas mãos."

Eu não podia pedir a assistência de uma enfermeira. Não seria justo. Acredito que ele prepararia a sala do seu jeito habitual, caso pudesse, mas não lhe era possível mais do que ficar deitado na mesa de operações e prover instruções: ambos usaríamos máscaras brancas de algodão. Eu deveria posicionar um espelho de modo que ele visse o procedimento se despertasse do transe.

Ele merecia ter o melhor cirurgião da Europa para operá-lo, não a mim: minhas habilidades são, no máximo, modestas (na verdade, ele sempre teve o hábito de zombar delas desde que estudamos juntos). Minhas mãos tremiam cada vez que eu pegava os instrumentos, que chacoalhavam na bandeja, e eu sabia que ele perceberia o meu medo. Ele pediu que eu desfizesse os curativos para que pudesse examinar o ferimento e oferecer instruções antes da hipnose, e, embora não me seja dado imaginar o sofrimento que tomou conta dele quando a bandagem foi retirada da carne, ele nada fez além de morder o lábio e empalidecer muito. Ergui a aba da palma da mão e ele examinou os tendões rompidos como se fossem de um dos cadáveres que no passado cortávamos e costurávamos. Me instruiu, então, sobre que pontos usar para unir as duas extremidades dos tendões e garantir que a bainha permanecesse intacta — e ressaltou que eu não poderia tensionar a pele da palma após fechar o ferimento. Depois, começou a sussurrar para si mesmo, o que lhe trouxe conforto: recitou fragmentos de poesia e os nomes de ele-

*mentos químicos e listou todos os ossos do corpo humano. Enfim, seus olhos se reviraram em direção à porta e ele sorriu, como se tivesse visto chegar um velho amigo, e entrou em transe.*

*Eu o traí. Fiz uma promessa sabendo que a quebraria. Esperei alguns segundos e toquei de leve a carne da mão. Satisfeito de ver que estava mais ou menos insensível, chamei uma enfermeira e administramos o anestésico.*

*Operei durante mais de duas horas. Não vou entediá-la com os detalhes da cirurgia: digo, apenas, com vergonha, que dei o meu melhor e isso não bastou. Ninguém jamais se equiparou a ele na precisão de seu talento nem em coragem; se ao menos pudesse ter operado a si mesmo, acredito que passado um ano não seria possível dizer quão seriamente fora ferido. Fechei o ferimento e ele foi reanimado. Quando sentiu o desconforto do tubo na garganta, soube de imediato o que eu fizera, e acho que, se pudesse, teria me estrangulado.*

*Permaneceu no hospital durante dois dias, recusando toda e qualquer visita. Insistiu em ter o curativo removido de modo a examinar o meu trabalho. Minha costura não era melhor do que a de uma criança cega, disse ele, mas ao menos eu mantivera o local limpo e não havia sinal de infecção. Quando já estava suficientemente bem para ter alta, acompanhei-o até seus aposentos em Pentonville Road, e foi então que encontramos sua carta sobre o capacho.*

*Deixe-me dizer uma coisa: onde a faca falhou, você teve sucesso. Ele está aniquilado — você apagou todas as luzes! Quebrou todas as vidraças das janelas!*

*Três semanas se passaram e as notícias não são boas. Os tendões responsáveis pelo movimento nos dedos indicador e médio encolheram de maneira significativa e se curvaram em direção à palma, causando a aparência de um gancho. Talvez ele recuperasse um escopo mais amplo de movimentos se estivesse preparado para fazer os exercícios necessários, mas a esperança se foi. Você arrancou algo dele. Luke está ausente. Sem determinação. Já vi essa expressão nos olhos de cães cujos donos vergaram seus espíritos na juventude.*

*Sua segunda carta foi gentil, decerto, mas você não o conhece o suficiente para guardar para si a piedade?*

*Não escreverei de novo, a menos que ele me peça.*
*Ele não pode escrever. Não consegue segurar uma pena.*
*Sinceramente,*
GEORGE SPENCER

# IV
# OS DERRADEIROS MOMENTOS DE REBELIÃO

## SETEMBRO

# I

O outono é generoso com Aldwinter: o sol intenso e enviesado no largo perdoa uma multidão de pecados. As rosas-mosquetas se tornaram frutos carmesins e as crianças sujam as mãos de verde partindo nozes. Bandos de gansos sobrevoam o estuário e teias de aranha cobrem de seda os tojos.

Apesar de tudo isso, as coisas não estão como deveriam. O Fim do Mundo afunda no manguezal e fungos crescem na lareira vazia. O embarcadouro não tem movimento: é melhor arriscar um inverno de escassez a botar o barco em águas poluídas. Boatos chegam de Point Clear e St. Osyth, de Wivenhoe e Brightlingsea: o monstro do Blackwater foi visto por um pescador na virada da maré certa noite e ele perdeu o juízo; uma criança foi achada semiafogada com uma marca cinza-escura na barriga; um cão apareceu nos sapais com a cabeça num ângulo impossível. Vez por outra, um vigia pouco convicto acende uma fogueira junto ao Leviatã e faz uma marca no diário de bordo, mas nunca permanece a noite toda.

Ainda não há sinal de Naomi Banks. Ninguém diz que ela deve ter ido uma noite até o manguezal e lá encontrado a serpente, mas esse é o consenso. Banks deixa suas redes de pescar se emaranharem e as velas mofarem e é banido do White Hare por assustar seus companheiros de copo. "Esteja pronto ou não, aí vou eu!", grita da porta e emborca na calçada.

Em seus aposentos em Pentonville Road, a mão de Luke cicatriza razoavelmente bem. Spencer enrola e desenrola as ataduras e admira o próprio trabalho de agulha, vê os dedos se curvarem para dentro da palma; enquanto isso, Luke contempla placidamente a rua molhada e nada diz. Decorou a primeira carta de Cora, da letra inicial até a assinatura: *Como você pôde? Como?* A segunda continua sem resposta, apesar de toda a contrição dela.

Martha escreve para Spencer. Edward Burton e a mãe estão prestes a perder a casa, diz — o aluguel se tornou intolerável. Nem toda a roupa lavada e todos os tapetes de retalhos coloridos em Londres manterão o lobo afastado da porta. Alguma coisa foi feita? Charles tem algo a relatar? Quando ela poderá lhes levar boas notícias? Spencer detecta uma urgência nas entrelinhas e a atribui ao bom coração de Martha, à sua consciência justa. Mas não tem novidade alguma e não sabe como responder.

Na imponente casa branca dos Ambrose, as crianças engordaram quase tanto quanto Charles. Joanna sabe de cor a tabela periódica, o que a hipotenusa tem de notável e é capaz de identificar uma falácia lógica *post hoc* a cem metros de distância. Se numa segunda-feira decide entrar no Parlamento, na quarta nada senão o direito a interessa. Charles não lhe revela a improbabilidade de ambos os desejos se realizarem: ela perderá a esperança, como acaba acontecendo com todo mundo. De vez em quando, ela se lembra dos feitiços infantis partilhados com Naomi Banks e a culpa a domina: por onde andará a amiga ruiva? Será que seus cachos ondeiam nas marés do estuário a cinco braças de profundidade? Conserva ainda um desenho feito por Naomi das mãos das duas entrelaçadas e pergunta a Katherine se pode emoldurá-lo.

Katherine acorda uma noite, ouve choro e encontra os meninos nos braços da irmã. Querem a mãe, sentem falta da aldeia. Fica acertado que todos irão até Essex no fim da semana. Além disso, observa Joanna, é preciso pensar em Magog, ainda confinada ao jardim, com saudades do dono. Consolam-se com uma visita à Harrods e com bolo suficiente para afogar um marinheiro.

Cora continua em seu hotel londrino, odiando os tapetes e as cortinas. Guarda no bolso uma carta de Spencer aconselhando-a a não visitá-los, e ele é tão educado que o papel congela em sua mão. Martha a vê ir de cômodo em cômodo e não encontra nada para dizer que não receba uma resposta ríspida. Cora pouco se interessa por seus livros e ossos — está entediada e de mau humor e surgiu uma ruga nova na testa dela. A repreensão de Spencer calou fundo e ela anda emburrada — sempre foi quem sofreu, nunca quem impôs sofrimento. É uma adaptação e tanto.

Saiu cometendo erros a granel sem desejar causar mágoas, mas causando muitas mesmo assim.

As cartas de Will são bem recebidas, frequentemente lidas, jamais respondidas. Como responder? Ela compra um postal numa banca na estação e escreve QUERIA QUE VOCÊ ESTIVESSE AQUI, mas de que adianta dizer o que se pensa? Na ausência dele — sem a possibilidade de caminhar a seu lado no largo, de encontrar à porta um envelope (numa caligrafia limpa na qual sempre acha conseguir vislumbrar o menino de escola) — o mundo se torna tedioso e carrancudo; não há mais com o que se deleitar ou surpreender. Então ela se apercebe da própria sandice. Sentir-se tão abalada por não poder conversar com um pároco de Essex com quem nada tem em comum! — é absurdo; seu orgulho se rebela. No fim, tudo se resume ao seguinte: ela não escreve porque quer escrever.

Tenta — como tantas vezes já tentou antes — dirigir toda a sua afeição sem uso para Francis. Como podem um filho e sua mãe extraírem tão pouco prazer do convívio um com o outro? Experimenta cada artifício do manual: conversas sobre temas que o atraem, arrisca piadas e jogos; testa suas habilidades culinárias e lhe compra romances que tem certeza de que ele vai gostar. Às vezes, o flagra com expressão ansiosa, ou assim supõe, e tenta confortá-lo; os dois empreendem frequentes viagens de metrô para destinos da escolha dele, que se sujeita com poucas palavras e ainda menos afeto, levando-a, de vez em quando, a achar que o filho sente pena dela ou (muito pior!) a considera engraçada.

Martha perde a paciência.

— Você realmente acha que pode seguir assim? Você nunca quis amigos nem amantes, quis cortesãos! O que você tem nas mãos é uma revolta camponesa. Frankie — comanda —, vamos dar uma volta.

Will, do púlpito da igreja de Todos os Santos, contempla seu rebanho e não encontra palavras. Os paroquianos se alternam entre a desconfiança e a ansiedade: às vezes a impressão é de que todos estão prontos para correr desabaladamente ao encontro dos braços eternos, noutras ele se sente olhado de soslaio como se o Problema tivesse sido obra sua. Alguém, em algum lugar, transgrediu, esse é o consenso; e, se não é possível confiar no pároco para arrancar pela raiz o transgressor, as coisas definitivamente estão mal paradas.

O tempo todo ele se pega oscilando como a agulha de uma bússola entre o polo Sul e o polo Norte: a esposa, a quem ama e que é a fonte sagrada de todas as suas alegrias, e Cora Seaborne, que não é, e, além do mais, não lhe trouxe senão problemas. A notícia da catástrofe de Luke lhe chegou por intermédio de Charles. Outro religioso talvez imaginasse que esse fim abrupto para a carreira do cirurgião fosse fruto da intenção divina, como se a mão a empunhar a faca pertencesse ao Todo-Poderoso, já que isso livrara Stella da ameaça do bisturi. Will, naturalmente, não tem ideias tão retrógradas, mas ainda assim é difícil não sentir que lhes foi dado um período de carência: o brutal tratamento oferecido por Garrett — o pulmão enfermo colapsado em sua cavidade — tornou-se impossível, pois nenhum outro cirurgião na Inglaterra concordaria com isso.

Sem Cora, ele descobre que seus pensamentos perderam a direção. De que, afinal, serviria observar isto, encontrar aquilo, se não pode contar à amiga e vê-la rir ou franzir a testa em resposta? Percebe-se inquieto, desconfortável; com frequência, se exaspera com ambos por terem permitido que um lapso nas boas maneiras (é assim que concebe a situação para si mesmo) cortasse o elo entre eles. Talvez Cora esteja por demais absorvida pelo amigo ferido para lembrar-se do pároco do interior com a esposa doente — levando-lhe comidas calóricas que ele não deve comer, aprendendo a fazer curativos, a remover pontos de seda da pele. Ele a veste de branco e a senta aos pés do médico, a cabeça inclinada sobre a mão arruinada, e se horroriza ao descobrir-se enciumado. Tanto faz (acha): logo uma carta fará o percurso de ida ou de volta entre a cidade e o campo — resta apenas saber quem será o primeiro a desdobrar uma folha de papel, a umedecer a ponta da pena.

Por trás das costelas de Stella Ransome formam-se tubérculos. Se Cora pudesse vê-los, lhe viriam à mente os fósseis que coleciona sobre a lareira. Eles enviam células saprófagas; a infecção se instala. Os vasos sanguíneos em seus pulmões começam a se desintegrar e se mostrar em salpicos escarlates nos lenços azuis.

De todos, só Stella está feliz. É a *spes phthisica*, que confere ao paciente tuberculoso um coração leve, um ânimo esperançoso. Ela transborda de uma alegria indizível e plena de glória, beatificada pelo sofrimento, devotamente ocupada em sua taxonomia do azul. Como uma pega que confecciona seu ninho, cerca-se de talismãs, de envelopes de semente de genciana e vidros do mar e novelos de linha azul, e todo o tempo os olhos permanecem fixos no céu. Sente que os pés deixaram a lama onde, no passado, se atolavam — acorda à noite, empapada de suor com uma febrícula eufórica, tendo visto a face do Cristo de olhos azuis. Às vezes escuta os sussurros da serpente chamando-a e não sente medo. No passado, houve outra como essa: há muito tempo conhece esse inimigo.

O amor pelo marido e pelos filhos não diminui, mas fica distante: é como se um fino véu azul tivesse sido baixado entre eles. Will é atencioso em seu amor — raramente se afasta. Quando percebe que a pele de suas mãos está ressecada, traz de Colchester um vidro de loção Yardley.

Às vezes, ela puxa a cabeça do marido para pousá-la em seu ombro e a afaga, como se o doente fosse ele. Não tendo ficado mais tola do que era antes, viu a ligação dele com Cora dar um nó e sente pena. *Meu amado é dela e ela é dele*, escreve sem rancor em seu livro azul.

— Quando é que Cora volta? — indaga naquela noite, brincando de cama de gato com uma fita azul: — Quando ela vai partir de Londres? Sinto falta de ouvir vocês dois conversando.

*À noite na minha cama busquei aquele que minh'alma ama busquei-o e não o encontrei*

*No passado partilhamos um travesseiro e ele dizia minha Stella minha estrela meu ar é teu e o teu é meu agora são quinze passos da minha porta até a dele e ele está a salvo do contágio que vive em mim*

*Mas ele tem uma ajudante melhor! Que ele a beije com os beijos da sua boca pois seu amor é melhor que vinho e ela tem estômago para isso!*

*Parece-me que existe um tipo de tinta azul
chamado de ultramarino, porque as pedras moídas
para criá-lo nos são trazidas pelo mar*

## 2

Uma mulher subiu ao palco sozinha no Auditório Comunitário de Mile End. Esbelta, morena, usando roupa escura, examinou, bem-humorada, a plateia escassa. Uns cem homens e mulheres, talvez, aguardavam, cochichando sob a abóbada branca: ali, então, estava Eleanor Marx Aveling, que conquistara notoriedade não apenas por ser filha de quem era.

Entre os presentes — arfando por conta da caminhada — se encontrava Edward Burton, sentindo-se reduzido a pouco mais que nada dentro do casaco pesado. Martha se remexia a seu lado:

— Eu a encontrei uma vez. Pediu que eu a chamasse de Tussy, como os amigos fazem — falou, resplandecente.

Se a decisão fosse exclusivamente sua, Burton talvez não optasse por comparecer a uma reunião da Liga Socialista, mas era impossível resistir a Martha.

— Não adianta ficar ouvindo só a mim — dissera ela, servindo-lhe chá. — Não adianta receber informações de segunda mão. Vou com você. Caminharemos juntos. Não dá para se entocar aqui o tempo todo com seus projetos.

Nas semanas de convalescença, a Terra se distanciara um pouco do Sol; o ar agora reluzia, brilhante, e Burton tinha a impressão de ver o mundo através de uma janela de vidro limpinho. Ocorrera-lhe ultimamente que, se seu corpo vivia cansado, o mesmo não acontecia — que bom! — com sua mente: Samuel Hall o despertara de um longo torpor. Parecia impossível que tivesse ocupado durante anos, sem reclamar, o lugar que lhe cabia, encaixando-se direitinho na engrenagem trituradora de Londres. O que enxergava à volta agora era um corpo doente sofrendo convulsões enquanto se livrava da febre — a moléstia fluindo nas artérias das estradas e dos canais, o veneno que se depositava nas estufas de seus auditórios e fábricas. Estava desperto — dolorosa e inquietamente: comia seu pão imaginando quantas horas os operários moribundos trabalhavam nas fábricas de farinha; via a mãe costurando retalhos e sabia que o valor dela era menor do que o dos paralelepípedos da rua. O proprietário aumentara o aluguel, algo que Burton não considerou um ato de ganância pessoal, senão simplesmente mais um sintoma da doença. Pensava no crânio rachado de Samuel Hall e via sua própria culpa coroar-se de pena: Hall fora degradado pela escravidão, como todos eles.

Esse novo fervor era inseparável do que sentia por Martha, e ele não fez qualquer esforço para distinguir uma coisa da outra. Jamais fora habituado à companhia feminina: as mulheres sempre haviam sido objetos valiosos a disputar, e raramente mais que isso. Agora, não lhe apetecia outra companhia, salvo a dela, e ele mal recordava os nomes dos rapazes e homens que, no passado, se juntavam em torno da sua mesa em Holborn. Para ele, Martha não era homem nem mulher, e sim algum outro sexo totalmente diferente. O jeito como ficava à janela, com uma das mãos apertada contra a curva oca das costas, com o suor entre as escápulas lhe manchando o vestido, como vira certa vez... Essas coisas lhe despertavam uma sede que ele temia ser insaciável. Mas ela também era ríspida, combativa, indiferente a elogios — não cedia terreno, fazia-o rir, jamais tentava agradar, não usava artifícios. Edward tinha ciência de perder para Martha em tudo. O fato de haver tantas menções a Cora Seaborne de uma forma por vezes afetuosa e noutras furiosa se ajustava com perfeição ao seu estilo. Ela era um ser incomparável a qualquer outro que conhecera e ele a aceitava por completo. A mãe de Burton desconfiava. "Nunca vi disso!", dizia (incomodada com o fato de Martha sempre deixar a casa levemente mais limpa do que a encontrara). "Uma mulher precisa de sua própria casa e de um homem nela. Um desperdício, a meu ver, e será que ela devia estar aqui sozinha?"

Não se viram gestos teatrais no palco do Auditório Comunitário e menos ainda o ardor de um pregador num comício bíblico: o tom da palestrante era objetivo, talvez um tantinho cansado. *Ela sofreu*, pensou Burton, convencido disso.

— É uma história triste e pavorosa — disse Eleanor Marx, dando aos que a ouviam a impressão de crescer em estatura enquanto falava, a cabeleira se desalinhando. — Essa aliança ímpia de patrões, advogados e magistrados contra os escravos assalariados...

Ao lado de Burton, Martha assentiu uma vez — duas —, fez anotações em seu caderno; na primeira fila, uma mulher segurando um bebê sentava-se imóvel, mas soluçando. De vez em quando, uma voz discordante se fazia ouvir e era silenciada por um olhar. O palco pareceu se encher de moças destruídas por máquinas e rapazes esfolados pelas fornalhas incandescentes, enquanto, a postos, homens corpulentos acariciavam as correntes de seus relógios e viam seu capital crescer.

— Vivemos tempos duros, e outros mais duros hão de vir até que essa ordem cruel seja substituída. Este não é o fim da nossa luta, é o início!

A última afirmação foi saudada com gritos entusiasmados e um chapéu foi atirado ao palco. Não houve uma reverência em agradecimento, mas uma mão erguida, gesto tanto de despedida quanto de encorajamento. *Sim*, pensou Edward Burton, pondo-se de pé e levando uma das mãos ao peito que doía. *Sim, entendi, mas como?*

Num banco dentro de um pequeno parque, Edward Burton comia batatas fritas com vinagre. Crianças vestidas com roupa de festa aguardavam no meio-fio, e, às costas dele, vendedores do *Standard* apregoavam as notícias vespertinas.

— Mas como? — indagou ele. — Às vezes me sinto burro... Tudo que leio e ouço. Existe raiva dentro de mim e não sei o que fazer com ela.

— É assim que eles nos dominam — explicou Martha. — Não é função do escravo assalariado pensar. As moças em Bryant & May, os rapazes nas minas: você acha que eles têm tempo para pensar, planejar, se insurgir? Esse é o grande crime: ninguém precisa de grilhões, pois suas mentes já estão algemadas. Antes, eu pensava que não éramos melhores do que cavalos presos ao arado, mas é muito pior: somos apenas as partes que se movem na maquinaria, apenas os parafusos e as rodas, o eixo rodando sem parar!

— E aí? Preciso trabalhar. Não posso escapar da máquina.

— Ainda não — disse ela. — Ainda não, mas a mudança é lenta. Até o mundo gira poucos centímetros de cada vez.

Cansado, Edward se recostou no banco. Creso tocou os castanheiros, os carvalhos e limoeiros; a amiga estava ao lado.

— Martha — disse ele. Apenas isso, e por ora foi o bastante.

— Você está pálido, Ned. Vou levá-lo para casa.

Beijou-o, então, e na boca de Martha havia um grão de sal.

*Edward Burton*
*Templar Street, n.º 4*

*Martha, quer se casar comigo? Você e eu não nos damos bem?*
EDWARD

E/M

*Querido Ned,*

*Não posso me casar com você. Não posso me casar com ninguém.*

*Não posso prometer amar, honrar e obedecer. Obedeço apenas conforme a razão me manda obedecer. Honro apenas aqueles cujas ações exigem que eu honre!*

*E não posso amar você da maneira como uma esposa tem o dever de amar um marido. Antecipo a chegada do dia em que Cora Seaborne se canse de mim, mas eu jamais me cansarei dela.*

*Pense um pouco... Você acha que a política se detém à porta? Acha que se trata somente de palanques e linhas de piquete, e não de uma questão das nossas vidas privadas?*

*Não peça que eu abrace uma instituição que me põe algemas e deixa você livre. Existem outras maneiras de viver — existem laços além daqueles aprovados pelo Estado! Vamos viver como pensamos — livres e destemidos —, vamos nos prender tão somente pelo afeto e pela defesa de um propósito em comum.*

*Se você não pode ter uma esposa, aceita ter uma companheira — aceita ter uma camarada?*

*Sua amiga,*
MARTHA

*Edward Burton*
*Templar Street, nº 4*

*Querida Martha,*
    *Aceito.*
      EDWARD

# 3

A pequena Harriet, a mais nova das meninas do surto de riso, a dona do vestido amarelo, acordou antes do amanhecer e vomitou no travesseiro. No canto do cômodo, a mãe se mexeu e, levantando-se para atender a filha, inspirou o ar matutino e também vomitou. Vindo do Blackwater, carregado por um vento quente, um cheiro horrível penetrara no quarto por um buraco no vidro da janela. Passando pelo Fim do Mundo e nada encontrando ali, o fedor seguiu viagem e chegou às fímbrias de Aldwinter, onde um punhado de luzes brilhava. Deixando a criança nos braços da mãe, chegou ao casebre de Banks e, levado pela brisa, balançou as velas vermelhas das barcaças no cais. Sob o peso do álcool, Banks dormia um sono demasiado profundo para ser despertado, mas algo o perturbou no escuro e três vezes ele pronunciou o nome da filha perdida. Seguindo em frente, o cheiro passou pelo White Hare e, à porta, um cão perdido uivou chamando o dono que há muito partira. Prosseguiu, depois, em direção à escola, onde o sr. Caffyn — já de pé, corrigindo cadernos de gramática, deplorando o excesso de vírgulas — soltou um grito de nojo e correu para pegar um copo d'água. Gralhas começavam a se juntar no Carvalho do Traidor no largo, pressentindo um banquete no ar fétido. Na casa cinzenta de Cora, ele pairou acima da porta, abaixo do lintel; entranhou-se no tecido dos lençóis em sua cama e não a encontrou. Circundou a torre da igreja e alcançou a janela da reitoria: William Ransome, insone em sua sala de estudos, pensou que talvez um rato morto estivesse apodrecendo sob as tábuas do assoalho. Tapando a boca com o punho da camisa, ficou de joelhos debaixo da escrivaninha, ao lado da cadeira que mantinha junto à sua, e nada encontrou. Stella, numa camisola de cetim azul através da qual os ossos das escápulas despontavam como pequenas asas, surgiu à porta.

— Mas que diabos? — exclamou, a meio caminho entre rir e sufocar. — Que *diabos*?

Levou, então, um raminho de lavanda ao nariz.

— Alguma coisa morta em algum lugar — disse Will cobrindo a esposa com o próprio casaco, temeroso de que ela tivesse um dos acessos de tosse que sacudiam seu corpinho como se preso nas mandíbulas de um predador. — Será no largo? Uma ovelha?

— Tomara que não seja Magog — falou Stella. — Jamais seríamos perdoados. — Mas não era, já que o último membro da família Cracknell podia ser visto no extremo do jardim, imperturbável, mastigando um café da manhã antecipado. — Will, devemos acender a lareira? Ah, que nojo, que nojo! Se você for lá fora, há de ver que a terra se abriu e lá dentro estão os pecadores com todos os ossos quebrados e os lábios sedentos ressecados!

Os olhos dela brilhavam como se a ideia lhe agradasse, o que incomodou Will mais do que o ar fétido, do qual ele achava quase poder sentir o gosto na ponta da língua: algo pestilento, com um toque adocicado ao fundo. Será que devia ir lá fora — talvez devesse ir — com certeza precisava: quem mais haveria de buscar a causa de tudo que nos últimos tempos se abatera sobre a vila? Acendeu a lareira e logo o fedor cedeu espaço ao odor de lenha; Stella jogou no fogo o raminho de lavanda e, por um breve intervalo, o cômodo se encheu do aroma penetrante do verão recente.

— Vá — insistiu ela, arrumando os papéis sobre a escrivaninha (tantas cartas! Ele jamais as guardava?) e lhe entregando o casaco. — Daqui a dez minutos ouviremos o sino e você vai precisar correr para atender alguém.

Beijando-a, ele disse:

— Talvez um barco pesqueiro tenha virado nos sapais e espalhado sua carga, e os peixes estejam apodrecendo. Já faz bastante calor de manhã...

— Queria que as crianças estivessem aqui — interveio Stella. — Jojo teria acordado antes de nós, descido com um lampião e visto com os próprios olhos, e James já teria feito um desenho para os jornais.

Na High Road, havia um grupo de pessoas. O sr. Caffyn enrolara um pano branco na cabeça, como se tivesse sido ferido: outros apertavam contra a boca a manga da roupa e olhavam, desconfiados, para Will, buscando sinais de uma Bíblia ou de alguma outra arma escondida sob seu braço. Não ocorrera a Will, até aquele momento — até sentir no ar não apenas podridão, mas também medo —, que talvez houvesse uma outra causa para o cheiro além de um infortúnio. Mas lá estava a mãe de Harriet (chorando, como costumava acontecer) se benzendo; lá estava Banks, ainda não de todo sóbrio, dizendo que não poria o barco na água caso o monstro tivesse arrotado cachos de cabelo ruivo. Evansford, de camisa preta, parecendo mais do que nunca um agente funerário desprovido de um cadáver, recitava fragmentos do Livro do Apocalipse com evidente regozijo. Até o sr. Caffyn, que a cada ano ensinava aos alunos que o dia 31 de outubro nada mais era do que a comemoração da data em que Martinho Lutero pregara suas 95 teses na porta da igreja do Castelo de Vitemberga, parecia (na opinião de Will) bastante agoniado.

— Bom dia, e um belo dia está, diga-se de passagem — saudou. — E o que é isso que nos tirou a todos da cama? — O silêncio se seguiu. — Como vocês sabem, não sou marinheiro — falou animado, dando uma sonora palmada no ombro de Banks — e, por isso, não se pode esperar que eu entenda patavina de coisa alguma. Sr. Banks, seu conhecimento do Blackwater é maior que o de todos aqui: o que acha que é a causa desta coisa horrorosa? — O vento aumentou e o fedor piorou. Will sentiu ânsia de vômito e prosseguiu: — Algas, talvez, vindas do ultramar? Um cardume de arenques encalhado no cascalho?

— Nunca senti nem ouvi falar de um cheiro como este — respondeu Banks, com a voz abafada pela manga do casaco. — Não é natural, disso eu sei.

— Ora, é o que você acha — retrucou Will, cujos olhos lacrimejavam. — É o que você acha, mas não há nada mais natural do que o cheiro de coisas mortas, que, suponho, seja o caso aqui. Você e eu teremos esse mesmo cheiro, no devido tempo. — O pequeno grupo o observava com desaprovação e ele concluiu, com razão, que não era hora para piadas. Muito bem: às Escrituras, então. — Pelo que não temeremos, ainda que se mude a terra e ainda que se transportem os montes para o meio dos mares!

— *Eu* lhe digo o que é isso — interveio a mãe de Harriet —, e não preciso dizer a você, certo, Banks? Ou a você, a *você*... — Ela virou a cabeça, assentindo com vigor, para o sr. Caffyn e uma ou duas mulheres que pareciam indiferentes à fedentina e já começavam a subir a High Road em direção ao Blackwater, onde o sol nascia. — Ela chegou finalmente, a Serpente de Essex, o monstro do rio, e nenhum de nós está preparado para ela! Apareceu primeiro para a minha filhinha... Ah, pode apostar, pode apostar! Veio primeiro atrás dela, que está pondo as tripas pela boca, sem que eu possa ajudar.

Evansford observou que, afinal, o Redentor em pessoa prometera que haveria choro e ranger de dentes. E, estimulada pela observação, a mulher prosseguiu:

— Esse é o *hálito* da coisa, o *hálito* do monstro, estou dizendo, o hálito vindo da carne e dos ossos que a besta já triturou nas mandíbulas: o menino de St. Osyth, o homem que foi encontrado na nossa praia...

— Um miasma fétido, como ensinaram aos nossos pais — acrescentou o sr. Caffyn —, e trazendo com ele a doença. Vejam! Estou com febre. *La Peste!* Já começou. — E, com efeito, a testa ampla de acadêmico ostentava gotículas de suor, e, sob o olhar de Will, o homem começou a tremer e contorcer a boca no que tanto podia ser o início de um choro ou de uma gargalhada.

— O mar devolveu os mortos que guardava! — disse Banks, ficando animado (se perdera a esperança de abraçar a filha viva, ao menos poderia ter o prazer de lhe dar uma sepultura). — E a morte e o inferno entregaram os mortos que guardavam!

— Inferno! Miasma! — exclamou Will, começando a se exasperar e descobrindo que ou o cheiro começara a se dissipar ou ele se habituara à repulsa. — Serpente! Peste! Sr. Caffyn, o senhor não está doente, só precisa de uma xícara de chá. Ora essa! Sei que todos vocês têm miolos! Banks, você mesmo me mostrou como funciona o sextante! Caffyn, você ensinou à minha filha como calcular a distância de uma tempestade! Não estamos na Idade das Trevas, não somos crianças mantidas na linha com histórias de espíritos do mal e demônios! As pessoas que caminhavam nas trevas viram uma luz brilhante! Não há nada aqui, nada a temer, nunca houve: no fim das contas havemos de descobrir apenas uma ovelha trazida pela maré lá de Maldon, e não alguma... algum monstro abominável enviado para nos punir!

Mas seria tão extravagante imaginar a Inteligência que um dia abrira o mar Vermelho se dando ao trabalho de enviar uma pequena admoestação aos pecadores de uma pequena paróquia de Essex? O apóstolo Paulo pusera a mão num ninho de cobras e não fora picado, como um sinal: sem dúvida a terra dera muitos milhares de voltas desde então, mas será que a temporada de sinais e maravilhas havia mesmo terminado? Por que sempre lhe parecera tão absurdo que houvesse algo à espera no estuário? Seria uma questão não de descrença na serpente, mas de descrença em Deus? Então o medo do grupo alcançou Will, com o gosto de uma moeda de bronze na língua; e não era o medo de que estivessem sob o julgamento divino, mas, sim, de não estarem e jamais poderem estar. *Cora*, pensou ele, descobrindo-se tendo de agarrar o ar vazio, como se de alguma forma pudesse encontrar a mão forte dela: *Cora! Se ela estivesse aqui. Se ela estivesse aqui...*

— Muito bem — falou, zangado, mas tentando disfarçar. — De que adianta ficarmos aqui, entalados, conjecturando? Vou até lá ver com meus olhos e vocês podem vir ou não, como preferirem, mas garanto que antes do pôr do sol isso tudo estará terminado e não se falará mais em serpentes.

Partiu, então, para subir a High Road, em direção ao Blackwater e à fonte do fedor. Resmungando e discutindo nos seus calcanhares, o pequeno grupo o seguiu. A mãe de Harriet tomou seu braço, confiante, e disse:

— Eu me despedi da criança quando saí sem saber se conseguiria voltar para casa.

No largo, o Carvalho do Traidor se achava tão repleto de gralhas que mais parecia uma árvore carregada de frutas com penas. Will caminhou à sua sombra e o bando ávido emudeceu. O fedor se tornou intolerável e o sr. Caffyn, vendo as janelas iluminadas da escola, se desgarrou para buscar refúgio, lamentando ter aceitado um cargo num lugar tão remoto e lamacento, mas, para ser franco, não podia alegar não ter sido avisado.

Então, o vento amainou e mudou de direção; as gralhas alçaram voo do carvalho, dando a impressão de serem as cinzas negras de um papel queimado sopradas pelo vento. Com a mudança no ar, o cheiro começou a se dissipar, levado de volta para o estuário, onde outros acordariam, repugnados, para senti-lo. Banks, tomando coragem, entoou o fragmento de uma canção de marinheiro e bebeu um gole de rum.

Então o Fim do Mundo ficou visível, e cada qual desviou o olhar — embora todos tivessem visto a elevação musgosa em que Cracknell jazia à espera de lápide, era impossível pensar que ele nunca mais estaria lá, atrás do vidro sujo, catando lacrainhas da manga do casaco. O grupo havia sido agora reduzido a um punhado: William Ransome, com a mãe de Harriet à esquerda e um pescador ribeirinho à direita, enquanto atrás vinha Evansford, felizmente calado.

As duas mulheres que seguiam à frente conversavam com alguma animação, gesticulando para indicar filamentos de nuvem tingidas de vermelho pelo sol nascente, ao mesmo tempo que abanavam o ar como se pudessem espantar o fedor que aumentara de novo conforme se aproximavam dos sapais. O estômago de Will se revirou de repulsa e medo: ele não acreditava que em breve encontrariam a Serpente de Essex banhando de sol suas asas diáfanas no cascalho, abrindo e fechando o bico, regurgitando um pedaço de osso, mas, oh, aquilo era desconfortável.

— *Cora* — disse o pároco, horrorizado ante a própria voz, que parecia a de um homem blasfemando. Banks, ao lado dele, lançou-lhe um olhar de perplexidade e poderia ter dito algo, caso uma das mulheres à frente não tivesse se detido, esticado um braço para a margem e começado a gritar. A companheira cambaleou com o choque e, pisando na barra do vestido, tropeçou. Incapaz de recuperar o equilíbrio, deslizou declive abaixo, com a boca aberta, apavorada.

Houve, então, um instante, que Will mais tarde recordaria como se tivesse sido gravado a fogo em sua mente: a mulher em queda, Banks imobilizado em movimento conforme se dirigia até ela, ele próprio inútil, com uma podridão adocicada na boca, oriunda da maré que subia no estuário. Então a imagem se fragmentou e, por algum meio que ele jamais conseguiria explicar adequadamente, todos se viram no sapal, ao lado dos ossos negros do Leviatã, olhando com terror e pena para o que o mar ali desovara.

Paralelamente às marolas da água, a carcaça de uma criatura jazia, em putrefação. Media talvez seis metros de comprimento e o extremo do corpo parecia se afunilar quase formando uma ponta; não tinha asas, não tinha membros, o corpo era teso como a pele de um tambor e ostentava um brilho prateado. Ao longo de toda a espinha viam-se os resquícios de uma única barbatana: protuberâncias que lembravam varetas de guarda-chuva entre as quais nacos de membrana, secando sob a brisa matutina, partiam-se e se espalhavam. A mulher que caíra havia aterrissado próximo à cabeça da criatura: olhos com o diâmetro de um punho fechado fitavam cegamente o vazio e, por trás deles, um par de guelras se soltara da carne prateada e era possível ver, bem no interior, uma franja carnuda, rubra, semelhante à parte de baixo de um cogumelo. Ou sofrera um ataque ou colidira com o casco de uma barcaça do Tâmisa a caminho da capital: em alguns lugares, a pele retesada — que cintilava onde o sol nascente a iluminava com as cores de óleo na água — se abrira para desnudar feridas exangues. Onde tocara a lama e o cascalho, ela deixara um resíduo gorduroso, como se a gordura tivesse começado a lhe vazar da pele. No interior da boca aberta — que lembrava o bico pontudo de um tentilhão — podiam ser vistos dentes afiados. Sob o olhar dos membros do grupo, uma porção de carne se desprendeu do osso de forma tão perfeita quanto se tivesse sido separada por uma faca de mesa.

— Vejam! — exclamou Banks. — É só isso, é só isso.

Tirou o chapéu e segurou-o junto ao peito, dando a absurda impressão de ter encontrado ali, ao nascer do sol em Essex, a Rainha a caminho do Parlamento.

— Coitadinha, era só isso, lá no escuro, perdida, ferida, jogada no manguezal e puxada de volta pelas marés.

*E realmente era uma coitadinha*, pensou Will. Apesar de aparentar ter saído das iluminuras que margeavam um manuscrito, nem o mais supersticioso dos homens acreditaria que aquele peixe em decomposição fosse um monstro mítico: não passava de um animal, como todos os demais; e estava morto, como todos estariam um dia. Ali ficaram, chegando por consenso mudo à conclusão de que o mistério havia sido mais refutado do que resolvido: era impossível imaginar que aquela coisa cega e putrefata — arrancada de seu elemento, onde seu flanco de prata devia ser elegante, belo — pudesse ter lhes despertado terror. Onde, ademais, estavam as asas prometidas, os membros musculosos dos quais brotavam garras? Talvez ela pudesse ter enlaçado Cracknell num abraço úmido, lá no estuário do Blackwater, mas Cracknell havia morrido na margem seca e com as botas calçadas.

— O que fazemos agora? — indagou Evansford, quase lamentando o raiar do sol brilhante, o *páthos* do cadáver a seus pés, a suspensão do julgamento. — Não pode ficar largado aqui. Vai envenenar o rio.

— A maré leva — respondeu Banks, convicto. Ninguém entendia mais de peixe morto que ele. — A maré, as gaivotas.

— Tem algo se mexendo — disse, então, a mãe de Harriet, que se afastara um pouco e agora se postava onde a barriga da criatura se estufava de encontro ao cascalho. — Alguma coisa lá dentro está se mexendo!

Will chegou mais perto e viu uma espécie de tremor e contração por baixo da pele; fez-se uma pausa e ele esfregou os olhos, imaginando que a própria visão estivesse perturbada pela claridade matutina e o sol ainda baixo; tornou a abri-los e, de repente, como que se libertando de inúmeros pequenos botões, o ventre da criatura se abriu e expulsou uma massa pálida que se retorcia. O fedor foi insuportável: cada um dos presentes recuou, cambaleando, como que atingido por um golpe, e Banks não conseguiu se impedir de correr até a carcaça do Leviatã e vomitar. Não podia olhar — não podia: imaginou que ali, entre os fragmentos brancos ainda em movimento, pudesse ver uma mecha de cabelo ruivo. Uma das mulheres, porém, indiferente à visão, sacudiu com o pé aquela coisa viscosa e disse:

— É uma solitária. Vejam, tem alguns metros de comprimento e ainda está com fome. Provavelmente acabou com o monstro: matou-o de fome de dentro para fora. Já vi acontecer. Não vai dar uma olhada, reverendo? Descobriu que tem algo a temer, afinal?

Inclinando a cabeça (ele sabia quando tinha sido derrotado), Will olhou, meio vacilante; viu os últimos movimentos da solitária e sua aparência peculiar de um metro de fita branca na qual haviam sido entremeados fios irregulares. O que andara pensando o Criador para fazer brotar uma criatura tão repugnante, que além do mais se alimentava da vida de outras? Supôs que deveria ter alguma finalidade.

— Banks — disse Will, reprimindo o impulso de fazer uma breve homilia que enfatizasse seu acerto em contrapor a razão divina aos temores supersticiosos dos paroquianos. — Banks, o que devemos fazer?

— Deixe aí — respondeu Banks, em cujos olhos úmidos novos vasos haviam se rompido. — A maré alta há de levá-la, lá pelas onze ou um pouco mais tarde. A natureza dá seu jeito.

— E não causará danos aos arenques, às ostras?

— Está vendo as gaivotas? Está vendo as gralhas, que nos seguiram lá do largo? Logo elas darão conta disso, junto com a água: no domingo, não haverá nem sinal dela.

Nada agora se mexia. Os olhos da criatura ficaram opacos; Will imaginou, sabendo ser uma tolice, que daquela boca saíra um último suspiro. O cascalho estremeceu, a maré subiu um pouco; no bico da sua bota surgiu uma mancha escura circundada por salpicos de sal.

*Katherine Ambrose*
*a/c Reitoria de Todos os Santos*
*Aldwinter*

*11 de setembro*

Nossa querida Cora,

Você já soube? Com a sua determinação de não mais se interessar pela pobre e velha Essex (com efeito, eu nunca soube de uma paixão sua ter caído em desgraça tão rapidamente!), imagino que você continue sem saber, motivo pelo qual me é dado o prazer de lhe contar algo que você ainda desconhece:

ENCONTRARAM A SERPENTE DE ESSEX!

*Agora, acomode-se e providencie uma xícara de chá (Charles, que está lendo o que escrevo por cima do meu ombro, diz que, se o sol já tiver se posto, você deve providenciar um copo de algo mais forte), que eu lhe conto tudinho. E, como estou no momento em Aldwinter, ouvi a história em primeira mão do reverendo William Ransome, que nós duas sabemos ser incapaz de transgredir a verdade a ponto de cometer exageros, o que faz do relato sóbrio e verdadeiro, como se saído da pena do próprio.*

*Bem, aconteceu da seguinte forma. Ontem de manhã, a aldeia toda foi despertada pelo odor mais repulsivo possível. Suponho que, a princípio, alguns pensaram ter sido intoxicados, já que foi ruim o bastante para fazê-los passar mal em suas camas: imagine só!*

*De todo jeito, aparentemente adquiriram coragem para ir até a costa e lá estava — o monstro em carne e osso, só que mortinho da silva. Tão grande quanto se temia: Will calcula que tivesse uns seis metros, embora nada corpulento. Diz ele que se parecia com uma enguia, reluzente como prata ou madrepérola (o reverendo está se tornando poético com a idade). Os que o viram perceberam logo como haviam sido tolos — não era um monstro, afinal, nem tinha asas: talvez fosse capaz de arrancar um pedaço da sua perna, mas não se daria ao trabalho de sair da água para arrebanhar uma ovelha ou uma criança. Parece que houve um momento desagradável com um tipo qualquer de parasito sobre o qual não desejo me alongar, mas o resumo é: uma besta, suponho, mas não mais estranha, nem mais perigosa, do que um elefante ou um crocodilo.*

*Ora, sei que você há de se perguntar se o animal guardava alguma semelhança com as serpentes marinhas que a sua amada Mary Anning tinha o hábito de desenterrar, e lamento lhe dizer que não. De acordo com Will, o animal não tinha membros e, apesar do tamanho e da aparência estranha, sem dúvida não passava de um peixe. Falou-se em notificar as autoridades — Will enviou uma mensagem a Charles, já que por acaso estávamos em Colchester —, mas, ao que parece, o bicho se deslocou com a subida da maré e foi levado de volta ao mar. Ah, Cora! Não consigo evitar de me lamentar por você. Que decepção! Eu tinha uma grande esperança de ver uma vitrine no Museu Britânico e, dentro dela, uma monstruosa serpente marinha empalhada e com olhos de vidro e, na parede, seu nome numa placa de bronze. E que decepção para os que aguardavam o Juízo Final: me pergunto se eles se arrependem de seus arrependimentos... Sei que eu me arrependeria, com certeza!*

*No dia seguinte, viemos para Aldwinter, meio esperando ver a criatura com nossos próprios olhos, por isso escrevo da sala de estudos de Will. Está quente e ameno: pela janela aberta, vejo uma cabra pastando no gramado. Como é curioso estar aqui sem as crianças, sabendo que elas se encontram em nossa casa em Londres! O mundo virou do avesso. E como é curioso estar aqui entre coisas que reconheço serem suas — suas cartas (não olhei, embora tenha me sentido tentada!), uma luva que sei que é sua, um fóssil (uma amonite, será?) que só pode ter vindo de você. Quase posso sentir o seu cheiro, que lembra a primeira chuva da primavera — como se você tivesse acabado de desocupar a cadeira em que me sento! Will tem livros estranhos para um vigário — vejo aqui Marx e Darwin, sem dúvida se entendendo muito bem.*

*Aldwinter está muito diferente. Quando chegamos hoje de manhã (numa cidade que, francamente, sempre considerei enfadonha), havia um festival. As crianças voltaram a sair para brincar, já que não existe perigo de encontrarem um monstro atrás das cercas vivas, e as mulheres estendem cobertores na grama e se sentam apoiadas umas às outras, trocando mexericos sem parar. Acabamos com a sidra do verão (deliciosa e bem melhor do que qualquer vinho que já provei neste condado) e demos conta de uma peça inteira de presunto de Essex. Nossa querida Stella — ainda mais bonita, posso jurar, do que na última vez que a vi (sério, acho isso terrivelmente injusto) — pôs um vestido azul e dançou um pouco ao som de violinos, mas precisou ir para a cama logo depois. Não a vi desde então, embora tenha ouvido seus passos lá em cima; ela passa a maior parte do tempo na cama, escrevendo em seu caderno. Eu lhe trouxe presentes e cartas das crianças, mas ela ainda não as leu. Não acredita que o peixe estranho que apareceu na margem seja a Serpente de Essex, mas suas ideias são tão estranhas ultimamente que apenas apertei sua mão (tão quente, tão pequena!) e falei "Claro que não, claro que não!", e a deixei amarrar uma fita azul no meu cabelo. É uma doença cruel, mas que a vem tratando com generosidade.*

*Agora, Cora, você deve me conceder a dignidade dos meus anos e me permitir lhe fazer uma repreensão. Charles me disse que você ainda não foi ver Luke Garrett, que não escreve para Stella nem para Will, embora saiba que ela está doente (morrendo, pode se supor, embora estejamos todos, cada um a seu modo, não?) e sofrendo com a ausência dos filhos.*

*Minha querida, sei que você sofre. Admito que nunca tive certeza sobre o que foi que a atraiu em Michael, um homem que sempre me causou um pouquinho de medo (você se importa que eu diga isso?), mas alguma coisa há de ter sido. Esse vínculo foi quebrado e você, deixada solta — e agora tenho a impressão de que deseja romper todos os seus laços! Cora, você não pode manter distância para sempre das coisas que a machucam. Todos gostaríamos de poder, mas não podemos: viver é se machucar. Não sei o que houve entre você e seus amigos, mas sei que nenhum de nós foi feito para ficar sozinho. Você me disse certa vez que se esquece de ser mulher e agora entendo — você acha que ser mulher é ser fraca —, você acha que a nossa é uma irmandade de sofrimento! Talvez, mas será que não é preciso ter mais força para caminhar um quilômetro sentindo dor do que dez sem dor alguma? Você é uma mulher e precisa começar a viver de acordo, ou seja: com coragem.*

*Com todo o meu amor,*

KATHERINE

P.S.: *Uma coisa estranha: todo aquele alívio, toda aquela leveza de coração — o violinista com uma flor na lapela, aquela comida maravilhosa —, mas ninguém se deu ao trabalho de subir no Carvalho do Traidor e tirar aquelas ferraduras penduradas nos galhos. Quando o sol se pôs e o vento soprou, lá estavam elas: girando e cintilando na ponta de seus barbantes.*

*Você não acha estranho?*

*Cora Seaborne*
*a/c The Midland Grand Hotel*
*Londres*

*12 de setembro*

Minha querida Katherine,

A sua reprimenda me atingiu em cheio e continuo a amá-la como sempre. Magoei a todos, aparentemente, e estou conformada com isso agora. Você acha que estou sentindo pena de mim mesma? Bom, de fato estou, embora me apetecesse parar, caso achasse motivo para isso! Às vezes acho que vejo o que me perturba, mas no último minuto desvio o olhar, soa TÃO ABSURDO: quem já ouviu falar de uma mulher tão devastada pela perda de um amigo?

Então: encontraram a Serpente de Essex. Um mês atrás isso me deixaria furiosa, mas, ultimamente, me sinto de modo geral indiferente. Suponho que imaginava, de vez em quando, que eu estaria de pé à margem do rio e veria o focinho de um ictiossauro surgindo das águas do estuário (Deus sabe que já vi coisas mais estranhas ali!), mas nem me lembro mais disso. Parece absurdo, parecem devaneios de uma outra mulher. Na semana passada, visitei o Museu de História Natural e fiquei contando os ossos dos fósseis, tentando invocar o encanto que no passado sentia, futilmente.

Talvez você saiba o quanto fui cruel com o dr. Garrett. Katherine, COMO EU PODERIA SABER? Eles não me querem lá: escrevo e ele não responde. Não tenho certeza também se William Ransome deseja me ver. Saio por aí sendo estabanada, destruo coisas — revelei-me uma amiga não mais competente do que fui como esposa ou mãe...

Ah (tendo acabado de ler o que escrevi), quanta autopiedade! De nada me adiantará. O que diria Will? Que todos desmerecemos a glória de Deus, ou algo nessa linha: seja como for, ele nunca pareceu se incomodar muito com os fracassos dos outros, já que é tudo consequência da condição humana e totalmente previsível. Embora, nesse caso, ele devesse ser bem mais paciente com os meus fracassos do que se mostra, ou, no mínimo, me informar QUAL dos meus fracassos mais o desgostou...

*Você vê no que me transformei? Nunca fui tão infantil, tão queixosa! Nem na juventude! Nem no luto!*
*Vou escrever para Luke. Vou escrever para Stella. Irei a Aldwinter.*
VOU ME COMPORTAR. PROMETO.
*Muito amor, querida K — na verdade, ele há muito é todo seu, já que ninguém mais o quer...*
CORA SEABORNE

*Cora Seaborne*
*a/c The Midland Grand Hotel*
*Londres*

*12 de setembro*

*Querida Stella, querido Will,*

*É costume, eu sei, começar com "espero que estejam bem" — mas sei que vocês não estão. Fiquei profundamente abalada ao saber o quanto você está doente, e mando meu amor. Você se consultou com o dr. Butler? Me disseram que ele é o melhor.*

*Vou voltar para Essex. Me digam o que posso levar. Me digam o que vocês mais gostariam de comer. Devo levar livros? Tem um homem na calçada do hotel que vende peônias: vou levar tantas quantas conseguir embarcar num vagão de primeira classe.*

*Soube que encontraram a Serpente de Essex, e que nada mais era do que um peixe graúdo, afinal, e morto já fazia tempo! Katherine me contou que toda a aldeia comemorou — como eu gostaria de ter estado presente para ver.*

*Com amor,*

CORA SEABORNE

# 4

— Ele não está — disse Stella, fechando o caderno azul e o amarrando com uma fita. — Vai lamentar ter perdido sua visita... Não, não se sente ao meu lado. Não costumo tossir muito, mas às vezes a tosse vem quando menos espero. E o que é isso? O que você trouxe para mim?

Alívio e decepção bambearam os joelhos de Cora; disfarçando com um sorriso, ela pôs um embrulho no colo da amiga e disse:

— É só um livro que achei que fosse lhe agradar e um pouco de marzipã da Harrods: lembramos de como você gosta de marzipã. Frankie, venha dizer um alô.

Francis, porém, se mostrou confuso e não passou da porta, examinando o cômodo. Jamais, em todos os anos em que acumulara coisas, ele vira algo parecido: considerava-se um especialista na arte de colecionar, mas sabia reconhecer quando era superado. Stella Ransome estava deitada num sofá branco sob duas janelas abertas decoradas com cortinas azuis. Usava uma camisola azul-escura, chinelos azuis e, como adorno, contas turquesa. Nos dedos, tinha anéis sem valor e em cada peitoril cintilavam vidros azuis: havia garrafas de xerez, potes de veneno e pequenas botijas para aromatizar o ambiente, cacos de vidro recolhidos em sarjetas e pepitas opacas trazidas pela maré. Impecavelmente dispostos em mesas e cadeiras, viam-se objetos organizados por ordem de tonalidade da pigmentação: tampas de vidros e botões, pedaços de seda e folhas de papel dobradas, penas e pedras, e tudo era azul. Atônito, ele se ajoelhou a uma certa distância e disse:

— Gosto das suas coisas especiais. Eu também tenho coisas especiais.

Stella fixou nele os olhos violeta e, sem surpresa ou censura, falou:

— Então partilhamos o hábito de descobrir a beleza que ninguém mais vê. — Abaixando a voz, sussurrou em tom de confissão: — É um hábito também dos anjos que às vezes nos circundam despercebidos, e ultimamente andam por aqui aos montes.

Cora se perturbou ao vê-la levar o dedo à boca, indicando que aquilo era um segredo, e ao notar que Francis reagia com o mesmo gesto; a mulher decerto se tornara mais estranha durante a sua ausência — seria a doença? Por que Will não lhe escrevera contando?

Stella, então, reassumiu seu jeito animado. Balançando a camisola, disse:

— Vamos lá: tenho um monte de perguntas e de coisas para contar. Como vai o dr. Garrett? Fiquei arrasada quando soube. Jamais vou me esquecer de como ele me tratou no dia em que fui ao hospital. Não foi com a gentileza habitual que você conhece. Ele falou comigo de igual para igual. Não permitiu que escondessem nada de mim. É verdade que não poderá nunca mais operar? Eu estava pronta para deixá-lo fazer o que quisesse comigo, mas suponho que isso esteja fora de cogitação agora.

Cora viu-se incapaz de falar do seu Diabrete sem sentir um aperto na garganta e comentou, em tom despreocupado:

— Ah, Spencer diz que ele está se recuperando bem. Será que é mesmo tão grave? Ele não perdeu um dedo e seria preciso mais do que uma briga de rua para fazê-lo perder o juízo. Frankie... Não, isso não é seu.

O menino começara a pegar pedras azul-acinzentadas que estavam sobre a lareira e botá-las no tapete. Ignorando a mãe, bafejou num seixo chato e o poliu com a manga da camisa.

— Por favor, deixe que ele brinque. Ele me entende, acho — disse Stella, e, juntas, ambas observaram o menino dispor as pedras no formato de uma estrela de sete pontas, vez por outra lançando um olhar para Stella com o que a mãe definiu, surpresa, como uma expressão de idolatria.

— Levaram os meus bebês embora — comentou Stella, melancólica, abandonando por um instante a disposição leve. — Me lembro dos rostos, claro, tenho as fotografias aqui, mas esqueci como é a sensação dos braços deles em volta do meu pescoço e o peso deles no meu colo. Fico feliz de ter Francis aqui. Deixe que ele faça o que quiser.

Então se recostou de encontro à lateral curva do sofá e Cora viu o rubor no rosto de Stella se acentuar. Quando ergueu novamente a cabeça, o cabelo da amiga estava escuro na raiz, por causa do suor.

— Mas eles vão voltar. Katherine Ambrose vai trazê-los para mim — explicou. Pousou a mão na Bíblia. — Nosso Pai celeste jamais nos dá mais do que podemos suportar.

— Com certeza — respondeu Cora.

— E dizem que a Serpente de Essex foi encontrada e não era mais que um peixe em putrefação! — disse Stella, inclinando-se para a frente, misteriosa, em tom de quem fazia confidências. — Mas, Cora, não se deixe iludir. Ontem à noite um cachorro morto apareceu em Brightlingsea com o pescoço partido, e ainda não há sinal da menina Banks...

*Como ela está animada*, pensou Cora. *Acho que quase torce para que a serpente volte para o Blackwater!*

— Ouço sussurros à noite — prosseguiu Stella —, embora nunca consiga entender as palavras...

Cora pegou a mão da amiga, mas o que, afinal, podia dizer? Os olhos de Stella brilhavam, como se ela não visse a mão do julgamento, mas a da redenção. Viu-a fazer algumas anotações no caderno e, balançando a cabeça como se despertasse de um breve cochilo, dizer:

— E como vai Martha? Aposto que está aborrecida por ter vindo parar de novo em Aldwinter.

Ainda não perdera seu gosto por mexericos, e durante algum tempo as duas discorreram sobre conhecidos em comum, enquanto Will enchia o cômodo com sua ausência.

Francis, sentando a alguma distância, se limitava a observar, como de hábito. Viu como Stella se agarrava ao caderno, acariciando a capa azul; percebeu que num momento a atenção dela estava fixa em Cora, mas depois se dissipava quando ela adquiria uma expressão sonhadora e vaga. Às vezes, Stella dizia frases que não caíam bem em sua língua — "A verdade, e sei que você concorda, é que este corrupto precisa deixar a corrupção e este mortal deve adotar a imortalidade!" —, para, logo em seguida, comentar com leveza: "Magog não parece nem um pouco abalada pela morte de Cracknell; o leite dela está tão bom como sempre foi." E o tempo todo os olhos de Cora escureciam, como era comum quando ela ficava perturbada. Afagava a mão de Stella Ransome e assentia, jamais a contradizendo.

— Me explique de novo como você trança o cabelo de um jeito tão bonito — pediu à amiga. — Eu tento, mas nunca consigo um bom resultado!

Serviu-se, então, de mais uma xícara de chá.

— Não demore para voltar, viu? — disse Stella quando Cora se levantou para ir embora. — Como você deve estar decepcionada por não encontrar Will em casa. Darei suas lembranças a ele. E, sr. Seaborne — acrescentou, dirigindo-se a Francis e estendendo as mãos —, devíamos ser amigos, nós dois. Nos entendemos um ao outro. Venha de novo e me traga os seus tesouros para compararmos o que temos, certo?

Francis pôs a mão na dela, sentindo o quanto estava quente e como era muito menor que a dele.

— Tenho três penas de gaio e uma crisálida. Trago amanhã, se você quiser — respondeu.

*Cora Seaborne*
*Largo da Igreja, nº 2*
*Aldwinter*

*19 de setembro*

Caro Will,

*Voltei para Essex. A casa é fria: estou escrevendo tão perto do aquecedor que já queimei um joelho enquanto o outro continua gelado. Há uma umidade penetrante vinda das paredes. Parece ser algo pessoal. Às vezes, à noite, sinto um cheiro de sal e peixe — só que muito leve, entrando pela janela — e, por mais que me digam que não era nada além de um pobre peixe morto trazido pelas marés, é fácil imaginar que a Serpente de Essex continue por lá, observando e esperando, talvez à porta, querendo que a deixem entrar...*

*Caí mesmo em desgraça. Martha se irrita comigo o tempo todo: quando me traz chá, pousa a bandeja com tanta força que invariavelmente acabo me molhando. Ela quer voltar para Londres e não consigo evitar pensar que de alguma forma vá me deixar. Luke me pediu que não fosse visitá-lo, embora Spencer o tenha trazido a Colchester para uma mudança de ares, e quase acho que posso ir a pé até lá para vê-lo. Spencer escreve, mas assina com "Atenciosamente" e não é sincero em nada que diz. Katherine Ambrose passou a me lançar um tipo de olhar que não suporto: um olhar de compreensão, como se quisesse que eu saiba que, faça o que eu fizer, ela ficará ao meu lado. Francamente, eu preferia que me desse um tapa.*

*Claro que nunca caí nas graças de Frankie, mas agora é pior. Acredito que ele tenha visto em Stella algo que sempre procurou em mim e jamais encontrou. Ele a respeita! E por que não? Acho que nunca conheci um ser com tanta coragem.*

*E, por mais amáveis que sejam as suas cartas, quase sempre sinto que posso lhe causar desgosto. Desconfio que não agi com sensatez em muitas coisas: deixar que Luke cuidasse de Joanna, aquela noite estranha em junho e até mesmo ter me mudado para cá!*

*Martha disse que tenho sido egoísta — que tentei dominar todo mundo sem me preocupar com as vontades das pessoas. Respondi que é assim que todos vivemos, do contrário estaríamos sempre sozinhos, e ela bateu a porta com tanta força que quebrou um dos quadradinhos de vidro.*

*Só Stella parece não ter raiva de mim. Passei uma tarde com ela — você soube? — e ela me beijou as mãos. Temo pelo seu juízo. Num momento ela mergulha no desespero e no outro parece já estar com o pé no além. E quanta beleza, Will. Nunca vi nada igual — com o cabelo espalhado no travesseiro e os olhos brilhando, acho que faria qualquer pintor correr desesperado para pegar os pincéis. Ela não acredita que tenham encontrado a serpente. Ela a ouve, me disse: ouve seus sussurros, embora não entenda as palavras.*

*Me diga como você está. Ainda acorda cedo demais e toma café de pijama antes que os outros acordem? Acabou de ler aquele romance pavoroso sobre Pompeia? Já viu um martim-pescador? Sente saudade de Cracknell e pena de não poder se encostar no portão e assistir enquanto ele escalpela toupeiras?*

*Podemos nos ver em breve?*

*Sinceramente,*

CORA

*Rev. William Ransome*
*Reitoria de Todos os Santos*
*Aldwinter*

*20 de setembro*

Prezada Cora,

Stella me disse que você esteve aqui. Eu saberia de todo jeito. Quem gastaria uma pequena fortuna em doces da Harrods? (Obrigado, aliás: estou observando Stella comê-los agora e fico feliz de vê-la se alimentar de algo além de xícaras de Bovril quente.)

Ela está encantada com Frankie. Diz que são almas gêmeas; tem alguma coisa a ver com sua nova mania de decorar a casa com quinquilharias. Contei a ela que ia escrever a você e ela me disse para pedir a Frankie que volte logo, pois tem algo a falar com ele. O médico diz que, enquanto a tosse não estiver muito ruim, visitas breves são bem-vindas.

Por acaso você sentiu a mudança no ar de Aldwinter? Sei que soube que encontramos a pobre criatura morta na margem e como o fedor nos acordou a todos. Como eu gostaria que você estivesse aqui — me lembro de ter pensado isso na ocasião —, lembro de me perguntar como você podia ter partido...

Naquela noite, tivemos uma espécie de Primeiro de Maio e Festa da Colheita de uma só vez. A noite toda, o pessoal cantou e dançou no largo, todo mundo aliviado. Eu mesmo também me senti, embora soubesse que nada houvera a temer! O coitado do Evansford era a desolação em pessoa por não ter mais um dia de Juízo Final para aguardar. Nos domingos, tem havido um punhado a mais de bancos vazios. Bem, não recrimino ninguém por ter a consciência limpa. Ainda assim, é difícil evitar o desespero. A casa está silenciosa como um túmulo. Parei de fechar a porta da sala de estudos, já que ninguém entra aqui. As crianças escrevem quase todos os dias e virão visitar na semana que vem. Quando as imagino correndo pelo jardim, sinto vontade de pendurar estandartes para saudá-las. Quero salvas de canhão para recebê-las!

Stella está feliz por elas virem, mas seu coração seguiu em frente. Às vezes, ela me diz que vai viver, diz isso para me confortar — depois fala *que é pela vida eterna que espera ansiosa, e eu acho que tem pressa de ir para a cova. Eu a amo. Nós nos amamos durante tanto tempo que não me lembro de não amá-la. Não consigo imaginar a vida sem ela, é pior do que imaginar uma vida sem braços e pernas. Quem hei de ser se ela partir? Sem o seu olhar, ainda estarei aqui? Será que vou encarar o espelho uma manhã e descobrir que meu reflexo não está mais lá?*

*E como isso pode ser verdade, se a notícia da sua chegada me deixou mais feliz do que jamais me dei o direito de imaginar?*

*Toda tarde, por volta das seis horas, saio para caminhar um pouco, longe do manguezal e do estuário. Mesmo agora, quase acho que o meu nariz jamais se livrará daquele fedor nauseabundo. Por isso, prefiro virar as costas para a água e tomar a direção do bosque.*

*Eu gostaria de vê-la. Vamos caminhar juntos. Você gosta de uma caminhada, não é?*

WILLIAM RANSOME

## 5

Ela esperou no largo, envolta no casaco masculino de *tweed*, o tempo todo atenta à chegada de Will. O fim da tarde estava demasiado quente para a gola alta na base do pescoço: o outono se mostrava tão hesitante quanto o verão havia sido ameno. Mas Cora sentia-se pouco à vontade na própria pele ultimamente, e não só quando recordava a pressão da mão de Will em sua cintura: queria se cobrir com roupas pesadas, desafeminada por tecidos grossos e sapatos abrutalhados. Se Martha não tivesse escondido a tesoura, decerto se livraria do cabelo longo, e não podendo lograr tal intento satisfez-se em trançá-lo num estilo severo, afastado do rosto, como uma colegial pronta para a escola.

Fazia tanto tempo que não via o amigo que se perguntou se o reconheceria — a ansiedade de saber como ele a trataria secou-lhe a boca. Será que mostraria seu lado mais austero? Em parte reprovação, em parte desapontamento? Acaso se portaria calorosamente, como no passado, ou assumiria uma postura que lhe congelaria os ossos?

O vento soprava vindo do Blackwater e trazia com ele um cheiro de sal; na grama alta cresciam cogumelos e seus topos eram perolados como as conchas das ostras. Quando ele chegou, foi em silêncio, como um garoto sorridente e sorrateiro: ela sentiu um leve toque no braço, acima do cotovelo, e uma voz lhe disse:

— Você não precisava se vestir especialmente para mim.

A cadência calculada e a lentidão camponesa na pronúncia das vogais soaram de um jeito tão familiar a ela, foram tão bem-vindas, que não se sentiu capaz de lembrar por que sentira uma pontinha de medo e fez uma reverência brincalhona segurando as abas de seu casaco.

Os dois se examinaram um tempo, incapazes de conter os sorrisos. Will não usava o colarinho clerical e, com o desprezo dos camponeses pelas estações, também não vestira um casaco. As mangas estavam arregaçadas, como se tivesse trabalhado a tarde toda, e a camisa, desabotoada junto ao pescoço. O cabelo clareara desde a última vez que ela o vira e crescera também: era quase cor de âmbar à luz do crepúsculo. A cicatriz na bochecha imitava as bordas da pata da ovelha e os olhos injetados pareciam sugerir ter sido esfregados após um período longo de leitura. *Ele não anda dormindo*, concluiu Cora, com uma ternura preocupada.

Sob o olhar dele, ela soube que jamais parecera menos atraente: trancada em casa durante a maior parte do verão, adquirira uma palidez acinzentada e o cabelo negligenciado crescera sem zelo no alto da cabeça. Quando se olhava no espelho era para ver, com indiferença, as linhas fininhas que se espraiavam a partir dos cantos dos olhos, a ruga solitária entre as sobrancelhas. Tudo isso ela sentiu de forma aguda e com alívio. Qualquer que fosse o momento equivocado no verão que provocara o rompimento entre ambos, era impossível repeti-lo agora: ela não era a imagem da amante de homem algum. A ideia era tão estapafúrdia que a fez rir de alívio; o som o agradou, porque obliterava as semanas que separavam as duas ocasiões e o situava novamente naquela sala quente no instante em que ela lhe estendera a mão.

— Vamos, sra. Seaborne — disse Will. — Tenho tanta coisa para lhe contar.

Longe de se sentir repreendida ou reprimida, Cora viu todo o ânimo pesado do passado recente se dissipar. Andavam com rapidez, os passos sincronizados, deixando para trás a aldeia e a brisa salobra do estuário; passaram pela igreja de Todos os Santos e nenhum dos dois desviou o olhar, porque não lhes ocorreu que pudesse haver qualquer impropriedade em saborear o ar vespertino.

Ambos haviam memorizado tamanho estoque de histórias e queixas, de lorotas e teorias semielaboradas, que uma hora inteira se passou sem uma única pausa na conversa. Cada qual fez um reconhecimento do outro, fazendo o somatório prazeroso dos gestos e expressões familiares usados com demasiada frequência, a tendência para omitir ou exagerar, o repentino desvio para novas pastagens que o outro seguia às pressas. Deleitaram-se um com o outro, então, como haviam feito no início, sem achar indecente sorrir demais e rir tanto, enquanto, afundada em suas almofadas de seda azul, Stella levava um pedaço de tecido de algodão à boca e o retirava salpicado de sangue e, em Colchester, Luke Garrett se percebia à deriva. Que cada qual se sentira traído pelo outro tinha sido esquecido, embora não perdoado; haviam se encerrado em si mesmos — eram invioláveis.

— E, afinal, não passava de um peixe morto! — exclamou Cora. — Quanto estardalhaço à toa por essa Serpente de Essex, asas e bico! Realmente, eu nunca me senti tão tola. Fui até a biblioteca (cheguei a achar que o encontraria lá), fiz meu dever de casa, como qualquer boa estudante, e vi o regaleco que apareceu nas Bermudas há trinta anos. Li sobre como essa espécie vaga pela superfície quando está para morrer. Preciso me desculpar com Mary Anning por enxovalhar tanto o seu sexo quanto a sua profissão.

— Mas *que* peixe! — respondeu Will, descrevendo como a pele brilhante do ventre havia se aberto e seu conteúdo se espalhado sobre o cascalho.

Quando falaram de Stella, Cora virou o rosto: mostrara a Will suas lágrimas uma vez e decidira não voltar a fazê-lo.

— Ela pediu que lhe mostrassem a lâmina no microscópio — explicou Will, admirado de novo com a coragem da esposa. — Stella olhou para o que saíra do próprio corpo e havia morte ali, e ela enfrentou melhor que eu. Acho que já sabia há meses. Já vira tudo isso antes.

— Stella é o tipo de mulher que confunde: acham que, por ser tão bonita e se vestir tão bem e por fazer mexericos e jogar conversa fora, que não passa de uma bailarina numa caixa de joias, girando e girando; mas eu sempre soube que há uma perspicácia nela... Acho que não deixa passar nada, nem mesmo agora.

— Agora ainda menos, embora alguma coisa tenha mudado. — Os dois haviam penetrado nas fímbrias de um bosque; a trilha se estreitara; gralhas se aglomeravam nos carvalhos e espinhos se enganchavam nas roupas de ambos. Frutinhos silvestres apodreciam nos galhos, pois durante os meses do Problema ninguém se sentia seguro para sair sozinho com cestas para colhê-los. — Alguma coisa mudou, e me disseram que seria assim, mas nunca esperei isso. Stella tinha fé, claro, ou eu não a teria escolhido como esposa. Você está horrorizada! Mas como eu poderia pedir a uma mulher que me concedesse todos os domingos e metade da semana se ela não servisse ao mesmo Deus? Sim, Stella tinha fé, mas não desse jeito. Era... — ele se interrompeu, procurando a expressão correta — ... era protocolar, entende? Agora é diferente. Me deixa constrangido. Ela canta. Acordo à noite e a ouço cantar no extremo do corredor. Tenho a impressão de que misturou a Serpente de Essex com as histórias da Bíblia e não acredita de verdade que ela se foi.

— Você fala mais como um funcionário público do que como um pastor! Não acha que aquelas mulheres que foram ao túmulo... esqueço o nome delas... podiam ser um pouco assim, cegas pela glória, já semimortas, querendo que o tempo passasse o mais rápido possível? Não, não estou zombando de você, e Deus sabe que eu jamais zombaria dela, mas se insiste na sua fé você precisa ao menos admitir que se trata de um assunto estranho que tem muito pouco a ver com sotainas engomadas e a liturgia bem estruturada. — Cora sentiu a irritação se instalar. Esquecera de quão rapidamente eles se exasperavam um com o outro e considerou deixar a conversa atingir terreno instável. Era, porém, cedo demais para isso. — Mas consigo entender — falou, conciliatória. — É lógico que entendo. Nada é mais aflitivo do que mudanças nas pessoas que amamos. Costumo ter um pesadelo, que já contei a você mais de uma vez, em que chego em casa um dia e encontro Martha e Frankie e eles levam a mão ao rosto e o puxam, como se tirassem uma máscara, deixando ver o horror que sentem por mim... — Estremecendo, ela prosseguiu: — Mas ela continua sendo a sua Stella, sua estrela do mar. O amor que se altera ao se deparar com alterações não é amor! O que você vai fazer? Que tipo de tratamento ela está recebendo?

Will falou, então, sobre a tarde ansiosa no hospital, com o dr. Butler sendo educado de um lado e Luke sendo sardônico do outro; contou como Stella provera o próprio diagnóstico e friamente aceitara as prescrições.

— O dr. Butler é cauteloso, quer vê-la outra vez, pretende receitar tuberculina, que está na moda no momento. Charles Ambrose disse que vai pagar, então não tenho como recusar. Já faz tempo que não posso me dar ao luxo de sustentar meu orgulho.

— E Luke? — indagou Cora, que ainda não conseguia pronunciar o nome do amigo sem manchar as bochechas com o vermelho da vergonha.

Will poderia, com esforço, ter perdoado o Diabrete, mas, como sua crença não fazia menção a efetivamente desenvolver afeto por quem causasse mal ao agente do perdão, disse apenas:

— Me desculpe, mas fico feliz por ele estar impedido de operar. Seu desejo era desinflar os pulmões dela, um de cada vez, para que o outro sarasse! Não me entenda mal. Lamento muitíssimo que ele tenha sido ferido, mas não posso pensar além de Stella e de seu bem-estar: isso é tudo que me interessa agora. — Corou, então, como se flagrado mentindo. *Tudo que me interessa*, dissera, e deveria ser assim! Deveria ser assim!

— Qual é a opinião de Stella? — Cora teve a consciência de uma sensação muito semelhante à inveja: como seria, afinal, sentir-se amada de forma tão completa?

— Ela me disse que Cristo está chegando para recolher todas as Suas joias e que ela está pronta — respondeu Will. — Não creio que ela se importe muito de um jeito ou de outro. Às vezes fala como se nesta época daqui a um ano vá estar subindo no Carvalho do Traidor com James, e às vezes eu a vejo deitada com as mãos cruzadas sobre o peito, como se já estivesse no caixão. E o azul, o azul incessante... Ela me manda colher violetas, eu digo que não é época de violetas e ela quase chora de fúria!

Contou-lhe, então, timidamente, por que estava envergonhado, da sua barganha com Deus e como se preparara para entregar a esposa nas mãos de Luke, com suas agulhas e lâminas, se os sinais soassem auspiciosos.

— Chegou a notícia do ferimento de Garrett e, apesar de eu não tomar o fato propriamente como um sinal, Stella sem dúvida tomou e me pareceu aliviada. Me disse que teria se submetido à cirurgia se eu considerasse a melhor opção, mas preferia se entregar a Deus. Às vezes, acho que ela quer nos deixar, que ela quer se afastar de mim!

Cora lançou um olhar furtivo para o amigo, que perdia tão raramente o prumo que, ao fazê-lo, desconcertou-a.

— Me lembro de quando Michael ficou doente — começou. — Estávamos tomando café da manhã e ele não conseguiu engolir. Ficou rígido e vermelho, puxou a toalha de mesa e em seguida deu tapas no pescoço. Como ele jamais entrava em pânico ou abaixava a guarda, percebemos que havia algo de errado. Exatamente naquela hora, um pássaro entrou voando, e Deus sabe que nunca fui supersticiosa, mas por um instante pensei nas histórias folclóricas que dizem que um pássaro dentro de casa é presságio de morte e meu coração *se alegrou* e fiquei ali vendo meu marido sufocar... Então, é claro, recuperei o juízo, lhe demos água, ele vomitou e, mais tarde no mesmo mês, cuspiu sangue e Luke foi chamado. Na primeira vez que o vi, senti um pouco de medo, para ser franca; não é estranho pensar que desconhecidos entram na nossa casa e a gente nunca sabe no que eles podem se transformar? Nossa! — exclamou Cora, balançando a cabeça. — Não sei aonde pretendo chegar. Como comparar Michael a Stella: eles pertencem a espécies diferentes! É que tudo isso nos afeta de um jeito estranho. — Ela abriu os braços, e ele ficou grato: era um hábito estranho de Cora o de oferecer compreensão por meio do total desacordo com quase tudo que ele conhecia e valorizava.

A noite chegara rapidamente e o sol rosado foi capturado por um conjunto escuro de nuvens. A claridade iluminava apenas a parte inferior das faias e dos castanheiros, deixando o restante na escuridão. A aparência era de fileiras de pilares de bronze sustentando um espesso dossel negro. Haviam chegado a uma pequena elevação, e a trilha era atravessada a intervalos regulares por raízes que formavam um largo e raso lance de degraus. Por todo lado havia musgo denso, formando um tapete de um verde vivo.

Por mais que conversassem e aproveitassem a companhia um do outro, pouco havia da intimidade presente em suas cartas, que continham tantos "eu" e "você"; conforme, porém, o bosque se fechava ao redor, começava a parecer possível abordar a questão principal, embora tímida e gradativamente.

— Fiquei feliz quando você escreveu — arriscou ele, desconfiado. — Tinha sido um mau dia, e então encontrei sua carta ali no capacho.

— Fico feliz por ter engolido o meu orgulho — disse ela, pisando no degrau verde. Fez uma pausa e prosseguiu: — Você ficou tão zangado comigo depois que Luke pôs em prática seus experimentos com Jo... E nunca me incomodou que alguém se zangasse comigo, desde que eu merecesse, mas não achei que merecia. Eu só quis ajudar! Se você tivesse visto o que vi... Aquelas meninas rindo... Como elas riam e viravam a cabeça freneticamente para um lado e para o outro...

Will balançou a cabeça, impaciente.

— Não faz diferença agora. De que adianta recordar tudo isso? — Riu, então, e continuou: — Sempre gostei de brigar com você, mas não sobre alguma coisa importante.

— Só questões de bem e mal...

— Exato. Veja! Estamos numa catedral. — Bem acima de ambos as árvores se curvavam, formando um arco de altar; um galho se desprendera de um carvalho próximo e deixara uma cavidade pontuda acima de uma protuberância em forma de prateleira funda. — É como se Cromwell tivesse usado um martelo e um cinzel para dali arrancar um santo.

— Vi que você despachou a serpente da sua igreja, enfim — comentou Cora. — Fui lá no dia em que voltei e não sobrou nada além de algumas escamas: o que fez você perder a paciência?

Pensando naquele momento vergonhoso no manguezal no verão depois de deixar todos para trás, Will pigarreou e disse:

— Joanna teria me estapeado se a notícia da morte de Cracknell não tivesse chegado naquela hora. Veja: todas essas castanhas espalhadas e nenhuma criança para levá-las para casa. — Abaixando-se, pegou um punhado delas, aconchegadas em seu invólucro verde, e entregou uma a Cora, que com a ponta do dedo abriu a casca e encontrou o fruto em sua cama de seda branca. E continuou: — Fiquei com raiva, só isso. Agora o Problema sumiu e eu mal consigo me lembrar dessa época. Como as pessoas ficavam dentro de casa e nunca ouvíamos as crianças brincando e como nada que eu dissesse as convencia de que não havia coisa alguma a temer, salvo o que eles mesmos imaginavam.

— Senti uma mudança na aldeia assim que cheguei — comentou ela —, uma mudança no ar. Ouvi o coro da escola cantando e, só quando cheguei em casa, me lembrei do dia em que as meninas tiveram o surto de riso e algo escapou totalmente ao controle. Pensar que logo que me mudei para cá raramente via alguém no largo e achava que as pessoas me olhavam com desconfiança. Como se a culpa fosse minha! Como se tivesse algo a ver comigo!

— Às vezes eu acho que teve, sim — disse Will, baixando as mãos e chutando um musgo. E lançou para ela um de seus olhares de reprovação, apenas parcialmente jocoso.

Ela disse, rindo:

— O Problema pode não ter sido obra minha, mas decerto não ajudei. Atrapalhei de outras formas. O que você disse na carta, que encerrara o ciclo de experimentar coisas novas, me levou a perceber como fui desastrada. Eu me impus. Quase como se quebrasse a vidraça de uma janela! Dizer que devíamos nos escrever quando morávamos a menos de um quilômetro de distância! E tudo porque nos falamos uma vez...

— Também teve a história da ovelha — emendou Will.

— Sim, teve isso, claro.

Olharam-se, então, aliviados por vencerem o abismo que se abrira diante de ambos. Mas o abismo cresceu e eles tropeçaram:

— Minhas janelas já estavam quebradas — disse Will. — Não, eu não as tranquei. E por quê? Por que, se eu tinha tudo que um homem pode pedir? Eu vi você e desde então...

— Não me surpreende. — Cora tirou a castanha da casca e a fez rolar entre as palmas das mãos. — Você acha mesmo que porque amava *aqui* não podia amar *ali*? Pobre Will, pobrezinho! Achava que tinha tão pouco assim? Será que devo cozinhá-la, assá-la ou guardá-la em conserva? — Fez menção de atirar a castanha nele, mas Will já lhe virara as costas e dera um ou dois passos à frente.

— É como falar com uma criança — queixou-se ele, exasperado. — Sei o que você pensa de mim. Secretamente, escondido até de você mesma: que eu sou um imbecil temente a Deus muito inferior a você, que é muito mais evoluída!

Ela o examinou com o semblante sombrio e (achou Will) com um sorrisinho a lhe brotar no canto da boca, o que o fez insistir em seu argumento com mais crueldade do que pretendia:

— Olhe para você! Qual das duas Coras você é? A que usa seda e diamantes ou a que veste roupas que Cracknell jogaria no lixo? A que está sempre rindo de nós ou a que promete amor a qualquer um que se disponha a ouvir? Você se fecha em copas porque sabe tão bem quanto eu que já quase perdeu a juventude sem jamais ter sido amada como devia...

— Pare — interveio Cora. Toda a intimidade que buscara por carta era insuportável ali, sob o caramanchão negro da floresta; ela queria voltar ao território seguro de tinta e papel e não estar ali, onde o rubor a assaltava e ela achava poder sentir, acima do aroma doce de uma fogueira distante, o odor do corpo dele sob a camisa. Ele se saía melhor confinado num envelope lacrado. Era indecente ele ser tão inevitavelmente de carne e osso a ponto de torná-la incapaz de ignorar a própria artéria do pescoço vibrando com o pulso acelerado.

— Venha. Volte para cá. Não brigue comigo — pediu Cora. — Já não brigamos o suficiente?

Meio envergonhado, ele se agachou sob um castanheiro, procurando entre as folhas caídas mais castanhas, entregando-as uma a uma a ela.

— Eu queria que fôssemos crianças! — exclamou Cora, fechando os dedos sobre os frutos, recordando como no passado eles haviam sido tesouros a serem trocados e valorizados. Aproximou-se, sentando-se ao lado dele no musgo. — Por que não podemos ser como crianças e brincar juntos...

— Porque você não é inocente — respondeu Will. Houve uma estranha sensação de vertigem, como se aquilo de que falavam os tivesse alçado às alturas e os deixado pairando no alto. — Você não é inocente e eu também não sou. Você brinca, você me afasta. — Puxou-lhe a manga, de forma meio rude. — Por acaso acha que porque usa um casaco masculino eu posso me esquecer do que você é?

— E você acha que faço isso por *você*? Eu me esqueço de que sou uma mulher. Deixo isso de lado. Deus sabe que não sou mãe e jamais fui grande coisa como esposa... Você acha que eu devia me torturar usando saltos altos e escondendo minhas sardas com pó de arroz para que você se escudasse contra mim?

— Não. Acho que você está se escudando contra você mesma. Me disse uma vez que gostaria de ser apenas intelecto, incorpórea, sem o incômodo de ser de carne e osso...

— Gostaria, sim, gostaria, sim! Eu desprezo meu corpo, que só fez me trair. Não vivo nele. Vivo aqui em cima, na minha mente, nas minhas palavras...

— Sim — concordou ele —, sim, eu sei, mas você está também *aqui* — falou, apartando as dobras do casaco masculino e puxando a blusa onde ela entrava na saia, no lugar onde uma vez a tocara e caíra em desgraça por isso. Mas dessa vez foi muito diferente: pareceu-lhe que se manter afastado dela agora seria obsceno; como procurar cada dobra da mente dela e não se familiarizar com a pátina peculiar da sua pele, com seu aroma e sabor? Não tocar Cora naquele momento seria uma infração à lei natural. Deitada de costas no degrau verde e macio ao cair da tarde, ela fixou os olhos nos dele, sem surpresa, atiçando-o: ele despiu-a da blusa e ali, na fenda aberta no pano preto da roupa, ele achou o ventre macio, muito alvo, marcado pelas estrias prateadas que o filho deixara; beijou aquele ventre uma vez e não pôde mais parar, fazendo com que ela se apertasse contra ele, em êxtase.

O sol se pôs — a floresta se fechou em volta deles —, o cobre nos pilares de árvores se tornou verde-acinzentado. O templo dourado se fora e, em seu lugar, restou o aroma de folhas e da grama alta e das maçãs caídas dos galhos e esborrachadas na terra. Ela encontrou o olhar dele então, de igual para igual, como sempre fizera, e sentiu que corria ao seu encontro como um rio em uma enchente.

— Por favor — falou, erguendo a saia. — Por favor. — Ele entendeu o que ouviu como um comando. Achou-a facilmente e sua mão escorregou para dentro dela, que deixou a cabeça brilhante tombar, e os movimentos dele a calaram. Depois lhe mostrou a mão úmida. Levou, então, o indicador à própria boca e depois à dela, e os dois partilharam em igual medida o mesmo gosto.

# 6

Mais tarde na mesma noite, a menos de sete quilômetros de distância, Luke Garrett caminhava sozinho ao lado dos campos de cevada esbranquiçados. Pusera na cabeça que ia caminhar ao longo do rio Colne, partindo antes da aurora, quando até mesmo o fardo mais leve é intolerável e a expectativa do raiar do sol é risivelmente remota.

Embora a lua não houvesse ainda se posto, a claridade já manchava de luz o céu e a bruma se erguia nos campos. Em alguns pontos, ela se adensava em faixas que vinham em sua direção enquanto ele se deslocava; bafejava em seu rosto, úmida, e se dissipava como suspiros. Pouco antes, ele perdera o Colne e não sabia, nem se preocupava em saber, onde conseguiria retomá-lo; se pudesse, andaria despido da própria pele. A terra de Essex a seus olhos era uniforme em sua estranheza: todos os campos haviam sido arados e estavam negros, salvo aqui e acolá, onde o restolho da cevada cintilava palidamente sob a lua que se punha e as cercas vivas baixas esbanjavam vida. As fileiras de carvalhos eram sentinelas robustas a observá-lo à medida que passava: ele era um impostor.

Em dado momento chegou a uma inclinação onde a grama crescia espessa, e dali era possível contemplar por sobre um modesto sobe e desce uma aldeia sonolenta lá embaixo, e ele descansou encostado num carvalho. Por conta de alguma praga ou má sorte, a árvore perdera as folhas prematuramente e, por entre os ramos, o visco se mostrava vividamente verde mesmo à luz baça. Garrett supôs que um outro homem pudesse erguer o olhar e pensar em bocas se beijando sob azevinhos de Natal, mas ele sabia tratar-se de um parasito, sugando tudo de bom do seu hospedeiro. Pendendo dos ramos desnudos, os cachos lembravam, pensou, tumores crescendo em um pulmão.

Ali parado, identificou várias dores independentes: os pés, desacostumados a caminhar mais de dois ou três quilômetros urbanos, estavam esfolados dentro das botas; o joelho inchara no lugar em que ele tropeçara, aos palavrões, numa cerca. Pior, deixara a mão ferida pender junto ao corpo, de forma que o sangue que para ela fluíra latejava de encontro ao corte em cicatrização. Onde a faca e o bisturi tinham marcado a palma, a carne parecia uma boca fina fechada por pontos.

— Havia um homem torto que vivia perto do porto — falou.

Mas pouco se ressentia das dores, já que elas o distraíam do sofrimento frenético que o assaltava desde que viera de Londres com a mão sem serventia e, no bolso, a carta de Cora. "Como você pôde...", dissera ela, e ele sentira a raiva e a entendera: *como*? Não queira ter nada que não seja bonito ou útil, dissera Cora uma vez, e ele não era nem uma coisa nem outra. Uma criatura atarracada, carrancuda, quase tão bestial quanto humana e agora (enfiou o polegar da mão esquerda na palma danificada da direita e cambaleou com o choque) inútil, para completar.

Desde o dia em que a faca penetrara em sua mão, ele acordava toda noite empapado de suor, que empoçava junto ao pescoço e molhava o travesseiro. *Inútil*, dizia, batendo com o punho fechado de encontro à têmpora até que lhe doesse a cabeça, *inútil*, *inútil*. Tudo que lhe provera propósito lhe fora tirado em questão de horas.

Às vezes, acordava sem lembranças e, durante breves segundos, o mundo se abria diante dele convidativamente: tinha seus cadernos e maquetes do coração com suas câmaras e válvulas; havia a carta que Edward Burton escrevera nos primeiros dias de convalescença e, ao lado dela, um envelope em que Cora lhe enviara um pedaço de pedra e um bilhete explicativo em sua caligrafia de estudante. Então recordava e via que tudo era falso como o mobiliário de uma peça de teatro, e a cortina negra baixava. Não era melancolia o que sentia — talvez a recebesse bem, imaginando ser possível apreciar uma tristeza opaca que encontraria companhia em monumentos aos mortos. Em vez disso, ele se dividia entre uma fúria amarga e uma curiosa apatia que reduziam todo o escopo de sentimento a nada além de um dar de ombros.

Sob o carvalho, na aurora que avançava, ele se acalmou. *Se sou inútil*, conjeturou, *por que não me descartar?* Não era obrigado a continuar vivendo, não era obrigado a andar sequer mais um metro. Não havia Deus para censurá-lo ou confortá-lo; não devia explicações a ninguém, exceto a si mesmo.

Uma luz coral iluminou a nuvem baixa enquanto Luke enumerava motivos para viver e considerava todos insuficientes. No passado, sua ambição o fizera superar a pobreza e a rejeição, mas agora isso pertencia a uma era perdida. Sua mente ficara confusa e lenta e, além disso, de que serviria combinada à mão mutilada? No passado, ele podia ter deixado seu amor por Cora sustentá-lo, mas o perdera também: a indignação dela não extinguira o sentimento por completo, apenas o transformara em algo secreto e furtivo, do qual se envergonhava. Sofreria ela a sua perda? Supunha que sim, e a imaginava num daqueles vestidos pretos que tornavam sua pele tão pálida e imaginava William Ransome erguendo os olhos dos livros para vê-la parada à porta, os lábios levemente entreabertos, uma lágrima brilhando em seu rosto — ah, sem dúvida ela sofreria. Afinal, fazia isso muito bem.

Imaginou a dor da mãe, que jamais pusera a foto dele sobre a lareira — talvez lhe apetecesse encontrar uma moldura de prata, barata, no mercado e pôr, atrás do vidro, um cacho preto do seu cabelo de bebê. Havia Martha, claro — pensar nela fez brotar um tênue sorriso em sua boca: o que haviam feito naquela noite de verão deliciara a ambos, mas também havia sido um mero prêmio de consolação. *Que trapalhada*, pensou. *Quanta trapalhada fazemos*. Se o amor era um arqueiro, alguém lhe vendara os olhos e o deixara seguir cambaleando, atirando cegamente suas flechas, jamais acertando o alvo.

Não, não havia motivos para continuar — que a cortina baixasse a seu arbítrio. Olhou para os galhos do carvalho e eles lhe pareceram fortes o bastante para uma forca.

Apenas um minuto mais na Terra com a bruma densa, então — já que não havia um inferno a evitar nem um paraíso a ganhar, ele partiria com o barro de Essex sob as unhas e impregnado do odor da manhã. Respirou fundo e inalou todas as estações: o verde da primavera na grama e, em algum lugar, rosas se abrindo; o aroma discreto de fungos agarrados ao carvalho e, por baixo disso tudo, algo mais agudo à espera de uma promessa de inverno.

Uma raposa se aproximou e lhe lançou um olhar luminoso, antes de recuar e se sentar a observá-lo um instante. Inclinou a cabeça — avaliou a posição dele em seu território —, concluiu que podia deixá-lo ficar e, perdendo o interesse, esfregou o focinho no pelo branco do próprio peito. Então, ávida e impelida pela fome, desceu o morro saltitando — às vezes examinando a grama e seguindo em frente com as patas dianteiras tortas — para sumir mais abaixo com a cauda peluda empinada. Luke sentiu por ela um amor que quase o fez chorar e soube que homem algum jamais tivera melhor despedida.

# 7

Por volta da hora em que Luke escolhia qual dos carvalhos de Essex lhe serviria como forca, Banks estava sentado ao lado de uma fogueira junto aos ossos enegrecidos do Leviatã, fazendo anotações em seu diário de bordo: *Visibilidade: ruim; vento: nordeste; maré alta: 6h23*. Por mais que tivesse visto o enorme peixe prateado jazendo nos sapais com o ventre aberto, Banks sabia — com uma certeza que começava a obliterar todas as outras — que a Serpente de Essex não havia sido encontrada. Como poderia, se toda noite ele despertava com o bafo dela no rosto — esperando acordar e se ver envolto em sua asa negra e molhada? Quando toda a Aldwinter comemorara, consumindo barris de sidra até não restar sequer uma gota, ele se sentara a distância, sozinho, pensando na coitada da filha perdida e em seu cabelo cor de coral.

— Completamente sozinha junto aos destroços boiando e com a marca da serpente no corpo — dizia ele.

Ah, havia, sim, alguma coisa à espreita. Ele a vira, registrara sua imagem: era negra, tinha ranhuras em certas partes e um apetite insaciável. Banks afogava as mágoas em gim vagabundo, que mantinha ao largo as piores imagens que lhe ocorriam à noite, mas ali, com o rosto voltado para a maré que subia, elas ressurgiam vívidas: a serpente no Blackwater com o olho cinzento, focinho despontado, atacando a filha enquanto ela se debatia na água rasa.

— Fiz o que pude para protegê-la — disse, choroso, buscando em vão uma testemunha. Naomi nascera empelicada e matara a mãe ao vir à luz, e ele fizera o que qualquer bom marinheiro faria: pôs um pedaço da bolsa amniótica num medalhão de estanho que ela usara todos os dias para afastar os espíritos marinhos. — Fiz o que pude — repetiu, enquanto a bruma baixava e se adensava junto à fogueira.

Tirando uma garrafa do bolso, bebeu até secá-la; o álcool lhe ardeu na garganta e ele se dobrou de tanto tossir. Quando ergueu a cabeça, viu que era observado placidamente, do lado oposto da fogueira, pelo filho de cabelo escuro da mulher londrina que arrastava a asa para o reverendo.

— Meio cedo para você, não? — perguntou. A criança sempre o enervara, com aquele olhar fixo e o hábito de apalpar os bolsos sem parar. Se o monstro tinha mesmo de levar alguma criança, deveria ter sido essa, cuja presença arrepiava todos os pelinhos na base do seu pescoço e que ele vira certa vez roubar cinco balas azuis na loja da aldeia.

— A hora não é a mesma para mim e para você? — retrucou Francis Seaborne. — Você a viu?

— O que você está tramando? O que está querendo? — perguntou Banks, optando por negar a serpente. — Não tem nada aí, garoto, nada para ser visto.

— Acho que você não pensa assim — retrucou Francis, se aproximando. — Se pensasse, por que estaria aqui? E o que fica escrevendo nesse livro aí? Compreensível.

— Visibilidade ruim — respondeu Banks, atirando o diário de bordo para o menino. — E piorando: mal consigo ver você, quanto mais o Blackwater.

— Eu consigo — disse o menino, e tirou a mão do bolso para gesticular indicando o oeste, onde a bruma se assentara acima do sapal. — Minha visão é boa. Ali. Não está vendo?

— Onde está a sua mãe? Ela não manda você ficar em casa? Ei, aonde você foi?

Francis se afastara da fogueira e penetrara na neblina alva. Por um breve instante, Banks se viu novamente sozinho. Então uma figura esbelta surgiu à sua esquerda, repetindo:

— Você não a viu? Não consegue ouvi-la?

— Não, não tem nada lá — respondeu Banks, se levantando e atirando com o pé o cascalho salgado para apagar o fogo. — Não tem nada lá e estou indo para casa. Largue a minha mão! Só tem uma criança que segura a minha mão, e ela se foi para nunca mais voltar!

A mão fria na sua tinha uma força desproporcional ao tamanho dos dedos; o menino o puxou, tentando aproximá-lo da maré que subia, dizendo:

— Olhe bem, preste atenção, não está vendo?

Banks se desvencilhou, começando a ficar com medo, não do que podia estar lá na lama molhada, mas da criança que o fitava de forma tão implacável.

— Vou para casa agora — repetiu e virou as costas.

Foi quando o som de alguma coisa se mexendo se fez ouvir não muito distante. Era um som curioso, grave, abafado pelo nevoeiro denso. Lembrava o lento ruminar de uma mandíbula ou de algo rastejando e tentando se firmar sobre os seixos. Então veio um gemido — bastante agudo, culminando numa espécie de guincho —, a bruma pálida se dissipou sob o vento e Banks viu a longa, porém pouco acentuada, curva de alguma coisa negra, arqueada, em alguns pontos brilhante e lisa e em outros irregular e áspera. Moveu-se de encontro aos seixos da margem e emitiu de novo o mesmo gemido; Banks chamou o menino, mas a bruma o envolvera numa mortalha branca que não permitia que ele enxergasse mais nada. As brasas incandescentes da fogueira o atraíram e ele correu nessa direção, tropeçando na lama e nos tufos altos de mato do manguezal. Chegou a cair uma vez e sentiu a patela girar sob a pele; então rumou coxeando para casa. No caminho, o coração se animou, a despeito do terror: *Eu tinha razão. Sim, eu tinha razão!*

Francis, enquanto isso, não arredou pé. Supôs que estava com medo, já que as palmas das mãos suavam e a respiração se acelerara, mas a seu ver não havia motivo para bater em retirada. Raramente pensava em Cora — não por desprezá-la, mas porque a mãe era uma presença constante e por isso não lhe parecia digna de preocupação. Mas naquele instante pensou nela, em como costumava se inclinar sobre um fragmento de rocha e o desenhava; em como o chamava e lhe dizia os nomes do que havia encontrado. Talvez ele pudesse fazer o mesmo ali, ou algo do gênero: observar um fenômeno bem de pertinho e fazer um relatório para mostrar a ela. A ideia o agradou. Seguiu adiante e, além da cortina pálida, o sol começava a surgir e a bruma a se dissipar. A lama molhada brilhava como ouro e a água corria feito um riacho em direção à margem de seixos. Mais uma vez, o som de mastigação se fez ouvir e uma forma escura se movendo a alguns metros de distância apareceu, tão lentamente como se naquele momento mesmo estivesse sendo criada pelo ar. Francis avançou. Uma rajada de vento varreu a bruma e houve um instante de clareza cristalina em que ele viu nitidamente o que a maré despejara na areia.

Francis enumerou seus sentimentos de forma tão precisa quanto faria com qualquer um de seus tesouros: primeiro, sentiu alívio, conforme a respiração se regularizou e o coração parou de saltar-lhe no peito; depois, decepção, após o que, a galope, veio a hilaridade. O riso lhe subiu, borbulhante, à garganta e não pôde ser refreado; foi preciso lhe dar vazão, como se fosse um acesso de tosse ou de náusea. Passado um tempo, o riso cessou e ele voltou a ser quem era, enxugando os olhos com a manga, pensando na melhor maneira de proceder. O que ele vira se fora agora — escondera-se atrás de um novo banco de neblina ou embarcara de novo nas marolas da maré —, e era importante decidir o que fazer a seguir. Sem dúvida, devia contar a alguém, e foi em Cora que ele pensou primeiro. Mas não, ele não devia estar fora de casa tão cedo. Imaginou-a descartando o seu relato para explicar que ele agira mal e a ideia lhe foi intolerável. Então se lembrou de Stella Ransome e da visita que fizera à sua alcova azul, e também de como ela o deixara tocar em seus tesouros e da presteza com que entendera que nos bolsos dele havia uma moeda dentada, um fragmento de ovo de gaivota e a casca vazia de uma bolota. Habituara-se de tal forma a ser recebido com espanto e desconfiança que a afeição imediata da mulher angariou sua lealdade absoluta. Contaria a ela o que vira e ela lhe diria o que fazer.

*Cara sra. Ransome,*
  *Quero lhe contar uma coisa. Posso visitá-la numa ocasião conveniente?*
*Sinceramente,*
*Francis Seaborne (Senhor)*
*P.S.: Vou pôr este bilhete por baixo da porta a fim de poupar tempo.*

# 8

O dr. Garrett encontrou um galho capaz de suportar o peso de um homem corpulento. Enforcar-se, sem dúvida, seria desagradável: preferível seria uma queda de grande altura e um pescoço quebrado à lenta pressão em sua garganta; mas entendia o processo e sabia que a língua penderia para fora da boca, o intestino relaxaria e os vasos sanguíneos criariam teias escarlates na parte branca dos olhos, e ele jamais temera alguma coisa que entendesse. Remexeu na fivela do cinto, poupando a mão ferida (como se importasse agora o dano que pudesse infligir ou a forma como fossem repuxados os pontos!), e, quando passou o pedaço de couro pela fivela de prata, a fim de formar um nó de força, o polegar deslizou sobre as ranhuras que formavam o símbolo ali: a serpente enroscada, insígnia da sua profissão, com a língua protuberante registrada pela ferramenta do gravador, o olho imobilizado numa piscadela. Era uma zombaria — ele não tinha direito àquilo. E pensar que, no passado, andara altivo carregando o símbolo de deuses, de deusas! Pior, pensou em Spencer — o rosto comprido e ansioso, sua lealdade, o hábito de aparentemente andar sempre atrás do amigo para evitar algum desastre. Incrível que durante todo o tempo em que ficou sentado sob a força que escolhera, enumerando os motivos para viver e descartando-os um a um, jamais tivesse pensado no amigo. Era como se a sua presença fosse tão constante, tão óbvia, que ele se tornara quase imperceptível. Mais uma vez, passou o dedo sobre o símbolo, ressentido com a sua intromissão, e tentou ignorar Spencer. Afinal, o amigo era um homem adulto, com bolsos tão fundos quanto a grandeza do seu coração — aborrecido à primeira vista, mas quase sempre apreciado: sentiria falta de Luke, mas não mais do que se a sua partida fosse para outro país. Luke, porém, sabia que não era essa a verdade. Desde a época em que se sentavam lado a lado nos bancos da universidade, dissecando mãos amputadas para examinar os ossos e tendões, Spencer lhe presenteara com uma amizade mais inabalável do que a que qualquer irmão demonstraria. Pacientemente, suportara cada descortesia e cada insulto (que não haviam sido poucos); devido à abastança e às boas maneiras, desviara a raiva de mestres e credores; com sua aprovação muda, tornara possível cada pequeno passo de Luke em direção ao seu objetivo. Pouco a pouco, os dois haviam estabelecido uma intimidade mais confortável do que jamais conheceram com qualquer amante — Luke se lembrou de uma ocasião em que Spencer, depois de muitas taças de vinho, encostou a cabeça em seu ombro, e de não ter se mexido por medo de acordá-lo, apesar da câimbra que sentia no braço. Luke o imaginou — acordando agora no George, vestido com o extravagante pijama listrado com um monograma no bolso, o cabelo louro começando a rarear, provavelmente pensando em Martha primeiro e depois no amigo no quarto contíguo. Imaginou-o arrumado de maneira impecável, descendo sem pressa para comer os ovos de seu café da manhã e se perguntando a que horas Luke acordaria; imaginou-o começando a se afligir e indo bater na sua porta. Será que iria à polícia ou se poria a procurá-lo por conta própria? Encontraria o amigo enforcado ali, com a fivela do cinto cortando a carne atrás da orelha? Tentaria baixá-lo do galho?

Não, era impossível pensar que pudesse lhe fazer tão mal — e era igualmente injusto: precisaria mesmo continuar nessa luta, apenas pelo bem de George Spencer? Quanta humilhação pensar que não era a esperança de glória profissional nem a de possuir Cora Seaborne que poupariam seu pescoço do laço, e sim um simples amigo. Que humilhação — e mais um fracasso, até mesmo no fim! A calma que sentira antes se foi e, em seu lugar, surgiu a velha e conhecida raiva: usou o cinto para açoitar a grama com selvageria, fazendo voar pelos ares torrões de lama, enquanto atrás dele, nos ramos do carvalho, algo se mexeu ao ver o sol.

Pouco depois do meio-dia, Spencer estava de pé, torcendo as mãos, na entrada do Hotel George, quando viu um cabriolé encostar. O motorista abriu a porta e esticou o braço para receber o pagamento. Lá estava Luke, com a mão ferida acomodada junto ao ombro e o cabelo preto todo eriçado. A fúria justificada de Spencer se desfez ao ver como o outro olhava para o vazio com os olhos esbugalhados, ostentando um arranhão no rosto, como se tivesse levado um tombo.

— Meu Deus! O que você andou *fazendo*? — indagou Spencer, estendendo o braço para ajudá-lo a entrar, mas Luke se desvencilhou, como uma criança petulante, e adentrou o lobby do hotel sozinho. O motorista contou as moedas.

— Onde ele estava? — questionou Spencer. — De onde vocês vieram?

O homem, porém, não respondeu, apenas balançou a cabeça e levou um dedo à têmpora: *Louco de dar nó, esse aí.* Acima de ambos, uma porta bateu, fazendo as janelas estremecerem nos caixilhos, e Spencer subiu, ao mesmo tempo amedrontado e esperançoso.

O amigo, encostado à janela, contemplava as ruas de Colchester. Toda a sua estrutura robusta estava rígida. Spencer supôs que ele pudesse desabar e se quebrar em pedaços no chão desnudo.

— O que houve? — perguntou Spencer, se aproximando. — Está tudo bem?

Quando o outro se virou para encará-lo, Spencer congelou diante da amargura naqueles olhos negros.

— *Tudo bem?* — repetiu Luke, os dentes cerrados, quase como se fosse soltar uma gargalhada. Então balançou a cabeça, rosnou e, avançando sobre Spencer, com a mão esquerda golpeou-o com força na têmpora, abrindo-lhe o supercílio. Spencer cambaleou e colidiu com uma cômoda feiosa, soltando um palavrão e tendo a vista tomada por pontinhos luminosos. Atrás deles, Luke, enfurecido e infeliz, lhe disse: — Se não fosse por você, tudo estaria acabado agora, de uma vez por todas. Céus, pare de me olhar, *eu nunca quis que você estivesse aqui*.

Então, como se os cordões que até então o sustentavam tivessem sido cortados, desabou de encontro à porta fechada e ali ficou, encolhido e acalentando a mão envolta em ataduras; não fez nada simples e salutar como chorar, em vez disso emitiu um gemido grave e ritmado mais reconhecível num animal do que num homem.

— Desculpe — disse Spencer, com alguma timidez. — Não adianta. Não vou embora, você sabe disso.

E, com cuidado, preparado para mais um golpe, sentou-se ao lado do amigo e, mantendo uma distância britânica, afagou-lhe o ombro. Passado um tempo, passou a massageá-lo com mais força, como tratasse um cão ao qual tivesse perdoado uma travessura.

— Eu não vou embora — repetiu. — Chore bastante. É o que eu faria. Depois, vamos tomar café e você vai se sentir muito melhor.

Em seguida, enrubescendo violentamente, inclinou-se e beijou o amigo onde o cabelo se repartia. E, pondo-se de pé, comandou:

— Trate de tomar um banho. Estarei esperando lá embaixo.

*Stella Ransome*
*Reitoria de Todos os Santos*

*22 de setembro*

*Querido Francis,*
*Obrigada pelo seu bilhete. Nunca vi caligrafia tão bonita!*
*Venha me visitar tão logo quanto possível, pois estou sempre em casa e ansiosa para ouvir o que você tem a me dizer.*
*Caso, antes de nos vermos, você encontre algo azul, eu adoraria que me trouxesse.*
*Com amor,*
STELLA

*Cora Seaborne*
*Largo da Igreja, nº 2*
*Aldwinter*

*22 de setembro*

Querido Will,

Quanto tempo você ficou sozinho sob as faias no escuro? Quando chegou em casa, conseguiu dormir? Está abalado? A culpa já o assaltou? Mantenha-a ao largo, se puder. Não sinto nenhuma.

Já é de manhã e há um nevoeiro denso que faz penetrar uma claridade estranha no quarto e, com ela, vem o cheiro do estuário — às vezes, acho que jamais vou escapar desse cheiro, como se tivesse me afogado nele. A bruma está tão próxima da janela que é como se toda a casa se achasse dentro de um banco de nuvens.

Já lhe contei alguma vez do pomar dos meus pais? As árvores eram plantadas para crescer em fileiras ordenadas de encontro a uma espécie de estrutura de madeira. Lembro-me de pensar que elas haviam sido forçadas sob tortura a abandonar suas formas naturais e fiquei dois verões inteiros sem comer seus frutos.

Lembro-me de almoçar ali uma tarde. Eu devia ser criança, pois posso ver meu cabelo cair sobre os ombros em duas tranças compridas, louro, como era na infância. E devia ser primavera, porque os botões soprados pelo vento caíam em nossas xícaras e nos pratos e eu tentei juntá-los para fazer uma coroa. Tínhamos uma visita naquele dia, cujo nome esqueci: um dos amigos do meu pai, um sujeito tão enrugado e amarelado que parecia uma maçã, só que uma maçã largada num prato durante tempo demais.

Ele se encantou comigo, por me ver com a cara sempre enfiada num livro, e passou a tarde toda tentando me agradar: me informou que "xeque-mate" deriva da expressão persa que significa "o rei está morto" e que o almirante Nelson jamais superou a tendência a ficar mareado.

O que mais guardei na memória foi a pergunta que ele me fez: "Existem duas palavras na língua inglesa que são escritas da mesma forma, pronunciadas da mesma forma, mas têm significados opostos. Quais são?" Eu *não consegui encontrar uma resposta, o que o deixou, obviamente, muito satisfeito. Ele, então, respondeu (com aquele tipo de floreio que os mágicos fazem quando tiram lenços de seda da manga): o verbo* CLEAVE. *Quando usado como transitivo indireto, significa agarrar-se a uma coisa com toda a força do coração, mas, se usado como transitivo direto, significa quebrar alguma coisa.*

*Durante toda a noite, essa palavra esteve na minha cabeça tão nitidamente como se tivesse sido dita por você apenas horas antes — a lembrança se misturou aos botões de primavera e as maçãs na grama e as castanhas que recolhemos e o rasgo na sua camisa. Eu nunca soube explicar o que existe aqui nas nossas cartas ou quando nos sentamos juntos em salas aquecidas ou passeamos no mato, e nem sei se é necessário, nem mesmo agora quando ainda sinto sua marca em mim... mas, por ora, essa palavra é a melhor que me ocorre.*

*Estamos unidos, estamos apartados — tudo que me atrai em você é tudo que me afasta de você.*

*Vou mandar este bilhete com Francis, que me disse que precisa contar alguma coisa a Stella. Ele tem presentes para ela: um bilhete de ônibus azul para Colchester, uma pedra branca com uma listra azul. Martha me disse que vai com ele e levará um pote de geleia de ameixa.*

CORA

# 9

— Sua aparência está muito boa — comentou Martha, com sinceridade, mas também com um pouco de medo: Stella Ransome esbanjava vida. — Não a incomodamos? Francis quis vir vê-la e disse que tem presentes. E Cora mandou geleia, embora eu desconfie que ainda não esteja no ponto. A dela nunca fica no ponto.

Stella estava sentada no sofá azul, envolta em vários cobertores. Ela os vira atravessar o largo: primeiro o balanço de uma luz de archote em meio à bruma, depois duas figuras circundadas por um brilho. Por um instante, imaginou que a estavam chamando para casa, mas concluiu que os anjos que a levariam dificilmente bateriam na porta. Além do mais, o menino de cabelo preto não lhe dissera que viria lhe contar alguma coisa?

— Estou bem — disse. — Sinto o coração batendo rápido e forte, e minha mente se abrindo como uma flor azul. Tenho apenas um tempo breve aqui na terra e quero muito vivê-lo plenamente! Francis — exclamou, feliz de ver o menino —, sente-se aqui, junto à janela, onde eu possa ver você! Não perto demais. Venho tossindo um pouco ultimamente, embora não seja nada de mais.

— Trouxe umas coisas para você — disse Francis, ajoelhando-se a uma distância discreta e pousando no chão a passagem de ônibus, a pedra listrada de azul e um embrulho de bala da cor de um ovo de pintarroxo. — Marinho, turquesa, verde-azulado — enumerou, conforme ia tocando em cada objeto. Em seguida, pôs a mão no outro bolso e extraiu dele um envelope branco. — Preciso lhe dar isso. É uma carta da minha mãe para o seu marido.

— Turquesa! — exclamou Stella, encantada, fazendo uma anotação: "Turquesa! Verde-azulado!" Com efeito, esse menino era um poço de encantos. Os filhos voltariam para seus braços no dia seguinte. Será que também entenderiam? Ela supunha que não. — Ponha seus tesouros no parapeito da janela. Ali, onde deixei um espaço. E vamos entregar esta carta a William. Ele vai ficar feliz. Sentiu saudades enquanto ela estava em Londres. — E voltou os olhos para Martha, que se perguntou o que eles teriam visto e o que não teriam.

— Ele está? — indagou Martha, curiosa. Cora voltara para casa tarde na noite fria, zonza como se tivesse bebido, embora nada houvesse de revelador em seu hálito, e dissera "Demos um longo passeio maravilhoso", antes de se encolher numa cadeira e adormecer de imediato.

— No jardim, dando de comer a Magog, se conseguir achá-la no meio da bruma. Jo vai chegar amanhã e irá direto lá, querendo saber o que ela comeu no café e se ainda sente falta de Cracknell. Vá até lá, por favor, e lhe entregue a carta, sim?

Stella deu uma piscadela quase invisível para Francis, que entendeu que a nova amiga desejava que ficassem a sós e sentiu-se aquecer de prazer.

— Tenho uma coisa para lhe contar — falou o menino, quando Martha saiu. Estava precisamente onde lhe tinham dito para ficar, nem um centímetro mais perto; muito aprumado e rígido diante da importância do que comunicaria.

— Foi o que entendi — incentivou Stella. *Venham a mim as criancinhas!* Seus filhos estavam para chegar, e ali, nesse ínterim, estava outra criança, e ela a tomaria nos braços se pudesse. Às vezes, olhava para os braços e imaginava ver amor brotando de cada poro. — O que é? Não tenho muito tempo aqui, você sabe, por isso terá de me contar rápido.

— Desobedeci à minha mãe — respondeu Francis, com certa cautela. Não considerava tal ato um pecado, mas observara que não era algo bem-visto em determinados círculos.

— Ah! — exclamou Stella. — Eu não me preocuparia muito com isso. Cristo não veio chamar os justos, mas, sim, os pecadores, para se arrependerem, afinal.

Francis não tinha conhecimento disso, porém, aliviado por não ser repreendido, aproximou-se de leve, girando o botão de cobre no bolso entre o polegar e o indicador.

— Acordei hoje de manhã às cinco e meia e fui até o sapal, e aquele homem, Banks, estava lá. Tinha um bocado de névoa. Eu queria saber se conseguia ver. A Serpente. O Problema. O que diziam que vive na água. Me disseram que tinham encontrado, mas eu não me convenci, porque, obviamente, eu não tinha visto.

— Ah! A Serpente de Essex: a minha velha adversária, minha inimiga! — Os olhos de Stella cintilaram e o rubor de empolgação em seu rosto se espalhou. Inclinando-se para a frente, ela disse em tom de quem faz uma confidência: — Eu a escuto, sabia? Ela sussurra. Anoto tudo. — Folheou o caderno azul e o estendeu para Francis, que viu, escrito repetidas vezes em duas colunas impecáveis, ESTEJA PRONTA OU NÃO, AÍ VOU EU. — Tudo bem — disse Stella, imaginando se teria assustado o garoto. — Você e eu nos entendemos, como eu sempre disse que nos entenderíamos. Eles foram iludidos, Francis. Eu conheço o inimigo. Ele pode ser aplacado. Já aconteceu. — Olhando para as palmas das mãos, Stella as leu. Sem dúvida havia mazelas à frente, onde as linhas da razão cortavam as da memória, não? Em seguida, ergueu-as, mas Francis nada viu.

— Então — prosseguiu ele, voltando à própria narrativa —, tinha névoa e eu não conseguia ver muita coisa, mas aí ouvi um barulho e lá estava! — Estendeu os braços para a frente, como se a Serpente de Essex pudesse surgir por trás da mesa de jantar. — Bem ali, grande e escura e se mexendo. Eu podia ter atirado uma pedra e acertado nela, se quisesse! Daí, procurei pelo Banks para contar, só que ele tinha ido embora. A bruma sumiu de repente, o sol saiu e eu vi o que era. — Contou o que vira e como havia gargalhado e como, então, a névoa e a maré engoliram a coisa.

— Ah... — disse Stella, descrente, como Francis temera que fosse acontecer, meio desapontada. Então: — Ah! — exclamou ela, tendo um acesso de riso, impossível de refrear. Francis observou, recordando que o pai no passado apertara a garganta, como se pudesse comandá-la. A doença do pai o interessara sem deixá-lo aflito, mas, quando os olhos de Stella marejaram, os dele reagiram da mesma forma. Deveria ajudá-la? Deu alguns passos atravessando o tapete e ofereceu a ela um copo d'água; o acesso cessou e ela tomou alguns goles, agradecida, antes de cruzar as mãos no regaço e dizer: — Muito bem, Francis. O que vamos fazer a respeito disso?

— Deveríamos mostrar a eles — respondeu o menino. — Deveríamos ir até lá e mostrar a eles.

— Mostrar a eles — repetiu Stella —, sim: a substância de coisas desejadas, a prova de coisas não vistas... — Ela tocou nas gotas de suor instaladas na fenda acima dos lábios. — As pessoas que caminhavam nas trevas verão uma luz grandiosa! Removeremos seus temores. Me passe o meu caderno e a caneta: sou uma escritora a postos! Venha cá. — Com uma palmadinha convidativa no assento a seu lado, ela chamou Francis, que se ajoelhou, apoiado no braço da amiga, observando-a folhear as páginas manchadas de tinta azul. — Vou lhe mostrar o que faremos, você e eu. — Começou a escrever, seu momento de fraqueza esquecido, o corpo pequeno irradiando vitalidade e propósito. — Esta é a minha hora. As areias estão afundando... Eu ouvi seu chamado! Estou mergulhada até os tornozelos em água azul...

Francis se perguntou se devia se preocupar ou chamar Martha: as mãos da mulher tremiam — suas palavras eram fios de contas brilhantes que se embaraçavam, as pupilas escuras dos olhos estavam dilatadas até quase as bordas da íris. Mas quando ela estendeu o braço e puxou o menino para si, Francis — que não suportava as tentativas tímidas da mãe de afagá-lo — encostou-se nela e sentiu o calor que emanava do seu ombro e pescoço.

— Não consigo sem você — disse ela, como se fosse um segredo. — Não posso fazer isso sozinha, e quem mais entenderia, Francis? Quem mais me ajudaria?

Ela contou o que tinha em mente. Qualquer outra criança ficaria assustada ou poria a cabeça no ombro do adulto para chorar. No entanto, quando ela lhe mostrou no caderno qual seria o papel dele, Francis percebeu pela primeira vez que era querido, e não por obrigação. Uma nova sensação lhe ocorreu, que ele examinou e sobre a qual refletiria mais tarde, sozinho: achou que talvez fosse orgulho.

— Quando vamos fazer isso? — indagou. Stella arrancou as páginas do caderno (e ele admirou a forma impecável como ela organizara as ações de ambos e o cuidado com que planejara tudo) e as enfiou no bolso do menino.

— Amanhã — respondeu ela. — Depois que eu vir os meus bebês. Você vai me ajudar? Promete?

— Vou. Prometo.

Martha, no jardim, observou Will coroar Magog com flores de boas-vindas: a cabra, que engordara um bocado, balançou várias vezes a cabeça para se livrar da coroa, lançando um olhar mal-humorado que ambos entenderam significar que Cracknell jamais sequer sonharia com tamanha indignidade. Piscou os olhos de conta e se recolheu à parte brumosa do jardim.

— Quando as crianças chegam? — indagou Martha. — Você deve estar com saudade.

— Tenho rezado por elas todos os dias. Nada vem correndo bem desde que saíram daqui. — Ele parecia muito jovem, vestido numa camisa rasgada no ombro e ostentando, presos no cabelo, frutinhos vermelhos caídos da coroa descartada. Abandonara a voz de púlpito e assumira as vogais arrastadas; o efeito era curioso, atraindo o olhar mais do que nunca para a força musculosa dos braços nus. — Amanhã, no trem do meio-dia.

Martha estudou-o por um momento — teria a ousadia de lhe perguntar por onde andara com Cora na noite anterior? Será que ele também estaria levemente fora do prumo desde então, levemente inquieto? Talvez fosse apenas porque os filhos vinham para casa e, enquanto isso, Stella queimava em sua alcova azul.

— Estou ansiosa para vê-los — disse. — Enfim, fui encarregada de lhe entregar isto. — Deu-lhe a carta, para a qual ele olhou sem interesse.

— Pode deixar aí — respondeu Will. — É melhor eu ir buscar Magog.

Fez uma reverência curiosa — meio irônica, meio cômica — e mergulhou na bruma alva.

Voltando para a casa a fim de levar Francis embora, ela parou confusa na entrada. Francis, que mesmo na mais tenra infância jamais suportara ser afagado, estava no colo de Stella, os braços lhe circundando o pescoço.

Ela cobrira ambos com uma colcha azul e os dois se balançavam muito devagar para a frente e para trás.

O que mais tarde Martha se lembraria mais vividamente daquele derradeiro punhado de dias enevoados: a esposa de William e o filho de Cora encaixados como pedaços partidos soldados juntos.

*O menino de olhos negros veio e me mostrou o caminho*

*Que o* SENHOR *abençoe minh'alma!*
*E tudo que está dentro de mim abençoe Seu nome sagrado!*




*Não me negue este cálice pois Oh tenho sede*

*E Oh minha língua está seca*

## 10

— Manhã ruim para isso — comentou Thomas Taylor, examinando a rua de Colchester com seus lampiões acesos. Ergueu a manga do casaco e viu em cada fibra uma gota de umidade brilhando sob a claridade da iluminação a gás. A bruma marinha se instalara havia dois dias e, embora a cidade fosse poupada da cortina densa e salobra que envolvia Aldwinter, as ruas, de todo jeito, estavam estranhamente silenciosas, e de vez em quando um pedestre tropeçava num meio-fio ou trombava com um desconhecido, causando-lhe um susto. Às suas costas, nas ruínas, espirais de névoa cobriam tapetes e pairavam acima de caixas vazias, e os hóspedes sofisticados do Red Lion juravam ter visto uma senhora grisalha cerrando as cortinas da janela mais alta.

Nos últimos tempos, Taylor tinha a companhia de um aprendiz, sentado agora sobre as pernas cruzadas numa laje de mármore. Era um rapaz estranho de cabelo ruivo, esbelto e calado, que, com a expressão sóbria, ouvia instruções e, mais que isso, em manhãs mais amenas fazia caricaturas simpáticas dos turistas que passavam, os quais prontamente se desfaziam de suas moedas e com frequência voltavam querendo mais.

— Não consigo ver porcaria nenhuma — reclamou o aprendiz. — Ninguém sabe que estamos aqui. Melhor voltarmos para casa.

Taylor encontrara a criança um mês antes, encolhida no que já fora a sala de jantar, usando pedaços de alvenaria caída como travesseiro. Por mais que perguntasse, não conseguira descobrir de onde ela viera ou para onde estava indo: houve menção a um rio e a uma longa caminhada, e decerto havia bolhas e hematomas suficientes nos pés e joelhos para sugerir que havia sido empreendida uma jornada, e das duras. Taylor, indo de um lado para outro em seu carrinho, perturbara a criança até convencê-la a abandonar as ruínas, recordando-lhe os perigos de invasão, antes de mandá-la até o outro lado da rua para tomar dois chás e comer um sanduíche de bacon tão grande quanto o garoto achou ser capaz de devorar. *Nunca mais hei de ver esse dinheiro*, pensou, observando a criança mirrada ir embora, arrastando um pé ferido. Mas ela voltou, com um saco de papel e duas canecas fumegantes.

— Acabou de chegar, suponho, não? — indagou Taylor, observando o garoto atacar o café da manhã com mordidas ao mesmo tempo delicadas e determinadas, mas não obteve resposta. A refeição e o chá surtiram efeito: a criança aceitou o cobertor mais limpo dos muitos de Taylor e, achando uma tira de tapete, admitiu, com mau humor, ser mais ou menos seguro dormir durante várias horas. Taylor se encantou ao descobrir que nada toca de forma mais doce as cordas do coração do que uma criança adormecida com a bochecha suja e dobrou seus ganhos no decorrer de uma tarde. A ganância natural travou um embate com seu bom coração: quando a criança acordou, Taylor tentou saber mais uma vez de onde ela viera e onde poderiam estar seus pais, fazendo vagas alusões ao guarda local. Essa linha de interrogatório foi recebida, respectivamente, com silêncio e pavor, levando Taylor a se sentir justificado ao oferecer ao menino parceria num empreendimento em expansão, além de casa e comida. Para demonstrar sua boa-fé, entregou-lhe uma modesta proporção dos rendimentos do dia, que o rapaz examinou, atônito, durante alguns minutos, antes de enfiar as moedas, meticulosamente contadas, no bolso.

— Eu tenho uma filha, sabe — explicou Taylor com a finalidade de tranquilizar o menino —, você não vai precisar cuidar de mim, embora um empurrão no velho carrinho não vá fazer mal, já que estou começando a ficar com artrite nas juntas. Garanto que ela vai gostar de ter você por perto, pois nunca conseguiu criar uma família. Será que pode me dizer o seu nome? Não? Bom, então, se não se importa de ser chamado de Ferrugem, em homenagem a um velho gato que tive, vamos nos dar muito bem.

E, com efeito, se deram muito bem: a filha de Taylor já aceitara excentricidades piores e, além disso, achava que, dada a perda das pernas, o pai podia ter permissão para um eventual equívoco de julgamento. Ferrugem jamais desenvolveu de fato o que Taylor chamava de dom da fala, mas quando lhe davam lápis e papel parecia se contentar plenamente, ainda que costumasse fazer alguns desenhos perturbadores, muitíssimo rabiscados, que Taylor nunca conseguiu decifrar.

— Melhor irmos para casa — repetiu o menino, perscrutando a bruma. Nesse instante, porém, ambos ouviram o alarido de um grupo que se aproximava na calçada sob a torre de St. Nicholas, e Taylor se preparou:

— É um mau comerciante aquele que fecha a loja por conta do tempo ruim — falou e sacudiu o chapéu. O grupo chegou mais perto, e ele ouviu suas vozes: "*Só uns minutinhos para ver como ele vai, está bem?*", e "*James, não enrole, temos um trem para pegar*" e "*Estou com fome e você prometeu, prometeu de verdade...*".

— Ora, se não são meus velhos amigos! — exclamou Taylor, vislumbrando um paletó escarlate e o brilho de um guarda-chuva de ponta de metal aberto a uma boa altura. — Sr. Ambrose, não é...

Justo nesse instante, ouviu-se o ruído de uma porta se abrindo e se fechando e todos sumiram, um a um, atrás das janelas reluzentes do Hotel George.

— Que droga, Ferrugem! — exclamou Taylor, procurando em volta o menino, sem encontrá-lo. — Um grande mão-aberta, esse cavalheiro... O que foi, menino? Aonde você foi?

Seu aprendiz abandonara o posto, silenciosa e rapidamente, e se achava agachado atrás da laje de mármore, mordendo o lábio inferior numa tentativa fútil de conter as lágrimas. *Crianças!*, pensou Taylor, revirando os olhos para o céu e lhe entregando uma barra de chocolate: teria sido muito melhor arrumar um cachorro, concluiu.

— Minha nossa! — disse Charles Ambrose, examinando Spencer e Luke Garrett. O primeiro exibia um ferimento no supercílio direito, mantido fechado com tiras finas de esparadrapo; o último, além da mão coberta por uma espessa bandagem, ostentava uma palidez mórbida e emagrecera tanto que os pesados ossos da testa lhe davam mais que nunca uma aparência simiesca. Os homens se achavam lado a lado, parecendo estudantes flagrados numa travessura. Katherine saudou-os de um jeito maternal, beijando cada uma de suas bochechas e sussurrando algo carinhoso para Luke, que enrubesceu e lhe virou as costas. O casal levara as crianças, que, cada qual a seu modo, sentindo o clima levemente pesado, fez o possível para aliviar a tensão.

— Tem alguma coisa para comer? — perguntou John, passando em revista o cômodo com olhar treinado.

— John, que grosseria! — exclamou Joanna. — Dr. Garrett, como vai a sua mão? Posso dar uma olhada? Quero ver os pontos. Vou ser médica, o senhor sabe. Aprendi todos os ossos do braço para mostrar ao meu pai quando chegar em casa: *úmero, ulna, rádio*...

— Então não vai mais ser engenheira... — comentou Katherine, afastando a menina de Luke, que ainda nada dissera, apenas se encolhera um pouco, como se a garota tivesse proferido obscenidades, e com um reflexo semienvergonhado tentara esconder a mão ferida.

— Ainda tenho um tempinho para me decidir — argumentou Joanna. — Faltam séculos para eu entrar na universidade.

— Ou nem sequer vai para a faculdade, provavelmente — interveio James Ransome, provocando: desde a repentina guinada de Jo da exploração da mágica natural para a exploração das ciências (que ele achava igualmente sem sentido), o menino se vira deposto de sua posição de gênio da família. — Olhe — prosseguiu, dirigindo-se a Spencer e tirando do bolso uma folha de papel. — Desenhei um novo tipo de válvula para um vaso sanitário. Acho que você vai poder usá-la nas suas novas moradias. Se gostar, não precisa me pagar — acrescentou, mostrando-se generoso: não ficara imune à influência marxista de Martha. — Deixo para patenteá-la depois que terminarem as obras de construção.

— É muita gentileza sua — disse Spencer, examinando o projeto, que, sem dúvida, era suficientemente detalhado para se parecer com qualquer outro que já vira. Charles Ambrose trocou com ele um olhar que beirava a gratidão paternal.

— Notícias de Martha? — indagou Charles, sentando-se junto à lareira, enquanto Katherine puxava Luke Garrett para um canto e, com uma conversa delicada e irrelevante, tentava animá-lo.

Spencer corou de leve, como sempre acontecia ao ouvir o nome de Martha, antes de responder:

— Ela escreveu duas vezes. Me disse que Edward Burton e a mãe estão para perder a casa! O proprietário quase dobrou o valor do aluguel de uma só tacada. Os vizinhos já saíram. E, enquanto isso, caminhamos tão devagar! Como ela é generosa... Incomodar-se tanto com um homem que mal conhece.

— Fiz o que pude — disse Charles, com sinceridade. Embora a consciência e a argumentação não houvessem conseguido fazê-lo se empenhar de coração para que o projeto de lei da moradia se transformasse em tijolos e alvenaria, a visão de Luke Garrett ferido na sarjeta tivera esse efeito. Nada, sabia ele, haveria de remediar o repentino encurtamento da ambição de toda uma vida, mas, no mínimo, eles talvez pudessem garantir que o sacrifício não fosse em vão. — Existe entusiasmo no Parlamento, mas o que passa por entusiasmo na Câmara pareceria preguiça em qualquer outro lugar.

— Eu gostaria de dar a ela boas notícias — disse Spencer, torcendo as mãos e fracassando, como sempre, em esconder o motivo pessoal por trás da própria filantropia. Seu rosto comprido e tímido enrubesceu e ele afastou da testa um fio de cabelo louro. Charles, que desenvolvera um grande afeto por Spencer por conta da natureza nobre do rapaz e da falta de malícia, e que trocava cartas com Martha, sentiu o coração se contrair de pena. Deveria lhe contar para que lado o vento vinha soprando e apagar a vela que ele segurava? Provavelmente sim, embora não nutrisse muita certeza quanto ao que aquela mulher irritante tinha em mente e suspeitasse que ainda não ouvira tudo que havia para saber. Lançando um olhar para as crianças, para se assegurar de que estavam ocupadas com outras coisas, comentou, cheio de delicadeza:

— Não é só a bondade que faz Martha se incomodar com o aluguel de Burton. A situação diz respeito a ela também, eu soube.

O golpe acertou o alvo — Spencer deu um passo para trás, como se quisesse se esquivar do outro.

— Burton? Mas...

Balançou a cabeça como um cachorro zonzo, e Charles, gentil como sempre, fez uma tentativa de suavizar o clima:

— Estamos todos tão chocados quanto você! Há dez anos com Cora e agora vai jogar tudo fora por três cômodos e peixe para o jantar! Não marcaram data para o casamento, veja bem, e não dá muito para imaginá-la usando um véu...

Spencer abriu e fechou a boca uma ou duas vezes, como se tentasse formar com os lábios o nome de Martha e fracassasse; pareceu diminuir de tamanho e olhava com perplexidade para as mãos, como se não pudesse imaginar onde pô-las. Charles desviou o olhar, sabendo que o homem se aprumaria em segundos — no canto do cômodo, John encontrara um pacote de bolachas e as comia com uma dedicação contemplativa, enquanto Joanna e James discutiam, satisfeitos, sobre quem teria encontrado primeiro um desenho de uma articulação de quadril corroída pela doença. Virando-se novamente, viu Spencer abotoando o paletó, como se aprisionasse o que quer que ameaçava sair dali.

— Vou escrever para lhe dar os parabéns — disse ele. — É bom, para variar, receber boas notícias. — Seus olhos cintilavam com lágrimas represadas e se desviaram para Luke, que fitava o chão, indiferente, ao lado de Katherine, que perdera a esperança e sentia como se nada mais pudesse fazer senão insistir para que ele comesse.

— Sim — respondeu Charles, desconcertado ante a própria piedade e querendo apressar os ponteiros do relógio: Aldwinter chamava e, depois, a volta para um lar tranquilo. — Sim, foi um ano bastante ruim, é verdade, mas não falta muito para acabar.

Spencer — que raciocinava com precisão, embora não com rapidez — disse devagar, torcendo as mãos:

— Eu me perguntava por que ela se afligia tanto com o aumento do aluguel de Edward Burton... Parecia uma coisa tão insignificante no contexto geral. Luke, você sabia? Já soube? — Virou-se para o amigo, com o velho impulso de procurar nele direção ou zombaria, mas ele se ausentara. — Muito bem — falou, então, dirigindo-se de novo a Charles, com uma animação artificial: — Você vai me manter informado?

Houve um aperto de mãos que transmitiu um misto de solidariedade, determinação e constrangimento, e as crianças foram recolhidas em seus diversos cantos. Perguntaram onde estava Luke e como ia a mão dele; John disse que sentia muito por ter devorado tudo que havia na casa e observou que, se lhe tivessem dado o bolo prometido, isso não aconteceria. Por fim garantiu que reporia o pacote de bolachas quando recebesse a mesada.

— Estou preocupada com o nosso querido Diabrete — disse Katherine, tomando as mãos de Spencer nas dela, notando sua palidez e atribuindo-a à ansiedade quanto ao amigo. — Aonde ele foi? É como se as luzes tivessem se apagado. — Todo o seu instinto maternal, despertado pelos filhos dos Ransome, era direcionado agora para o cirurgião, que se sentara a seu lado escondendo a mão direita sob a esquerda, como se tivesse sido flagrado em algum ato vergonhoso. — Ele anda comendo? Bebendo? Tem visto Cora?

— Ainda é cedo — respondeu Charles, ajudando a esposa a vestir o casaco e abotoando-o até o queixo: já ultrapassara sua cota de melancolia na última meia hora e ansiava por levar as crianças para casa. — Ele voltará a ser quem era por volta do Natal. Spencer, venha almoçar conosco qualquer dia desses: vamos revisar os projetos. Joanna, James, agradeçam ao dr. Spencer pelo tempo dele; vocês logo voltarão a ver o dr. Garrett. Até logo, então!

John parou à porta, lembrando-se de repente:

— Vamos ver a mamãe! — exclamou circundando com os braços a cintura da irmã. — Você acha que ela melhorou? Será que continua bonita?

Lá fora, na High Street, onde a bruma agora era menos densa sob o sol, Joanna pensou na mãe e sentiu o estômago se revirar. No início, a saudade lhe parecera semelhante à dor constante de um velho ferimento, tudo soava fora de lugar. Katherine Ambrose fora bondosa, mas não do jeito como teria sido Stella; a casa era confortável, mas não como Stella a teria arrumado. O jantar era servido cedo demais, no tipo errado de pratos; não havia violetas-africanas no parapeito da janela; Katherine ria das coisas erradas e não ria das certas; eles tomavam leite quente no jantar em vez de chá de camomila. Naqueles primeiros dias, Joanna escrevia todos os dias para a mãe e mais de uma vez borrou a tinta com lágrimas. Não conseguia dormir à noite sem imaginar, na cozinha do andar de baixo, uma esbelta figura branca num vestido debruado de azul. Mas as imagens desbotaram com rapidez: as cartas que chegavam eram ardorosamente amorosas e continham frases esquisitas, fazendo raras menções a qualquer coisa que Joanna tivesse dito anteriormente. Então começaram a escassear e, quando vinham, lembravam panfletos de catequese distribuídos por mulheres usando grossas meias marrons na entrada da estação do metrô, envergonhando-a. Em semanas, Joanna se transformou numa londrina, à vontade no metrô e no ônibus, capaz de encarar diretamente as moças da Harrods, com opiniões firmes sobre onde comprar cadernos e lápis. Aldwinter definhou, tornou-se lamacenta e tediosa, a Serpente de Essex virou um monstro interiorano, ultrapassado demais para ter sua presença notada. Sentia falta do pai, mas de um jeito agradável, e achava que isso faria bem a ambos; lera *Mulherzinhas* e concluíra que, se Jo March pôde ficar longe da família um tempo, sem dúvida ela também podia. Nela, pulsava a resistência da juventude, que a mantinha em boa forma, exceto quando via uma pena de corvo ou uma aranha prendendo uma mosca numa mortalha — recordava, então, aqueles dias de magia, a amiga de cabelo ruivo e, por um instante, se enchia de culpa e pesar.

    Foi por isso que, quando olhou para as ruínas do outro lado da rua e viu o aleijado e a criança maltrapilha sentada sobre as pernas cruzadas na laje de mármore desenhando nas folhas de papel, ela ficou ofegante. Libertando-se dos braços do irmão, atravessou cegamente a rua. Foi, por um instante, iluminada pelos faróis de um ônibus, sumindo em seguida atrás de um grupo de turistas mais velhos a caminho do Museu do Castelo.

    — *Joanna!* — gritou Katherine, sentindo-se nauseada imediatamente, histérica no meio-fio, tentando ao mesmo tempo alcançar a menina e impedir que os meninos imitassem a irmã. Charles, com a crença inabalável de que veículo algum em Essex ousaria enlamear seu paletó escarlate, caminhou com toda a calma até as ruínas, mostrando-se perplexo ao encontrar Joanna gritando com o aleijado e desferindo golpes em seu ombro.

— O que você fez com Naomi? — indagou. — Olhe o que você fez com o cabelo lindo dela!

Charles se colocou entre os dois, recebendo um leve tapa no braço:

— Joanna, sou o primeiro a admirar sua franqueza no trato das coisas, mas, neste instante, lamento dizer que você extrapolou. Amigo, lamento pela minha... Ora, Joanna, *como* devo chamar você? Lamento que tenha sido atacado dessa forma ignóbil! Quem sabe eu possa compensá-lo? — Moedas choveram no chapéu emborcado de Taylor; os homens trocaram um aperto de mão. — Muito bem — falou Charles, desejando ardentemente estar em outro lugar. — O que deu em você, menina?

Joanna não escutou, ficando ali parada, alternando a atenção entre Taylor e um menino magrinho com um casaco sujo. Empalidecera muito e sua expressão oscilava entre a fúria de uma mulher e o desespero de uma criança, enquanto o tempo todo o menino fitava o chão. Charles, confuso, estendeu a mão para Joanna, que disse, tentando engolir um soluço:

— Todos disseram que você andava roubando na loja, mas eu falei que você jamais faria isso, e então, quando você não apareceu, achamos que tinha sido levada pelo Problema, e o tempo todo você estava aqui. Naomi Banks, eu devia deixar seu olho roxo!

A garota a fitou por um instante, como se a outra pudesse fazer exatamente o mesmo, mas, em vez disso, ela avançou em direção ao que Charles a essa altura se dera conta de que não era um menino, mas uma garota magrinha cujo cabelo fora cortado bem curto e se eriçava em cachos sujos cor de cobre. Ela se esquivou de Joanna — agora quase histérica de tanto chorar — e cruzou os braços com uma expressão arrogante.

— Problema? — perguntou Taylor, pensando novamente nos cães que podia ter tido. — Roubo? Meu Ferrugem? Confesso — disse, mexendo nas moedas em seu chapéu — que estou perdido.

— Suponho que podemos inferir — disse Charles — que o seu empregado aqui vem lhe passando a perna, e é uma menina chamada Naomi, amiga de Joanna.

Ali terminava seu arsenal de conhecimento, já que ninguém pensara em lhe contar sobre a filha desaparecida do pescador. A garota ruiva, uma vez esgotado seu estoque de orgulho, retribuiu, com um grito estrangulado, o abraço de Joanna.

— Eu queria voltar para casa, de verdade, mas estava com muito medo da água e ninguém lá me queria mesmo! — Afastou-se, então, e lançou para Joanna um olhar severo, por trás dos cílios molhados. — Você não queria mais ser minha amiga, e todo mundo tinha medo de mim por causa do que eu fiz na escola e daquela coisa na água, mas foi sem querer. Eu nem sei por que aconteceu, só que senti medo e não conseguia parar de rir...

— Ferrugem? — disse Taylor, resumindo a situação da melhor maneira possível. — Eu não cuidei bem de você? — Astutamente, fitou Charles, que acrescentou mais uma ou duas moedas àquele chapéu insaciável.

— É tudo culpa minha, não é? Tudo culpa minha. Tenho sido uma amiga ruim...

— Foi aquela mulher — interveio Naomi, cujas sardas brilhavam sob as lágrimas escorridas. — Aquela mulher chegou e depois disso nada andou direito. Foi ela que botou o monstro no rio!

— Você não soube? — indagou Joanna, percebendo que crescera o suficiente para acomodar a cabeça da amiga em seu ombro. — Ela se foi, a Serpente de Essex. Foi embora, não tem mais nada ali, nunca houve, era só um pobre peixe velho, dos grandes, e ele morreu na água. Volte, Naomi. — Beijou a mão da menina, sentindo na boca a poeira das ruínas e a fuligem da cidade. — Não quer ver o seu pai?

Ao ouvir essas palavras, o resquício de orgulho de Naomi se esvaiu e ela começou a chorar, não com violência, como uma criança, mas com a desesperança de uma mulher. Quando surgiu, segurando John com uma das mãos e James com a outra, Katherine Ambrose viu Joanna sentada numa laje de mármore, tal qual uma *pietá*, com uma menina magricela no colo, recitando baixinho o que lembrava muito a ideia infantil de um feitiço.

— Parece que — disse Charles, consultando o relógio — adquirimos mais uma.

11

Stella, em sua alcova azul, ouviu as crianças chegarem e estendeu os braços: reconheceu o barulho do sapato de John na entrada e o andar cauteloso de James; sabia que Joanna largaria no chão o casaco e viria correndo em disparada, com passadas largas. Então viu Will à porta, exibindo seu sorriso de um homem portador de presentes, triunfante:

— Querida, elas chegaram. Voltaram e estão altas como postes telegráficos. — Em seguida, em voz baixa, instruiu Joanna: — Vá com calma. Ela está mais fraca do que parece.

Joanna tivera medo de ver a mãe babando num leito de enferma, encovada e cinza, acariciando com a mão trêmula o cobertor. No entanto, ali estava a estrela Stella, com os olhos brilhando e o rosto corado; enfeitara-se para a ocasião com um colar de contas turquesa enrolado três vezes no pescoço e um xale em que esvoaçavam borboletas de asas azuis.

— *Jojo!* — exclamou Stella, indo ao encontro dos três. Não via a hora de abraçá-los. — Minha Joanna — disse, com os nomes dos filhos na ponta da língua: — James, John.

Como conhecia bem o aroma peculiar de cada um. A fragrância do cabelo de John, que sempre lhe parecera o de aveia quente, e o de James, um pouco mais ácido, aguçado como a sua perspicácia. Joanna sentiu sob o xale os ossos frágeis da mãe e estremeceu. Stella percebeu e um olhar de cumplicidade foi trocado entre ambas.

— Gostei do seu colar — comentou John, com admiração, antes de presenteá-la com meia barra de chocolate. — Trouxe um presente para você — falou.

Stella sabia que se tratava de um sacrifício e o beijou, voltando-se depois para James, que não parara de falar desde que entrara sobre o veleiro *Cutty Sark*, o metrô e a visita que fizera aos esgotos de Bazalgette.

— Um de cada vez — pediu Stella. — Um de cada vez. Não quero perder nada.

— Não a cansem — disse Will, observando da porta, a garganta ardendo de prazer e tristeza: poderia ficar ali durante uma hora vendo Stella abraçando-os junto ao peito. Queria tê-los nos braços, quentes, compactos e inquietos. E todo o tempo se perguntava como contaria a Cora, se por carta ou pessoalmente; como ela ficaria feliz, como seus olhos cinzentos marejariam. *Deus me ajude: estou dividido*, pensou, mas não... Não estava ali apenas em parte, com a outra parte na casa cinzenta do outro lado do largo; estava integralmente presente em ambos os lugares. — Não a cansem — repetiu, adiantando-se, sentindo-se puxado por mãozinhas cálidas. — Só mais um pouquinho. Depois a deixem dormir.

— Tenho vocês todos agora — disse Stella. — Tenho todos aqui, meus queridos. Fiquem comigo agora antes que eu me vá.

ELE *me chama para o seu banquete*

*Seu estandarte acima de mim é* AMOR

ELE *enviou a serpente para o jardim de flores azuis do Éden e a envia agora e a penitência precisa ser cumprida, já que por causa da desobediência de um homem os pecadores de Aldwinter são levados a julgamento do qual serão absolvidos graças à minha obediência*

*A serpente de Deus na água azul do Blackwater veio para cobrar nossos impostos*

*Pagarei suas dívidas e ela voltará para o lugar de onde veio*

*e eu*

*hei de adentrar*

*os portões da* GLÓRIA!

## 12

No cais, Banks estava sentado ao lado de suas velas combalidas, contando estupidamente as perdas — esposa, barco, filha, tudo que lhe escapara por entre os dedos como água salgada. O estuário cheio de névoa se inchava com a maré próxima e ele se lembrou do menino de cabelo escuro junto à fogueira de manhã e como ele o arrastara em direção à margem.

— Não vi nada — falou para o ar. — Não vi coisa alguma. — Mentalmente, porém, lá estava: a notícia estranha, a Serpente de Essex; inchada, com a cauda em forma de flecha, patinhando no cascalho. Vez por outra, a bruma pálida se dissipava e ele via as luzes de barcos de pesca e barcaças piscando sob a claridade do crepúsculo; então a cortina baixava e ele voltava a ficar só. Sussurrou a canção dos marinheiros para se consolar: *A luz a estibordo é verde à noite; a luz a estibordo fica à sua direita...* Mas de que adiantava o brilho por trás do vidro colorido, quando, nas profundezas, algo aguardava, sem pressa?

Quando sentiu uma mãozinha em seu ombro, foi com tamanha delicadeza que ele não se encolheu nem se esquivou. O toque não apenas soava familiar, como também possessivo — ninguém mais poderia tocá-lo daquele jeito —, evocando lembranças que afloraram por entre a névoa da ressaca e da bruma que se adensava.

— Quer dizer que voltou para casa, menina? — falou, hesitante, erguendo a mão para buscar a outra. — Voltou para o seu velho pai?

Envolta no casaco rejeitado por Joanna, Naomi baixou os olhos para a cabeça do pai, onde o cabelo grisalho parecia mais escasso do que ela se lembrava, e sentiu uma ternura nova e inesperada. Por um instante, ele deixou de ser seu pai, tornando-se uma extensão tão natural de si mesma que mal pensou nele. Entendeu pela primeira vez que o pai também era vítima de medo e decepção — que sentia esperança, sofria e aproveitava as coisas. Isso a movera e a impulsionara ao longo dos anos. Assumindo a velha posição com as pernas cruzadas ao lado dele no cais, puxou para perto uma rede de pescar. Com mestria, examinou-a com os dedos, descobrindo um rasgo e dizendo:

— Cuido desta, se você quiser. — Sempre havia sido uma tarefa odiosa, pois deixava bolhas na membrana entre os dedos dela e ardia por causa do sal, mas suas mãos reencontraram o ritmo antigo e havia conforto nisso. — Me desculpe por ter ido embora — falou enquanto juntava os fios rompidos, virando o rosto para que as lágrimas escorressem sem plateia. — Eu estava com medo, mas agora tudo ficou bem. Além disso — prosseguiu, estendendo a mão para fechar os botões do casaco do pai —, ganhei algum dinheiro por conta própria! Vamos para casa, onde você pode me ajudar a contá-lo.

Por volta do meio da tarde, a névoa marinha chegou a Aldwinter vinda do leste. Assentou-se nos parapeitos e empoçou nas valas e nos recônditos, abafando o soar do sino da igreja de Todos os Santos. Cora, andando inquieta no largo, olhou nos olhos do sol e viu, pintados na superfície, os sinais escuros de tempestades violentas. *A quem vou contar agora, se não a ele?*, pensou. *Quem mais haverá de acreditar quando eu falar de coisas impossíveis?*

— Estou cansada — disse Stella em sua alcova azul —, e agora me deito para dormir. — Encolhidos no canto, James e John ergueram o olhar do jogo de cartas e voltaram a baixá-lo, desinteressados e contentes, como animais de volta à toca. Joanna, que lera várias vezes um parágrafo de Newton e nada entendera, viu como o suor brilhava na testa da mãe, como o cabelo se grudava ali, e sentiu medo. Stella, não menos perspicaz agora do que no passado, chamou a filha para perto e disse: — Sei o que você vê, Jojo. Sei o que você vê e o que eles não veem. Mas estou feliz. Às vezes, mesmo quando vocês estavam todos longe e a casa, silenciosa, eu pensava: estou mais feliz agora do que nunca. Você acredita em mim? Eu não abriria mão de uma hora do meu sofrimento, porque ele me elevou. Me mostrou o caminho da vida! — Stella abriu a saia e começou a pegar todos os seus tesouros, um a um: as conchas azuis de mexilhão, os fragmentos de vidro, as passagens de ônibus e os brotos de lavanda, e a guardá-los nas dobras do pano. — Preciso fazer uma arrumação — explicou, examinando o cômodo. — Traga tudo para mim, Jo: os vidros, ali; todas as pedras e fitas... Quero levá-los comigo.

Na sala de estudos, Will pousou uma folha de papel em branco ao lado da carta de Cora e não conseguiu pegar a pena. *Mantenha a culpa ao largo*, pedira Cora, como se isso fosse possível, como se ela tivesse alguma noção! Cora se desprendera de tudo: não fazia ideia de que não se tratava simplesmente de uma sensação geral de transgressão, mas de causar uma mágoa pessoal e específica; que ele martelara um pouco mais fundo os pregos nos pés e nas mãos, que era como se tivesse enfiado uma coroa de espinhos em torno da testa de Stella. *Sou o maior dos pecadores*, pensou. Mas não haveria orgulho nisso, mais um pecado empilhado sobre o primeiro? Pensou em Cora e a invocou com facilidade — as sardas nas maçãs do rosto, o olhar cinzento e firme, seu jeito de ficar de pé ereta, majestosa em seu casaco surrado — e, por um instante, a raiva o cegou (mais um pecado a ser posto no rol de acusações, a ser registrado na lousa!). No momento em que abrira a carta de Ambrose, quando o ano ainda era jovem, soube que o vento estava mudando — deveria ter abotoado o casaco e fechado as janelas, em lugar de se virar para encarar a corrente de ar. De todo jeito, porém, foi Cora (cujo nome ele disse alto), *Cora*, que se tornara íntima no primeiro aperto de mãos — não, antes disso, enquanto os dois travavam um embate na lama —, que se deleitou e se enfureceu, que foi generosa e egoísta, que zombou dele como ninguém jamais zombara; Cora, que somente na sua presença se permitia chorar! A fúria se dissipou e ele recordou a pressão da própria boca naquele ventre alvo e de como ela lhe pareceu quente, macia, como um animal à vontade. Não parecera um pecado então, e tampouco parecia agora — era uma graça, pensou Will, uma graça: uma bênção que ele jamais buscara e não merecia!

*Quanto tempo você ficou lá sozinho?*, escrevera Cora, e havia sido um bocado de tempo: descera até a boca do rio, até os ossos negros do Leviatã, e olhara para o estuário, desejando que a serpente surgisse das profundezas para engoli-lo, como acontecera com Jonas. *Junto aos rios de Essex eu me sentei e chorei*, pensou, e lá em cima a porta do quarto de Stella foi delicadamente fechada e passos se fizeram ouvir no corredor. Seu coração percorreu um circuito doloroso: havia Stella, sua estrela brilhante, se extinguido cintilante; ele temeu que ela deixasse um buraco negro no qual ele cairia desesperançado. Queria ir ter com ela lá em cima e se deitar a seu lado na cama dos dois e dormir como costumava fazer, com a esposa encaixada na curva das suas costas, mas isso não era possível: ela agora só queria ficar sozinha, escrevendo em seu caderno azul, os olhos fixos avidamente em outro lugar. Continuou sentado no cômodo escuro, incapaz de escrever — incapaz de rezar —, observando o sol com seu halo vermelho e se perguntando se em algum lugar Cora também o estaria contemplando.

No lado oposto do largo, Francis Seaborne, sentado sobre as pernas cruzadas, observava o relógio. Tinha nos bolsos tantas pedras azuladas que, por mais que tentasse, não conseguia achar uma posição confortável. Em outro cômodo da casa, a mãe andava de um lado para outro, distraída e inquieta, às vezes vindo vê-lo e lhe beijando a testa, sem nada dizer. Ele segurava na mão as páginas de Stella Ransome com instruções claras escritas em tinta azul e uma imagem que o assustava, embora fosse bonita de ver. Dobrava e desdobrava o papel. O ponteiro dos minutos se movia devagar e Francis meio que desejava que se movesse mais lentamente ainda — não que duvidasse da sabedoria das ordens recebidas, mas se perguntava se teria coragem de executá-las. Às cinco, precisamente, Francis foi até o corredor onde as botas e o casaco o aguardavam e partiu para se embrenhar na névoa. Ergueu os olhos, tentando achar a Lua do Caçador, mas ela estava escondida e não voltaria antes de um ano.

Deixando a mãe adormecida, Joanna saíra para encontrar a amiga: queria recuperar o velho território das fofocas e dos feitiços e mostrar a ela que os sapais estavam livres da sombra da serpente. Logo ficara claro que seus dias de magia eram agora lembranças infantis distantes e impossíveis de serem recordadas sem rubor. Ainda assim, era bom caminhar pelas velhas trilhas, sincronizando os passos.

— Cracknell estava aqui quando o encontrei — disse Naomi, apontando para uma faixa de seixos ao lado de um regato estreito. — Estirado com a cabeça torcida para um lado. Fui até ele achando que caíra... Ele era tão velho, não era? E os velhos caem... Só que seus olhos estavam abertos. Vi algo escuro neles e achei que talvez fosse a última coisa que ele viu, talvez fosse o monstro, mas então a coisa se mexeu e era só eu, como se fosse um espelho com o meu reflexo. Dizem que foi porque ele estava velho e doente. É engraçado pensar que todos nós achamos que tinha sido a serpente!

As duas passaram pelo Leviatã, sentindo o ar úmido contra o rosto. A bruma nas margens do Blackwater estava espessa, particulada, cheia de grãos perolados. A uma pequena distância, um vigilante devia ter acendido uma fogueira e mais tarde abandonado o posto; das suas brasas subia um vapor amarelado que oscilava quando o vento deslocava a névoa.

— Acabou tudo isso — disse Joanna —, e não havia nada para meter medo, afinal, mas assim mesmo meu coração está batendo forte. Posso ouvir! Você está com medo? Será que continuamos?

— Sim — respondeu Naomi —, e sim. — Era necessário ter medo a fim de ter coragem; o pai lhe ensinara isso no convés do barco. — Vamos em frente... Cuidado, aqui fica fundo. — Ela conhecia bem os sapais com seus regatos e tufos altos de capim do mangue. — Segure no meu braço e confie em mim — falou —, a maré virou faz uma hora. Estamos seguras.

Agradava-lhe estar de novo ali com a amiga, só que com tudo alterado: ela não era a pobre Naomi, lenta na leitura, dócil, cheia de admiração pela filha do reverendo — ali se achava no seu elemento e se sentia no comando. Ainda assim, era uma tarde nebulosa, desconfortável. A bruma marinha revelava o manguezal em pequenas porções (ela se abriu e deixou ver uma garçota esperando clarear) e depois se fechava e deixava as amigas sozinhas. De uma feita, houve um momento em que o sol venceu a bruma e as duas se descobriram cercadas de mergulhões ruidosos.

— Tão perdidos quanto nós — comentou Joanna, rindo e desejando estar em casa. — Vamos voltar agora. E se não conseguirmos achar o caminho? — Agarrada a Naomi, desprezando-a apenas um pouquinho por ter assumido o comando, tropeçou nas traves apodrecidas de um viveiro de ostras e gritou.

— E se ela ainda estiver aqui? — disse Naomi, apenas em parte como provocação. — E se, afinal, tiver voltado para nos pegar? — Movida por um vergonhoso desejo de vingança, recolheu o braço em que Joanna se apoiava e deu um passo atrás, penetrando na bruma. Protegendo a boca com as mãos em concha, deu uma espécie de grito de invocação. — Vou chamá-la, que tal? — falou, amedrontando a si mesma, mas sem querer parar. — Cuidado! Aí vem ela!

— Pare — pediu Joanna, lutando contra lágrimas, impróprias para uma adulta. — *Pare!* Volte aqui... Não consigo achar o caminho... — Quando Naomi surgiu novamente, meio envergonhada, Joanna golpeou seus ombros. — Você é horrível, *horrível*. Eu podia ter caído no estuário e me afogado e a culpa seria sua... O quê? O que foi? Naomi, chega de joguinhos. Você sabe muito bem que era apenas um peixão... — A seu lado, Naomi ficara imóvel, estendendo a mão para impedir que Joanna avançasse. Não era na direção do estuário que ela olhava, onde o Blackwater fluía para se unir ao Colne, mas na direção da margem, onde a fogueira ainda reluzia cor de coral sob a bruma. — O quê? — indagou Joanna, sentindo na língua o gosto metálico do medo. — O que você viu, o que foi?

A mão de Naomi que lhe segurava a manga apertou-a com mais força, puxando a amiga para mais perto. Encostando a boca junto a seu ouvido, ela falou:

— *Shhh...* shhh, olhe, lá junto ao Leviatã, está vendo? Não ouviu?

Joanna ouviu, ou pensou ter ouvido: uma espécie de gemido ou rangido, vindo em soluços e ondas, sem motivo ou padrão. Cessava e depois recomeçava, parecendo mais próximo. Da cabeça aos pés, ela sentiu um arrepio pavoroso que a congelou. Estava ali — estivera ali o tempo todo, esperando, esperando — e era quase um alívio pensar que não haviam sido ludibriadas afinal.

Foi quando a cortina alva se ergueu e foi possível ver: a cinquenta metros de distância, não mais, negro, o focinho arrebatado, mais grandalhão do que qualquer uma das duas imaginara; sem asas ou bem acordado, a cauda pontuda, com uma superfície feia e encaroçada, sem as escamas sobrepostas de um peixe ou de uma serpente. Naomi emitiu um som que era meio grito, meio gargalhada, voltando-se para enterrar o rosto no ombro de Joanna:

— *Eu bem que disse!* — sussurrou, sibilante: — *Eu não disse a todo mundo?*

Joanna deu um passo adiante, curiosamente destemida. Então a coisa balançou, emitindo aquele rangido de novo, quase como se fosse o de dentes batendo de fome, e ela deu um salto para trás. A névoa se fechou e as duas nada mais viram, senão uma sombra esperando sem pressa.

— Temos de ir embora — falou Joanna, represando um grito de medo. — Você pode nos levar de volta? Olhe, a fogueira está queimando logo ali. Vamos naquela direção, Nomi, fique de olho nela e não dê um pio... — Mas então as brasas ficaram úmidas e a luz se apagou, e durante algum tempo elas cambalearam sem rumo e sem conseguir enxergar, cada qual engolindo as lágrimas por puro orgulho.

— *Esteja pronta ou não... esteja pronta ou não* — resmungava Naomi, para se tranquilizar.

Então o sol furou a cortina de névoa e elas descobriram que haviam esbarrado com a coisa, quase tropeçando em seu flanco negro e molhado. Joanna deu um gritinho e pressionou a mão de encontro à boca; ali estava, *ali*, após todo esse tempo, à distância de um braço estendido; cego, cochilando talvez, totalmente desengonçado na margem — seria lustroso na água, seu elemento natural? Mergulharia sob as ondas e ficaria escorregadio e brilhante? E as asas, que se abriam quais guarda-chuvas, dissera alguém, teriam sido cortadas? E quem as cortara? E tinha mais: uma marca azulada no ventre, algo que ela quase reconhecia, quase podia distinguir na bruma que se dissipava.

A seu lado, Naomi, muito ereta, ergueu as mãos, prestes a embarcar no surto de gargalhadas que tinha enlouquecido as meninas na escola. Apontava para as marcas, abrindo e fechando a boca sem emitir som algum. Ouviram de novo o rangido e ela se encolheu, mas mesmo assim se aproximou.

— Mamãe — chamou. — *Mamãe...* — Por um instante, Joanna achou que a amiga chamava pela mãe, que jazia no cemitério da igreja debaixo da lápide mais barata que conseguiram achar. — Veja — disse Naomi, sussurrando. — Olhe ali: eu conheço essas letras até de cabeça para baixo: Gracie. Gracie, o nome da minha mãe, o primeiro que escrevi e jamais esqueci ao longo desses dez anos.

Desatou a correr sobre o cascalho, sob a névoa que se afastava, e Joanna tentou chamá-la de volta. Todo o medo, porém, abandonara a amiga, levando junto também o seu, impelindo-a na direção da forma escura e imprecisa no manguezal.

O sol, cada vez mais forte, brilhou reluzente no cascalho, e cada menina viu, no mesmíssimo momento, o que estivera oculto. Era um barco preto, pequeno, com as tábuas do casco superpostas, há muito afundado no Blackwater e coberto de percevejos que lhe davam a aparência de carne porosa, áspera e ferida. O casco virado ao contrário apodrecera e começara a afundar, dando a impressão de ser um focinho achatado fuçando a margem; a estrutura se mexeu quando a última onda da maré que baixava a lambeu, fazendo a madeira roçar no cascalho e vez por outra gemer de aflição. Foi possível entrever, sob o invólucro de algas marinhas, o nome GRACIE em tinta azul-clara: o barco de Banks, há muito dado por perdido, estivera o tempo todo sendo jogado contra o manguezal conforme o capricho das marés, botando uma aldeia inteira em polvorosa.

As duas se agarraram, sem saber se riam ou choravam:

— Estava aqui o tempo todo — disse Naomi. — Ele achou que tinha sido roubado do cais e eu disse "não, é que você nunca amarra esse barco direito, só isso...".

— Imagina a sra. Seaborne aqui com aquele caderninho, desejando estar com a câmera, pensando numa vitrine no Museu Britânico — emendou Joanna, começando a rir, sentindo-se desleal, embora decerto Cora entenderia a graça da coisa.

— ...e todas aquelas ferraduras no Carvalho do Traidor, e os vigias, e as crianças proibidas de sair para brincar...

— Temos de contar ao meu pai — prosseguiu Joanna. — Temos de trazer todos aqui e deixar que vejam. Só que pode ser que a gente volte e ele tenha sido levado pela maré e ninguém vai acreditar na gente...

— Eu fico — interveio Naomi. Era quase impossível crer, com o sol tingindo de cobre o manguezal molhado, que elas tinham chegado a sentir medo. — Eu fico. Afinal, o barco é praticamente meu. — *Gracie*, pensou ela. *Eu reconheceria esse nome em qualquer lugar!* — Vá, Jojo, corra o mais rápido que conseguir, antes que fique escuro demais para ver.

— Engraçado — falou Joanna, virando-se para a trilha acima dos seixos. — Tem alguma coisa azul saindo do casco. Está vendo? Centáureas, talvez, embora já não seja mais época delas.

A alguma distância, sentado entre as costelas do Leviatã e arrancando farpas negras da palma da mão, Francis Seaborne observava — sem ser visto por elas, sem que ninguém desse pela falta dele.

Em sua sala de estudos, Will tirava um cochilo sem sonhos. Quando acordou, foi para tomar ciência de uma mente tão conturbada e de lembranças tão vívidas que, por um instante, foi difícil dizer onde acabava o sono e começava o despertar. Na mesa, a folha em branco o encarou, mas de que servia agora? Não nutria esperança de transmitir a Cora o modo como todo o alicerce profundamente fincado que construíra havia sido abalado, trincado e reconstruído. Cada frase que lhe ocorria era imediatamente contraditada por outra igual e opostamente verdadeira: infringimos a lei — nós a obedecemos; pedi a Deus que você ficasse longe, em Londres — graças a Deus você vive enquanto eu vivo, graças a Deus partilhamos esta terra! O efeito era anulatório: ele nada tinha a dizer. *Um coração quebrantado e contrito, ó Deus, não desprezarás*, pensou, desejando, nesse caso, que o próprio espírito estivesse mais totalmente quebrantado e seu coração mais inteiramente contrito.

Um ruído o alertou — passos, uma porta fechada se abrindo. Pensou em Stella, acordando lá em cima, esperando-o, talvez, e seu coração se alegrou, como sempre acontecia. Empurrou a carta de Cora com um muxoxo de desgosto — era, na pior das hipóteses, uma mácula; na melhor, uma distração, num momento em que toda a sua atenção deveria estar dirigida para o andar de cima, onde sua amada se encontrava meio neste mundo, meio no outro. Afinal, porém, era apenas Joanna, de volta dos sapais, trazendo no casaco o cheiro de sal, os olhos brilhando, com malícia, com satisfação:

— Você precisa vir comigo — disse a filha, puxando-o pela manga. — Você precisa vir ver o que encontramos. Vamos mostrar para todo mundo e tudo vai se resolver.

Em silêncio, temendo acordar Stella, os dois cruzaram o largo, onde, à luz azulada do crepúsculo, o Carvalho do Traidor projetava uma sombra comprida, após a total dissipação da bruma.

— Espere para ver — pediu Joanna, fazendo o pai correr e se recusando a responder.

("Estou cansado, Jojo, não pode me contar?", "Espere para ver".)

Chegaram à High Road, que cintilava molhada no que sobrou do dia. Ao alcançarem a igreja, viram Francis Seaborne correndo para casa como um menino qualquer. Então viram o Fim do Mundo, que de tão abatido sem a presença de Cracknell quase voltara por completo ao barro de Essex.

— Só mais um pouquinho — disse ela, impelindo-o adiante. — Lá, junto do Leviatã, onde Naomi está esperando.

E então viram Naomi Banks, com seus cachos reluzentes e, a uma pequena distância, uma fogueira acesa no centro de um círculo de pedras.

Ele ouviu as gaivotas piarem, aliviado ante a visão cristalina de terra firme; inspirou o ar cheirando a sal e o odor doce das ostras em seus viveiros. Vira-pedras se ocupavam nos regatos e era possível ouvir a canção de um alcaravão. Naomi os chamou, fez um gesto para que se aproximassem, e o reverendo viu, enfim, o que as duas haviam encontrado: sob a claridade da tardinha, um barco naufragado, coberto de percevejos e decorado com algas marinhas. Alguma coisa no jeito como estava posicionado, roçando nos seixos, lhe dava uma aparência semiviva. Ele se aproximou, vendo o nome GRACIE nitidamente escrito no casco.

— Afinal de contas — disse, virando-se para Naomi —, era só o barco do seu pai?

A menina assentiu, bastante orgulhosa, como se tudo tivesse sido obra sua, e com um cumprimento de cabeça Will apertou a mão de cada uma delas.

— Bom trabalho — elogiou. — Vocês deviam receber o crédito por liberarem esta paróquia.

Silenciosamente rezou, com uma gratidão sincera: *Que seja o fim disso tudo — do medo, dos cochichos e das meninas semienlouquecidas na sala de aula!*

— Vamos buscar seu pai, Naomi: assunto encerrado. E pensar que tivemos duas Serpentes de Essex e nem uma nem outra era capaz de fazer mal a uma mosca!

— Tadinho — disse Joanna, agachando-se ao lado do barco, batendo na madeira, piscando de dor ao sentir os percevejos pontiagudos de encontro às juntas. — Tadinho, acabar assim, quando devia ter tomado o rumo do mar. E olhe — apontou. — Flores azuis nas pedras, como se tivessem sido postas ali, e um pedaço de vidro azul. — E, pegando o vidro marinho, guardou-o no bolso.

— Vamos para casa — disse Will, afastando-a dali. — Logo vai escurecer, e Banks precisa ser avisado.

De braços dados, como companheiros, sentindo ter feito um bom trabalho, os três viraram as costas ao Blackwater.

Cora ergueu os olhos do livro que não estivera lendo e viu Francis parado à porta. Ele viera correndo, era evidente: a franja se grudara à testa e o peito magro arfava sob o casaco. Vê-lo assim fora de prumo lhe pareceu tão extraordinário que ela começou a se erguer da cadeira.

— Frankie? — exclamou. — Frankie? Você se machucou?

O menino permaneceu parado à porta, como se temesse entrar; tirou do bolso uma folha de papel, que desdobrou com cuidado e alisou de encontro à manga. Depois, apertou o papel contra o peito e disse, com os olhos voltados para a mãe numa súplica que ela nunca — jamais — vira antes:

— Acho que fiz uma coisa errada. — A voz lembrava como nunca antes a de uma criança, mas, sem fungar ou resfolegar de um jeito infantil, ele começou silenciosamente a chorar.

Cora sentiu aflorar em seu peito algo que muito se assemelhava ao acúmulo de cada dor que já sentira; a garganta se fechou e, por um instante, ela foi incapaz de falar.

— Não estou dizendo que foi uma coisa ruim — prosseguiu Francis. — Ela me disse que precisava da minha ajuda e foi boa, e eu lhe dei os meus melhores tesouros...

Foi preciso um grande esforço por parte de Cora para não correr em direção ao filho e tentar tomá-lo nos braços — já fizera isso tantas vezes no passado e fora repelida. Melhor simplesmente deixá-lo vir a ela. Voltando para a cadeira, falou:

— Frankie, se você estava apenas tentando ser generoso, como pode ter feito algo errado?

A seguir, ele pulou no colo dela de repente, com a cabeça se encaixando com perfeição entre o queixo e o ombro da mãe; os braços se fecharam em torno do pescoço — ela sentiu o calor de suas lágrimas e como o coração do filho batia rápido de encontro ao dela.

— Vamos — disse Cora, segurando o rosto de Francis entre as mãos, temendo vê-lo se esquivar e jamais retornar. — Me diga o que você acha que fez, que eu lhe digo como podemos consertar.

— É a sra. Ransome — respondeu o menino. — Quero mostrar a você, mas não posso! Quero mostrar a você, mas disse a ela que não mostraria!

A impossibilidade de conciliar o que prometera e o que desejava o afligia. Para onde quer que se virasse, algo sairia do lugar. A força com que segurava o papel diminuiu, e Cora tirou-o dele. Ali, em tinta azul sobre papel azul, leu as palavras AMANHÃ/SEIS/SERÁ FEITA A MINHA VONTADE! Sob elas havia o desenho infantil de uma mulher. Stella Ransome assinara o próprio nome e escrevera embaixo: *Vista um casaco, pode estar frio.*

— Stella, meu Deus — falou Cora. Não podia, porém, assustar Francis nem arrancá-lo de seu colo a fim de correr para a porta. E se ele jamais voltasse para ela, seu filho, com os braços abertos e o olhar buscando o seu? Foi tomada pela náusea, contra a qual lutou, e disse: — Frankie, você foi com ela até a água? Ajudou-a a entrar?

— Ela me disse que estava sendo chamada para casa. Falou que a Serpente de Essex a queria e eu disse que não havia nada lá, e ela falou que Deus opera de formas misteriosas e ela já tinha ficado tempo demais por aqui.

Cobrindo o rosto com as mãos, Francis começou a tremer, como se ainda estivesse no manguezal e o sol houvesse há muito se posto.

— Tudo bem — disse Cora. — Está tudo bem agora.

Afagou-o então, atônita ao vê-lo submeter-se aos seus afagos, ao vê-lo, com efeito, voltar o rosto para ela. Abraçou-o, para confortá-lo na mesma medida em que confortava a si mesma. Chamou Martha, que veio logo e cuja frieza com a amiga não persistiu além da porta.

— Fique com ele, por favor, Martha — pediu Cora. — Meu Deus, meu Deus, onde está o meu casaco, onde estão as minhas botas? — Frankie, você fez o melhor que pôde, agora é a minha vez de fazer o melhor que posso. Não, não, você fica. Volto logo.

Will caminhava pela High Road com Joanna e Naomi a seu lado. *Como elas estão orgulhosas!*, pensou, sorrindo e imaginando, como sempre fazia, qual a melhor forma de contar tudo a Cora, o que a agradaria mais. Só que, talvez, fosse impossível agora que tudo havia sido quebrado, refeito, e ele não seria capaz de discernir o formato das coisas.

— Cora! — gritou Joanna e acenou.

E lá estava sua amiga, correndo pela rua, ou quase. Por um breve instante (que o fez emitir um som impossível de reprimir) ele achou que ela teria vindo procurá-lo, que não conseguira ficar mais uma hora sequer dentro de casa.

— O que houve? — indagou Naomi, parando e tocando em seu medalhão de estanho para se tranquilizar.

Havia algo de errado, era óbvio. O rosto de Cora estava molhado, a boca, aberta em desespero — na mão, ela segurava uma folha de papel com a qual acenou para os três enquanto se aproximava, como um sinal de que nenhum deles conseguiu decifrar. Alcançou-os e mal se deteve, apenas puxando a manga de Will e dizendo:

— Acho que Stella está lá, na água... Acho que tem algo de errado.

— Mas viemos de lá, não há nada, era o barco perdido de Banks...

No entanto, Cora já se fora àquela altura, tendo jogado para Will a folha de papel que caiu no chão molhado, e por um momento ele não foi capaz de se mover ou falar. Porque algo *estava* errado, sim. Sim. Ele deveria ter visto logo — estava lá, logo além do seu alcance. Ele não conseguia entender direito. Joanna se abaixou para pegar o papel. Não conseguiu, a princípio, registrar, até uma imagem se formar em sua mente. Imagem tão estranha e terrível que ela ergueu as mãos como se pudesse afastá-la.

— Papai — disse Joanna, sem conter as lágrimas. — Ela não está dormindo? Você não a deixou segura lá em cima?

Will, muito pálido, cambaleando um pouco, respondeu:

— Mas eu ouvi seus passos, a porta se fechando... Ela falou que queria descansar...

Viram Cora chegar ao local onde a rua descia para os sapais e o modo como ela despiu o casaco para correr mais livre até o manguezal. Will a seguiu, amaldiçoando o corpo que de repente se tornara moroso, sem disposição, como se pertencesse a outro homem e ele fosse o espírito que o possuíra. Foi o último a chegar aos destroços — lá estava Cora, ajoelhada na lama, empurrando o casco com tamanha força que os músculos das costas podiam ser vistos, retesados, sob o tecido do vestido. E lá estavam as meninas a seu lado, também ajoelhadas, parecendo suplicantes diante de um feio deus malévolo que deixara de atender suas preces. Ele viu (como poderia não ter visto?) as pedras riscadas de azul arrumadas em volta do barco destruído, o pedaço de fita pálida apenas visível, a garrafa de vidro azul posta em pé sobre os seixos.

— Ela disse que estava cansada e era hora do seu descanso — falou Will, confuso. O que estavam as três fazendo, com os vestidos enlameados, as cabeças inclinadas com o esforço?

— Stella, Stella — chamavam sem parar, como se ela fosse uma criança que saíra para passear e não voltara para casa na hora aprazada. As mãos escorregavam na madeira molhada e as três ergueram o barco, que, afinal, não era tão pesado assim e se desintegrou ao ser deslocado.

Deitada ali, na sombra, amortalhada, silente, cercada de seus talismãs azuis, jazia Stella Ransome. Ao vê-la, Will gritou, como também gritou Cora. Ela largou o barco, que desabou, partindo-se no manguezal. Então Stella foi banhada pela derradeira claridade do dia, o vestido azul deixando ver todos os belos ossos de seus quadris e ombros. Segurava um buquê de lavanda que ainda exalava seu aroma e tinha à volta todos os seus vidros azuis, suas faixas de cambraia e algodão, sob a cabeça, numa almofada de seda azul, e junto aos pés o caderno azul, as folhas onduladas pela umidade. A pele também era azul, a boca, polvilhada de azul, as veias estavam marmorizadas sob a pele; as pálpebras que lhe fechavam os olhos exibiam um tom arroxeado. William Ransome, de joelhos, puxou a esposa para si.

— Stella — disse, beijando-lhe a testa. — Estou aqui, Stella, viemos levá-la para casa.

— Não nos deixe, querida, ainda não — pediu Cora. — Não vá.

Pegando a alva e diminuta mão da mulher, esfregou-a entre as suas. Joanna puxou a barra do vestido da mãe para cobrir-lhe os pés azuis descalços.

— Os dentes dela estão batendo, estão ouvindo?

Despiu o casaco e arrancou o de Will dos seus ombros; juntos, os dois a aninharam contra o ar frio.

— Stella, querida, você consegue nos ouvir? — indagou Cora, em cujo desespero amoroso havia uma pontinha dolorosa de culpa. Sim, sim, ela ouvia: as pálpebras arroxeadas se agitaram e se abriram, revelando os olhos brilhantes cor de hortênsia, como sempre.

— Mostrei-me impecável na presença da sua glória — disse Stella. — Postei-me à entrada do seu banquete e seu estandarte acima de mim era amor.

A respiração da mulher era fraca e um acesso de tosse, que deixou um salpico vermelho no canto da boca, a convulsionou. Will limpou-lhe a boca com o polegar e disse:

— Ainda não, não por um bom tempo. Preciso de você. Querida, prometemos que jamais deixaríamos o outro sozinho, lembra?

Foi júbilo que ele sentiu, um grande e indecente júbilo: ali estava a redenção, bem ali, sem qualquer outro pensamento em sua cabeça que não dirigido a ela. *Foi, de novo, uma graça!*, pensou. *Uma graça abundante para o maior dos pecadores!*

— Partiremos no mesmo dia como velas deixadas junto a uma janela aberta — disse Stella, sorrindo. — Eu me lembro! Eu me lembro! Mas, sabe, eu os ouvi me chamando para casa e alguma coisa estava aqui na água e sussurrava para mim à noite, cheia de fome. Então, pensei: vou até o rio fazer as pazes com ela pelo bem de Aldwinter. — Dito isso, ela se virou nos braços de Will para olhar na direção da boca do rio, onde, no céu claro, brilhava radiosa a estrela Vésper. — Ela veio me buscar? — perguntou, impaciente. — Veio?

— Ela se foi — respondeu Will. — Você a espantou, corajosa como uma leoa. Venha conosco para casa agora, vamos para casa.

Como foi fácil erguê-la, sendo ajudado a ficar de pé por Joanna e Naomi, como se ela já tivesse começado a se dissipar no ar azul!

— Cora — disse Stella, baixinho, estendendo a mão. — Como você é calorosa e sempre foi. Diga a Francis para deixar as minhas pedras, as minhas coisas, aqui. Para dar tudo ao rio, para que a água fique azul.

# NOVEMBRO

NOVEMBRO

O mundo gira e Orion atravessa o céu de Essex com o velho Cão em seus calcanhares. O outono adia a chegada do inverno diligente: é um mês ameno e claro, de uma beleza incivilizada e exagerada. No largo de Aldwinter, os carvalhos cor de bronze cintilam sob o sol; as cercas vivas estão cheias de frutinhos vermelhos. As andorinhas partiram, mas nos sapais os cisnes ameaçam cães e crianças nos regatos. Henry Banks queima na margem do Blackwater seu barco destruído. A madeira úmida chia e bolhas se formam na pintura negra.

— Gracie — diz ele —, você esteve aqui o tempo todo.

A seu lado, Naomi observa, numa postura bastante ereta, a maré virar. Sente-se imobilizada em movimento, detendo-se um instante com um pé na água e o outro na terra. *E agora?*, pensa. *E agora?* Alojada na carne que une polegar e indicador ficou uma farpa do casco do barco — um talismã que ela toca, impressionada com tudo que suas mãos fizeram.

Londres capitula com demasiada presteza e pendura suas bandeiras brancas: em meados de novembro já se pode ver gelo nas janelas dos ônibus na Strand. Charles Ambrose se descobre brincando de pai novamente. Joanna, sempre diante de sua escrivaninha, demonstra um gosto incansável pelos livros menos apropriados do dono da casa. James, por sua vez, que no café da manhã achou na sarjeta um par de óculos quebrado, já fizera do achado um microscópio na hora do jantar. Charles disfarça seu afeto especial por John, em cujo apetite e humor plácido reconhece a si mesmo. Deitado de bruços, ele joga cartas; na Noite de Guy Fawkes, rasga o paletó, mas não liga. Nos finaizinhos de tarde, troca olhares com Katherine e ambos balançam a cabeça: a presença das três crianças na casa organizada e de bom gosto soa tão estranha quanto a de monstros ribeirinhos. Cartas vão e vêm entre Londres e Aldwinter com tamanha frequência e velocidade que eles brincam que existe um trem noturno exclusivamente à espera delas. John acredita na piada e pergunta se eles podem assar um bolo para manter o maquinista alimentado.

Charles recebe uma carta de Spencer. Falta ali o vigor de suas tentativas anteriores — decerto o rapaz continua eticamente comprometido com as políticas de moradias populares, mas no momento está focado em investir de maneira prudente sua fortuna vultosa. Imóveis, talvez, diz ele (vagamente, embora não haja necessidade de ser mais explícito), imóveis andam na moda ultimamente, e Charles nem por um segundo se deixa enganar. Em Bethnal Green há um novo locador, ele pode apostar, alguém com um coração generoso aliado a um péssimo tino comercial.

Edward Burton, que ainda não retornou ao trabalho, ergue os olhos de seus projetos e vê Martha à mesa. Cora Seaborne lhe deu uma máquina de escrever bastante ruidosa, mas ele não se incomoda com o barulho. Como poderia? No espaço de um mês, deixou de temer a falta de um teto e adquiriu um grau de segurança e paz que o deixa confuso ao acordar de manhã. Todo o bloco de apartamentos foi comprado por um locador que contratou dois funcionários para vistoriar cada uma das unidades. Eles chegaram com uma câmera e recusaram o chá que lhes foi oferecido; registraram a madeira úmida do batente de uma das janelas, a porta empenada, o terceiro degrau trincado. Em uma semana tudo foi consertado e a rua exalava o aroma de cal e gesso. Durante o café da manhã e o jantar, operários de fábrica e enfermeiras, escriturários e donas de casa, assim como homens idosos, se prepararam para um aumento abusivo no aluguel, aumento que jamais se concretizou. Agora, os vizinhos se reúnem nas escadas e coçam a cabeça, concluindo em consenso que o sujeito não passa de um tolo. Existe um grau de ressentimento em público — "não preciso de caridade", diziam alguns inquilinos com altivez —, mas por trás das portas fechadas todos abençoariam o nome do benfeitor caso o conhecessem.

Martha guarda no bolso um bilhete dobrado de Spencer, desejando-lhe felicidades. "Durante um bom tempo, me perguntei para que eu servia, com nada além de dinheiro para me recomendar. Brinquei de cirurgião, pois é uma forma respeitável de passar o tempo e a profissão me atraía na infância, mas jamais me dediquei de coração a ela, e Deus sabe que não sou nenhum Luke Garrett. Por sua causa, encontrei um propósito que me permite ver meu reflexo no espelho e não sentir repulsa. Eu realmente gostaria que você me amasse, mas lhe agradeço por me ajudar a descobrir uma forma de amá-la e tentar remediar as injustiças que você me mostrou." Ele é tão humilde, tão generoso, que ela brevemente se pergunta se não teria sido melhor seguir a seu lado. Mas não: na ausência de Cora, é Edward Burton que ela quer, com seu silêncio quase absoluto e suas mãos hábeis, seu companheiro e amigo.

As saudades de Cora, por incrível que pareça, não são maiores em Bethnal Green do que eram na Foulis Street, em Colchester, na casa cinzenta do largo de Aldwinter. São fixas como a Estrela Polar, e não há necessidade de buscá-las dentro de si. Ela também não olha com nostalgia para os anos de companheirismo: entende as alterações do tempo e como o que foi necessário no passado pode não ser mais. Além disso (ergue os olhos da máquina de escrever, vê Edward franzir a testa diante das plantas de arquitetura, toca a revista que recentemente publicou o trabalho escrito por ela), não passa de uma mulher pobre cuja ambição reside apenas em ser amada. Tem coisas melhores a que se dedicar.

Nos aposentos de Luke Garrett, na Pentonville Road, um matrimônio de mentes teve lugar. Há momentos em que cada um deseja verdadeiramente que o outro estivesse no fundo do Blackwater, mas não seria possível encontrar um casal mais dedicado ao longo de todo o Tâmisa.

No início de novembro, Spencer deixa seu lar em Queen's Gate (que cada vez mais o constrange) e fixa residência com o amigo. Luke se sente no dever de protestar debilmente (não precisa de enfermeira, obrigado; não tem vontade de ver pessoa alguma, jamais; sempre considerou Spencer uma companhia especialmente tediosa), mas na verdade fica feliz. Mais que isso, Spencer desencavou uma máxima antiga relativa à salvação de uma vida, observando, com certa regularidade, que como Luke impediu sua morte Spencer é, ao mesmo tempo, sua propriedade e responsabilidade.

— Sou seu escravo, na verdade — diz, pendurando uma foto da mãe ao lado do retrato de Ignaz Semmelweis.

Não há sinal de grandes progressos na mão mutilada: os pontos foram removidos, a cicatriz não ficou pior que o esperado, não houve perda de sensibilidade, mas os dois dedos teimosamente curvados em direção à palma manejam com dificuldade qualquer coisa mais delicada que um garfo. Luke, obediente (ainda que de mau humor), se submete a uma série de exercícios com uma tira de borracha, mais por esperança, porém, do que na expectativa de que funcionem. O fantasma de Cora jamais o abandona. Ele se apega a dois cenários igualmente improváveis: no primeiro, sofre uma necrose que o transforma num infeliz pútrido e repulsivo, o que causa nela um eterno remorso; no segundo, ele encontra um meio de se curar e, logo em seguida, realizar uma cirurgia de tal forma ousada que lhe traz fama instantânea, despertando em Cora uma adoração inevitável que será por ele publicamente desdenhada. Apesar de todas as promessas feitas no passado, Luke carece da capacidade que Spencer tem de amar humilde e silenciosamente, sem esperança de retribuição, e seu ódio implacável por Cora o alimenta bem mais do que a insistência do amigo para que tome um café da manhã decente ("Você está magro demais e essa magreza não lhe cai bem..."). Spencer — mais sábio do que qualquer pessoa jamais reconheceu — entende o que Luke não consegue entender: que existe uma fronteira fina e frágil como papel entre amor e ódio, e basta que Cora a toque para passar para o outro lado.

Mas não é apenas afeto e lealdade que levam Luke a providenciar costeletas de porco para o jantar ou Spencer a mais ou menos forçar o amigo a sair para estudar ou comer. Existe um aspecto prático nesse arranjo, que é o seguinte: Spencer convenceu Luke a voltar para o Royal Borough, onde ele tem sido tanto cirurgião quanto paciente, e lhe propôs uma solução. Sua destreza como cirurgião nunca se comparou à de Luke, é verdade, mas é suficientemente grande, maior até que a de alguns. O que falta a Spencer (que ele admite sem hesitar) é a coragem e o instinto do amigo, para quem nenhum ferimento ou doença representa ameaça, mas, sim, uma oportunidade bem-vinda de demonstrar sua habilidade. Sendo esse o caso, diz ele, não poderiam os dois ser uma espécie de quimera, com as mãos de Spencer atuando como substitutas das de Luke?

— Prometo não pensar — afiança Spencer. — Você sempre disse que não sou muito bom nisso — prossegue, escancarando a porta da sala de cirurgia, triunfante, na esperança de que essa visão se mostre irresistível.

E assim acontece: o cheiro de ácido carbólico, o brilho dos bisturis nas bandejas de metal, a pilha de máscaras de algodão engomadas causam em Luke o efeito de uma descarga elétrica na base da coluna. Depois de ter a mão costurada, Luke não voltara mais ao hospital, achando que seria como deixar um prato de comida a uma distância inatingível de um homem faminto. No entanto, ao contrário, a visão o revive. A sombra do carvalho-forca, que parece sempre presente, se dissipa — o corpo semicorcunda parece estar de novo possuído de reservas assustadoras de energia potencial. É quando entra Rollings, cofiando a barba; encontra o olhar de Spencer e comenta, com indiferença, como se tivesse acabado de lhe ocorrer:

— Acabou de dar entrada uma fratura múltipla de tíbia, me pareceu coisa feia, e o paciente não tem dinheiro. Não creio que um de vocês aceite a missão, certo?

É domingo e William Ransome ocupa o púlpito. Percebe um vidro rachado numa das janelas e registra mentalmente o fato; vê o banco escuro com o braço estropiado e desvia o olhar. São poucos os da congregação que estão ali, já que não mais existe um terror cochichado para atrair os moradores para a casa da misericórdia. Mas os presentes são animados: *Com alegria e fervor, entoemos*, cantam todos. As ferraduras foram removidas do Carvalho do Traidor, com exceção de uma, pendurada num galho tão alto que provavelmente ficará por lá até que ninguém mais se lembre do porquê de ter ido parar ali. Apenas uma vez Will mencionou a serpente — a ilusão dupla, o medo equivocado —, incluindo-a discretamente numa homilia delicada sobre o jardim do Éden. Os fiéis se retiram, cientes de terem sido tolos, embora justificadamente, e decididos a ter mais cuidado com a língua.

Ele desce do púlpito estreito (cuidadoso com o joelho esquerdo, que tem doído de manhã) e são cumprimentos protocolares que ele distribui aos que esperam na saída, parados ao portão: "Quarta à tarde com certeza eu venho... Não, não é o salmo 46, talvez você esteja pensando no 23... Ela mandou lembranças, gostaria de ter vindo." Mas tudo foi perdoado. Ele é aceito agora como jamais fora antes: ainda há quem fale da mulher londrina que nem faz tanto tempo parecia não sair da casa dele; todos sabem como ela resgatou sua esposa. Veem nele uma mácula e isso o torna mais valioso; não é de aço, é de prata. Além disso, todos também sabem o que o aguarda atrás da porta da reitoria e por que ele se apressa em voltar para casa — a esposa de olhos azuis, que caminha no largo uma vez por semana, agasalhada até as orelhas, tomando ar e saudando os vizinhos, depois retorna sem fôlego para o quarto de cortinas fechadas. Deixam presentes à sua porta: xarope de rosa-mosqueta e nozes dentro das cascas; deixam cartões e lenços tão pequenos, tão delicados, que não têm serventia alguma.

Will tira o colarinho clerical, despe o paletó preto de pastor. Faz isso com impaciência nos últimos tempos, embora os reponha quase com a mesma pressa. Stella o aguarda, enroscada como uma gatinha sob um cobertor, estendendo os braços.

— Conte quem você viu e o que disseram — pede, com vontade de ouvir mexericos. Dá uma palmadinha na cama, atraindo-o para perto dela, e os dois voltam a ser crianças, ou quase isso. Riem, dispensando terceiros, repetindo frases vagamente recordadas que pareceriam sem sentido para quem as ouvisse. Mas não há ninguém para ouvir: a casa está vazia, as crianças ausentes por um tempo, tornando-se na ausência reminiscências.

— Você se lembra de Jo? — dizem. — Lembra-se de John e James?

Extraem prazer da dor de querer os três, já que existe uma saudade doce que será amenizada por um bilhete de trem ou um selo de correio. Will — sempre sufocado em aposentos pequenos de teto baixo, cujos músculos se ressentem da falta de exercício — se torna criado e mãe, às vezes vestindo um avental e surpreendendo a ambos com um talento para fazer carne assada e cuidar de lençóis limpos. O dr. Butler vem de Londres e se declara satisfeito: agora é uma questão de gerenciamento (segundo ele), e melhor fazer isso em casa do que em qualquer outro lu-

*Cora Seaborne*
*Foulis St., nº 11*
*Londres W1*

*Querido Will,*

*Aqui estou de novo na Foulis Street, e sozinha.*

*Martha mudou-se para a casa de Edward — em parte esposa e em parte conspiradora —, mas continua aqui, no aroma de limão no meu travesseiro e na forma como estão guardados os pratos. Frankie está fora, estudando, e escreve, coisa que jamais fez antes. Suas cartas são curtas e a caligrafia limpa, como se fosse impressa, e ele assina* SEU FILHO, FRANCIS, *como se achasse que eu posso esquecer. Luke se recupera, embora mais para agradar Spencer do que a mim. Espero vê-los em breve.*

*Vou de cômodo em cômodo, tirando capas dos móveis e tocando em cada cadeira e mesa. Passo a maior parte do tempo na cozinha, onde o fogão está sempre aceso. Pinto e escrevo, bem como catalogo meus tesouros de Essex. São coisas modestas — uma amonite, pedaços de dentes, uma concha de ostra perfeitamente alva —, mas são meus achados, me pertencem.*

*Janto um ovo com Guinness e leio Brontë e Hardy, Dante e Keats, Henry James e Conan Doyle. Marco as páginas e, ao voltar a elas, vejo que sublinhei trechos que acho que você também destacaria; então, nas margens, desenho a Serpente de Essex e lhe dou asas boas e fortes para voar.*

*A solidão me cai bem. Às vezes, calço minhas velhas botas e meu casaco masculino, e às vezes me visto de seda e ninguém entende por quê. Muito menos eu.*

*Ontem de manhã fui a pé até Clerkenwell e fiquei junto ao esgoto por baixo do qual corre o Fleet e agucei o ouvido. Imaginei ouvir as águas de todos os rios que conheço — a nascente do Fleet em Hampstead, onde eu brincava na infância, o amplo Tâmisa e o Blackwater, com seus segredos que mal valiam a pena serem guardados.*

*Então isso me levou até o litoral de Essex, aos manguezais e aos seixos, e senti nos lábios o ar salgado que também se parece com a carne de ostras e senti o coração se apertar, do mesmo jeito que aconteceu na floresta escura na escadaria verde, e do mesmo jeito que acontece agora; algo rompido e algo unido.*

*O sol que entra pela janela aquece minhas costas e ouço o canto de um tentilhão. Estou despedaçada e estou curada, quero tudo e não preciso de nada, amo você e estou contente sem você.*

*Mesmo assim, venha depressa!*

CORA SEABORNE

# NOTA DA AUTORA

Estou em dívida com uma série de livros por terem me aberto a porta para uma era vitoriana tão semelhante à nossa que quase me convenci de recordá-la.

*Inventing the Victorians* (2002), de Matthew Sweet, desafia as noções de uma era puritana escravizada pela religião e hábitos incompreensíveis; ao contrário, ele nos mostra um século XIX de magazines, grandes marcas, apetites sexuais e um fascínio pelo excêntrico.

Um livro obscuro de autoria de um reitor anônimo de Essex, *Man's Age in the World According to Holy Scripture and Science* (1865), sugere um clérigo que não considerava fé e razão mutuamente excludentes. Me agrada imaginar a obra na estante de William Ransome.

Em *Victorian Homes* (1974), David Rubinstein reúne relatos contemporâneos de crises habitacionais, locadores venais, aluguéis intoleráveis e velhacarias políticas; nada disso pareceria fora do lugar nos jornais dos tempos vindouros. *The Bitter Cry of Outcast London* (1883) foi compilado pelo rev. Andrew Mearns e se encontra disponível on-line. Nele são feitos paralelos espúrios entre a pobreza e a falta de virtude moral capazes de soarem ao leitor como retórica política moderna.

Os que têm o hábito de imaginar uma mulher vitoriana como alguém sempre sucumbindo a surtos de desfalecimento sob o olhar de um marido de costeletas compridas não podem se furtar a ler a biografia de Eleanor Marx (2013), de autoria de Rachel Holmes. Em seu prefácio, a autora afirma: "O feminismo começou na década de 1870, não na de 1970."

Quanto à pesquisa sobre o tratamento da tuberculose — e em especial seus efeitos mentais —, sou grata a Helen Bynum, tanto por correspondência quanto em seu livro *Spitting Blood* (2012). Enquanto isso, *The Sick Rose* (2014), de Richard Barnett, mostra a beleza perturbadora possível de ser encontrada na doença e no sofrimento.

A majestosa obra de Roy Porter *The Greatest Benefit to Mankind: A Medical History of Humanity from Antiquity to the Present* (1999), sua visão geral da história da cirurgia, *Blood and Guts* (2003), e *A Surgical Revolution* (2007), de Peter Jones, foram inestimáveis na contextualização da mente e do trabalho do dr. Luke Garrett. Imprecisões e elisões nos aspectos médicos do romance — e em todos os outros — devem ser creditadas exclusivamente a mim.

A natureza da *spes pthisica* de Stela Ransome foi profundamente influenciada por *Bluets*, de Maggie Nelson, uma meditação ímpar sobre o desejo e o sofrimento, vistos por uma lente azul.

*Strange News Out of Essex*, o panfleto de alerta aos aldeões de Henham-on-the-Mount sobre a presença da Serpente de Essex, é real. Pode-se ver tanto o original de 1669 quanto o fac-símile de Miller Christy (1885) na Biblioteca Britânica; uma cópia do fac-símile também se encontra na biblioteca em Saffron Walden, em Essex, onde foi impresso pela primeira vez. Os títulos de cada uma das quatro partes deste livro foram tirados do texto do panfleto.

Os "dragões-marinhos" de Mary Anning podem ser vistos no Museu de História Natural de Londres.

# AGRADECIMENTOS

Primeiramente, meu agradecimento afetuoso ao meu querido Rob, cuja companhia é uma fonte inexaurível de interesse e encantamento e que me apresentou à lenda da Serpente de Essex.

Sou profundamente grata, como sempre, a Hannah Westland e Jenny Hewson pela sabedoria e pelo apoio, bem como pelo misterioso hábito de conhecerem a minha mente melhor que eu: trabalhar com ambas é um privilégio e uma alegria. Meu obrigada também a Anna-Marie Fitzgerald, Flora Willis, Ruth Petrie, Emily Berry, Zoe Waldie e Lexie Hamblin, que tanto fizeram por mim e por este livro.

Agradeço ainda à minha família, tão carinhosa comigo, em especial a Ethan e Amelie, destemidos viajantes do tempo e do espaço. Meu obrigada igualmente às minhas três musas menorzinhas: Dotty, Mary e Alice.

Obrigada, Louisa Yates, minha primeira leitora e minha tutora; obrigada, Helen Bynum, que foi generosa o bastante para me instruir sobre os aspectos da tuberculose; e Helen Macdonald, por ser minha guia em questões florais e aviárias. Boa parte deste livro foi elaborada na Biblioteca Gladstone, onde acho que um pedaço da minha sombra vive para sempre na mesma mesa: agradeço a todos os meus amigos ali, em especial a Peter Francis.

Pela paciência, amizade e sabedoria, meu amor e meus agradecimentos a Michelle Woolfenden, Tom Woolfenden, Sally Roe, Sally Craythorne, Holly O'Neill, Anna Mouser, Jon Windeatt, Ben Johncock, Ellie Eaton, Kate Jones e Stephen Crowe. Sou eternamente grata pela generosidade e o apoio dados por outros escritores, muitos dos quais admiro há anos; meu obrigada especial a Sarah Waters, John Burnside, Sophie Hannah, Melissa Harrison, Katherine Angel e Vanessa Gebbie. Às mulheres do FOC, que foram as primeiras a me ouvir ler este livro: todo o meu amor.

Eu não poderia ter escrito este livro sem o apoio do Arts Council e sou profundamente agradecida pela sua assistência, bem como pela de Sam Ruddock e Chris Gribble, do Norwich Writers' Centre.

| | |
|---:|:---|
| *1ª edição* | MAIO DE 2022 |
| *impressão* | IMPRENSA DA FÉ |
| *papel de miolo* | OFFSWHITE 70G/M² |
| *papel de capa* | CARTÃO SUPREMO ALTA ALVURA 250G/M² |
| *tipografia* | GRANJON LT STD |